MARIT REIERSGÅRD
Immer wenn der Schnee fällt

MARIT REIERSGÅRD

IMMER WENN DER SCHNEE FÄLLT

Roman

Ins Deutsche übertragen von
Magnus Enxing

LYX
EGMONT

Die Originalausgabe erschien 2012 unter dem Titel *Stolpesnø*
bei Gyldendal Norsk Forlag AS, Norwegen.

Deutschsprachige Erstausgabe Juli 2014 bei LYX
verlegt durch EGMONT Verlagsgesellschaften mbH,
Gertrudenstraße 30–36, 50667 Köln

1. Auflage
Redaktion: Friederike Arnold
Satz: Greiner & Reichel, Köln
Printed in Germany (670421)
ISBN 978-3-8025-9392-5

www.egmont-lyx.de

MIX
Papier
FSC® C083411

Für Mama,
die mir die Amateurdetektivin
Nancy Drew nahegebracht hat.

Crazy skies all wild above me now
winter howling in my face
and everything I held so dear
disappeared without a trace
David Gray

Anfangs ist das Geräusch gedämpft, wie ein entfernter Donner. Ein gelbes Blinken. Dann fährt das Räumfahrzeug um die Kurve. Funken sprühen. Eisen kreischt auf Asphalt. Das Auto kommt mir mit seinen orange pulsierenden Lichtern entgegen, gleichmäßig wie Herzschläge. Während es vorbeifährt, schließe ich die Augen, und erst als das Geräusch gleichsam nur noch Erinnerung ist, öffne ich sie. Nackt liegt die Straße da. Ich werfe einen Blick zurück. Mit weit aufgerissenen Augen liegt sie auf dem Rücksitz. Die Haut wie eine straff gespannte Leinwand. Ich kann nicht stehen bleiben. Ich kann entkommen. Ich muss weiter. Dorthin, wo alles weiß und still ist.

1

Mittwoch, 25. Januar

Manche Tage sind kurz, manche lang. Und einige dauern das ganze Leben, dachte Solveig und entschied, sich genau diesen Tag zu merken. Sie holte tief Luft, atmete sorglosen Alltag ein. Besser als jetzt wird's nicht! Obwohl es bloß ein normaler Mittwoch und der Tag bis zum Rand mit Gewöhnlichkeit angefüllt war, unterschied er sich vollkommen von anderen Tagen.

Bald kam Erik nach Hause, stampfte sich den Schnee von den Füßen und hinterließ wie üblich nasse Pfützen im Flur, und Oda würde ihm um den Hals fallen. Und ausnahmsweise würde sie sich einmal nicht aufregen, dass er sich die Schuhe nicht sauber machte, bevor er eintrat, sondern die Bratwürste in der Pfanne wenden und den Anblick von Mann und Kind genießen. Ihrem Mann. Ihrem Kind. Nicht mehr lange, und sie würde ihnen mitteilen, was bisher allein sie wusste – dass sie bald nicht mehr nur zu dritt waren.

Hier nun die Regionalnachrichten …

Solveig stellte den alten Radiorekorder lauter, der wackelig auf dem Fenstersims in der Küche stand. Vom Fenster aus blickte sie direkt auf den Ringeriksvei hinunter.

Der starke Schneefall in den letzten vierundzwanzig Stunden hat zu großen Verspätungen im gesamten Osten des Landes geführt. Von der E18 wird zähflüssiger Verkehr in beiden Richtungen gemeldet. Beim Einkaufszentrum Liertoppen am Abzweig nach Tranby ist gegen 16.30 Uhr ein Lastzug von der

Fahrbahn abgekommen. Bergungsmannschaften sind vor Ort, doch es wird erwartet, dass der Verkehr …

Draußen regierte der Winter mit Gewalt. Solveig starrte auf die weißen Felder und auf die Bäume, die sich unter dem Gewicht nassen Schnees krümmten. Seit Neujahr hatte es ununterbrochen geschneit, und die Meteorologen verkündeten den Wetterbericht mit einer begeisterten Faszination, die im gleichen Maß wie die Schneewälle am Straßenrand anstieg. Die Zeitungen spekulierten darüber, ob die globale Erwärmung bloß ein Bluff sei.

Lier wird auf jeden Fall verschont, dachte Solveig lächelnd. Sie drehte das Radio wieder leiser, während sie ein unbestimmtes Gefühl der Unruhe abschüttelte. Mit einem Mal schien etwas Gewichtiges in der Luft zu hängen, eine fast vernehmbare Schwere. Ein dunkler Ton weit unterhalb dessen, was das menschliche Ohr wahrnehmen konnte, der jedoch ein beunruhigendes Surren in die Luft entsandte. Abermals schüttelte sie das Gefühl ab und klammerte sich an den empfindlichen Spross aufkeimenden Glücks. War es nicht immer so? Da empfand man schon einmal ein tiefes Glücksgefühl, und gleich hatte man Angst, es könne nicht von Dauer sein. Es war wohl bloß dem Winter, der Kälte und dem Schneechaos mit all seinen Verzögerungen geschuldet, die wieder die Oberhand gewinnen wollten. Bald jedoch schmolzen die meterhohen Schneewälle zu kühlen Andenken, und es würde Frühling werden.

Solveig holte einen halb vollen Kartoffelsack aus dem Vorratsschrank. Keimlinge bohrten sich durch den staubigen Sack. Gerade noch schaffte sie es, sich ein Schimpfwort zu verkneifen, als ihre Tochter in die Küche kam. Oda hatte den Pappkarton mit all ihren Teddybären hinter sich hergeschleppt und verteilte sie jetzt auf dem Boden.

»Mama, können wir nach draußen gehen?«

Oda mühte sich mit dem weißen Lämmchen ab, das nicht mehr weiß war, und wollte es zum Sitzen bringen.

»Nein, ich koch jetzt erst das Abendessen.«

Oda presste die Lippen zu einem schmalen Strich zusammen, während sie weitere Teddybären und Kuscheltiere aus dem Karton hervorholte.

»Was gibt's denn? Pfannkuchen?«

»Ein anderes Mal vielleicht.«

»Das sagst du immer. Bei Matthias gibt's jeden Tag Pfannkuchen. Mit Schokocreme!«

Trotzig sah sie ihre Mutter an.

»Können wir nach draußen gehen?«

»Ich hab doch gesagt Nein. Ich koche gerade. Es ist dunkel. Und es schneit.«

Solveig schnitt ein Stückchen Bratwurst ab und reichte es ihrer Tochter.

»Hunger?«

Oda schüttelte den Kopf.

»Ich will raus. Du brauchst ja nicht mitzukommen.«

Solveig ließ sich den Vorschlag durch den Kopf gehen und spürte wie so häufig, dass sie bereit war nachzugeben. Heute fiel es ihr leicht, nett zu sein. Die Schwermut, die zuvor Besitz von ihr ergriffen und sie mit einer vagen Traurigkeit erfüllt hatte, hatte ihre Zelte abgebrochen und Platz gemacht für einen trubeligen Jahrmarkt. Als wäre sie voller Zuckerwatte.

»Ich will raus. Ich will, ich will, ich will!«

Wie wenig die Tochter ihr glich. Solveig war ein stilles Kind gewesen. Sie hatte gern mit ihren Malsachen unter dem Küchentisch gesessen und den Gesprächen der Erwachsenen gelauscht. Oda hingegen stand am liebsten im Mittelpunkt, am besten vor einem applaudierenden Publikum.

»Na gut, du unmögliches Kind«, erwiderte Solveig lächelnd

und zog Oda leicht an einem Zopf. »Dann musst du aber erst aufräumen.«

»Yesss!«

Oda flitzte schon in den Flur hinaus. Das Lämmchen lag mit unglücklich verbogenem Nacken auf dem Küchenboden zusammen mit einem Dutzend anderer verlassener Kuscheltiere.

Im Herbst sollte Oda eingeschult werden. Das meiste schaffte sie schon selbst. Sie zog sich die von ihrer Oma selbst gestrickten Socken an, kam allein in den rosa Schneeanzug und machte den Reißverschluss zu, ohne sich das Kinn zu klemmen. Beim Anziehen der Stiefel, die plötzlich zu klein schienen, benötigte sie allerdings Hilfe. Sie drohte ihren Füßen und zwängte sie hinein, sodass ihr Gesicht rot anlief. Solveig half ihr, die Ärmel über die Handschuhe zu ziehen, und vergewisserte sich, dass die Schlaufen unter den Stiefeln saßen, bevor sie ihrer Tochter einen Kuss auf die Stirn gab.

»Du spielst vorne, damit ich dich vom Fenster aus sehen kann.«

Oda verdrehte übertrieben die Augen und lief rückwärts hinaus.

Als Solveig in die Küche zurückging, stolperte sie über die Naht im Bodenbelag, wo sich eine Ecke gelöst hatte und nach oben klaffte. Sie erinnerte sich, dass der Makler bei der Besichtigung von *einem spannenden und originellen Haus mit Seele* gesprochen hatte. Streng genommen war das Spannendste, wie lange es noch dauerte, bis sie genötigt waren, die Böden zu erneuern. Und am originellsten war wohl das Bad, das in den Fünfzigern einmal als Abstellraum gedient hatte, gerade groß genug, um eine Duschkabine, ein Waschbecken und ein Klo hineinzuzwängen. *Die Möglichkeiten sind grenzenlos!* Zweifelsohne, der junge Makler hatte recht. Wenn man Geld besaß.

Solveig dachte daran zurück, wie sie die Augen vor den Kosten für die Instandsetzung des Hauses verschlossen und Erik dazu gebracht hatte, in dem Haus das zu sehen, was sie sah – ein Zuhause. Eine neue Adresse, die zusammen mit ihrem neuen Nachnamen zu einem Ort werden sollte, wo ihr nichts Böses widerfahren konnte. Ein Ort, an dem sie nie mehr Angst haben würde.

Dass in der Nachbarschaft über sie geredet wurde, wusste sie. Es bedurfte keiner besonderen Hellsichtigkeit, um den schlecht verhohlenen Missmut zu bemerken, der ihnen entgegengebracht wurde, weil sie im letzten Sommer weder das Haus gestrichen noch den Gartenzaun repariert hatten. Die Zeit hatte sich über die Jahre den Bauch mit modrigem Holz vollgeschlagen, und an manchen Stellen grinste der Lattenzaun einen an wie ein zahnloser Greis. Sie passten nicht hierher. Sie waren Unkraut. Im letzten Jahr hatte Familie Egge den Preis der Gemeinde für den schönsten Garten gewonnen. Das einzig Gute an dem vielen Schnee ist, dass alle Gärten gleich aussehen, dachte Solveig.

Die meisten wohnten schon immer in dieser Gegend. Sie waren auf riesigen Höfen mit Wäldern aufgewachsen oder wohnten seit Generationen in großen Häusern mit Rundblick. Die gehörten dazu, zählten etwas. Sie und Erik hatten sich zu einem horrenden Preis eingekauft, und das windschiefe Sanierungsobjekt war alles, worauf sich die Bank einlassen wollte. Beide hatten sie alte Schulden mit in ihr neues gemeinsames Leben gebracht; Erik hatte mit Verlust seine Wohnung verkauft, und sie war so dumm und naiv gewesen und hatte ihr Erspartes für die überzogene Kreditkarte und fehlgeschlagene Investitionen ihres Exmannes aufgebraucht. Eigentlich machte es nichts, wenig Geld zu haben, schlimm war einzig, wenig Geld in solch einer Gegend zu haben.

»Aber ich glaube an dieses Haus und an alles, was dazugehört«, sagte sie laut, wie um sich selbst zu überzeugen.

»Ich glaube an Laminat und Teppiche von Ikea. Ich glaube an niedrige Zinsen und an eine neue Spülmaschine. Ich leugne die Feuchtigkeit im Keller und den Schimmel im Bad. Und ich hoffe und bete und glaube, dass David uns hier niemals finden wird.«

Liefe es richtig schlecht, müssten sie das Ferienhäuschen verkaufen. Auch das musste renoviert werden, aber bislang hatte sie den Gedanken an den Blick ihrer Mutter nicht ertragen, wenn sie ihr mitteilen würde, dass sie sich einen Verkauf vorstellen konnten. Ihre Eltern hatten es ihr großzügig überlassen. Noch immer klang die Stimme ihrer Mutter ihr wie ein Echo in den Ohren, als das Erbe unwiderruflich feststand.

»Jetzt könnt ihr machen, was ihr wollt. Du hast meine Gardinen ja noch nie leiden können, ich weiß. Ja, ja, du brauchst gar nicht so tun, als ob …«

Mutter hatte gelächelt und ihr schelmisch zugeblinzelt, als Solveig zum Protest anheben wollte.

»Außerdem warst du schon immer der Meinung, das Häuschen müsste eigentlich rot sein …«

Unterschwellig hatten sie ihnen zu verstehen gegeben, dass es nun an Solveig und Erik war, für den Erhalt zu sorgen. Und sie erwarteten, dass sie sich dankbar zeigten.

»Ich hoffe doch, dass wir euch besuchen dürfen.«

Besondere Betonung hatte Mutter auf *besuchen* gelegt. Sie war nicht dumm, wusste die Fäden in der Hand zu halten, auch wenn sie sie augenscheinlich losließ.

Solveig stellte die Herdplatte mit dem Kartoffeltopf eine Stufe niedriger und räumte die Kuscheltiere zurück in den Karton. Sie hob das Lämmchen auf und roch daran, eine Mischung aus süßem Kaugummi und saurem Speichel. Einen Augenblick lang zögerte sie. Ohne das Lämmchen konnte Oda nicht schlafen, aber wenn Solveig es neben den Petroleumofen im Wohnzimmer hinge, trocknete es vielleicht, bis Schlafenszeit war. Sie riskierte es und warf es zusammen mit der anderen Schmutzwäsche in die Wäschetrommel. Der Poststapel lag auf der Waschmaschine und zitterte leicht, als die Trommel anlief. Rechnungen und Werbung. Die gefährlich gelben Rechnungsumschläge legte sie übereinander und befestigte sie mit einem Werbemagneten vom Buchklub an der Kühlschranktür. Langsam glitt der Stapel zu Boden. Sie ließ es zu und blätterte schnell und routiniert die Prospekte durch. Bei Europris gab es Weingummi im Angebot. Wenn sie Odas Samstagsration an Süßigkeiten da kaufte, bliebe vielleicht noch etwas für das Prinzessinnenheft übrig, das sie sich wünschte. Das wäre eine schöne Überraschung am Freitag. Solveig und Erik wollten wegfahren. Anne-Lene Egge, die Tochter des Paares mit dem preisgekrönten Garten, hatte sich als Babysitter angeboten.

Das Telefon klingelte, Erik leuchtete es im Display.

»Wo bist du?«

»Auf der Schnellstraße. Wollte nur sagen, dass ich später komme. Es geht nichts mehr.«

»Hab's gerade in den Nachrichten gehört. Ein Lastzug ist beim Einkaufscenter von der Straße abgekommen«, sagte Solveig.

»Aha. Deshalb staut sich's also.«

Solveig ging zum Fenster. Oda lag auf dem Rücken und bewegte Arme und Beine in ihrem hellrosa Schneeanzug mühselig auf und ab.

»Oda macht Schneeengel«, schmunzelte sie.

Sie hörte, wie Erik schnell ein- und durch den Mund wieder ausatmete.

»Rauchst du?«

»Nein.«

»Hörte sich so an.«

Nicht aufregen. Nicht heute. Er hat gesagt, dass er aufgehört hat.

»Ist was?«, fragte Solveig und schob das Gefühl, für dumm verkauft zu werden, beiseite.

»Äh … du, jetzt geht's sicher gleich weiter. Ich muss auflegen.«

»Okay, das Essen ist bald fertig. Und … wenn du nach Hause kommst, habe ich eine Überraschung für dich, die …«

Bevor sie den Satz noch vollenden konnte, war es still am anderen Ende. Solveig blieb einen Augenblick mit dem Handy in der Hand stehen und schaute auf die gebeugt dastehenden Straßenlaternen. Sie ähnelten den riesigen Duschen, damals in der Grundschule. Durch die Fensterrahmen zog es. *Ich muss daran denken, Erik zu bitten, dass er Dichtungsband kauft*, dachte sie und lächelte ihrem Spiegelbild im Fenster zu. Die Autos auf der Straße fuhren direkt durch sie hindurch.

2

Was sie getan hatte, war streng verboten. Oda lugte hinauf zum Küchenfenster. Mama hatte ihr den Rücken zugewandt und hielt die eine Hand ans Ohr. *Bestimmt telefoniert sie wieder.* Das tat sie immer, wenn sie kochte. Mama hatte es nicht gesehen. Dass sie den Hügel hinuntergerodelt war. Gefährlich war das ja nicht. Sie hatte es geschafft, lange vor der großen Straße anzuhalten.

Ihr Magen knurrte. Das Leberwurstbrot im Kindergarten hatte sie nicht gegessen. Als sie einen Bissen hatte nehmen wollen, fiel ihr ein, dass sie keine Leberwurst mehr mochte. Sie mochte sie schon ganz lange nicht mehr, sicher eine Woche. Und die Apfelsine, die sie von dem ulkigen Mann bekommen hatte, hatte sie auch nicht angerührt. Zuerst hatte sie sie in die Jackentasche getan, und dann, kurz bevor sie von Mama abgeholt worden war, hatte sie die Orange im Rucksack versteckt.

Sie kannte den Mann nicht, war sich aber ziemlich sicher, ihn vorher schon einmal gesehen zu haben, sie konnte sich bloß nicht erinnern, wo. Vielleicht war es der Milchmann? Oder Jonna aus dem Kinderprogramm im Fernsehen? Nett war er gewesen. Hatte Verstecken spielen wollen und sich hinter der Ecke am Tor hingehockt. Und dann redete er so eigenartig, hatte ihr etwas zugeflüstert, von dem sie nichts verstand. Aber es hatte sich schön angehört, fast wie ein Lied. Auf einmal hatte er gehen müssen, als Mathias kam.

Würde Mathias heute Pfannkuchen bekommen? Unvermittelt nahm sie den süßen Geruch von Kardamom und Vanillezucker wahr. Wenn Mama Pfannkuchen machte, durfte sie beim Teigmachen immer helfen, sie durfte einen Teelöffel von beidem zum Mehl geben, das anschließend vermischt wurde. Mathias wohnte in einem weißen Haus. Auf dem Nachhauseweg fuhren sie daran vorbei, und sie war schon oft dort gewesen. Weit konnte es nicht sein, denn jedes Mal, wenn sie vorbeikamen, sagte Oda:

»Da wohnt Mathias, Mama.«

Und Mama antwortete immer:

»Dann sind wir bald zu Hause.«

Schnee hatte sich in der Kapuze des Schneeanzugs gesammelt. Ein kaltes Rinnsal lief ihr den Rücken herunter bis zum Saum der Strumpfhose. Oda rieb sich am Rücken. Da! Der Geschmack von Blut. Mit der Zunge fühlte sie, steckte sie in die weiche Vertiefung. Der Zahn war raus! Sie spuckte in den Handschuh. Durfte den Zahn nicht im Schnee verlieren. Der war einen Zehner wert, mindestens! Vorsichtig zog sie den anderen Handschuh aus, nahm den Zahn und drückte ihn fest in die Hand, bevor sie den Handschuh wieder anzog. Sie freute sich schon über Mamas Gesicht. Nach dem Kinderprogramm würden sie einen Eierbecher mit Wasser füllen und dann – plopp! – rein mit dem Zahn. Und morgen, wenn sie aufwachte …! Wofür sollte sie das Geld ausgeben? Eine Prinzessinnenkrone vielleicht. Falls es dafür reichte. Sie wünschte sich so eine wie die von Camilla aus dem Kindergarten. Camilla behauptete, wenn sie kein Wasser mehr im Becher habe, lege die Zahnfee Papiergeld hinein. Doch das glaubte Mama nicht.

Unten auf dem Weg kam jemand. Weit weg im Schneetreiben sah sie etwas Rotes, das sich bewegte. Oda blieb stehen. Hielt die Luft an. Es war …

Der Weihnachtsmann!

Halb rannte, halb rutschte sie zum Weg hinunter. Wartete. Winkte.

Der Bart reichte ihm bis zum Bauch, seine Jacke war rot und schmutzig. Die Mütze hatte er weit in die Stirn gezogen. Oda blinzelte. Das war nicht der Weihnachtsmann.

3

Raimo Egge drückte auf den Stoppknopf und hielt ihn gedrückt, bis seine Fingerspitze blutrot war. Als der Bus in die Haltebucht fuhr, warf er sich den Rucksack über die Schulter und sprang hinaus. Er spürte den Luftzug der Türen, als sie sich hinter ihm schlossen. In der Auffahrt sah er Mamas roten Honda. Vielleicht konnte er ihn sich heute Abend ausleihen; um dann endlich diesen inneren Druck loszuwerden. Den Gedanken an eine weitere schlaflose Nacht ertrug er nicht. Am Vorabend hatte er stundenlang dagesessen und auf den Käfig in seinem Zimmer gestarrt, auf die Ratte, die dort in einer aus Stroh, Sägespänen und Chinchillasand nachgeahmten falschen Wüste lebte. Er hatte sich dem Tier seltsam verbunden gefühlt, wie es da in seinem Laufrad herumjagte. Seine Rastlosigkeit nagte riesige Löcher in sein Denken und Fühlen, durch die seine Aufmerksamkeit entwich. Es gelang ihm, sein aufgestautes Unbehagen wegzuwischen, bevor er die Haustür erreichte, und seine Stimme verriet nicht den Hauch von Widerwillen, als er rief:

»Mama!«

Keine Antwort.

»Mama?«

Janni Egge kam mit einem um den Körper gewickelten pfirsichfarbenen Handtuch aus dem Bad, ein weiteres in passender Farbe trug sie stramm zum Turban gebunden. Gesicht und Arme glühten. Wie frisch gekochter Schinken, dachte Raimo und vermied es, die nackte Haut anzusehen. Mit verschränkten Armen stand er da und betrachtete seine Mutter mit einer

Miene, mit der er auch ein sterbendes Insekt beobachtet hätte – angewidert und mitleidig zugleich.

»Ach, du bist's?«, sagte sie.

Raimo hob die Mundwinkel an zu einem halben Lächeln.

»Du, Mama … darf ich das Auto leihen?«

»Jetzt?«

»Yes.«

»Hast du mal nach draußen geguckt? Es ist lebensgefährlich auf der Straße. Die warnen sogar im Radio davor.«

»Ich werd total vorsichtig sein. Versprochen.«

Sie setzte einen dramtischen Gesichtsausdruck auf. Die Lider hingen ihr wie aufgerollte Markisen über den Augen und erbebten bei jedem Augenaufschlag.

»Seit November erst hast du deinen Führerschein, du hast keine Erfahrung.«

»Und wie soll ich welche kriegen?«

Lächeln, verdammt noch mal, lächeln.

Raimo wusste, dass er das, was in ihm schwelte, im Zaum halten musste. Er neigte den Kopf zur Seite und schaltete einen Gang runter.

»Bitte, bitte, Mama. Ich habe Julie versprochen, heute Abend zu kommen.«

»Du ahnst ja nicht, wie ungemütlich es ist. Ich habe es selbst nur gerade so nach Hause geschafft.«

»Wo bist du überhaupt gewesen?«

Janni zog sich das Handtuch vom Kopf und rieb sich das Gesicht ab. Das Frottee scheuerte, doch sie rieb weiter.

»Einkaufen. Du kannst warten, bis Papa kommt, dann fährt er dich.«

»Ja, klar, der hat sicher Lust. Die Straßen sind inzwischen bestimmt gestreut und in der Stadt auf jeden Fall frei.«

»Nein hab ich gesagt. Das Auto bleibt heute Abend stehen.«

»Oh Mann, du bist so bescheuert!«

Janni antwortete nicht, drehte ihm lediglich den Rücken zu und marschierte zurück ins Bad. Er hörte sie abschließen. Raimo schaute sich um. Ihm war, als würden sich die Küchenschränke ihm entgegenneigen, als schrumpfte das Haus, quetschte ihm die Luft aus den Lungen. Er musste raus! In seinen geballten Fäusten bohrten sich die Nägel in die Hände. Schließlich fiel sein Blick auf den Küchentisch. Der Schlüsselanhänger!

Raimo Egge blieb einen Augenblick stehen und lauschte, konnte aber nichts als seinen eigenen Herzschlag hören. Er ergriff den Autoschlüssel, streifte sich Jacke und ein Paar Handschuhe in ein und derselben Bewegung über, bevor er die Haustür still hinter sich schloss. Die Autoscheiben kratzte er nicht frei, sondern startete den Motor und stellte die Scheibenwischer an, während er rückwärts aus der Ausfahrt fuhr. Der Wagen rutschte auf die Straße und schlingerte, als er Gas gab. Nur die eine Straßenseite war geräumt. Vor der Windschutzscheibe war die Welt weiß. Atme ruhig, dachte er. Konzentriere dich auf die Straße, du kennst den Weg. Bald kommt die scharfe Kurve, und dann auf der langen Ebene einfach nur geradeaus. Da kannst du noch ein bisschen mehr Gas geben, damit die Lüftung in Gang kommt und die Fenster verdammt noch mal nicht so beschlagen. Er traf auf orange blinkende Lichter, als er um die Kurve fuhr. Das ihm entgegenkommende Räumfahrzeug nahm fast die ganze Straße ein. Raimo manövrierte das Auto zur Seite und registrierte einen dumpfen Schlag.

»Scheiße!«

Hatte er die Leitplanke gestreift? Hoffentlich hatte der Schnee den Aufprall abgedämpft. Was er jetzt am wenigsten brauchen konnte, war eine Delle im Kotflügel oder eine Schramme im Lack. Er würde später nachschauen, konnte jetzt nicht anhalten. Musste durchziehen, wozu er sich entschlossen hatte. Wollte sich nicht die Gelegenheit zum Nachdenken geben. Seine Meinung ändern.

Wenig später bog er in den schmalen Abzweig ein, der hinauf zu einer weiß gestrichenen Holzhausvilla führte. Sie mussten miteinander reden oder vielmehr: Er musste reden. Und sie musste einsehen, dass es keinen Zweck hatte. Dass er, der seine gesamte Zukunft noch vor sich hatte, jetzt … Nein, daran war nicht zu denken. Er musste sie notgedrungen zur Vernunft bringen, das sollte eigentlich kein Problem sein. Er hatte gute Argumente. Würde sie nur alles einmal überdenken, käme wohl auch sie darauf, dass es keine andere Lösung gab. Schluss machen, bevor es zu spät war. Dumm war sie nicht, bloß so verdammt dramatisch. Doch genau das mochte er so an ihr. Die Fähigkeit, ein Drama zu veranstalten, viel aus wenig herauszuholen. Aus ihm hatte sie viel herausgeholt, wortwörtlich. Er kämpfte sich mit dem Auto den Hügel hinauf. Auf dem Weg waren tiefe Spurrinnen eines Wagens, der vor ihm dort entlanggefahren war.

Hoffentlich hat sie keinen Besuch!

Er hielt den Wagen in der Spur, richtete sich nach den Markierungspfählen im Schnee und konnte es gerade noch vermeiden, nach der letzten scharfen Kurve im Graben zu landen. Auf dem Hof stand nur ihr Auto, es war eingeschneit.

Vor der Treppe parkte er. Er hatte das Gefühl, zum Schuldirektor zitiert zu werden, um für irgendetwas geradezustehen, und verspürte ein merkwürdiges Ziehen im Magen. Er klingelte und stampfte sich den Schnee von den Stiefeln. Es öffnete niemand. Er klingelte mehrmals. Noch immer keine Reaktion. Als er die Hand auf die Klinke legte, gab die Tür nach. Er ging hinein und schloss sie hinter sich.

»Hallo?«, rief er. »Vibeke? Bist du zu Hause?«

Keine Antwort. Raimo zog seine Schuhe aus und ging vorsichtig auf Socken weiter. Das Wohnzimmer war dunkel, doch aus der Küche hörte er Musik. Das Radio auf der Sitzbank spielte für trockene Krümel und leere Kaffeetassen. Ansonsten war es still. Die Tür stand offen, also musste sie zu Hause sein. Vor Nervosität begann seine Haut zu kribbeln, und ihm wurde warm, aber er schwitzte nicht. Es war, als sammelte sich die gesamte Feuchtigkeit in seiner Blase. Er musste pinkeln. Raimo ging am großen und fast leeren Wohnzimmer vorbei und in den schmalen Flur, wo die Toilette lag. Abrupt hielt er inne, als er das Schlafzimmer passierte. Irgendetwas lenkte seine Aufmerksamkeit auf sich. Raimo lächelte.

»Ach so! Hier bist du also …«

Im schwachen Licht der Nachttischlampe sah er ein Paar Beine. Er erkannte die schwarzen Stiefeletten wieder, die ehrlich gesagt hoffnungslos unpraktisch, aber echt stylish waren. Einmal, als er sich mutig und sicher gefühlt hatte, hatte er sogar gesagt:

»Du wirst dir eines Tages noch deine langen Stelzen brechen. Die Stiefel da kann man doch eigentlich nur im Bett tragen!«

Sie war auf ihn zugekommen, hatte sich an ihn gepresst, ihn ausgezogen. Nein! Sie hatte ihm die Kleider vom Leib gerissen. Er erinnerte sich an das nackte Gefühl, die Scham und die Erregung. Und dann hatte sie sich ausgezogen. Langsam. Stück für Stück. Bis sie nackt vor ihm stand, nackt bis auf die Stiefel.

Jetzt ragten die Stiefeletten über die Bettkante, sie hatte nicht einmal die Bettdecke zur Seite geschlagen. Zuerst glaubte er, sie hätte sich dort hingelegt, um ihn zu ärgern. Er schob die Tür auf und begriff mit einem Mal, dass er sich geirrt hatte.

Mit den Armen über der Brust lag sie auf dem Rücken da. Sie hatte den schwarzen Dufflecoat, Handschuhe, Halstuch und Mütze an. Der Mantel war offen. Von der Hüfte abwärts war sie nackt. Um ihre Knie hing zerknittert die Hose. Ihr Kopf baumelte seitlich über der Bettkante, der Mund weit geöffnet. Ihre Augen waren offen, schwarz, und der Blick wie mit einem unsichtbaren Faden befestigt auf die Zimmerdecke gerichtet.

Raimo wankte rückwärts, stolperte über die Türschwelle und fiel auf den Rücken. Sein Herz glich einem Amboss, Dröhnen in seiner Brust. Irgendetwas zerbarst. Geschmack von Blut im Mund. Er hatte sich auf die Zunge gebissen, als er hintenüber auf den Boden gefallen war, fühlte jedoch keinen Schmerz.

Was, verdammte Scheiße, mach ich jetzt?

Halb kroch, halb lief er. Raus in den Flur. Raus! Er musste weg. Eisige Angst verfolgte ihn, er spürte ihren Atem im Nacken, während er an seinen Stiefeln herumfummelte.

Beschissene Schnürsenkel!

Die Furcht saß ihm nach wie vor im Nacken, als er sich ins Auto warf; mit langen rot lackierten Nägeln grub sie sich in die Haut.

Weiter wie geplant in die Stadt zu Julie konnte er nicht. Nicht jetzt, ausgeschlossen. Julie musste warten. Er musste sich verstecken. Was, wenn ihn jetzt jemand sah? Nach dem, was er gesehen hatte? Sofort würden sie bemerken, dass etwas nicht stimmte. Ganz und gar nicht stimmte. Und er musste so tun, als wäre alles in Ordnung.

4

Solveig schob die Pfanne etwas zur Seite und stellte die Herdplatte auf die niedrigste Stufe, bevor sie in den Flur ging. Sie öffnete die Haustür und spähte hinaus. Vom kleinen Dach über dem Eingang donnerte Schnee, der quer über der Treppe einen kleinen Haufen hinterließ.

»Oda! Komm jetzt rein!«

Niemand gab Antwort. Solveig ging wieder hinein, schleuderte sich die Sandalen von den Füßen, zog ein Paar Stiefel an, ohne sie zu schnüren, und warf sich eine Jacke über die Schultern. Dann war sie wohl hinten. Rund ums Haus herum war ein schmaler Trampelpfad. Sie konnte Spuren von Stiefeln Größe neunundzwanzig ausmachen, die jedoch schon fast verschwunden waren. Die Schneeflocken waren schwer wie nasse Baumwolle. Solveig zog sich die Kapuze über den Kopf.

»Odaaa!«

Stille.

»Oda Isabell Sørensen! Wir spielen nicht Verstecken. Jetzt antworte! Das ist nicht witzig.«

Nackte Lautlosigkeit schlug ihr entgegen, als absorbierte der Schnee jeglichen Laut, packte ihn ein in einen Teppich. Wieder hatte sie dieses Gefühl, das niederfrequente Brummen, die Vorwarnung, die das Ohr nicht wahrnehmen konnte. Sie drehte sich um. Oda konnte nicht über das Feld gegangen sein, das Nachbarhaus lag ohnehin im Dunkeln. Solveig wandte sich um und ging zurück, den Weg hinunter zur Garage. Spuren überall, unmöglich konnte man feststellen, wo Oda zuletzt gelaufen war. Unten am Hügel schneite ein Engel wieder zu. Erneut rief sie, doch ihr Ruf ging im weißen Lärm eines Räumfahrzeugs unter. Bei der Garage erregte etwas ihre Aufmerksamkeit. Etwas Blaues. Ganz unten am Hügel. Der Rodelschlitten lag am Wegesrand. Mit flacher Hand schlug die Kälte nach ihr und kam nicht länger nur von außen, eine eisige Furcht arbeitete sich von innen empor.

»Oda?«

Solveig flüsterte.

»Oda, meine Süße. Wo bist du? Komm zu Mama! Wir machen Pfannkuchen. Pfannkuchen, Oda! Hörst du? PFANNKUCHEN!«

Druck auf der Brust. Jetzt sterbe ich, dachte Solveig und umschloss den blauen Schlitten fest mit ihren Armen. Die hohen Schneewälle … für die Autofahrer war es unmöglich zu sehen, ob jemand aus einer Ausfahrt kam. Ein Auto fuhr vorbei, hinterließ neue Spuren auf der Straße. Zu viele. Viel zu viele Autospuren. Keine von Oda. Dann wurde alles still. Alles mit Ausnahme des gedämpften Knisterns fallenden Schnees.

Die Angst attackierte sie dort, wo sie am verwundbarsten war, mit präziser Treffsicherheit lähmte sie das Herz der Mutter. Dann sorgte sie dafür, dass rasch nacheinander jeder Körperteil auf die bestmögliche Art und Weise versagte. Solveig fühlte es im ganzen Körper. Der Hügel, der zuvor so scheinbar unerschütterlich gewirkt hatte, erhob sich, bewegte sich auf sie zu.

Und dann.

Ein Dröhnen, als die Lawine, die Furcht, sie ergriff.

5

Bitte Røed stand vor dem Spiegel im Schlafzimmer. Ein Kleidungsstück nach dem anderen nahm sie aus dem Schrank, hielt es vor sich und betrachtete sich unzufrieden, bevor sie es aufs Bett warf. Der Schnee peitschte gegen das Schlafzimmerfenster im Obergeschoss der Reihenhauswohnung. Laute Musik drang durch die Gipswände. Sie hatte nichts gegen dieses Geräusch. Ganz im Gegenteil. Es erinnerte sie daran, wie sie selbst als Teenager neben dem Kassettenrekorder gesessen und versucht hatte, die englischen Texte zu lernen. Julie lud aus dem Netz herunter, was sie hören wollte, eine Methode, die Bitte unbegreiflich mystisch vorkam. Bitte Røed angelte sich ein rotes Hemd. Könnte sie das tragen? Müsste auf jeden Fall gebügelt werden. Nein, entschied sie sich. Rot ist zu auffällig. Und Rosa zu weiblich. Schwarz zu hart. Aber Blau müsste gehen. Vielleicht ein Halstuch?

Die Musik nahm an Lautstärke zu. Bitte ging auf den Flur hinaus, klopfte vorsichtig an die Tür, bevor sie öffnete.

»Kannst du die Musik ein wenig leiser machen? Peder hat sich hingelegt. Und denk daran, dass wir hier zu beiden Seiten Nachbarn haben.«

»Die Musik ist nicht laut.«

»Doch.«

Julie saß in einem Haufen Kissen auf dem Bett mit einem Laptop auf dem Schoß. Sie nahm den Blick nicht vom Bildschirm. Ihre Finger ratterten über die Tastatur.

»Was machst du?«

»Nichts.«

Bitte ging einen Schritt ins Zimmer und versuchte einen flüchtigen Blick auf den Schirm zu erhaschen.

»Ich bin bloß auf Facebook. Mein Gott, Mama, hör auf, dich einzumischen.«

»Chattest du?«

»Ja. Und?«

»Mit diesem Raimo?«

»Hör auf, dich einzumischen, hab ich gesagt.«

»Sind Synne oder Maria auch online?«

Julie starrte auf die Tastatur, mit dem Kopf ein wenig weiter vornübergebeugt als nötig. Hatte sie geweint?

»Stimmt etwas nicht? Vermisst du deine alten Freunde? Julie, du weißt, dass du immer mit mir reden kannst, wenn …«

»Es ist nichts!«

»Na gut, aber mach die Musik ein wenig leiser«, sagte Bitte und zog sich zurück.

Einen Augenblick lang blieb sie vor der Tür stehen, mit der Wange an der glatten weißen Oberfläche. Nicht, weil sie lauschen wollte, sondern weil dies eigenartigerweise der engstmögliche Kontakt war, den sie zu Julie herstellen konnte. Sie erinnerte sich an eine Zeit, als ihre Tochter bei ihr auf dem Schoß saß und sie die Wärme dieses kleinen Körpers spüren konnte. Doch schon da hatte sie das Unvermeidliche kommen sehen; dass Julie vom Schoß rutschen, zur Tür krabbeln, sich aufrichten, die Tür öffnen und auf Stöckelschuhen hinausgehen würde. Dass es aber so schnell geschah! Sie gleitet mir aus den Händen, und ich weiß nicht einmal, wen ich da gerade verliere, dachte Bitte. Ich kenn sie nicht mehr.

Bitte Røed riss sich von der Tür los und schaute zu Peder hinein. Auf dem Rücken liegend schlief er mit offenem Mund, wirkte vollkommen sorglos. Er hatte aber auch keine Probleme damit gehabt, sich in der neuen Umgebung zurechtzufinden. In der Straße wohnten viele Jungen in seinem Alter, er hatte schon Anschluss gefunden. Julie dagegen hing bloß mit ihrem Freund herum, den Bitte noch nicht einmal getroffen hatte, und schien ganz und gar nicht daran interessiert zu sein, sich neue Freunde zu suchen. Sie hoffte, das würde sich mit der Zeit geben. Ein Freund war trotz allem ein Anfang und besser, als allein zu sein. Der Versuchung, zu Peder hineinzugehen und ihm übers Haar zu streichen, konnte sie nicht widerstehen. Er wachte nicht auf, drehte sich lediglich auf die Seite, als fühlte er sich gestört. Seinem Vater so ähnlich, dachte Bitte und stopfte die Decke eng um ihn. Leise ging sie rückwärts hinaus und zurück in ihr eigenes Schlafzimmer. Dort sackte sie auf der Bettkante zusammen und betrachtete resigniert den Kleiderhaufen. Nie hätte sie geglaubt, dass sie die Uniform einmal vermissen würde.

6

Donnerstag, 26. Januar

Von seinem Büro in der zweiten Etage des Polizeipräsidiums in Drammen aus starrte Hauptkommissar Verner Jacobsen hinaus in das undurchdringliche Schneetreiben. Er hatte geglaubt, Schnee in all seinen Formen zu mögen, doch tatsächlich hatte er noch nie zuvor einen derartigen Schneefall erlebt. Er liebte den leichten, wohlerzogenen Schnee, der wusste, wann sein Auftritt gekommen war, und die Anständigkeit besaß, nicht auf dem Bürgersteig liegen zu bleiben. Jetzt wütete er voller Bosheit auf den Straßen, fläzte sich schamlos hin und musste mit Macht entfernt werden. Und dass die Sonne wahrhaftig irgendwo da oben ihren Platz hatte, war unbegreiflich. Den direkt hinter der Polizei vorbeifließenden Fluss konnte er kaum erkennen. Der Fluss zerteilte die Stadt, die man mittels unzähliger Brücken dennoch notdürftig zusammenzuflicken versuchte.

Seit Mittwoch letzter Woche hatte er schlecht geschlafen. Mit der Mail von Trine hatte die Vergangenheit ihn auf brutale Weise eingeholt. Auf seinem Handy waren zudem zwei unbeantwortete Anrufe und vier SMS, auf die zu antworten er noch nicht den Mut gehabt hatte. Solange er sie nicht beantwortete, konnte er weiterhin so tun, als würde sein Leben sich nicht verändern. Allerdings hätte er wissen müssen, dass sie wieder auftauchte und es sich mit dem Verschweigen der Wahrheit ebenso verhält wie mit einer ins Wasser geworfenen Leiche – früher oder später trieb sie wieder an die Oberfläche. Er warf einen Blick auf die Wanduhr. Ein paar Runden schaffe ich noch, dachte er und zog die untere Schublade in seinem Schreibtisch auf. Er betrachtete das halb fertige Paar Socken, an dem er strickte. Die Wolle brachte die Muster von allein zustande. Die Nadeln laufen zu lassen und zu beobachten, wie durch die Wolle Streifen und Tupfen entstanden, ohne dass er selbst denken musste, vermittelte ihm ein entspannendes Gefühl. Nein. Er schob die Schublade nachdrücklich wieder zu. Noch konnte er vor der Dienstbesprechung ein paar Berichte durchlesen. Darauf zu hoffen, dass die Probleme verschwänden, ließe er sich nur von der Arbeit begraben, war eine Lüge, an die zu glauben er fest entschlossen war. Ironisch für jemanden, der nach der Wahrheit sucht – das gestand er sich ein. Lügen konnte er nicht ausstehen. Und doch habe ich über achtzehn Jahre lang gelogen, dachte er und spürte, wie sich ein Gefühl der Scham unter seinem Brustbein zu einem Knäuel ballte.

Der neue Ermittlungsbeamte, der Nachfolger von Karl Eliassen, sollte heute anfangen. Eliassen war in Pension gegangen. Verner würde den Kollegen vermissen. Jahrelang, seit sie gemeinsam Streife gefahren waren, hatten sie zusammengearbeitet. Trotz des großen Altersunterschiedes hatte er sich immer auf Augenhöhe mit Karl gefühlt.

Er fuhr sich mit den Händen über den Kopf, glättete die stramm nach hinten gekämmten Haare und zog seinen Zopf fest. Dann machte er sich eilig auf den Weg über die langen Flure. Bei einem der kleinen Besprechungsräume angekommen, trat er ein, setzte sich ans Ende des ovalen Tisches, nickte Heiki Stenvald, Ida Madsen, Marius Moe, Hildegunn Ebbestad und dem Leiter der Kriminalpolizei Thomas Lindstrand zu. Ein Platz war leer. Der Neue. Mit den Fingern trommelte er auf den Tisch. In dem Augenblick flog die Tür auf.

»Entschuldigung …«

Sie schüttelte den Kopf. Wie ein Hund, der von draußen aus dem Regen kommt, dachte Verner Jacobsen.

»Was für ein Wetter!«

Sie streckte die Hand aus und begrüßte alle reihum. Zu Verner kam sie zum Schluss, der die Hand fest drückte. Die etwas fleischige Hand war eiskalt, beinahe farblos und einen Tick puddingartig schlaff. Er schob die Assoziationen, die sie bei ihm auslöste, zur Seite und begriff selbst nicht, warum er den Händedruck ein wenig länger währen ließ als notwendig.

»Bitte Røed«, sagte sie und drückte ein bisschen fester, als ob sie seinen Widerwillen spürte.

»Hauptkommissar Verner Jacobsen«, sagte Verner, während er sie musterte. Sie war einen Kopf größer als er, und in ihren Augen funkelte eine Art kindliche Erwartung – sie wirkte, als bräche sie jeden Moment in Lachen aus. Auf dem freien Stuhl neben ihm nahm sie Platz.

»Bitte.«

Er mochte es nicht, wenn Leute sich mit ihrem Rufnamen vorstellten.

»Ja, einfach Bitte. Ist das ein Problem für Sie?«

Verner schüttelte den Kopf. Mein Gott, noch eine von diesen Frauen, die unbedingt beweisen mussten, dass sie tough genug waren für den Job.

»Sie hatten vielleicht gehofft, mich ›Bittchen‹ nennen zu können, aber …«

Sie klopfte sich auf den Bauch, und ihr Gesicht verzog sich zu einem Lachen. Die Knöpfe ihrer korallroten Bluse bemühten sich in einem hoffnungslosen Kampf vergeblich, den Stoff zusammenzuhalten. Ihre Brüste wogten bedrohlich, als sie den Stuhl näher an den Tisch heranrückte, um besser sitzen zu können. Sie war auf eine kompakte Art dick, irgendwie elastisch. Wenn ich einen Finger in ihren Oberarm drücke, dachte Verner Jacobsen, federt der bestimmt zurück. Ein plötzlicher Drang, sie anzufassen, stieg in ihm hoch. Das war verwirrend. Reiß dich zusammen, dachte Verner, du magst sie nicht.

Thomas Lindstrand, Leiter der Kriminalpolizei, räusperte sich ungeduldig. Pflichtschuldig reichte er eine Kuchenplatte mit einer halben Torte in die Runde.

»Eliassen hatte gestern ja seinen letzten Tag …«, fügte er erklärend an und nickte Bitte Røed zu.

»Wenn jemand will, bitte. Und dann möchte ich Sie natürlich herzlich willkommen heißen, Kommissarin Bitte Røed. Røed ist soeben von Oslo hierher gezogen. Sie hat, wie Sie sicher schon wissen, als Ermittlerin unter anderem bei der Polizei Lilleheia gearbeitet und ihren Dienst sowohl bei der Streife als auch in der Präventionsabteilung in Oslo, Grønland, versehen.«

»Kuchen?«

Verner schob ihr die Platte hin.

»Leider haben wir gerade keine Waffeln …«

Im Scherz nannten sie die Beamten der Präventionsabteilung gelegentlich Waffelpolizei, und in einem unbedachten Augenblick war ihm der Gedanke über die Lippen gekommen. Bitte sah ihn an, ihre Augen wurden schmaler; wie zwei einen Spaltbreit geöffnete Türen. Er konnte erkennen, dass aus dem Innern ein Leuchten drang.

»Danke, ich bin bereit für Mord und Marzipantorte.«

Wieder schlug ihm Gelächter entgegen, und er verzog seine Lippen zu einer Art Lächeln. Meine Güte, so krampfhaft heiter. Auf ihrem Nachtschränkchen hatte sie bestimmt einen Haufen von diesen Denk-positiv- und Liebe-dich-selbst-Büchern liegen. Er registrierte, wie sie sich gierig bediente und sich mit dem Teller in der Hand auf ihrem Stuhl zurücklehnte, als fühlte sie sich ganz wie zu Hause. Sie ist fett, dachte er. Und hat Tränensäcke unter den Augen, als hätte sie schon einiges mitgemacht. Doch war ihr Blick warm. Intensiv. Die Bluse stand ihr.

»Hm! Köstlicher Kuchen, oder?«, mümmelte sie zwischen zwei Bissen.

Verner Jacobsen hob gleichgültig die Schultern und richtete seine Aufmerksamkeit auf den Leiter der Kriminalpolizei.

Thomas Lindstrand brachte sie auf den neuesten Stand, was die aktuellen Fälle anging, und verteilte Arbeitsaufgaben.

»Wir haben eine Vermisstenanzeige«, sagte der Chef. »Ein Mädchen, Oda Isabell Sørensen, fünf Jahre alt. Sie ist gestern Abend verschwunden, als sie vor ihrem Haus in Lier gespielt hat. Verner …?«

Verner blickte auf und nickte. Fälle mit Kindern mochte er nicht, oder besser gesagt, er mochte keine Kinder. Diese Wesen machten ihn verlegen, unberechenbar, wie sie waren, mit ihrer eigenen Logik, die er selbst längst vergessen oder verdrängt hatte.

»Das Rote Kreuz und Leute von uns haben die ganze Nacht über vergeblich nach ihr gesucht«, fuhr Thomas Lindstrand fort. »Sie ist wie vom Erdboden verschluckt. Du kannst Bitte Røed mitnehmen. Wir müssen uns schnellstmöglich um die Sache kümmern. Ihr besprecht die Details aus dem Bericht unterwegs?«

Lindstrand nickte Bitte Røed freundlich zu, die gerade eben noch das letzte bisschen Sahne von ihrem Teller gekratzt hatte, bevor er die Unterlagen herumreichte.

»In Ordnung«, sagte Verner Jacobsen. »Wir fahren sofort los. Sind Sie fertig?«

Bitte Røed fuhr sich mit der Zunge einmal um den Mund und schnappte sich den Bericht.

Auf dem Weg aus der Stadt hinaus über die Bjørnstjerne Bjørnsons gate blieben sie im Stau stecken.

»Muss schrecklich sein, hier zu wohnen«, sagte Bitte Røed und wies auf die Häuserblocks mit den abwechselnd roten und gelben Balkonen, die allesamt auf die vielbefahrene vierspurig ausgebaute Straße gingen.

»Und eine so schöne Aussicht!«, fuhr sie fort und wandte den Blick in die andere Richtung, wo der Elkjøp-Supermarkt sich von seiner Rückseite mit Müllcontainern, Paletten und durchsichtigen Säcken voller wiederverwertbarem Plastik präsentierte.

»Dafür gibt's hier viele gute Autohäuser«, murmelte Verner Jacobsen.

Er hielt an einer roten Ampel, über die ein paar Jugendliche mit Rucksäcken und einem Koffer zwischen sich gingen.

»Ich werd mich hier nie auskennen«, seufzte Bitte. »Bloß Kreuzungen und Verkehrskreisel, unter einer Brücke hindurch und über eine Brücke hinweg … Kann gut verstehen, dass die Leute Drammen als Norwegens größte Kreuzung bezeichnen.«

»Das ist lange her«, sagte Verner mürrisch. »Drammen ist mittlerweile mehr als bloß *ein Loch an der E18*, ist das bei Ihnen noch nicht angekommen?«

»Doch, doch. Das Loch ist inzwischen mit Stolz ausgebessert worden, hab ich gehört. Die Flussstadt – so nennt man sie jetzt, oder?«

Verner Jacobsen nickte.

Als sie endlich auf der Schnellstraße waren, hatte diese sich auf eine Fahrspur verengt, was einige dennoch nicht daran hinderte, riskante Überholmanöver einzugehen.

»Die Leute spinnen«, sagte sie und überflog flüchtig den Bericht, während sie ihren neuen Kollegen beobachtete. Wahrscheinlich war er jünger als sie, obwohl er ein markantes Gesicht mit harten, nach unten weisenden Zügen hatte; bestimmt weil er so dünn war. Dünne Menschen haben oft einen solch scharfen Ausdruck, dachte sie. Obendrein war seine Haut narbig, als hätte er in seiner Pubertät ein auffallendes Akneproblem gehabt, das sich bis ins Erwachsenenalter tief in seine Haut eingegraben hatte. Sein Gesicht war merkwürdig anziehend, ob das vielleicht an den Augen lag?

»An dieses Spurlos glaube ich irgendwie nicht«, sagte sie.

»Warum?«, fragte Verner den Blick fest auf die Straße gerichtet.

»Spurlos! Hallo! Ist Ihnen schon was aufgefallen? Es schneit.«

»Genau deshalb«, sagte Verner.

Na klar. Der Schneefall der letzten vierundzwanzig Stunden war der schlimmste seit Menschengedenken. Der tilgte auch die letzte Spur. Bitte Røed spürte ihre Wangen brennen. Was für ein Bild von ihr als Ermittlerin musste er jetzt wohl haben? Er nahm sie nicht ernst. Sie hätte die blaue Bluse anziehen sollen. Korallrot! Was hatte sie sich bloß dabei gedacht? Wollte sie auffallen? Und hier saß sie nun, zweiundvierzig Jahre alt und errötete.

»Ich meine«, stotterte sie, »hätte nicht ihre Mutter umgehend Spuren von ihr entdecken müssen?«

Verner Jacobsen überhörte ihre Frage.

»Steht was drin, wie lange das Mädchen unbeaufsichtigt gewesen ist?«

Bitte Røed fuhr mit dem Zeigefinger über den Bericht und schüttelte den Kopf.

»Gegen fünf ist sie verschwunden, aber hier steht nur, dass sie die ganze Nacht über nach ihr gesucht haben«, antwortete sie. »Die Mutter, Solveig Sørensen, sagt, dass sie überall Spuren gefunden hat, es aber unmöglich ausmachen konnte, wo sie wann gewesen war. Und als sie nach ihr zu suchen begann, waren die Fußspuren schon wieder fast verschwunden.«

Sie legte den Bericht auf ihren Schoß.

»Aller Wahrscheinlichkeit nach ist sie hysterisch herumgelaufen und hat alle möglichen Spuren vernichtet«, sagte Verner Jacobsen.

»Haben Sie Kinder?«, fragte Bitte Røed.

»Was tut das denn zur Sache?«

Bitte Røed zuckte mit den Schultern.

»Ich hätte natürlich auch Angst bekommen und mich genauso verhalten«, sagte Verner. »Müssen wir hier ab?«

Sie verließen die Schnellstraße. Ein Schild warnte sie vor einer kurvigen Straße. An einer Stelle war der Schnee auf die Fahrbahn gerutscht. Elche, dachte Verner und drosselte die Geschwindigkeit. Der Wald umschloss sie, aber noch immer konnten sie zwischen den Bäumen hindurch vereinzelt Lichter von der Schnellstraße erkennen. Wenig später wurde die Straße wieder gerade, und der Wald gab hier und da den Blick auf einzeln stehende Häuser frei. Sie parkten vor dem braunen zweigeschossigen Gebäude, das Solveig Sørensen und ihrem Ehemann Erik gehörte.

Erik öffnete ihnen und führte sie in den Flur, der sich wie ein Schlauch durch das gesamte Haus zog. Die Küche war schmal, mit abgeschrägten Schränken wie in den Fünfzigerjahren und führte zu einer Glasveranda, die als Essplatz diente. Retro, dachte Bitte, aber einen Tick zu abgenutzt, um als modern durchzugehen.

»Solveig«, sagte Erik. »Die Polizei ist da.«

Die Frau, die am Fenster gestanden und hinausgestarrt hatte, wandte ruckartig den Kopf herum. Ihre Augen flackerten ängstlich und schnell zwischen den beiden Ermittlungsbeamten hin und her. Wie ein nervenkranker Spatz, dachte Bitte und wunderte sich, dass verweinte Augen tatsächlich auch schön sein konnten. Würde sie auch nur eine Stunde heulen, wäre ihr Gesicht aufgedunsen. Sie vernahm, wie sich von irgendwoher Neid in ihr breitmachte.

»Ich bin Hauptkommissar Verner Jacobsen, und das ist Kommissarin Bitte Røed«, sagte Verner und reichte seine Hand. »Selbstverständlich wissen wir, dass das jetzt schwierig ist, aber wir müssen Ihnen einige Fragen stellen.«

Verner blickte von einem zum anderen.

»Und ein paar werden Sie vielleicht als unangenehm empfinden, doch sie sind wichtig, damit wir Oda so schnell wie möglich finden.«

»Das verstehen wir«, sagte Erik. »Setzen Sie sich.«

Er ging zu Solveig, legte seine Hand auf ihre Schulter und drückte sie auf einen Stuhl am Küchentisch, während Verner und Bitte sich jeweils auf einen weiß lackierten Hocker setzten. Erik blieb stehen, eine Hand auf der Schulter seiner Frau, die andere auf der Rückenlehne des letzten freien Stuhls – eines hellbraunen Tripp-Trapp-Stuhls. Auf dem Tisch lag eine rot karierte Puppe mit Marmeladenflecken, das Markenschildchen von Ikea lugte hervor. Von den Fenstern her zog es.

»Wann können Sie mit Sicherheit sagen, dass Sie Oda zuletzt gesehen haben, Solveig?«, fragte Verner Jacobsen.

»Das letzte Mal …?«

»Sie war draußen zum Spielen, stimmt's?«, warf Bitte sanft ein.

»Da habe ich gestanden und auf sie achtgegeben.« Solveig nickte und zeigte auf die nach Süden gehenden Fenster. Verner Jacobsen drehte sich um und bemerkte, dass der Fensterkitt gesprungen war, kleine Stückchen lagen in dem Zwischenraum der Doppelverglasung.

»Ich hab gerade Essen gekocht, als Erik angerufen hat.

Während wir miteinander sprachen, habe ich gesehen, wie sie Schneeengel gemacht hat. Sie hat so fürchterlich gebettelt, hinausgehen zu dürfen, was sie ohne Erwachsene nämlich eigentlich nicht darf. Die Straße hier ist dermaßen gefährlich … aber sie hat versprochen, nicht dorthin zu gehen.« Sie atmete heftig ein und hielt die Luft an. »Niemand fährt hier sechzig«, schluchzte sie beim Ausatmen.

»Die geben in der Kurve Gas«, warf Erik ein, »und beschleunigen auf der Ebene. Ein Wunder, dass da noch nie was passiert ist.«

Er verstummte plötzlich.

»Sie haben miteinander telefoniert«, stellte Verner fest. »Wo waren Sie, Erik?«

»Ich war auf dem Heimweg von der Arbeit, steckte auf der Schnellstraße im Stau. Bei Liertoppen hatte es einen Unfall gegeben, ein Lastzug, der sich gedreht hatte und in ein Auto gefahren war.«

»Sie haben also vom Handy aus angerufen. Würden Sie bitte die Anrufliste prüfen und nachsehen, wann das war?«

Erik fummelte an seiner Hosentasche herum. Als er ein Sony Ericsson hervorzog, fiel eine Zehnerpackung Prince Light auf den Boden. Rasch bückte er sich, hob sie auf und warf einen Blick auf Solveig, die reglos dasaß und keine Miene verzog.

»16.54 Uhr«, sagte Erik.

»Okay«, sagte Verner Jacobsen und bemerkte, dass Eriks winterblasses Gesicht auf einmal einen wärmeren Farbton bekommen hatte. Er notierte die Uhrzeit in einem kleinen Notizblock und wandte sich an Solveig.

»Sechs Minuten vor fünf standen Sie also dort am Fenster. Danach sind Sie vielleicht wieder zurück zum Herd? Wie viel Zeit ist vergangen, bevor Sie festgestellt haben, dass Oda verschwunden war?«

»Ich weiß es nicht.«

Solveig verbarg ihr Gesicht in den Händen, während ihr Haar wie eine leichte Sommergardine herabfiel. Bitte Røed sah den dunklen Haaransatz; eine scharfe Linie verriet, dass das Haar vor Längerem gebleicht worden war. Ich müsste auch bald meine Haare tönen, dachte sie. Eine rötliche Tönung zur Abwechslung? Oder Strähnen?

»Versuchen Sie trotzdem, sich zu erinnern«, hakte Verner Jacobsen nach.

Verärgert verzog Bitte den Mund. Die Lippen des Kollegen waren farblos und schmal, seine Stimme klang unbeteiligt. Ob er wohl eine Aufziehschraube am Rücken hatte? Oder war er bloß außergewöhnlich arrogant? Sein Gesicht glich dem des nordnorwegischen Winters – wüst und kahl; das wollte so gar nicht zu dem weichen und eindeutig selbst gestrickten Rollkragenpullover passen, den er trug. Ein Alibi für fehlende Empathie?

»Ich erinnere mich nicht«, erwiderte Solveig. »Ich habe Essen gemacht, die Kartoffeln standen auf dem Herd. Oda wollte Pfannkuchen haben«, flüsterte sie. »Hätte ich doch nur Pfannkuchen gemacht …«

»Die Wahl des Essens hätte wohl kaum etwas geändert«, sagte Verner und blickte hinüber zur Bratpfanne, die immer noch auf dem Herd stand, mit den Bratwürsten darin. Er fühlte sich unwohl. Trauernde Eltern machten ihn immer verlegen. Ihm war klar, dass er den Eindruck eines gefühllosen Klotzes erweckte, weil er sich an eindeutige Fakten hielt. Allerdings half ihm diese effektive Methode, sein Unbehagen und seine Verlegenheit zu überspielen.

»Hätte ich Pfannkuchen gemacht … Oda hat so gerne mit mir zusammen den Teig gemacht; sie hätte nicht gequengelt und rausgewollt, nein. Und dann …«

»Verstehe«, unterbrach Bitte sie, lehnte sich vor und legte

eine Hand auf ihren Arm, bevor sie weitersprach. »Es hilft Oda aber nicht, wenn Sie sich Vorwürfe machen.«

Sie strich weiter über Solveigs Arm.

»Versuchen Sie, sich zu erinnern, wie spät es war, als Sie nach ihr sahen.«

»Ich hab gesagt, ich weiß es nicht. Möglicherweise nach zehn Minuten, vielleicht später. Ich weiß es nicht. Ich sehe bloß den rosa Anzug. Sie rollt Schneebälle, will bestimmt einen Schneemann bauen. Ich sehe, wie sie mit dem blauen Schlitten herumläuft. Ich sehe sie auf dem Rücken liegen und Engel machen. Ich sehe sie die ganze Zeit!«

Solveig begrub ihr Gesicht wieder in den Händen, als könnte sie sich so gegen die Bilder wehren. Die Polizistin wirkt angespannt. Und irgendwie versucht sie, mich zu trösten, dachte sie ärgerlich. Diesen vermeintlichen Trost ertrug sie nicht und fasste kein besonderes Vertrauen zu ihr. Da war der Polizist ganz anders, der machte einen solideren und selbstsichereren Eindruck.

»Einen losen Zahn hatte sie«, bemerkte sie. »Sie sollte von mir zehn Kronen kriegen, wenn er ihr ausfiel.«

Sie steckte eine Hand in die Hosentasche, zog eine Münze heraus und drehte sie in den Fingern, während ihre Augen in Tränen schwammen.

»Auf so eine Prinzessinnenkrone hat sie gespart. Rosa. Alles musste rosa sein.«

»Muss«, berichtigte Erik. »Alles muss rosa sein.«

Abwesend streichelte er Solveig über den Rücken und richtete seinen Blick abwartend auf die beiden Ermittler.

»Kinder kommen oft auf komische Ideen«, sagte Verner Jacobsen. »Gibt es jemanden in der Nähe, zu dem sie hätte gehen können?«

Solveig und Erik schüttelten den Kopf.

»Sie geht nie irgendwohin. Ich hab die Eltern von Mathias aus dem Kindergarten angerufen und von Torbjørn und Marie und Martin, die direkt auf der anderen Straßenseite wohnen. Bei keinem ist sie gewesen. Niemand hat sie gesehen.«

»Haben Sie irgendwelche Feinde?«

Solveig und Erik sahen einander an.

»Wir wohnen hier noch nicht so lange«, sagte Solveig.

Verner registrierte ein kurzes Zögern, und ein Anflug von Angst oder Unmut huschte über ihr Gesicht.

»Mein Exmann ... allerdings hat er keine Ahnung, wo ich wohne. Wir haben keinen Kontakt.«

Verner bemerkte den abweisenden Ton und schrieb *Exmann?* auf seinen Block.

»Hat er einen Namen?«

»David Martí.«

Ihr Gesicht wirkte auf einmal verschlossen. Verner ließ die Angelegenheit auf sich beruhen und fragte stattdessen: »War viel Verkehr auf der Straße?«

»Weniger als normal, glaub ich.«

»Glauben Sie, dass sie entführt worden ist?«, fragte Erik. »Entlang der Straße hier passieren viele seltsame Dinge. Man hat den Eindruck, als wohnte hier in jedem zweiten Haus ein Verrückter. Außerdem hört sich das nach der einzig vernünftigen Erklärung an. Kinder werden nicht einfach vom Erdboden verschluckt. Es schneit. Sie kann sich nicht im Wald verirrt haben. Dann hätten wir Spuren gefunden. Das Rote Kreuz hat die ganze Nacht hindurch überall gesucht. Mehrere Male ist sie ums Haus gegangen, das haben wir gesehen. Und an der Garage unten an der Straße ist sie auch gewesen.«

»Der Schlitten lag da«, sagte Solveig leise.

»Derzeit wissen wir genauso wenig wie Sie. Wir vermuten nichts, aber wir tun alles in unserer Macht Stehende, um Oda zu finden«, sagte Verner und lächelte überzeugend. Er hoffte, dass sie seinen Zweifel nicht bemerkten, den er im Innersten spürte. »Oda hat höchste Priorität.«

»Haben Sie ein Foto für uns?«, fragte Bitte Røed. »So aktuell wie möglich sollte es sein.«

Flüchtig sah sie zu Verner hinüber und erhielt ein anerkennendes Nicken. Vor Stolz verspürte sie ein freudiges Kribbeln im Bauch, sie musste aufpassen, dass sie nicht lächelte.

»Ja«, sagte Verner Jacobsen, »wir geben heute Vormittag noch eine Fahndung raus.«

Ihn ärgerte es, dass er vergessen hatte, nach einem Foto zu fragen. Er war nicht so fokussiert wie gewöhnlich. Ein anderes Kind raubte ihm gerade seine Aufmerksamkeit; das konnte er nicht zulassen. Solveig erhob sich und ging ins Wohnzimmer. Verner Jacobsen und Bitte Røed folgten ihr. Vom obersten Brett eines Bücherregals nahm sie einen großen weißen Umschlag.

»Direkt vor Weihnachten haben sie im Kindergarten Fotos gemacht«, sagte sie. »Ich hab noch keinen Rahmen dafür besorgt.«

Sie zog drei Bilder heraus. Und bezahlt hab ich sie auch noch nicht, dachte sie. Eine von den Rechnungen gestern war eine Mahnung gewesen. Ein Foto war in Farbe, das andere schwarzweiß und ein Gruppenbild vom gesamten Kindergarten.

»Darf ich mir diese hier mitnehmen?«, fragte Verner Jacobsen und zeigte auf das Gruppenfoto und auf das Porträt eines lächelnden Mädchens mit langen dunklen Zöpfen. »Sie erhalten sie selbstverständlich zurück, wenn wir uns Kopien gemacht haben. Zudem benötigen wir eine genaue Beschreibung der Kleidung, die sie getragen hat. Schaffen Sie das?«

Solveig nickte. Verner schrieb auf: hellrosa Schneeanzug und Mütze, dunkelrosa gefütterte Cherrox-Gummistiefel, weiße Fäustlinge.

»Wir werden uns auf Ihrem Grundstück umsehen, bevor wir fahren. Und natürlich halten wir Sie auf dem Laufenden.« Er gab Erik eine Visitenkarte.

»Rufen Sie an, wenn Ihnen noch etwas einfällt. Was auch immer. Kinder, die verschwinden, tauchen in der Regel wohlbehalten wieder auf«, fügte er in einem Aufheiterungsversuch hinzu. »Unsere Leute werden die Gegend umkrempeln, die Nachbarn werden schon befragt.«

Verner Jacobsen und Bitte Røed gingen zur Haustür. Solveig und Erik machten keine Anstalten, sie zu verabschieden, sondern standen wie versteinert da, jeder für sich den schlimmsten aller Albträume durchlebend.

7

Ein kalter Winterwind fuhr ins Haus, als die Polizei die Tür hinter sich schloss. Solveig nestelte an einem Schwarz-Weiß-Foto von Oda herum, während Erik versuchte, seinen Arm um sie zu legen, doch sie wand sich heraus. Sie legte Odas Foto auf die Arbeitsplatte, griff die Pfanne mit den Würsten und warf alles zusammen in den Müll. Dann räumte sie die Spülmaschine aus. Obwohl sie nichts sah, weil ihre Augen sich mit Tränen füllten und alles verschwamm, hielt sie in ihren Bewegungen nicht inne. Die Lawine, die sie erfasst hatte, raste weiter, aber wenn sie in Bewegung bliebe, wenn es ihr gelänge, zu schwimmen, und die Schneemassen sie nicht unter sich begraben würden, wenn sie sich nicht mitreißen ließe, würde sie vielleicht nicht zermalmt werden.

»Musst du das jetzt machen?«

Solveig fiel ein Teller auf den Boden.

»Guck, was passiert ist! Odas Lieblingsteller!«

Solveig kniete vor der Spülmaschine. Das hier passiert gar nicht, dachte sie. Das ist einfach nicht wahr. Auf Knien las sie die Stücke des zerborstenen Tellers auf. Sie umschloss fest eine Scherbe. Winnie Puuh war auf dem Teller abgebildet gewesen. Nun blickte sie ein schwarzes Auge zwischen Daumen und Zeigefinger mit totem Blick an. Von dem Schnitt in ihrer rechten Hand tropfte Blut. Sie merkte es nicht, eine gewaltige Stille nahm sie gefangen, als quetschte eine Tonne Schnee die Luft aus ihr heraus.

»Reiß dich zusammen, Solveig.«

Eriks Stimme klang mit einem Mal anders, eingepackt und wie aus weiter Ferne, doch dann nahm sie an Lautstärke zu, tat weh wie harscher Schnee.

»Du darfst jetzt nicht zusammenbrechen, du musst deine Kräfte konzentrieren, um Oda zu finden, du musst …«

Bewegung. Die einzige Chance, die du hast. Schwimm!

»Du hast mir nicht zu sagen, was ich zu tun habe!«, rief sie. »Ich muss den Teller zusammenkleben. Ich muss einen Rahmen fürs Kindergartenfoto kaufen. Und ich muss ein Prinzessinnenheft kaufen. Oda soll die Prinzessinnenkrone haben, wenn sie zurückkommt … und Schokolade. Sie soll warmen Kakao bekommen. Ich muss das Mittagessen von gestern wegräumen. Ich muss wegkriegen, was passiert ist. Du hast mir nicht zu sagen, was ich zu tun habe. Hörst du? Geh einfach raus und rauch eine!«

Erik zwang sich, nicht in die Defensive zu gehen, sondern riss ein Küchentuch von der Rolle auf der Arbeitsplatte und hockte sich neben sie, drückte ihr das Papier auf die Wunde in ihrer Hand und schmiegte vorsichtig einen Arm um ihre Schulter – unsicher, welche Reaktion das hervorrufen würde.

»Solveig«, flüsterte er. »Ich hab auch Angst. Auch ich liebe sie.«

»Wo ist sie? Ich will sie wiederhaben«, jammerte Solveig. Tränen vermengten sich mit den Blutflecken, die auf den Boden getropft waren.

»Sie darf unter der Dusche stehen, so lange sie will. Wir pfeifen auf die Stromrechnung, stimmt's? Eine Stunde lang darf sie duschen! Bestimmt friert sie. Ihr Anzug ist am Hintern so verschlissen, sie ist sicher nass …«

Sie beugte sich vornüber, presste das Gesicht auf das glatte Linoleum. Erik ergriff ihre schmale Schulter und drückte sie an seine Brust. Schwer am ganzen Körper wie ein schlaftrunkenes

Kind ließ sie sich umarmen, ließ sich in Eriks Armen wiegen, während sie ihr Gesicht in seinem Pullover verbarg. Er spürte, wie die warmen Tränen und der Rotz durch die Wolle drangen und seine wehrlose Haut berührten.

8

Jählings schreckte Raimo Egge mit dem unguten Gefühl aus seinem Schlaf auf, sich in einer Katastrophenregion zu befinden. Alles war Chaos. Die Gedanken zäh wie Kaugummi. Er riss die Augen auf und starrte auf die Schranktüren mit den Bleistiftzeichnungen. Als Letztes hatte er eine Studie seiner linken Hand und ein Porträt von Julie angefertigt. Die Augen hatte er nicht hinbekommen. Es war, als schaute sie ihn vorwurfsvoll an. Entschuldigung, Julie! Sein Blick glitt weiter zu den Entwürfen. Nackte Frauen. Er selbst lag in voller Montur unter der Decke, und einen Moment lang begriff er nicht, wieso. Die Reste eines Traums gingen ihm im Kopf um. Er rieb sich mit den Händen über das Gesicht, pulte den Schlaf aus den Augenwinkeln, und langsam, wie aus dem Nebel gleitend, kam alles zurück.

Der vorige Abend. Er hatte es nicht über sich gebracht, sich auszuziehen. Kalt war es gewesen, der Wind hatte durch die gut isolierten Fenster gepfiffen, direkt durch ihn hindurch. Die Wüstenmaus hatte sich im Laufrad überschlagen. Geschlafen hatte er nicht besonders viel, doch in den kurzen Augenblicken, in denen er weg gewesen war, hatte ihn derselbe Traum wieder und wieder heimgesucht. Im Traum hatte er einen Fuß auf die Türschwelle zum Schlafzimmer gesetzt, mit einer albernen Bemerkung auf der Zunge. Gerade wollte er etwas über ihre Beine sagen. Die sahen komisch aus, die Stiefeletten standen in einem merkwürdigen Winkel zueinander. Er spürte die Spannung. Sie würde aus dem Bett fallen, liegen bleiben und sich totlachen, wenn sie hörte, was er sagen wollte. Was, das hatte er vergessen, und das ansteckende Lachen, rau und hohl, ging in ein tiefes Knurren über, wie von einem verletzten Tier.

Er war aufgewacht, als er sich über sie beugte und ihr in die Augen sah; sie starrten an ihm vorbei an die Deckenlampe, ohne vom Licht geblendet zu werden. Und das Halstuch. Das hellblaue Halstuch. Viele Male hatte er es schon gesehen. Jetzt hing es ihr um den Hals.

Jedes Mal, wenn er erwachte, dachte er, es wäre bloß ein Traum.

Raimo setzte sich in seinem Bett auf und tastete nach dem Wecker. Schließlich fand er ihn auf dem Boden unter einer Jeans, die hätte gewaschen werden müssen, und stellte fest, dass er längst in der Schule hätte sein sollen. Er dachte an den Traum, wusste nicht mehr, welche Details dem Traum und welche der Wirklichkeit entstammten. Er wusste nur, dass das meiste wahr war.

Jetzt hieß es, aufstehen und so tun, als wäre nichts gewesen. Mama war natürlich sauer, weil er sich gestern einfach das Auto genommen hatte, aber er bräuchte bloß sagen, dass er Julie besucht hatte. Als er gestern nach Hause gekommen war, saß seine Mutter im Wohnzimmer vorm Fernseher und starrte auf den Bildschirm, als wäre er Gott, der eine megawichtige Botschaft verkündete. Sie schaute nicht einmal auf, als er sich an der Tür vorbeischlich und in drei Sätzen die Treppe hinauf zu seinem Zimmer nahm. Dann hatte er die Tür verschlossen und versucht, mit bis ans Kinn hochgezogener Bettdecke in die Nacht zu entfliehen. Er war bei Julie gewesen, das würde er sagen. Außerdem musste er mit ihr reden. Eine Lüge erfinden, die sie schlucken würde. Schnell. Bevor jemand anders mit ihr sprach.

Seine schweißnassen Klamotten, in denen er geschlafen hatte, zog er aus und die Sachen an, die vorn im Schrank lagen –

eine Jeans mit Löchern an den Oberschenkeln, einen schwarzen Pullover mit einem verwaschenen Quiksilver-Logo. Als er hinunter in die Küche gehen wollte, hörte er die Stimme seiner Mutter.

»Wo warst du eigentlich? Ich hab dich gehört, als du gekommen bist, ich war wach.«

Er hielt inne und lauschte. In Anne-Lenes Zimmer war es still, sie war sicher längst in der Schule, pflichtbewusst, wie sie war. Seinen Vater hörte er nicht, wusste aber, dass er da war. Wahrscheinlich saß er mit einer Tasse am Küchentisch und schaute aus dem Fenster, beobachtete die Vögel draußen im Vogelhäuschen, ohne auch nur irgendetwas mitzubekommen, was Mama sagte – und das würde sie nur noch missmutiger machen. Mit anderen Worten: Alles war normal. Einen Augenblick lang blieb Raimo oben an der Treppe stehen, atmete tief ein, als bereitete er sich auf einen Tauchgang vor. Passend, dass sie sich stritten, dann würden sie ihn vielleicht nicht bemerken, sondern nur erleichtert sein, dass er hinausstürzte.

Mamas Stimme:

»Ich finde nicht, dass sich das gehört, Ivar. Die Leute könnten anfangen zu reden …«

Raimo wusste, dass sich sein Vater langsam und mit zusammengekniffenem Mund umwandte und ihrem Blick auswich. Bestimmt saß er da und glättete unsichtbare Falten in der Tischdecke. Die Stimme seiner Mutter ging von einem hitzigen Kläffen in ein leises Zischen über: »Ivar! Hörst du mir zu?«

Und endlich sein Vater: »Du solltest dich nicht darum scheren, was die Leute sagen.«

Er hörte, wie seine Mutter mit einem lauten Stöhnen ausatmete.

»Was die Leute über uns sagen, ist doch ein Bild dessen, wie wir wirken.«

Eine Weile wurde es still, was Raimo als Zeichen wertete, dass er nun beruhigt hinuntergehen konnte. Aber dann hörte er seine Mutter wieder:

»Auch du trägst eine Verantwortung, genau wie ich. Was glaubst du, werden sie im Lehrerzimmer erzählen? Ganz zu schweigen von den Eltern. Mitten in der Woche spielst du Poker und trinkst Selbstgebrannten …«

»Cognac«, sagte Ivar, »wir trinken Cognac. Ist das fein genug? Und wir spielen Yatzy. Ich bin mit den Jungs aufgewachsen, Janni. Ich bin immer noch einer von ihnen. Außerdem habe ich gewonnen. Schau! Zweitausend.«

Vorsichtig steckte Raimo den Kopf in die Küche und sah seinen Vater mit einem Packen Zweihunderter wedeln, den er mitten auf den Tisch legte. Das müsste ziemlich locker über die Bühne gehen, beim Anblick von Scheinchen wurde sie für gewöhnlich weich.

»Raimo?« Die Mutter blickte erschrocken drein. »Bist du nicht in der Schule?«

»Verschlafen. Aber ich hau jetzt ab«, sagte er und ging schnell in den Flur. Als er die Tür öffnete, sah er, wie seine Mutter das Geld demonstrativ über den Tisch zurückschob.

»Raimo!«, rief sie. »Warte mal. Ich muss mit dir reden.«

Raimo holte tief Luft.

»Ich weiß, was du sagen willst, Mama«, begann er, um ihr zuvorzukommen. »Sorry, dass ich das Auto gestern genommen hab. Jetzt steht's aber wieder an seinem Platz. Heil und in Schuss wie zuvor.«

Hoffentlich entsprach es der Wahrheit. Ob es eine Schramme vom Zusammenstoß mit der Leitplanke hatte, hatte er vergessen nachzuprüfen.

Seine Mutter musterte ihn. Es war, als könnte sie geradewegs durch Haut und Schädel blicken, als loggte sie sich direkt ein. Hatte es eine Delle abbekommen? War sie schon draußen gewesen und hatte nachgeschaut?

»Du hast vor nichts mehr Respekt. Du, du …«

Ihre Stimme versagte.

»Ach, Mama. Es tut mir leid, okay?«

Seine Mutter antwortete nicht. Sie presste eine Hand auf die Brust und stöhnte. Kurz warf sie einen Blick Richtung Küche und sah wieder ihren Sohn an, der den Eindruck erweckte, als wollte er unter allen Umständen verhindern, in Tränen auszubrechen.

»Kann ich jetzt gehen? Ich muss den Bus erwischen.«

Raimo machte einen Schritt vorwärts, rief seinem Vater, der winkte und lächelte, »Gute Reise!« zu, und verschwand, bevor sie mit dem Verhör fortfahren konnte.

Janni schloss die Tür hinter ihm. Sie ging zum Kühlschrank und nahm Margarine und die hellblaue Tupper-Käseglocke heraus. Dann überlegte sie es sich anders, räumte die Arbeitsplatte auf – sie konnte jetzt kein Essen ertragen.

»Du solltest mit Raimo nicht so hart umspringen«, sagte Ivar. »Er ist bald schon ein erwachsener Mann, der darauf angewiesen ist, dass man ihm Vertrauen entgegenbringt.«

»Dann kann er sich ja nächstes Mal dein Auto leihen«, erwiderte Janni verdrossen, bedauerte es aber prompt. Eine Auseinandersetzung war das Letzte, was sie jetzt brauchte.

»Ich dachte, wir hätten das ausdiskutiert«, sagte er. »Aber wenn du meinst, dass es vertretbar ist, jemanden mit frisch erworbenem Führerschein und einem Körper voller Testosteron drauflosgurken zu lassen und gut ein halbe Million aufs Spiel zu setzen, bitte.«

Ivar gab ein trockenes, humorloses Lachen von sich, wie um den Aberwitz dieser Vorstellung zu untermalen, bevor er weiterredete: »Kannst du dich nicht mal hinsetzen? Dafür hast du doch wohl noch Zeit. Donnerstags fängst du doch erst zur zweiten Stunde an, oder? Trink was Warmes.«

»Wann fährst du?«

»Der Flieger geht um zwei.«

Er schenkte Kaffee in einen Becher und reichte ihn ihr. Janni umschloss ihn mit beiden Händen.

»Ich weiß nicht, ob ich es schaffe, heute zur Arbeit zu gehen«, seufzte sie mit einem Mal und sank auf einen Stuhl.

»Bist du krank?«

»Nein, oder doch. Wieder einmal Migräne. Oder vielleicht brüte ich was aus. Die halbe Schule hat Grippe.«

»Schau«, sagte Ivar und reichte ihr abermals den Stapel mit den Zweihunderterscheinen. »Nimm die und kauf dir etwas Schönes, wenn's dir wieder besser geht. Oder geh auf die Sonnenbank, du siehst ein wenig blass aus. Soll ich für dich bei der Arbeit anrufen?«

»Danke, aber das kann ich selbst.«

Janni nahm das Geld und stieg mit der Kaffeetasse und einem Magazin die Treppe hinauf.

»Ich leg mich ein bisschen hin.«

»Mach das«, sagte Ivar. »Ich drehe eine Runde mit der Schneefräse, das krieg' ich noch hin, bevor ich fahre. Mannomann, was für ein Wetter! Raimo hat übrigens versprochen, dass er das Schneeräumen übernimmt, während ich weg bin. Du, ganz tief im Innern ist er ein guter Junge.«

Janni lächelte kraftlos. Für gewöhnlich mochte sie es nicht, wenn Ivar auf Reisen ging und tagelang weg war. Allerdings gehörte das zu seiner Aufgabe als Regionalleiter und sorgte für ein anständiges Einkommen. Jetzt kam es ihr ganz gelegen, sie brauchte Ruhe, absolute Ruhe.

9

Die Stille wurde allmählich unerträglich. Erik Sørensen wusste nicht, wie lange sie so dagesessen hatten, vor- und zurückwiegend auf dem Küchenboden. Behutsam löste er die Umarmung, und Solveig protestierte nicht, als er ihr auf die Beine half. Das Auto mit den Ermittlern war weg, aber sie beobachteten, wie zwei Uniformierte bei den Nachbarn klingelten. Natürlich finden sie sie, dachte er. Sie durften keine Zweifel aufkommen lassen, keinen Augenblick. Jetzt galt es, praktisch zu sein.

»Hast du bei der Arbeit Bescheid gegeben?«, fragte er.

Solveig schüttelte den Kopf.

»Und der Kindergarten, sollten wir sie nicht auch informieren?«

Solveig zuckte mit den Schultern.

»Ich mach das«, sagte Erik und suchte das schnurlose Telefon.

»Es liegt auf der Waschmaschine«, murmelte Solveig. Die nasse Wäsche klebte an dem runden Glas. Warum hatte sie gewaschen? Sie riss die Tür auf und zog alles heraus auf den Boden. In einem T-Shirt von Erik hatte sich das Lamm verheddert. Solveig vergrub ihr Gesicht in dem nassen Fell und roch daran. Weg! Mit dem Abwasser herausgespült und ersetzt durch eine künstliche Blumenbrise.

Sie hörte Erik nach Inger fragen, der Leiterin des Kindergartens, und meinte auch die Erzieherinnen zu hören, als sie erfuhren, was geschehen war. Tante Ingers tiefe, nüchterne Stimme, die das Kommando übernahm, und Tante Mariannes

Lachen, das eine Weile verstummen würde, bevor sie wieder vom Spiel mitgerissen wurde – ebenso leicht abzulenken wie ein Kind. Und sie sah die Kinder vor sich, als sie erfuhren, dass Oda heute nicht käme. Mathias' Gesicht, anfangs vielleicht ein wenig traurig, aber sobald er Schneeanzug und Gummistiefel anhatte, würde er wieder Schneehöhlen bauen und rodeln und vergessen, dass Oda nicht da war. Kind müsste man sein, dachte sie. Wäre ich ein Kind, würde mich jemand auf den Schoß nehmen, meine Angst in frisch gebackene Waffeln einpacken, und ich würde mein ganzes Leid mit rotem Saft herunterspülen.

»Soll von Inger grüßen«, sagte Erik, als er aufgelegt hatte.

»Grüßen sollst du? Hat sie auch *Schönen Tag noch!* gesagt?«

»Für andere ist es nicht gerade leicht, den richtigen Ton zu treffen, Solveig.«

»Nein«, sagte Solveig und seufzte schwer, »es ist nicht leicht … für sie.«

Nicht antworten, dachte Erik, lass sie einfach wütend sein. Er stieg über den Haufen nasser Wäsche, wählte die Nummer vom Meny-Supermarkt und erklärte, weshalb Solveig nicht zur Arbeit erschienen war. Dann legte er das Telefon wieder zurück auf seinen Platz in die Ladestation.

»Und du? Müssen die bei dir auf der Arbeit nicht auch Bescheid wissen?«, fragte Solveig.

»Das hat keine Eile.«

»Du musst sie doch auch benachrichtigen.«

»Ich hab schon mit denen gesprochen.«

»Wann denn? Ich dachte, du müsstest hin! Die müssen doch einsehen, dass …«

»Die haben gesagt, dass ich nicht kommen muss«, unterbrach Erik sie.

»Ich hoffe, die erwarten nicht, dass du hinfährst, bevor …«

Als sie in sein gequältes Gesicht schaute, sprach sie nicht

weiter. Erik stand mit der Hand auf der Türklinke zwischen Küche und Wohnzimmer, als könnte er sich nicht entscheiden, ob er nun herein- oder herausgehen sollte. Das weckte Erinnerungen an einen unendlichen Aufzählreim, an dem weiterzuspinnen sie als Kind Spaß gehabt hatte.

Du kommst an eine Tür. Du hast zwei Möglichkeiten: Du kannst hineingehen oder nicht. Wenn du nicht hineingehst, ist das in Ordnung. Wenn du hineingehen willst, hast du zwei Möglichkeiten: Entweder ist jemand im Haus, oder es ist leer. Ist jemand im Haus, ist das in Ordnung. Ist das Haus leer, gibt es wieder zwei Möglichkeiten: Entweder es kommt jemand zurück oder nicht. Wenn jemand zurückkommt, ist das in Ordnung. Kommt niemand zurück …

… gibt es keine weiteren Möglichkeiten, dachte sie, dann ist die Geschichte zu Ende. Sie spürte, wie sich eine Welle Gänsehaut ausbreitete, und rieb sich die Arme. Das half nicht, die Noppen in der Haut saßen auf der Innenseite.

»Vielleicht nie mehr«, sagte Erik.

»Hm?«

»Ich hätte es dir gestern schon erzählen sollen«, erklärte er. »Ich bin freigestellt.«

Solveig starrte ihn an, er hatte sich jedoch schon umgewandt; mit einem Mal sah sein Rücken schmaler aus.

»Wieso?«

»Stellenabbau. Nachwirkungen der Finanzkrise.«

Seine Stimme war kaum hörbar. Solveig stierte ihn weiter an, außerstande zu begreifen, was das bedeutete.

»Es ist nicht wichtig«, sagte sie. »Das Wichtige jetzt ist, dass …«

»Oda«, vervollständigte Erik, immer noch mit dem Rücken zu ihr. »Ich weiß. Ich wollte nur, dass du es weißt. Ich sollte schnellstmöglich zum Arbeitsamt gehen.«

Solveig ging zurück in die Küche. Wie viel auf einmal konnte man eigentlich verarbeiten? War das Gehirn ein Schwamm, der allen Dreck aufsog und in sich behielt, bis irgendein Psychologe ihn wieder auswrang? Erik arbeitslos? Mein Gott, wie sollten sie jetzt den Kredit abbezahlen? Und er hatte wieder angefangen zu rauchen.

Sie verharrte regungslos.

10

»Also, was glauben Sie, ist passiert?«

Bitte wischte mit ihrem Handrücken Kondenswasser vom Seitenfenster. Die Scheibenwischer blieben haften, und Verner Jacobsen beugte sich über das Lenkrad.

»Sehen Sie was?«

Verner Jacobsen fuhr unvermittelt in eine Haltestellenbucht und stieg aus, um Schnee von der Motorhaube zu wischen und die Scheibenwischer zu reinigen.

»Für den Anfang haben wir drei Möglichkeiten«, sagte er, als er sich wieder auf den Fahrersitz fallen ließ. Er setzte zurück auf die Straße.

»Erstens, sie ist einem Kriminaldelikt zum Opfer gefallen. Zweitens, sie ist in einen Unfall verwickelt worden, oder drittens, sie ist aus freien Stücken davongelaufen und hat sich verirrt. Doch die Wahrscheinlichkeit für die dritte Alternative ist eher gering. Alle Nachbarn sind verständigt, niemand hat sie gesehen. Die Suchmannschaft ist so zeitig ausgerückt, dass sie etwas gefunden haben müsste, wenn sie umhergeirrt wäre.«

Bitte war nicht ganz seiner Meinung. Die meisten Kinder wurden bloß fünf- bis siebenhundert Meter vom Ort ihres Verschwindens aufgefunden. Aber sie wusste, dass sie gut zwei Kilometer pro Stunde zurücklegen konnten, selbst bei Dunkelheit und unter schwierigen Umständen. Und das Mädchen hatte womöglich Gründe gehabt, sich zu verstecken. Kinder machten so viele seltsame Sachen.

An eine Episode konnte sie sich gut erinnern. Julie war vier und zu Besuch bei einer Freundin gewesen. Als Bitte sie abholen wollte, war die Mutter an der Grenze zur Hysterie. Die Mädchen hatten Verstecken gespielt, aber plötzlich war Julie unauffindbar. Die Mutter befürchtete, sie hätte sich draußen versteckt, sich vielleicht verirrt. Bitte erinnerte sich an das Loch, das sich geöffnet hatte, so schlagartig, so gewaltig wie ein unerwarteter Vulkanausbruch. Der abrupte Schrecken, dass sich dadurch alles verändern könnte. Immer noch sah sie die Bilder von damals deutlich vor sich; Julie, die vertrauensvoll die Hand des fremden Mannes ergriff, der versprochen hatte, sie nach Hause zu bringen. Julie, die sich ins Auto setzte, während sie auf die Süßigkeiten wartete, von denen er gesprochen hatte. Und sie erinnerte sich an die Erleichterung. Ein vier Jahre alter Körper, ängstlich zusammengekauert in einer Ecke, hinter einem Sessel. Das Loch hatte sich geschlossen und der gesegnete Alltag war wiederhergestellt.

Kinder taten immer das, was man am wenigsten von ihnen erwartete. Sie waren so unglaublich unvorhersehbar, und es erschreckte sie, wie wenig sich das über die Jahre besserte. Ganz im Gegenteil, die Angst von damals, als Julie vier war, hatte sich mit der Anzahl der Jahre multipliziert.

»Glauben Sie, sie könnte sich versteckt haben?«, fragte Bitte, fuhr aber, ohne auf eine Antwort zu warten, fort: »Sie könnte Angst bekommen und sich versteckt haben, vielleicht dicht an einer Hauswand, und von einer Lawine verschüttet worden sein. Hat man das überprüft? Es sah aus, als wären bei Oda und den Nachbarn kürzlich Dachlawinen runtergekommen.«

»Das hat die Rettungsmannschaft gestern geprüft. Um alle Häuser in der näheren Umgebung herum haben sie den Schnee weggeschaufelt. Stand das nicht im Bericht?«

»Doch, Sie haben recht, aber was ist, wenn sie angefahren wurde?«

»Wohl kaum. Das hätte Spuren hinterlassen, und wir hätten sie gefunden.«

»Also, was glauben Sie?«

»Ich fürchte oder hoffe … Keine Ahnung, aber wenn jemand angehalten und sie mitgenommen hat, können wir immer noch hoffen, sie wohlbehalten wiederzufinden. Wenn sie jedoch draußen ist … Letzte Nacht waren es minus zehn Grad. Ein Schneeanzug und Gummistiefel schützen auf Dauer nicht vor Kälte.«

»Sie hoffen mit anderen Worten darauf, dass jemand sie mitgenommen hat?«

»Ein absurder Wunsch, aber es ist das Beste, worauf wir hoffen können. Davon müssen wir ausgehen«, sagte Verner Jacobsen und hielt an einer Bushaltestelle. Das Wetter ist gegen uns, dachte er. Schlimmstenfalls finden wir sie nicht vor dem Frühling, gemeinsam mit dem ersten Huflattich.

»Stellen Sie sich vor, was da alles bei einem im Kopf vorgeht, wenn man sein Kind verloren hat …«, murmelte Bitte mehr zu sich selbst.

»Sie sollten probieren, Distanz zu wahren«, sagte Verner Jacobsen.

»Ist es verboten, im Dezernat für Gewaltverbrechen Empathie zu zeigen?«

»Unser Job besteht nicht darin, Mitgefühl mit den Leuten zu haben«, sagte er. »Unser Job ist es, herauszufinden, was geschehen ist.«

»Haben Sie Kinder?«, brach es aus Bitte Røed heraus. Diesmal war es keine Frage, sondern eher eine Anklage, auf die sie keine Antwort erwartete. Überrascht sah sie, dass er nickte; hastig, als wollte er ein scheußliches Insekt abschütteln.

»Ich habe zwei«, sprach Bitte weiter, als er keine Anstalten machte, näher darauf einzugehen. »Einen achtjährigen Jungen und eine sechzehnjährige Tochter. Julie hat seit Kurzem einen Freund. Ich weiß nicht, ob mir das gefällt … der ist bestimmt über achtzehn.«

Sie kaute auf ihrer Lippe.

»Und der Junge ist so wild und unbändig geworden, seit wir umgezogen sind. Die Lehrer bei der Nachmittagsbetreuung beneide ich nicht.«

»Bringt es nichts, dass die Mutter Polizistin ist? Drohen Sie ihm nicht mit Einzelhaft?«

Bitte lachte, erwiderte aber nichts.

Beim Polizeipräsidium bogen sie ab. Auf der anderen Straßenseite, im ersten Stock, lief eine Frau in orangefarbenem Trainingsdress hinter den Fenstern des Moov-Studios wie um ihr Leben. Ich sollte auch wieder mit dem Training anfangen, dachte Bitte. Doch sich auf einer Tretmühle in einem Schaufenster abzuhetzen kam für sie nicht infrage.

»Sind Sie allein mit ihnen?«, fragte Verner. Bitte Røed meinte, erstmals einen Hauch von Wärme in seiner Stimme wahrnehmen zu können.

»Im Großen und Ganzen, ja. Ich befinde mich in der Entwöhnungsphase. Wir leben also getrennt«, erwiderte sie, als er sie bloß kurz und unsicher anlächelte, während er durch die doppelte Glastür eilte.

»Wir sollten diese Bilder umgehend veröffentlichen.«

Bitte nickte dem Mann hinter dem Tresen am Empfang zu und kämpfte sich die Treppe hinauf durch eine Gruppe Osteuropäer, die ihr vom Amt für Ausländerangelegenheiten entgegenkam.

Ihr neuer Kollege hatte einen wunden Punkt getroffen. Vorige Woche hatten sie von der Schule angerufen. Peder hatte einen Feuerlöscher von der Wand genommen und den Flur vor den Klassenzimmern zugesprüht. Und sie war wütend auf die

Schule gewesen, weil sie nicht darauf bestanden hatten, dass er danach alles sauber machte. Sie hätte dem Direktor kein Versagen vorwerfen sollen. Kinder müssten mit Gebrauchsanweisung geliefert werden, dachte sie. Kinder und neue Kollegen.

11

Solveig räumte auf. Das bildete sie sich jedenfalls ein, doch eigentlich räumte sie die Sachen bloß in der Gegend herum. Jede Zelle ihres Körpers verlangte nach Aktivität. Erik saß auf dem Sofa und legte die Hände in den Schoß. Der Fernseher lief. Blumen-Finn hatte das Studio mit Tannenzweigen und -bäumen vollgestopft, während Signe Tynning danebenstand und mit ein paar Bändern herumhantierte, wobei sie den Zuschauern mit einem Lachen mitteilte, dass es nun an der Zeit für Nachrichten und Werbung sei – allerdings sollten alle vor dem Fernseher sitzen bleiben, denn anschließend koche Wenche einen mageren Januareintopf mit Hähnchen.

Für die meisten Menschen war es ein ganz normaler Donnerstag. Die Leute standen auf, machten Kaffee, sahen aus dem Fenster und verfluchten aufs Neue einen Tag mit großen Niederschlagsmengen und unbefahrbaren Straßen. Aber die Leute schaufelten sich den Weg frei und fuhren zur Arbeit. Andere blieben zu Hause bei kranken Kindern, oder sie wuschen Wäsche und räumten auf. Einige sahen *God Morgen Norge* und würden denken: *Wie schrecklich!*, wenn sie von Krieg und Terror und von dem Verschwinden eines Mädchens mit dunklen Zöpfen erfuhren. Für die meisten Menschen war es nach wie vor ein gewöhnlicher Donnerstag. Herrlicher normaler Alltag. Die Nachrichten würden abprallen und vergessen werden. Viele wissen nicht, wie glücklich sie sind, dachte Solveig. Es war kein herkömmlicher Tag, und sie befürchtete, kein Tag würde jemals wieder normal sein.

»Jetzt kommen die Nachrichten«, sagte Erik und starrte auf den Bildschirm. »Wir können bloß hoffen, dass sie's schon bringen.«

Solveig stellte sich mit fest verschränkten Armen vor den Fernseher. Würde sie ihre Arme lockern, fiele sie auseinander. Sie hoffte, sie sagten nichts. Solange nicht nach ihr gefahndet wurde, war nichts geschehen. Solange niemand etwas sagte, konnte sie glauben, dass Oda im Bett lag und schlief. Was war das für ein Geräusch? Hörte sich das nicht nach schlurfenden Pantoffeln an?

Auf einmal war sie da, direkt vor ihr. Sie konnte die Hand ausstrecken und ihr über die Wange streichen. Solveig kniff ihre Lippen zusammen und stieß einen kehligen Laut aus. Oda auf dem ganzen Bildschirm. Sie lächelte. Auf dem Foto hatte sie noch keinen Schneidezahn verloren; wer sie nicht kannte, wusste nicht, dass sie jetzt nur noch einen hatte. Sie hätte der Polizei erzählen müssen, dass ihr Heiligabend einer ausgefallen war. Beim Blick auf den langen Tisch sah sie einen Augenblick lang wieder alles vor sich. Rote Tischdecke. Rippchen, Weihnachts- und Bratwurst. Sie nahm die Gerüche wahr. Sauerkraut. Weihrauch. Oda wollte ausschließlich Wurst. Ihr Zahn hatte sich verhakt und einen blutigen Ring in dem hellen Fleisch hinterlassen. Gelacht hatten sie, Erik, Oda, Solveig und Oma und Opa, die den ganzen Weg von Trondheim gekommen waren, um sie zu besuchen. Sie wusste, dass ihre Eltern genau in diesem Augenblick dicht nebeneinander auf dem Sofa hockten. Sicher hielten sie einander an den Händen, wappneten sich gegen die Nachricht, dass nach ihrem Enkelkind gefahndet wurde. Erik hatte sie angerufen, selbst hatte sie es nicht fertiggebracht, mit ihrer Mutter zu sprechen. Immer noch hörte Solveig die warnende Stimme ihrer Mutter. »Pass auf!«, hatte sie vor ein paar Jahren gesagt. »Ich hab von Vätern gehört, die ihre Kinder entführen und Gott weiß wo mit hinnehmen!« Solveig hatte abgewunken, sie als voreingenommen und altmodisch bezeichnet. Sie versuchte, den Gedanken abzuschütteln, dass ihre Mutter nun garantiert dasaß und den grauen Kopf schüttelte, während sie stammelte: »Hab' ich's nicht gesagt!«

Aber der Gedanke ließ sich nicht verscheuchen, und ein Schauer lief ihr über den Rücken. Nein. Unmöglich. Sie war umgezogen. Hatte ihren Namen gewechselt. Hier war sie sicher. Plötzlich kroch ein anderer Gedanke ihr Rückgrat hinauf. Was, wenn David fernsah? Dann würde er sie finden. Oda finden. Solveig betrachtete das Foto auf dem Bildschirm. Auch der zweite Schneidezahn fiel bald aus. Gestern hatte Oda versucht, ihn herauszuziehen, allerdings vergebens. Gestern. Vor vierundzwanzig Stunden war noch alles normal. Vor weniger als einem Tag war ihre größte Sorge gewesen, ob sie genug Geld hatten, um ihr neue Winterstiefel kaufen zu können. Sie hatte entschieden, dass sie bis zum Gehalt im Februar warten mussten, obwohl gerade Schlussverkauf war. Wieso hatte sie die Stiefel nicht umgehend gekauft, als sie bemerkt hatte, dass die alten zu klein wurden? Richtige Goretexstiefel. Dann hätte sie wenigstens warme Füße gehabt. Was für eine verantwortungslose Mutter sie war!

Solveig legte die Hand an den Hals, fühlte den trotzigen Schlag ihres Herzens. Unbegreiflich, dass es immer noch schlug, dass die Fernsehsendungen wie immer ausgestrahlt wurden, dass die Leute zur Arbeit fuhren, ihr Pausenbrot aßen, sich Witze erzählten und lachten. Unfassbar, dass das Haus noch genau so aussah wie gestern. Dasselbe Wohnzimmer, derselbe unmoderne und viel zu hohe Kieferntisch mit den tiefen Macken von den Buntstiften, derselbe Erik, der wie an schlaffen Fäden in demselben Ecksofa hing. Und trotzdem war alles fremd. Ein vollkommen neues Haus. Neu, leer und angsteinflößend.

»Die vier Jahre alte Oda Isabell Sørensen, die seit gestern gegen siebzehn Uhr nicht mehr zu Hause war und als vermisst gemeldet wurde, ist immer noch nicht gefunden worden. Die Polizei befürchtet, sie könnte entführt worden sein. Große Mannschaften haben vergeblich nach ihr gesucht, ihr Verschwinden bleibt ein Mysterium.«

Die Stimme des Nachrichtensprechers klang mechanisch.

»Wir bitten die Zuschauer darum …«

In ihrem Innern brandete ein Laut auf. Es fühlte sich an, als müsste sie sich übergeben, doch es kam lediglich ein fremdartiges Heulen heraus. Sie wollte nicht hören, wollte nicht verstehen. Sie sollte in die Küche gehen und Odas Butterbrote für den Kindergarten schmieren. Das Brot nehmen, eine Scheibe abschneiden, Butter draufschmieren und sie mit Schwarzwurst belegen, die Oda so gerne mochte. Großzügige Scheiben, die sich überlappen, obwohl das verschwenderisch war. Das Butterbrot würde sie in ihre Brotdose legen und sie daran erinnern, dass Mitnehm-Tag im Kindergarten war, vielleicht würde sie Putt, die kleine Stoffpuppe, die sie so gernhatte, mitnehmen, aber nicht das kleine Lämmchen; kaum auszudenken, was wäre, wenn sie es im Kindergarten vergessen würde, nein, das Lamm sollte schön zu Hause bleiben. Wo war der Rucksack? Normalerweise schleuderte Oda ihn nachmittags immer im Flur von sich, ganz gleich, wie sehr Solveig sie auch ermahnte, sie solle ihn aufheben und an den Haken hängen. Solveig ging hinaus, um ihn zu holen, und sah, dass er immer noch unter dem Stuhl auf dem Boden lag, hob ihn auf, ging zurück in die Küche, öffnete ihn und nahm die Brotdose heraus. Dornröschen, Aschenputtel und Schneewittchen lächelten ihr vom Deckel entgegen.

Im Leberwurstbrot waren Abdrücke kleiner Zähne zu erkennen, ein Halbkreis mit einem offenen Loch in der Mitte von einem Milchzahn, um den sich die Zahnfee schon längst gekümmert hatte. Oda schien sich just in dem Augenblick anders entschieden zu haben, als sie gerade einen Bissen nehmen wollte. Solveig ließ ihren Zeigefinger behutsam über die Vertiefungen in der Leberwurst gleiten.

»Mein Mädchen, warum hast du dein Brot nicht gegessen?«, flüsterte sie. »Du musst solchen Hunger haben. Seit gestern zum Frühstück hast du nichts mehr gegessen.«

Vorsichtig legte Solveig das Pausenbrot zurück in die Dose, darauf bedacht, die Zahnabdrücke nicht zu zerstören. Ihre Hände hielten die Brotdose noch immer umschlossen, als sie die Apfelsine entdeckte, die auf dem Boden des Rucksacks lag. Wo kam die denn her? Sie hatte ihr kein Obst mitgegeben. Obst bekamen sie im Kindergarten, in großen Schüsseln und fertig vorbereiteten Stücken, niemals ganze Apfelsinen.

»Erik«, rief sie. »Erik, komm mal!«

Sie merkte nicht, wie er hinter sie trat, das Einzige, was sie hörte, war das Echo eines lange vergessenen Kinderreims:

Toma, niña, esta naranja,
Que la cogí de mi huerto,
No la partas con cuchillo
Que va mi corazón dentro.

»Was ist?« Sanft berührte Erik ihre Schulter. Sie fuhr zusammen, als hätte er sie geschlagen.

»Was ist?«, wiederholte er.

Sie zeigte ihm die Apfelsine.

»Hast du sie ihr mitgegeben?«

Er schüttelte den Kopf.

»Ich auch nicht.«

»Vielleicht hat sie sie im Kindergarten bekommen«, sagte Erik. Er sah ihre Angst, roch sie, verstand sie aber nicht.

»Hat sie nicht. Die schneiden das Obst in Stücke und legen sie in Schälchen.«

»Dann hat sie wohl eine aus dem Kühlschrank genommen.«

Jetzt war es an Solveig, ihren Kopf zu schütteln.

»David«, sagte sie. »Er hat uns gefunden.«

»David? Nein.«

»Doch, er muss es gewesen sein. Er hat sich Oda geholt, Erik. Er hat sie geholt! Du hast gehört, was sie in den Nachrichten gesagt haben; sie glauben, sie ist entführt worden. Wer sonst sollte so etwas getan haben? Die Polizei hat gefragt, ob wir Feinde haben. Warum habe ich nicht mehr von David erzählt?«

»Du hattest Angst«, sagte Erik. »Außerdem hat David dich schon lange nicht mehr belästigt. Wie hätte er dich denn überhaupt finden sollen? Er weiß doch gar nicht, wo du bist.«

»Vielleicht hat er das ja schon lange geplant? Vielleicht hat er uns die ganze Zeit über beobachtet, vielleicht …«

»Jetzt werd nicht vollkommen paranoid, Solveig. Was ist denn so merkwürdig daran, dass sie eine Apfelsine in ihrem Rucksack hatte? Dafür kann es Tausende Gründe geben.«

»Nenn mir einen!«

Erik schluckte.

»Das Gedicht von der Apfelsine! Das hat er ihr immer vorgelesen.«

»Ein Gedicht?«

»Es hat eine Zeit gegeben, in der ich auch immer Apfelsinen bekommen habe, Erik. Ich weiß einfach, dass er es ist.«

Auf einmal hatte sie ein Gefühl, als striche ihr ein warmer Wind über die nackten Arme, und beinahe konnte sie die besondere Mischung aus Salzwasser und süßen Apfelsinen riechen. Laut sagte sie: »Apfelsinen sind für David etwas Spezielles. Als wir uns kennengelernt haben, standen die Orangenbäume in Blüte. Später, es fing alles ganz harmlos an, da gab er mir eine Apfelsine, jedes Mal, wenn wir …«

»Verschon mich mit Details«, sagte Erik.

»Das ist so seine Art zu zeigen, dass ihm etwas gehört«, sprach Solveig weiter, ohne den verletzten Ausdruck weiter zu beachten, der sich auf sein Gesicht gelegt hatte. »David konnte ein Gedicht, das sein Vater ihm beigebracht hatte. Als Oda geboren wurde, hat er ihr das Gedicht so gut wie jeden Abend vorgetragen.«

»Was für ein Gedicht?«

»Ein Gedicht über eine Apfelsine im Garten eines Mannes, die man nie mit einem Messer teilen darf, weil sein Herz sich in ihr befindet.«

»Kannst du ihn nicht einfach anrufen, wenn du dir so sicher bist? Hier, nimm mein Handy. Schalt die Rufnummerunterdrückung ein.«

»Du verstehst das nicht«, schrie Solveig. »Du hast immer noch nicht kapiert, was für ein Typ er ist, oder?«

Er nahm ihr die Apfelsine weg und hatte nicht übel Lust, sich ein Messer zu schnappen und sie umgehend zu zerschneiden, begnügte sich jedoch damit, sie auf die Arbeitsplatte zu legen.

Solveig kaute auf ihrer Unterlippe. Falls es David war …? Dann wäre Oda noch am Leben. Oda lebte! Solveig griff sich das Handy, das Erik ihr gereicht hatte, und wählte die Nummer – die konnte sie immer noch auswendig.

»Anrufbeantworter«, flüsterte sie.

Erik gab ihr Zeichen, sie solle auflegen.

»Hast du Oda entführt? Mann, David! Wo ist sie? Du verdammter *conjo*! Gib mir Oda zurück. Heute noch kommt sie nach Hause, hörst du, du Arschloch, noch heute! David, du wirst …«

Weiter kam sie nicht, Erik hatte ihr das Handy weggenommen und aufgelegt.

»Solveig, du weißt doch gar nicht, ob er es war.«

»Er war es, Erik. Ich fühl's einfach. Er hat sie entführt, sie außer Landes geschmuggelt. Ich werde sie nie wiedersehen. Genau das hat Mama gesagt …«

Erik holte die Visitenkarte von Verner Jacobsen hervor und reichte sie Solveig.

»Ruf die Polizei an!«

12

Verner Jacobsen schaltete den großen Bildschirm im Aufenthaltsraum aus. Das kleine Mädchen hatte direkt in die Kamera geschaut, ungeniert und vertrauensvoll. So leicht hinters Licht zu führen, dachte er. Man brauchte sie bloß mit Schokolade locken, mit Kaugummi oder kleinen Kätzchen, und schon krabbelten sie einem auf den Schoß, auf den Rücksitz im Auto.

»Bleibt nur zu hoffen, dass einige brauchbare Hinweise reinkommen«, sagte er, als sein Handy klingelte.

»Hauptkommissar Verner Jacobsen.«

Die Frauenstimme am anderen Ende verschmolz mit dem Lärm einer Kinderhorde, die den Raum stürmte, jedes Kind mit seinem blau-weißen blinkenden Polizeiauto. Ein Kindergarten war zur Besichtigung da. Er nickte der Kollegin zu, die die Gruppe führte, und bat die Anruferin darum, zurückrufen zu dürfen.

»Odas Mutter«, erklärte er. »Sie sagt, dass Odas Vater sie entführt haben könnte.«

»Aber«, wandte Bitte ein, »haben wir nicht eben erst mit ihr gesprochen?«

»Ich weiß nicht, was das zu sagen hat, aber ich habe versprochen, sofort wieder anzurufen. Kommen Sie!«

Verner stürmte los, und Bitte musste fast rennen, um mit ihm Schritt zu halten. Das Büro lag mitten auf dem Flur. Bitte warf einen gierigen Blick auf den Kaffeeautomaten, der in der kleinen Nische beim Aufenthaltsraum stand, gab dem Drang nach Koffein und Zucker allerdings nicht nach.

»Solveig«, sagte Verner, als er sie wieder in der Leitung hatte, »wer, glauben Sie, könnte Ihre Tochter entführt haben?«

Das Büro war spärlich möbliert, der Schreibtisch aufgeräumt. Penibel sortierte Stapel, die blauen und roten Ordner im Regal trugen eine zierliche, beinahe feminine Schrift. Das Persönlichste war ein Päckchen Halspastillen der Marke Dent, Salzlakritz. Abgesehen von einer Pinnwand mit verstreuten Post-it-Zetteln hing nichts an der Wand – keine Kinderbilder oder Salzteigfiguren, keine Fotos auf dem Schreibtisch, weder von Haustieren noch Kind noch Frau. Vielleicht ist er Single, kam ihr in den Sinn, und sie ärgerte sich über das umgehend einsetzende wollüstige Stechen in ihrem Bauch. Aber jemand musste ihm doch mit Hingabe den kuscheligen Pullover gestrickt haben. All das registrierte Bitte Røed in der Zeit, die Verner benötigte, sich auf seinen Bürostuhl zu setzen. Jedes Mal, wenn er sich auf der Sitzfläche bewegte, gab der Stuhl ein klägliches Quietschen von sich. Sie wandte ihm den Rücken zu und stellte sich ans Fenster. Verner saß, ohne ein Wort zu sagen, am Schreibtisch, nickte und schrieb etwas auf ein Blatt. Bitte blickte hinaus auf die Nebenstraße zwischen Polizeipräsidium und dem Bürogebäude Vektergården. Außer einer Frau mit einem Hund in einer Reflektorweste und dem fallenden Schnee gab es nichts, was die Überwachungskameras des Polizeipräsidiums hätten aufzeichnen können. Der Hund machte an einem der parkenden Autos von der Hundestaffel halt und hob ein Bein. Bitte lehnte sich weiter vor, presste ihre Nase an die Scheibe, beobachtete den Hund und seine Besitzerin, die zwischen den beiden fast identischen Gebäuden aus roten Ziegeln und grauem Metall und Glas verschwanden. Sie konnte einen flüchtigen Blick auf den Fluss erhaschen.

»Ein Immobilienmakler würde so was Fjordblick nennen«, bemerkte Verner Jacobsen trocken, nachdem er aufgelegt hatte. Bitte wich mit ihrem Gesicht zurück. Als sie sah, dass ihre Nase einen Fettfleck auf der Scheibe hinterlassen hatte, rieb sie ihn mit ihrem Blusenärmel weg.

»Die Aussicht ist nicht so schlecht«, entgegnete Bitte lachend. »Schöne Ziegelsteine.«

Verner Jacobsens Gesicht war genauso steif wie die Fassade auf der anderen Straßenseite, allerdings wand sich langsam ein verkniffenes Lächeln aus seinen Mundwinkeln. Ihr Blick fiel auf einen gelben Zettel auf der Pinnwand, geschrieben in derselben zierlichen Schönschrift.

Be yourself, everyone else is already taken. – Oscar Wilde.

»Also, wer sind Sie eigentlich?«

Verner Jacobsen fuhr zusammen, Bitte nickte Richtung Zettel.

»Fragen wir uns das nicht alle?«, murmelte er.

Bitte zuckte die Schultern und ließ sich auf den freien Stuhl sinken.

»Ich nicht.«

»Jedenfalls habe ich herausgefunden, was Erik Sørensen nicht ist«, sagte Verner. »Er ist nicht Odas biologischer Vater.«

»Aha? Wer dann? Der Exmann?«

»Richtig. David Martí. Spanier, ist vor sechs Jahren nach Norwegen gekommen. Solveig hat ihn kennengelernt, als sie auf Gran Canaria als Reiseleiterin gearbeitet hat. In Norwegen haben sie kurz vor Odas Geburt geheiratet. Bei der Scheidung gab es viel Ärger. Nach einem langen Prozess bekam Solveig schließlich das Sorgerecht zugesprochen, und ihm wurde jeglicher Kontakt untersagt.«

»Wieso das?«

»Er war gewalttätig. Oda war erst zwei, als sie sich trennten.«

»Vor drei Jahren also?«

»Ja, anfangs war sein Auftreten Solveig zufolge ziemlich bedrohlich. Er quetschte Geld aus ihr heraus und benutzte Oda, um sie unter Druck zu setzen. Letztendlich erwirkte sie ein Näherungsverbot für sich und Oda. Seither hat er keinen Kontakt mehr zu seiner Tochter gehabt.«

»Aber wieso hat sie davon nichts erzählt, als wir uns mit ihr unterhalten haben?«

»Sie sagt, zuerst habe es völlig undenkbar gewirkt. Oda und sie haben einen anderen Familiennamen angenommen, sind umgezogen, in eine Gegend, von der David niemals glauben würde, dass sie es sich leisten könnten, und sie haben eine geheime Telefonnummer. Es war ihr einfach nicht in den Sinn gekommen, dass er sie gefunden haben könnte.«

»Und wieso hat sie ihre Meinung jetzt geändert?«

»Im Rucksack ihrer Tochter hat sie eine Apfelsine gefunden.«

»Ach Quatsch!«

Bitte grinste, doch Verner schüttelte den Kopf.

»Eine Apfelsine?«, wandte Bitte ein. »Was soll das denn für eine Drohung sein?«

»Solveig hat mir ein Gedicht von Federico García Lorca vorgelesen, das David viel bedeutet hat. Darin geht es um Apfelsinen.«

»Frederico wer?«

»Federico. Spanischer Autor. Haben Sie wirklich noch nie von ihm gehört?«

Bitte schüttelte den Kopf.

»Lesen Sie nicht?«

»Nicht gerade Poesie … aber ich habe einen tollen Gedichtband zu Hause. Der hat genau die richtige Dicke, damit mein Wohnzimmertisch nicht mehr wackelt.«

Verner glotzte sie an. Ihm war sein bisweilen eindringlicher Blick durchaus bewusst. Karl hatte ständig darauf angespielt, dass sein Blick die Leute wie eine Kugel an ihrer verwundbarsten Stelle traf. Er jedoch meinte, seine Mitmenschen nur mit freundlichem Interesse zu betrachten.

»Dann also Federico«, sagte sie und studierte die Zettel auf der Pinnwand aufs Neue.

»Seine Motive drehen sich oft um Ehrgefühl und Erotik, Mutterinstinkt und …«

»Apfelsinen?«

Bitte hielt eine Hand vor den Mund und hustete, um ihr Lächeln zu verbergen.

»Ja, tatsächlich gibt es im Werk Lorcas viele Kindergedichte über Apfelsinen und Zitronen. Lorca war unglücklich über seine homosexuelle Veranlagung und beschäftigte sich äußerst stark mit dem Tod. Übrigens, er wurde ermordet.«

»Meine Güte, was Sie alles wissen!«

»Dieses Gedicht«, fuhr Verner fort, »handelt davon, dass sich sein Herz im Innern einer Apfelsine befindet. Ich selbst habe das Gedicht nicht gelesen, aber Solveig hat mir erklärt, dass niemand die Apfelsine mit dem Messer teilen darf, weil es ja sein Herz ist …«

Bitte verdrehte die Augen.

»Ja, genug davon«, schloss Verner. »Solveig meint, ihr Exmann hat seiner Tochter die Apfelsine in den Rucksack gelegt.«

»Die hätte sie aber genauso gut im Kindergarten bekommen können. Schließlich wissen doch alle, dass Kinder Obst und Pausenbrote tauschen.«

»Solveig zufolge gibt der Kindergarten keine ganzen Früchte aus. Die Kinder bekommen jeden Tag Obst, niemand aber bringt etwas mit.«

»Womöglich hat sie die Orange aus dem Kühlschrank genommen? Irgendwo im Kindergarten wird es ja wohl einen Vorratsraum geben, oder was meinen Sie?«

»Möglich, ein wenig seltsam ist es dennoch. Anscheinend hat David seiner Tochter dieses Gedicht in der ersten Zeit jeden Abend vorgetragen. Solveig erzählte, dass die Apfelsine zu einer Art Symbol geworden ist für alles, was er als das Seinige betrachtet.«

»Oda ist aber doch nicht beim Kindergarten verschwunden«, warf Bitte ein.

»Nein, wir müssen ihn trotzdem ausschließen können. Die Orange muss auf mögliche biologische Spuren geprüft werden, obwohl es wenig wahrscheinlich ist, dass wir etwas Brauchbares finden.«

»Wo hält sich dieser David denn auf? Ist er immer noch in Norwegen?«

»Er wohnt in Oslo. Betreibt eine kleine Galerie in Grünerløkka. La Naranja. Also *Apfelsine* auf Norwegisch«, fügte er an.

»Verdammt und zugenäht, Sie sprechen Spanisch?«

»Nur für den Hausgebrauch«, sagte Verner.

Ein Lächeln, ein Kräuseln auf der Oberfläche. Bitte beobachtete, wie er es, als es seinen Augen einen hastigen Besuch abstattete, zu verstecken versuchte. Er redete weiter:

»Solveig hat David angerufen, es ist aber nur der Anrufbeantworter angegangen. Wir sollten umgehend bei der Galerie vorbeischauen, doch zuerst müssen wir zum Kindergarten. Wir hätten schon längst da sein sollen.«

Bitte sah zum Fenster und verdrängte das Grummeln in ihrem Magen. Ob sie wohl fragen durfte, wann sie in diesem Laden hier gewöhnlich zu Mittag aßen? Die Schneeflocken fielen gleichmäßig schwer herab und bildeten einen dicht gewobenen grauen Vorhang vor dem Fenster. Schnee und Apfelsinen. Auf einmal wirkte Ostern nicht mehr verlockend.

13

Janni Egge zog sich die Decke bis unters Kinn. Sie versuchte zu schlafen, aber ihre Augen flackerten unruhig im Dunkel unter den Lidern. Sie hätte sich zur Arbeit schleppen sollen, doch allein der Gedanke an das heruntergekommene Klassenzimmer mit der grünen Tafel und dem Geruch von Kreide und Sportsachen reichte aus, um sie zum Würgen zu bringen. Vielleicht war sie wirklich krank? Ihre Augen fühlten sich wund an. Der Körper matt. Von draußen drang das kalte Licht ins Zimmer und ließ die gelben Wände erbleichen. Sie wünschte sich, in der Matratze einzusinken und für eine Weile zu verschwinden. Janni schlang die Decke enger um sich, probierte, sie wie einen Schlafsack um sich herumzuwickeln. Ihr wurde nicht warm. Es war, als wirbelte ein Schneesturm ihre Probleme immer wieder auf. Der Schnee legte sich in Haufen, in dicken Schichten auf das Nachtschränkchen und die Kommode. Er drang durch die Bettdecke, ihre Haut und in ihre Lunge, das Weiß schloss sie ein.

Sie hörte, wie die Haustür zuschlug. Das Ticken des Weckers. Das dumpfe Brummen der Waschmaschine in der Waschküche eine Etage tiefer und ihren eigenen angestrengten Atem. Sie dachte an das Geld. Zweitausend Kronen. Wofür sollte sie die ausgeben? Sie wusste es nicht. Viel bekam man für zweitausend Kronen nicht. Im Augenblick benötigte sie nichts anderes als Schlaf. Doch der Schlaf wollte nicht kommen.

Stattdessen dachte sie an Vibekes Geld, Packen mit Tausendern. Damit konnte man was machen. Sehr viel machen.

Das Geräusch der Waschmaschine veränderte sich, als sie zu schleudern begann. Ihr war, als hörte sie plötzlich einen Trommelwirbel und Vibekes Stimme.

»Ta-ta-ra-taa!«

Sie sind bei Vibeke zu Hause, im Atelier. Vibeke geht hinüber zur Urne, die neben dem Telefon auf dem Kaminsims steht, nimmt alle Pinsel auf einmal aus dem Krug und steckt die Hand hinein.

»Guck dir das an, Janni!«

Mit einem Mal wedelt Vibeke mit einem Bündel Scheine. Janni umweht ein sanfter Hauch von Reichtum.

»Zweihunderttausend! Und in ein paar Tagen hole ich noch mal dreihunderttausend!«

Janni sitzt mit offenem Mund da.

»Du bist doch Lehrerin, Janni. Kannst du mal bitte zusammenrechnen, was das macht?«

»So viel Geld? Und du bewahrst es in einem Krug auf? Stell dir vor, es wird eingebrochen! Vibeke!«

Wegen eines jähen Geräuschs riss sie die Augen auf. Die Bilder der Vergangenheit stiegen an die Oberfläche und zerbarsten. Der Lärm kam von Ivar, der die Schneefräse angeworfen hatte.

Hatte sie sich das alles bloß eingebildet?

Schnell richtete sich Janni im Bett auf, taumelte die Treppe hinunter und weiter in den Flur und kramte in ihrer Tasche nach dem Handy. Sie wählte Vibekes Nummer und hielt das Telefon dicht an ihr Ohr, schloss die Augen und lauschte dem gleichmäßigen Klingeln.

Sie nahm das Handy mit in ihr Schlafzimmer, setzte sich auf die Bettkante und rief ihre Freundin abermals an. Ein Handy besaß Vibeke nicht – ein wirklichkeitsfremder Traum von Unerreichbarkeit. Ihr Festnetztelefon stand im Atelier und war noch nicht einmal schnurlos, sondern von der altmodischen Sorte aus grauem Plastik ohne Raute- und Sterntaste und nur mit einer Scheibe, die ratterte, wenn man sie drehte. Es stand auf dem Kaminsims neben dem großen Krug mit den Pinseln und den Farb- und Leinöldosen.

Es klingelte. Allerdings nahm Vibeke nicht ab.

Janni atmete tief ein. Vibeke hatte versucht, ihr Atemmeditation beizubringen, doch sie war eine schlechte Schülerin. Einatmen, bis ganz tief in den Bauch. Ausatmen. Ale Moras. Vibekes Motto. Mach dir keine Sorgen. Alles wird gut. Vibeke hatte keine samischen Wurzeln, keine noch so winzige Verästelung, aber sie wusste mit absoluter Sicherheit, dass sie in einem früheren Leben Schamanin in Kautokeino gewesen war. Janni hatte da so ihre Zweifel. Wie unkompliziert alles wäre, verschwänden die Probleme einfach so beim Ausatmen.

Einatmen.

Vibeke nahm alles so leicht.

Ausatmen. Lass die Gedanken los.

Sie war unkritisch und neugierig.

Einatmen.

Und gierig.

Ausatmen. Leere deinen Kopf.

Janni brauchte ihren Kopf nicht zu entleeren, er war schon leer. In ihm schallte ein Echo, ein Echo und ein Vakuum, das die Lungen zusammendrückte. Die Luft aus ihr herauspresste.

Sie nahm sich das Magazin und lehnte sich zurück, blätterte ziellos vor und zurück. Ein Artikel über eine Familie, die allein auf einer verlassenen Insel lebte, ein Rezept für Schokoladenkuchen, Schlank-in-zehn-Tagen-Tipps und eine Anzeige von H&M; sämtliche Winterkleidung zum halben Preis. Sie stierte auf das Bild in der Anzeige und hatte auf einmal eine Idee. Sie warf das Blatt aufs Bett, lief die Treppe hinunter und zog Jacke und Stiefel an. Ivar war immer noch mit dem Schnee zugange, als sie hinausging.

»Wo willst du hin?«, brüllte er, ohne den Motor abzustellen.

»Nach Liertoppen«, rief Janni.

Verständnislos schüttelte Ivar den Kopf.

»Das Einkaufszentrum. Zur Apotheke!«

Sie führte zwei Finger an ihre Schläfe, um anzudeuten, dass sie Migräne hatte.

14

In dem hoffnungslosen Unterfangen, den Fahrplan einzuhalten, schlingerte der Bus die Straße entlang. Raimo saß hinter einer alten Frau, die ihren Blick starr aus dem Fenster gerichtet hielt, während sie sich an ihre Handtasche klammerte. Normalerweise wäre er versucht gewesen, sich vorzubeugen und ihr in den Nacken zu pusten. Die Art, wie sie zusammenfuhren, hatte etwas Rührendes. Heute nicht.

Er fummelte an seinem Handy herum.

Sorry:-(wurd eng gestern. Hab auf jdn top grund! See u nach schule? Love u:-)

Er wählte Julies Nummer und drückte auf *Senden*. An der Ampel beim Supermarkt war der Bus zu schnell und schlitterte, als er aus dem Kreisverkehr fuhr. Die Alte im Sitz vor ihm japste nach Luft und presste ihre Handtasche mit beiden Händen an die Brust. Er brachte kein Grinsen zustande. Julie schwieg. Erst als er an der Schule ausstieg, kam die Antwort. Zwei große Buchstaben hatte sie ihm gegönnt. *OK*. Keinen Smiley. Er sah auf die Uhr. Fünf Stunden blieben ihm für eine gute Erklärung.

Raimo ging in den Flur für die Dekorateure. Die Schaufenster zu beiden Seiten waren erleuchtet und mit halb fertigen Ausstellungen bestückt, und die meisten seiner Klassenkameradinnen waren schon zugange. Johanne strich die Rückwand in ihrem Fenster knallrot. Marielle hatte den Mund voller Stecknadeln, und Lise war dabei, mithilfe dünner Fäden ein Tuch zu allen Seiten hin zu spannen. Bloß das große Eckfenster stand noch leer. Das war eine Herausforderung. Er durfte nicht vergessen, darauf zu achten, dass man die Präsentation von zwei verschiedenen Blickwinkeln aus betrachten konnte. Die Lehrerin hatte ihn zwischen zwei Themen wählen lassen – Valentins- oder Muttertag. Unmöglich würde er sich für Letzteres entscheiden. Oder? Unvermittelt kam ihm ein Gedanke. Warum eigentlich nicht? Er könnte doch eine verwegene Ausstellung aufbauen, so richtig männlich, aber mit einem passenden weichen Anstrich, irgendetwas, das einen an einen Seefahrer denken ließ, der sich *Mama* auf den Arm hatte tätowieren lassen. Warum sollte so etwas nicht stilvoll sein? Und es war anders. Die meisten hatten bereits mit den Läden im Zentrum gesprochen und sich Klamotten geliehen. Maria war schon beinahe fertig.

An seinem Tisch angekommen, holte er seinen Skizzenblock aus der Schublade. *Genau so weit* war er. Im Skizzenstadium. Mann, das Schaufenster war so groß, er brauchte noch so viel Zeug. Normalerweise wäre er in Jubelschreie ausgebrochen, weil er das Eckfenster bekommen hatte. Es war das beste, wenngleich auch das schwierigste Fenster, mit dem man jedoch glänzen konnte. Und er konnte glänzen. Nur heute nicht.

Er war der einzige Junge in der Klasse. Anfangs hatten sich die Mädchen ihm gegenüber etwas skeptisch verhalten. Er wusste, was sie dachten, hatte es in ihren Blicken gesehen, die sie einander zuwarfen. Sie suchten nach Anzeichen, dass sie recht hatten, dass alle Vorurteile in diesem Beruf zutrafen. Er dagegen meinte, auf einer Klassenparty ein für alle Mal den Gegenbeweis angetreten zu haben. Sie waren bei Maria zu Hause gewesen. Sie war dreiundzwanzig und hatte eine eigene Wohnung. Den ganzen Abend über hatte er neben ihr gesessen, und alle hatten sie eine ganze Menge Rotwein gebechert. Schließlich war er so dreist gewesen und hatte ihr seine Hand auf den Schenkel gelegt, und sie hatte nichts unternommen. Es hatte damit geendet, dass sie vor allen anderen geknutscht hatten. Danach hatte er einen neuen Status erhalten.

Was sollte er Julie sagen? Von Vibeke konnte er ihr nicht erzählen, es war, als wäre Vibeke nach wie vor hinter ihm her. Ihm hatte es gefallen, dass sie jagte. Aber egal, wohin er sich auch wandte, war sie da, halb nackt, mit explodierten Augen. Aber Vibeke war tot, und die Schande sollte mit ihr sterben, entschloss er sich schlagartig. Deshalb war er gezwungen, irgendetwas zu bieten, eine gute Entschuldigung, weshalb er gestern nicht aufgetaucht war; eine Erklärung, die Julie ihm abnehmen würde. Sie musste ihm glauben, ansonsten war er verloren.

Der Schultag verging, ohne dass man in dem großen Eckfenster überhaupt etwas von einer Warenauslage ahnte. Den Großteil der Zeit hatte er draußen auf dem Schulhof gesessen und geraucht – den leeren Skizzenblock im Schoß. Der Tag war schnell herumgegangen. Wie verdammt eilig es die Minuten hatten. Bald würde er schon wieder im Bus sitzen, ohne einen Plan zu haben, was er sagen sollte.

Julie stand vor dem winterlich trockenen Brunnen mitten auf dem Platz. Sie schien zu frieren. Raimo warf einen Blick hinauf zur Statue von St. Hallvard, der im Boot mitten auf dem Brunnen stand und seine Arme schützend um eine Frau schlang. Um sie hatte sich ein Schneemantel gelegt, sodass es fast unmöglich war, die Frau zu erkennen. Und St. Raimo wird Julie beschützen, dachte er. St. Raimo wird sie vor Dingen schützen, die sie nicht zu wissen braucht.

Er ging auf sie zu, wollte sie umarmen, doch sie trat einen Schritt zurück.

»Warum bist du gestern nicht gekommen?«

»Sollen wir uns irgendwo reinsetzen?«

Raimo rieb sich die Hände und blies in sie hinein. Scheiße, er hatte vergessen, sich heute Morgen die Zähne zu putzen.

»Jonas B.? Ich hab Geld für Kaffee«, lockte er.

Julie schob ihre Unterlippe vor zu einem Schmollmund, folgte ihm aber über den Platz zum Restaurant. Drinnen setzten sie sich jeweils auf einen Barhocker am Fenster, Julie demonstrativ auf die andere Seite des hohen Tisches. Er bestellte für sie Tee und für sich Kaffee. Die kleine Schokolade auf seiner Untertasse schob er ihr hinüber. Sie rührte sie nicht an.

»Warum bist du nicht gekommen?«

»Ich war ja schon auf dem Weg, aber …« Er holte Luft. Jetzt kam's drauf an.

»Mama hat Ärger gemacht, verstehst du? Ich musste doch das Auto nehmen, stimmt's? Sie war so störrisch und hat sich geweigert. Aber dann hab ich mir die Schlüssel einfach geklaut.«

»Du hast das Auto gestohlen?«

»Alles für die Frauen«, sagte Raimo und blinzelte auf eine Art, von der er sicher war, dass sie ihn draufgängerisch aussehen ließ.

»Ich hatte vorgehabt, dir eine SMS zu schicken«, erklärte er weiter, als das Blinzeln seine beabsichtigte Wirkung scheinbar verfehlte, »dass ich später kommen würde, aber dann hab ich's in der ganzen Aufregung vergessen.«

»Aufregung?«

»Ja, sorry, also, es war die Hölle, Auto zu fahren. Beim Kiwi-Supermarkt bin ich in den Kreisverkehr gefahren …« Die Erinnerung daran, wie der Bus heute Morgen ins Schleudern geraten war, flackerte in ihm auf. »… und ins Rutschen gekommen. Dann bin ich stecken geblieben, mit einem Rad in der Luft. Weder vor noch zurück.«

»Wie bist du dann wieder rausgekommen?«

»Tja, da kam so 'n Typ und hat mir geholfen. Aber weil's so beschissen auf den Straßen war und Mama mir die Karre nicht leihen wollte, hab ich mich nicht getraut weiterzufahren. Hab bloß dran gedacht, mit dem Auto wieder zurückzukommen. Verstehst du?«

»Du hättest aber wenigstens anrufen können.«

»Mein Akku war leer«, entgegnete Raimo und hielt die Tasse mit beiden Händen umfasst, um die Finger aufzuwärmen. Lange versenkte er seinen Blick tief in den schwarzen Kaffee, erspähte seine Augen in der blanken Oberfläche. Sie zwinkerten ihm zu.

»Dann hättest du aber anrufen können, als du nach Hause kamst. Und auf Facebook warst du auch den ganzen Abend nicht.«

»Ja, aber guck mal ...«

Er trank, schluckte und hob langsam den Kopf. Er konzentrierte sich darauf, ihrem Blick standzuhalten.

»Weißt du ... ich war bloß so verdammt gestresst und hab nicht dran gedacht. Ich hatte so 'ne Angst, dass ich eine Delle ins Auto gefahren habe, und wollte bloß noch in mein Zimmer, bevor Mama mich erwischte. Und es ist 'ne Delle drin! Hab's gecheckt, bevor ich heute mit dem Bus gefahren bin. Scheiße! Ich muss das wieder hinbekommen, bevor sie was merkt. Nicht, dass sie immer so genau hinsieht. Eher Papa, aber der ist auf Geschäftsreise und ein paar Tage weg. Wenn ich nur ein bisschen Kohle auftreiben könnte, dann könnten die KfZ-Jungs von der Schule sich drum kümmern.«

Es lief wie von selbst. Die kleinen Lügen, die eigentlich nichts anderes waren als eine Form der Wahrheit, fühlten sich glatt und sauber an. Alles, was er sagte, stimmte fast, abgesehen davon, dass er einige Dinge nicht erwähnte. Sie musste ihm glauben!

»Und dann hab ich Mama gesagt, dass ich bei dir gewesen bin«, sagte er und lehnte sich über den Tisch.

»Kannst du das nicht auch sagen, falls mal jemand fragen sollte? Ich wage kaum dran zu denken, was Mama sagt, wenn sie hört, dass ich mit ihrem Auto gefahren bin und es in den Graben gesetzt habe. Sie wird explodieren! Dann krieg ich die Karre nie wieder. Und dich werd ich dann auch nicht mehr so oft sehen.«

»Eine SMS hättest du mir aber trotzdem schicken können, später, meine ich, als du nach Hause gekommen bist.«

»Ja«, seufzte Raimo, »aber ich hab außerdem vergessen, meinen Akku aufzuladen. Erst heute Morgen hab ich daran gedacht ...«

Julie sah ihn nicht an, sondern blickte starr aus dem Fenster und beobachtete einige Kinder, die auf der kleinen Eisschnelllaufbahn am Ende vom Bragernes torg Hockey spielten.

»Duuu...«, sagte er, das U in die Länge ziehend, und schraubte seine Stimme am Ende ein paar kummervolle Töne tiefer, während er lächelte.

»Julie. Ich will doch bloß mit dir zusammen sein. Du bist mein Mädchen, das beste Mädchen auf der ganzen Welt.«

Julie öffnete die Schokolade und steckte sie in den Mund, blieb sitzen und spielte mit der Alufolie.

»Es war das Scheißwetter, stimmt's? Verfluchter Tiefschnee. Vorwärtskommen unmöglich. Der ist schuld.«

Er nahm seinen Kaffeebecher und stieß ihn klirrend gegen ihre Teetasse.

»Sei doch nicht so sauer. Julie ...«

Sie knüllte die Folie zu einer kleinen Kugel, zielte auf sein Gesicht und warf sie.

»Du schuldest mir einen Pullover«, sagte sie, »oder eine Jeans. Vorzugsweise von BikBok.«

Raimo ergriff ihre Hand und küsste übertrieben jeden einzelnen Finger.

»Morgen schleim ich mich bei BikBok ein«, sagte er, »aber ich kann nicht sagen, was ich kriege, falls ich was kriege. Die Sachen muss ich sowieso erst für meine Präsentation benutzen. In einer Woche ist Deadline. Ich mach 'ne Ausstellung zum Valentinstag – dir zu Ehren!«

»Ja, na klar.«

»Echt! Ist bald fertig. Wird saucool.«

Mit einem kleinen Ruck ihres Kopfes warf sie ihr langes Haar auf den Rücken. Sie lachte.

»Aber hey«, sagte Raimo, »ich bin also gestern Abend bei dir gewesen, okay? Du bist dabei?«

Julie nickte, und Raimo streckte sich über den Tisch, legte ihr eine Hand um den Nacken und presste seine Lippen auf ihre. Er konnte fühlen, wie ihre Zurückhaltung bröckelte. Sie hatte die Lüge geschluckt. Bei BikBok brauchte er nur mit Tina zu sprechen und sich erkundigen, ob er sich ein paar Ausstellungsstücke ausleihen durfte. Julie passte XS wie angegossen, und die Klamotten waren größtenteils ohnehin bloß was für Schaufensterpuppen. Bestimmt durfte er sich ein paar Kleidungsstücke leihen, wenn er sagte, dass es für ein Schulprojekt war. Und dann vergaß er einfach, sie zurückzubringen.

Jetzt musste er nur noch das Geld auftreiben, um die Delle zu beseitigen. Dann könnte er wieder sein unbeschwertes Leben aufnehmen, das er einmal gehabt hatte. Normale Tage. Zeichnen. Kino mit Julie. Knutschen.

15

Auf der Fahrt hinaus nach Lier wechselten sie nur zwei Sätze.

»Was hoffen Sie, im Kindergarten zu finden?«, fragte Bitte Røed.

»Keine Ahnung. Ein ungesichertes Apfelsinenlager vielleicht«, antwortete Verner Jacobsen.

Sie fuhren an der Abfahrt nach Lyngåsbanen und an den Feldern vorbei, die im Sommer wohl üppige Apfelwiesen waren. Nun stachen nur die Baumkronen aus dem Schnee hervor und erinnerten eher an kleine Büsche. Verner Jacobsen konzentrierte sich darauf, das Auto in der Spur zu halten. Je weiter sie aufs Land fuhren, desto tiefer wurde sie.

Der Kindergarten war leicht zu finden, er lag direkt an der Straße und thronte auf einer kleinen Anhöhe. In der Einfahrt war ein Schild angebracht, auf das mit bunten Buchstaben *Kindergarten Nøtteliten* gemalt war. Sie parkten auf dem fast leeren Platz vor der Eingangstür und traten ein.

»Ist geschlossen?«, wunderte Verner sich.

Bitte schüttelte den Kopf und wies auf die Rucksäcke, die an den Haken hingen.

»Vielleicht ist Ruhestunde.«

Sie schlich sich zu einer Tür und legte ihr Ohr daran. Unvermittelt ging diese auf, und sie fiel der Frau, die geöffnet hatte, beinahe in die Arme. »Ich hab doch gemeint, etwas gehört zu haben«, sagte sie lächelnd.

»Wir sind von der Polizei«, erwiderte Verner Jacobsen und zeigte seinen Ausweis vor, der um seinen Hals hing.

Das Lächeln wich aus ihrem Gesicht.

»Geht es um Oda?«

Verner Jacobsen bejahte und nahm die Hand, die sie ihm reichte.

»Hauptkommissar Verner Jacobsen«, sagte er, »und das ist meine Kollegin Bitte Røed.«

»Inger Johanne Olsen«, sagte die Frau, »aber mich nennen alle nur Tante Inger. Ich hab hier die Verantwortung.«

»Haben Sie einen Augenblick Zeit? Können wir uns irgendwo ungestört unterhalten?«

Tante Inger drehte sich um und winkte ihnen, ihr zu folgen. Sie gingen in eine kleine Küche. Eine Spülmaschine brummte leise vor sich hin, und ein Haufen leerer Milchkartons stand umgekehrt zum Trocknen auf der Ablage, ebenso wie Lehmklumpen, bestimmt Geschenke für begeisterte Eltern. An jeder Figur klebte ein Namenszettel. Oda hatte ein asymmetrisches Herz gemacht, in das mit ungelenken Buchstaben *Mama* eingeritzt war. Sie setzten sich an den kleinen Tisch mitten im Raum.

»Also ist sie noch nicht gefunden worden«, stellte Inger Johanne fest. »Erik hat heute angerufen und erzählt, dass sie verschwunden ist. Was ist passiert?«

»Genau das versuchen wir herauszufinden«, sagte Verner. »Vielleicht können Sie uns dabei helfen.«

»Aber sie ist doch nicht von hier verschwunden. Sie wurde gestern von ihrer Mutter abgeholt.«

»Darüber sind wir uns im Klaren, aber trotzdem müssen wir genau nachvollziehen, was im Vorfeld geschehen ist. Wer hat gestern hier gearbeitet?«

»Ich, Marianne und Turid. Nur wir arbeiten hier.«

»War jemand außer der Reihe im Lauf des Tages hier?«

»Nein, die Kinder wurden gebracht und abgeholt wie immer.

Oder … die meisten sind spät gekommen und wurden spät abgeholt. Sie wissen, dieses Wetter … überall Probleme.«

»Und Oda, verhielt sie sich wie sonst?«, fragte Verner weiter.

Zwischen Inger Johannes Augen bildete sich eine Falte, als ob sie deutlich machen wollte, dass sie nur zu gern etwas Wichtiges beitragen würde.

»Können Sie sich erinnern, ob sie traurig, wütend oder vielleicht besonders glücklich war? Erinnern Sie sich, was sie den ganzen Tag über gemacht hat? Mit wem hat sie gespielt? Was auch immer.«

Tante Inger strengte sich an, versuchte, ein kleines hilfreiches Detail zu liefern. Sie warf einen Blick auf die Lehmfiguren. Sollte sie Solveig das Lehmherz geben für den Fall, dass Oda nie gefunden wurde? Oder war es umsichtiger, es wegzuwerfen und so zu tun, als hätte Oda es nie gefertigt? Einen Augenblick lang sah sie vor sich, wie sie die Mappe mit Odas Zeichnungen überreichen musste. Sie kniff ihren Mund zusammen, versuchte, das plötzliche unangenehm lähmende Gefühl abzuschütteln. Selbstverständlich würden sie sie finden. Vielleicht sollten sie Blumen nach Hause schicken, zeigen, dass sie an sie dachten? Oder doch nicht, womöglich war es am besten abzuwarten.

»Oda ist gestern spät gekommen«, sagte sie. »Erik hat sie gebracht. Oda wirkte zufrieden, im Großen und Ganzen ist sie das. Ein liebes Kind, wir haben nie Ärger mit ihr. Sie hat anfangs mit Mathias gespielt, glaube ich … doch, es war bestimmt Mathias. Sie waren im Kissenzimmer. Nach dem Mittagessen war sie draußen. Eine unserer Regeln, alle müssen raus. Wenn sie nicht gesund genug sind, dass sie rausgehen können, dann brauchen sie auch nicht in den Kindergarten zu kommen, pflegen wir zu sagen.«

»War Oda krank?«

»Nein, nein. Freilich geht Magen-Darm gerade wieder um, und Augenentzündung haben wir ständig. Aber Oda war gesund. Wir haben Schneemänner gemacht und begonnen, eine Burg zu bauen. Sehen Sie.« Sie sah aus dem Fenster. Bitte erhob sich und schaute hinaus.

»Sie haben eine schöne Außenanlage«, sagte sie, »ein großes Gelände.«

»Ja, das ist toll. Es geht bis hinauf zum Waldrand«, erklärte Inger Johanne. »Wenn Sie sich ein wenig zur Seite beugen, können Sie's sehen.«

»Wie viele Kinder haben Sie hier?«, fragte Bitte.

»Heute sind wir achtzehn, aber zwei sind krank ... und dann noch Oda.«

Tante Inger holte Luft und hielt den Atem an.

»Einundzwanzig also?«

Die Erzieherin nickte und atmete lang und deutlich hörbar durch die Nase aus.

»Müssen Sie nicht einen ziemlich großen Bereich beaufsichtigen? Haben Sie zu jeder Zeit den Überblick? Wie jetzt etwa, wenn Sie hier drinnen sind, sind nur zwei Erwachsene draußen, stimmt das?«

Tante Inger verzog das Gesicht.

»Wir zählen sie in einem fort«, sagte sie. »Die Eltern können sich vollkommen sicher sein, dass kein Kind die Möglichkeit hat wegzulaufen. Außerdem ist das gesamte Grundstück umzäunt. Und gerade jetzt ist es ja besonders schwierig, mit dem ganzen Schnee. Im Sommer verläuft ein Pfad hinter dem Haus und direkt durch den Wald, doch im Moment kann man den nicht benutzen. Nur mit Schneeschuhen.«

»Ich wollte keinesfalls die Sicherheit vor Ort in Zweifel ziehen«, sagte Bitte. »Ich bin überzeugt, dass Sie alles unter Kontrolle haben.«

Tante Inger lächelte angestrengt und nickte zustimmend.

»Und Sie können mit Sicherheit sagen, dass gestern niemand hier war, der nicht hierher gehört?«, fragte Bitte weiter.

»Ja, ganz bestimmt. Heute hätten wir allerdings Besuch bekommen sollen!«

Sie wirkte froh, das Thema wechseln zu können.

»Von wem?«

»Vibeke Hansen. Sie ist Künstlerin und hätte heute Morgen für die Kinder einen Malkurs geben sollen. Vorige Woche waren wir zur Vorbereitung in der Nationalgalerie. Ein Teil des kommunalen Kulturangebots. Vibeke Hansen soll drei Wochen lang einmal pro Woche kommen. Das erste Mal war heute, aber sie ist nicht aufgetaucht. Ich habe die Gemeindeverwaltung angerufen, doch die wussten von nichts. Übers Telefon erreiche ich sie auch nicht.«

Tante Inger schüttelte den Kopf.

»Aber so sind die wohl einfach. Künstler.«

Sie schnitt eine Grimasse, stand auf und stellte den Wasserkocher an, öffnete den Kühlschrank und holte ein Päckchen Sahne heraus.

»Möchten Sie einen Kaffee? Wir haben nur Instantkaffee, aber ich hab auch Hagebuttentee und …«

Verner und Bitte lehnten höflich ab. Sie hatten beide die Kiste mit Birnen gesehen, die im untersten Fach stand.

»Haben Sie Apfelsinen?«, fragte Verner.

»Wollen Sie Orangensaft?«

»Nein, ich meinte, ob Sie Apfelsinen haben. Die Kinder bekommen doch Obst, nicht wahr?«

»Natürlich, aber diese Woche gibt's Birnen und Trauben. Wir wechseln immer ab.«

In einen Becher goss sie kochendes Wasser und gab Kaffeepulver und reichlich Sahne hinzu.

»Momentan gibt es also keine Apfelsinen im Haus?«

»Nein, sollten wir welche haben?«

»Birnen und Trauben sind sicher auch gesund.«

»Aber was ist mit Oda geschehen?«, fragte Tante Inger und schlürfte ihren Kaffee. »Glauben Sie, es könnte ein Verbrechen sein?«

»Wir glauben nichts«, antwortete Verner, »aber wir möchten gerne eine Liste aller Kinder samt Erziehungsberechtigten und Angestellten des Kindergartens haben. Können Sie das in die Wege leiten?«

Sie stimmte zu.

»Ist es in Ordnung, wenn wir uns ein bisschen umsehen und mit den beiden anderen Erzieherinnen sprechen?«

»Selbstverständlich, aber kann ich Ihnen die Liste auch per Mail schicken? Unser Drucker frisst nämlich Papier, sodass ich sie nicht ausdrucken kann.«

»Einverstanden«, sagte Verner, erhob sich und legte eine Visitenkarte auf den Tisch. Inger stellte ihre Tasse auf die Arbeitsplatte und ging voran zur Garderobe. Dort zog sie sich einen kornblumenblauen Thermoanzug an und eine Mütze mit langen Ohrenschützern, von denen sich einer verhakte und hin und her flatterte, als Inger nach draußen ging.

Verner und Bitte folgten ihr. Sie mussten das halbe Gebäude umrunden, bevor sie zum Spielplatz gelangten.

»Ist die Tür verschlossen, wenn Sie draußen sind?«, fragte Verner, als sie um die Ecke gegangen waren. Der Eingangsbereich des Hauses befand sich nun außerhalb des Blickfeldes.

»Nein«, sagte sie, »weshalb sollten wir sie abschließen?«

Verner zuckte mit den Schultern und öffnete die Tür zum Spielbereich. Ein Junge hing an den Beinen von einem Klettergerüst herunter, während ein Spielkamerad probierte, ihm die Stiefel auszuziehen. Tante Inger stürzte auf sie zu. Verner

Jacobsen pries sich glücklich, nicht hier zu arbeiten. In diesem Chaos von Schneeanzügen erschien ihm der Umgang mit Kriminellen spielend leicht. Eine Gruppe Kinder hatte sich um sie versammelt, und ein Junge putzte sich die Nase mit einem nassen Thermofäustling ab und zog ihm am Ärmel.

»Wie heißt du?«

»Verner«, antwortete Verner Jacobsen. »Und wie heißt du?«

»Mathias.«

Der Junge leckte sich die Lippen, während ihm ein dicker Striemen Schnodder aus der Nase lief.

»Wer seid ihr denn?«, fragte ein kleines Mädchen mit einer Mütze, die stramm unterm Kinn festgebunden war.

»Wir sind von der Polizei«, sagte Verner und steckte seine Hände in die Tasche, da sie eine bläuliche Farbe angenommen hatten und die Handschuhe im Auto lagen.

»Hast du etwas in den Taschen?«, fragte Mathias und bekam große Augen. Es sah aus, als wäre er kurz davor zu sabbern.

Verner lachte.

»Nein, ich wärm bloß meine Hände auf.«

Der Junge blickte enttäuscht drein.

»Oda, die hat gestern eine Apfelsine bekommen«, sagte er plötzlich. »Aber heute ist sie krank. Blöd. Wir wollten doch einen Schneemann bauen. Den größten auf der ganzen Welt!«

Er gestikulierte.

»Werdet ihr Diebe schnappen?«, fragte er weiter.

Seine Augen leuchteten erwartungsvoll.

»Nein, das werden wir wohl nicht. Jedenfalls nicht hier. Aber was hast du da eben gesagt?«

Verner ging in die Hocke und schaute ihm in die Augen. Der Junge trat einen Schritt zurück.

»Sie hat eine Apfelsine bekommen, hast du gesagt. Wer hat ihr die gegeben?«

»Sicher dieser Mann da. Der, der immer mit der Milch kommt, glaub ich.«

»Erinnerst du dich, wie er ausgesehen hat?«, fragte Verner und hob seine Stimme eine Nuance, um heiter und freundlich zu wirken. So machte man es wohl, wenn man mit kleinen Kindern sprach.

»Der war ganz normal.«

»Wie denn, was meinst du?«

»Weiß nicht, einfach normal, irgendwie. Wieso hast du keine Polizeiuniform?«

Da kam Inger Johanne zurück.

»Ich dachte, Sie wollten mit den anderen sprechen.«

Verner strich dem Jungen über den Kopf und richtete sich auf.

»Wir haben bloß ein bisschen über den Milchmann gesprochen, stimmt's, Mathias?«

»Peng! Peng! Haltet den Dieb«, rief Mathias, der schon wieder auf dem Weg zum Klettergerüst war. Er hob einen Arm und zielte mit seinem Handschuh.

»Wer liefert hier die Milch an?«, fragte Bitte.

»Leute von der Gemeindeverwaltung«, sagte Inger Johanne. »Das ist ein wenig unterschiedlich. Manche sind nett und tragen die Kiste bis in die Küche, andere schmeißen sie einfach nur hin, unten bei der Bushaltestelle.«

»Wurde gestern Milch gebracht?«

»Nein, warum fragen Sie?«

»Mathias sagt, dass Oda gestern vielleicht eine Apfelsine vom Milchmann bekommen hat, da drüben an der Toreinfahrt.«

Inger Johanne drehte sich um, obwohl sie sehr genau wusste, dass das Tor um die Ecke lag und von hier aus nicht zu sehen war.

»Das versteh ich nicht«, sagte sie. »Gestern hat hier keiner Milch geliefert.«

»Nun gut«, entgegnete Verner, »Kinder haben wohl eine blühende Fantasie, was?«

Inger Johanne lächelte unsicher, nickte aber.

»Tante Inger! Tante, komm!«

»Ich muss«, sagte Inger Johanne und zeigte auf ein paar Mädchen, die scheinbar mit beiden Stiefeln in einer Schneewehe festsaßen.

Verner und Bitte sprachen mit den anderen Erzieherinnen, aber auch sie hatten weder den Milchmann noch einen Fremden am Tag zuvor gesehen. Sie gingen hinaus, schlossen das Tor ordnungsgemäß hinter sich und blieben auf dem Parkplatz vor dem Haupteingang stehen. Es war kein Problem, sich dort unbemerkt aufzuhalten oder wie sie ins Haus zu gelangen.

»Von irgendjemandem hat sie also eine Apfelsine bekommen«, sagte Bitte, während sie Schnee vom Auto wischte.

»Scheint so«, erwiderte Verner. »Können Sie sich bei der Gemeinde erkundigen und das mit der Milchlieferung abklären?«

Ein Rinnsal Schmelzwasser rann den Boden entlang, als er das Auto langsam und besonnen den Hügel hinuntergleiten ließ. Das Wasser sammelte sich in einer Pfütze unter den Pedalen, verteilte sich jedoch gleichmäßig auf der Matte, als die Straße sich ebnete. Er nahm Kurs auf die Schnellstraße Richtung Hauptstadt.

»Tante Inger hatte recht«, sagte Bitte Røed und steckte ihr Handy in die Jackentasche. »Gestern gab's keine Milchlieferung.«

16

Janni Egge bog in die Tiefgarage unterm Liertoppen ein in der Hoffnung, einen freien Parkplatz zu finden. Alles war belegt. Aufgebracht fuhr sie wieder hinaus ins Schneechaos und parkte auf dem großen Platz vor dem Center. Sie zog die Mütze über den Kopf und lief hinein, nahm die Rolltreppe nach oben in die erste Etage zu H&M. Sie wusste genau, was sie haben wollte, und fand es in einem Korb mit Angeboten ohne sichtbare Sonderpreisschilder. Ihr Herz hämmerte. Ihr war übel, aber sie steckte es rasch in ihre Tasche und ging auf den Ausgang zu. Niemand hielt sie auf.

Sie wägte ab, ob sie fahren oder zur anderen Seite des Einkaufszentrums zur Apotheke laufen sollte. Norwegens längste überdachte Einkaufsstraße – damit prahlte das Center in den Anzeigen. Als müsste man das hervorheben. Sie hasste das lange Gedärm an Geschäften. Nahm das Auto, ertrug den Gedanken nicht, zu laufen und vielleicht Bekannte zu treffen. Nicht heute. Sie hatte Migräne. Sie müsste bei der Arbeit sein.

Das Einrichtungsstudio neben der Apotheke lockte mit dreißig Prozent Nachlass auf Wolldecken von Berger. Einen Augenblick lang wurde sie übermannt von dem Drang, etwas Neues zu besitzen, etwas Weiches, worin sie sich einpacken konnte. Hatte sie sich das nicht verdient? Sie ging hinein, bezahlte mit dem Geld von Ivar und kam mit zwei neuen Decken in einer Tüte wieder heraus. In der Apotheke war eine Warteschlange, die langsam vorankroch, und als die Reihe endlich an ihr war, wurde sie von einem Mann zur Seite geschubst.

»Entschuldigung, Entschuldigung. Ich muss nur …«

»Tja, tut mir leid, aber es gibt hier eine Reihenfolge!«

Im selben Moment bemerkte sie, dass es ein Drogensüchtiger sein musste, und zog sich instinktiv zurück. Die Frau hinter dem Ladentisch verschwand im Hinterzimmer. Gleich darauf kam sie mit einem anderen Angestellten zurück. Sie gingen auf den Mann zu und sprachen mit ihm.

»Ich hab ein Rezept!«

Der Mann fingerte an irgendetwas in seiner Jackentasche herum und zog ein zerknülltes Stück Papier hervor. Da trat ein Mann von der Security hinzu und geleitete ihn hinaus. Er kam ihr bekannt vor, doch Janni kam nicht darauf, wer es war. Sie kannte keine Junkies. Ob es ein früherer Schüler war? Oder einer von Raimos Bekannten? Nein, dieser Mann musste deutlich älter sein als Raimo. Außerdem hatte Raimo gute Freunde, das heißt, so viele hatte er gar nicht. Er umgab sich meist mit Mädchen, hatte immer schon Mädchen gemocht.

Janni bekam die Schachtel Paracetamol gefolgt von einem Schwall Entschuldigungen seitens der Angestellten. Janni lächelte müde, legte das Geld passend auf den Tresen und ging hinaus, ohne auf eine Quittung zu warten.

Er stand draußen, mitten auf der Straße und versperrte einem Auto den Weg. Mit einem Mal wusste sie, wo sie ihn gesehen hatte. Auf einem Foto, zu Hause bei Vibeke. Im Flur hing eine Sammlung Fotos an der Wand. Auf einem waren Vibeke und ein Junge abgebildet, der ein ganzes Stück jünger sein musste als sie. Einmal hatte sie halb im Scherz gefragt, ob das ihr Liebhaber sei, worauf Vibeke kurz angebunden antwortete, es sei ihr Bruder. Plötzlich meinte Janni, Vibekes Stimme hören zu können, als stünde sie unmittelbar hinter ihr.

Einar hat Mutter und Vater umgebracht. Ich hab richtig Angst davor, was ihm beim nächsten Mal einfallen könnte. Jan-

ni, solltest du Einar jemals begegnen, sollte er hierherkommen, wenn du da bist, erzähl nichts von dem Geld. Er würde töten, um dranzukommen.

Es zeigte sich, dass ihr Bruder seinen Eltern nicht auf brutale Art das Leben genommen hatte, sondern sie langsam gequält hatte, bis sie eines natürlichen Todes gestorben waren. Zuvor hatten die Eltern veranlasst, dass Vibeke das Haus erbte, das Einzige, was sie an Wert besaßen, wohingegen er so gut wie nichts bekam. Im elterlichen Testament wurde verfügt, dass Einar wegen der Gewaltausübung seiner engsten Familie gegenüber und des Drogenmissbrauchs enterbt wurde. Einar war fuchsteufelswild, was Janni verstand. Vibeke hatte Angst, was nachzuvollziehen ebenfalls nicht schwerfiel.

Janni ertappte sich dabei, wie sie sich fragte, was Vibekes Eltern beim Anblick ihrer alten Holzhausvilla jetzt wohl gesagt hätten, nachdem Vibeke sämtliche Möbel aus der guten Stube geräumt hatte. Das Wohnzimmer war eine nackte Schale und das Parkett durch die Farbe vollkommen ruiniert. Aus Vibeke war sie nie schlau geworden. Bewundert hatte sie sie, ja, nie aber verstanden. Ständig klagte Vibeke, sie habe nicht genug Geld. Und dennoch weigerte sie sich, einer ehrlichen Arbeit nachzugehen, sondern hielt sich mit dem Malen von merkwürdigen Bildern über Wasser, die sich nur selten verkauften. Abgesehen von den Zeichnungen, die sich in der letzten Zeit doch bezahlt gemacht haben, dachte sie und sah den Raum vor sich, den Vibeke ihr Atelier nannte – das Wohnzimmer, das nicht mehr zur guten Stube taugte. Sie erinnerte sich an das erste Mal. Vor knapp zwei Jahren. Vibeke hatte die Mitglieder des Kunstvereins zu sich eingeladen, um Entwürfe zu zeichnen. Janni war neu im Verein gewesen und eigentlich aufgrund des Rabatts beigetreten, den sie erhielt, wollte sie sich Kunstwerke kaufen. Die meisten malten selbst, doch Janni hatte nie etwas anderes als Smileys unter gute Noten vereinzelter Aufgaben von Schülern gemacht.

Den Abend hatte sie sich ähnlich wie eine Tupperparty vorgestellt. Einfache Häppchen, lautstarkes Geschnatter unter tratschenden Freundinnen, und anschließend fahren alle nach Hause mit Bestellungen von extrem teuren Produkten in der Tasche, Dinge, von denen man hier und jetzt überzeugt ist, nicht ohne sie leben zu können, die man dann aber in einem Schrank verstaut. Janni rechnete damit, nach einem Aktmodell zu zeichnen. Was sie nicht vorhergesehen hatte, war die Reaktion, die das hervorgebracht hatte.

Vibeke legt ein Schafsfell vor den Kamin. Der Mann, der aus Vibekes Schlafzimmer kommt, hat eine Decke um seinen Körper geschlungen, die er mit der größten Selbstverständlichkeit fallen lässt. Janni weiß gar nicht, wo sie hingucken soll. Verstohlen schaut sie zu den anderen, einem älteren Mann und vier erwachsenen Frauen, die sie aus dem Kunstverein kennt. Vibeke hantiert mit einem Kohlestift, sie hat schwarze Fingerspitzen. Janni blättert die erste Seite ihres Skizzenblocks auf und sucht nach den Bleistiften in der Tasche – alle gleich lang, spitz, genauso neu wie sie selbst.

»Drei Minuten?«, fragt das Modell und verlagert schamlos sein Gewicht vom einen auf den anderen Fuß, als wärmte es sich für die eine oder andere sportliche Aktivität auf.

Vibeke nickt und flüstert Janni zu: »Entspann dich, das erscheint zwar kurz, ist aber eigentlich genau richtig, um das Wichtigste mitzubekommen. Nach und nach steigern wir aber die Zeit.«

Das Wichtigste? Janni starrt auf das Gesicht des Mannes, ihr Blick sinkt. Sie schluckt so schwer, dass es sicher alle im Atelier hören. Sie ist wieder dreizehn und hat noch nie jemanden geküsst. Sie ist zweiundvierzig und Lehrerin. Zum ersten Mal wird sie einen Entwurf zeichnen. Janni setzt den Bleistift auf das Papier, macht einen Strich, der den rechten Arm des Modells darstellen soll. Sie muss ihn ansehen. Er sieht gut aus. Ist etwa in ihrem Alter, vielleicht etwas jünger. Die Andeutung eines Bäuchleins, aber einen knackigen Hintern. Himmelherrgott, woran denke ich, während er da steht? Auf einmal streckt der Mann sich und dreht eine kleine Runde auf dem Fell, auf dem er steht. Der Widerschein der Flammen vom Kamin trifft auf seine Haut. Ein synchrones Flattern geht durch den Raum, als alle die Seite ihres Blocks umblättern. Janni beeilt sich, es ihnen nachzutun, bevor jemand sehen kann, dass sie lediglich einen Arm gezeichnet hat. Einen Arm, der keinem Arm gleicht. Dann legt sie den Block mit der leeren Seite weg.

Zwei Jahre. Und das Gefühl der Scham wegen allem, was danach geschah, war immer noch gleich stark. Es packte sie, wenn sie am wenigsten darauf gefasst war. Janni schüttelte den Kopf, um den Schnee loszuwerden, der sich auf ihr Haar gelegt hatte. Er begann zu schmelzen und rann in einem kalten Rinnsal ihren Nacken hinunter. Der Mann auf dem Parkplatz war Vibekes Bruder. Komisch, dass er genau jetzt auftauchen musste, direkt vor ihr. Vibeke würde darauf bestehen, dass das Universum es so vorherbestimmt hatte – das Schicksal. Jäh wandte der Mann sich um, als hätte er gefühlt, dass jemand ihn anstierte. Janni war nicht schnell genug, um seinem Blick auszuweichen. Sie kannte ihn nicht, hatte auch keine Lust, seine Bekanntschaft zu machen. Eilig ging sie zu ihrem Auto. Mit einem Satz war er an ihrer Seite und legte ihr eine Hand auf die Schulter. Sie ließ die Schlüssel fallen, die ein kleines Loch im Schnee hinterließen. Ihr Herz klopfte wild. Ob er wohl wusste, wer sie war? Hatte Vibeke von ihr erzählt? Ihm Fotos gezeigt? Vibeke hatte gesagt, er sei psychotisch. Unberechenbar. Gefährlich.

»Sie, hey, Sie«, sagte er. »Können Sie mir helfen, mich …?«

Janni wandte sich langsam um. Er roch sauer, sein halb langes nasses Haar klebte auf seinen Wangen. Mit einem überraschend klaren Blick sah er sie an.

»Ich habe kein Geld«, log Janni und schluckte. »Das ist die Wahrheit. Ich kann Ihnen wirklich nicht helfen.«

»Ich brauch kein Geld.«

Janni blickte sich um. Alle hasteten vorbei, keiner sah auf, keiner nahm Notiz von ihnen.

»Ich kann Ihnen nicht helfen«, wiederholte Janni. Als sie versuchte, sich nach vorn zu beugen, um im Schnee nach ihren Autoschlüsseln zu suchen, trat er einen Schritt näher und packte sie hart am Arm. Wie angewurzelt stand sie da, während ein heißes Angstgefühl durch ihren Körper jagte.

»Bleib cool, Alte, ich werd dich nicht vergewaltigen.«

Er lachte – ein dünnes, freudloses Lachen.

»Ich brauch bloß 'ne Mitfahrgelegenheit.«

Janni fühlte ein seltsames Kribbeln in den Knien und schnappte ängstlich nach Luft. Da beugte er sich plötzlich hinunter, ergriff die Schlüssel und gab ihr den Bund.

»Kannst du mich fahren?«, fragte er. »Oder muss ich selbst fahren?«

Er verzog seine Lippen zu einer Art Lächeln, während sein Griff um ihren Arm fester wurde. Sie würde blaue Flecken bekommen. Er roch nach rohem Knoblauch und nach etwas anderem, Unbestimmbarem. Sushi? Janni fühlte, dass ihr Gesicht nass war, wusste aber nicht, ob sie weinte oder ob es am Schnee lag. Sah denn niemand, dass sie Hilfe benötigte? Ob sie schreien sollte?

Als hätte er ihre Gedanken gelesen, zog er aus der Tasche eine Spritze hervor.

»Nicht schreien …«, sagte er.

»Okay«, sagte Janni, so ruhig sie konnte. Vielleicht könnte sie ihn glauben machen, sie würde ihn fahren, und dann ins Center laufen und einen Wachmann holen.

»Setzen Sie sich rein«, sagte sie und deutete auf das Auto.

»Frauen zuerst«, sagte er und öffnete die Fahrertür. »Setz dich und gib mir die Schlüssel.«

Janni blickte auf die Spritzennadel und glaubte zu spüren, wie leicht sie durch den Jackenärmel und in ihre Haut dringen würde, und sank auf den Sitz. Er befahl ihr, den Sicherheitsgurt anzulegen, und schlug die Tür zu. Sie fuhrwerkte mit dem Gurt herum und schaffte es so eben, die Tür wieder zu öffnen, als er schon auf der anderen Seite war. Ein Schlag auf ihren Arm, und sie drehte sich herum, seine linke Hand hatte sich um ihren Arm gekrallt, die Knöchel ragten als weiße Spitzen hervor, in der rechten hielt er die Spritze. Janni setzte sich aufrecht hin, sank gegen die Rückenlehne und steckte die Schlüssel ins Zündschloss.

»Wo wollen Sie hin?«

»Zu meiner Schwester. Die braucht 'ne ordentliche Tracht Prügel. Ich werd ihr – Scheiße noch mal! – die Seele aus dem Leib dreschen. Fahr los, ich erzähl dir dann, wieso.«

Janni schluckte und setzte rückwärts aus der Parklücke. Als sie auf die Straße kam, erhöhte sie die Geschwindigkeit. Wenn sie zu schnell fahren würde, wenn sie Glück hätte, sie musste fast lachen, wenn sie Glück hätte, würde die Polizei auftauchen und sie anhalten. Der Mann hielt die Spritze zwischen zwei Fingern, als wäre sie eine Zigarette. Seine Hände zitterten ein wenig.

»Übervorteilung, weißt du, was das heißt?«, fragte er.

Janni signalisierte Zustimmung und presste ihre Hände stärker um das Lenkrad.

»Aber du weißt nicht, was es bedeutet, die Hand abgeschlagen zu bekommen; von deiner eigenen Familie. Davon hast du absolut keine Ahnung!«

Janni blickte starr geradeaus und trat das Gaspedal sachte, aber bestimmt herunter.

17

Verner Jacobsen blinkte links, um auf die kleine Zufahrt abzubiegen, die zur Schnellstraße führte. Gerade wollte er auf die Straße wechseln, als er kräftig auf die Bremse treten musste.

»Herrgott noch mal! Die Leute fahren, als hätten wir Hochsommer«, brach es aus Bitte heraus. »Müssten wir dem nicht eigentlich folgen? Das Auto verursacht sicher noch einen Unfall.«

»Sie müssen sich wohl oder übel daran gewöhnen, dass Sie nicht die ganze Welt retten können, jedenfalls nicht an ein und demselben Tag«, sagte Verner Jacobsen und sah zu seiner Kollegin hinüber. Wie idealistisch, dachte er, wie eine übereifrige Hospitantin Mitte zwanzig, obwohl sie bestimmt schon über vierzig ist.

»Aber Sie können ja in der Zentrale Bescheid geben«, fügte er an, als er ihre missmutige Miene bemerkte. Er fuhr auf die Schnellstraße Richtung Hauptstadt. Bei diesen Verhältnissen würde es mindestens eine Dreiviertelstunde dauern. Er stellte das Radio an, bald gab es Nachrichten auf dem Sender P1.

Du Grünschnabel, dachte Bitte Røed, glaubst, du bist der Weltmeister, und betrachtest mich als alte Memme. Sie gab Meldung an die Zentrale, wobei sie ihren neuen Kollegen aus den Augenwinkeln verstohlen betrachtete. Na ja, so furchtbar viel jünger als sie konnte er auch nicht sein, über seinen Ohren schimmerte schon ein Anflug von Grau – wenn es nicht bloß Schuppen waren. Sie schätzte, er ging voll auf die vierzig zu. Aber er verhält sich wie ein recycelter Jugendlicher, dachte sie und versuchte, sich nicht über den lächerlichen kleinen Pferdeschwanz zu ärgern, den er sich mit einem Haarband im Nacken gebunden hatte.

Sie hörten die Nachrichten. Oda wurde vermisst gemeldet, und nach allen Autos, die sich am Mittwoch, den 25. Januar zwischen 16:30 und 17:30 Uhr in der Gegend befunden hatten, wurde inzwischen gesucht. Sie überprüften gerade die Aktivitäten der Nachbarn, doch niemand hatte bis jetzt von etwas Ungewöhnlichem berichtet. Schlicht wie vom Erdboden verschluckt, dachte Bitte. Oder vom Schnee? Bitte lehnte ihren Kopf gegen das Fenster und sah die gräulich weiße Landschaft vorüberziehen. Es fühlte sich so an, als säßen sie in einer mit Wasser gefüllten Glaskugel, in der Schnee aufgewirbelt wurde, wenn man sie schüttelte. Und jetzt hatte ihr Besitzer beschlossen, sie nur noch zu schütteln. Sie glaubte nicht an Gott, aber wenn er hier seine Finger im Spiel hatte, hoffte sie, dass er des Spiels bald überdrüssig, die Glaskugel wegstellen und den Schnee zur Ruhe kommen lassen würde.

»Haben Sie seine Privatadresse?«, fragte Verner, als die Nachrichten vorbei waren.

»Hm?«

»David Martís Privatadresse. Haben Sie sie?«

»Selbstverständlich hab ich die«, sagte Bitte. »Und die Adresse der Galerie; dasselbe Haus. Er hat eine Wohnung in der dritten Etage. Wir müssen ab Skøyen der Ringstraße 2 folgen und bei der Vogts gate abfahren. Von da ist es nicht mehr weit. Die Sannergata und dann den Markveien runter. Kennen Sie sich da aus?«

»Nein.«

»Okay, aber ich habe eine ungefähre Vorstellung. Es dürfte nicht allzu schwierig zu finden sein.«

Die Räume der Galerie La Naranja lagen im Dunkeln. An der geschlossenen Tür, die mit schwarzer Farbe besprüht war, hing ein Schild mit den Öffnungszeiten. Längst schon hätte die Galerie geöffnet sein müssen. Sie gingen weiter um das Gebäude herum und kamen zum Wohnungsaufgang. Verner suchte sich durch die Namen auf den Klingelschildern und fand David Martí. Er klingelte, nichts geschah.

»Probieren Sie's bei einem Nachbarn«, sagte Bitte. »Hier zum Beispiel, Klara Gundersbråten. Hört sich nach einer alten Dame an. Ist bestimmt zu Hause.«

Verner drückte mit seinem Daumen auf die Klingel, und eine Stimme, mürrisch oder schläfrig oder vielleicht beides, antwortete: »Jaaa.«

»Polizei. Wir würden gerne in den Hausflur. Lassen Sie uns bitte rein?«

Im Türschloss summte es. Einen Fahrstuhl gab es nicht, und so war Bitte Røed außer Atem, als sie vor den braunen Türen in der dritten Etage standen. Den Namensschildern nach war Klara Gundersbråten die Nachbarin von David Martí. Sie klingelten an Davids Tür, doch es öffnete keiner, allerdings steckte nebenan eine junge Frau neugierig den Kopf durch die Tür.

Verner zeigte seinen Ausweis vor, den die Frau gründlich in Augenschein nahm, bevor sie sich umdrehte und jemanden bat, den Mund zu halten.

»Frau Gundersbråten, ist die Dame vielleicht …?«, fragte Verner und schaute an dem jungen Mädchen vorbei in die Wohnung.

»Dame!«, lachte das Mädchen. »Der war gut. Bin schon vieles genannt worden, so aber noch nie.«

Verner tat so, als sähe er nicht, wie Bitte versuchte, ein unterdrücktes Lachen zurückzuhalten.

»Wir sind auf der Suche nach Ihrem Nachbarn, David Martí«, sagte er. »Kennen Sie ihn?«

Klara zuckte mit den Schultern. »Geht so. Manchmal hat er für mich auf Birk und Thea aufgepasst.«

Im selben Moment erscholl ein Heulen.

»Oh nein! Das ist Thea«, stöhnte sie und winkte sie herein.

In der Wohnung roch es nach Rauch. Auf dem Wohnzimmerboden lag ein Baby auf einer Decke und wimmerte. Neben ihm saß ein Mädchen, kaum älter als zwei Jahre, das sich über und über mit einer Schüssel Brei bekleckert hatte.

»Ich hab dir gesagt, du sollst das nicht anfassen«, sagte Klara und machte das Mädchen mit einem Lappen sauber, den sie vom Boden aufgelesen hatte.

»Wissen Sie, wo David ist?«, fragte Bitte Røed und lächelte dem Kind zu, das sie unbefangen anstarrte.

»Null Ahnung«, sagte Klara. Sie hob einen Schnuller vom Sofa auf, saugte einen Augenblick daran, bevor sie ihn dem Baby gab.

»Was hat er getan?«

»Wissen Sie, wo er ist?«, wiederholte Verner, ohne auf die Frage einzugehen. »Wir möchten mit ihm sprechen. Seine Tochter wird vermisst.«

»Ach, verdammt. Hab noch gedacht, als ich *God morgen Norge* gesehen hab', kommt mir irgendwie bekannt vor. Also, jetzt kapier ich's.«

»Was denn?«

»Nee, er hat gestern ein bisschen neben der Spur gewirkt. Der hat dieses Mädchen angebetet, bloß blöd, dass diese dämliche Mutter ihm verboten hat, seine Tochter zu sehen.«

»Wissen Sie, weshalb er sie nicht sehen durfte?«, fragte Verner, ohne eigentlich eine Antwort zu erwarten.

»David hat seine Tochter nicht gesehen, seit sie zwei war. Er will nur Kontakt zu jemandem, der zu ihm gehört. Ist das nicht verständlich?«

»Nein, er hatte kein Besuchsrecht.«

»Die Mutter hat es einfach nicht ertragen, dass David sie abserviert hat. Und dann ist sie ausgerastet. Manchmal sind Frauen so, wissen Sie. Die benutzen ihre Kinder, um sich zu rächen.«

Für einen kurzen Augenblick tauchte eine Gestalt in Verner Jacobsens Bewusstsein auf, eine junge Frau mit hellem Haar, die er einst gekannt hatte. Sie kehrte ihm den Rücken zu und drehte sich langsam um, wandte ihm den Bauch zu, der bedrohlich groß war. Hätte sie eine Pistole auf ihn gerichtet, er hätte nicht mehr Angst gehabt. Das war jetzt über siebzehn Jahre her, doch immer noch nahm er die Furcht als widerlichen Geschmack von Metall im Mund wahr, wenn er an sie dachte. Auch er hatte damals angenommen, dass sie auf Rache aus war. Doch er hatte sich geirrt. Sang- und klanglos war sie aus seinem Leben verschwunden und hatte ihn in einer beschämenden Stille zurückgelassen, von der er sich nie ganz hatte befreien können.

»Sie haben gestern also mit David gesprochen?«

Bittes Stimme holte ihn wieder zurück in die Gegenwart.

»Ja, er war kaum hier. Spät, ich war gerade dabei, mich hinzulegen. Er wollte nur einen Koffer ausleihen.«

»Hat er gesagt, was er vorhatte?«, fragte Verner.

»Er erzählt für gewöhnlich nicht so viel. Und ich frag nicht. Bin keine, die alles wissen muss. Kann Geheimnisse für mich behalten.«

»Hat er Ihnen Geheimnisse erzählt?«

»Nein, wieso sollte er? Wir sind nicht so vertraut miteinander. Wir ficken nicht, wenn es das ist, was Sie glauben.«

Bitte und Verner sahen einander an.

»Ich sehe, was Sie denken«, fuhr Klara fort und hob die Zweijährige auf ihren Arm.

»Wissen Sie, ob er verreisen wollte?«, fragte Verner.

»Was tun Sie normalerweise, wenn Sie sich einen Koffer ausleihen? Oder nein, Sie brauchen sich keinen auszuleihen, Sie besitzen selbst einen harten, schweren Koffer, stimmt's?«

Verner antwortete nicht, er hatte vergessen, wo sein alter Lederkoffer stand, und erinnerte sich nicht, wann er ihn zuletzt benutzt hatte.

»Wissen Sie, ob er gestern allein war?«, wollte er wissen.

»Als er hier vorbeikam, war er auf alle Fälle allein.«

»Haben Sie etwas aus Davids Wohnung gehört, nachdem er bei Ihnen gewesen ist?«

»Was hätte das sein sollen?«

Verner Jacobsen hob die Schultern.

»Geräusche, Unterhaltung, Musik, Fernsehen?«

»Hab nichts als meine schreienden Kinder gehört, der Kleine hatte 'ne Kolik und war die ganze Nacht auf.«

»Haben Sie gesehen oder gehört, wann er seine Wohnung verlassen hat?«

Sie schüttelte den Kopf.

»Wer kümmert sich um die Galerie, wenn er nicht da ist?«, fragte Bitte Røed.

»Keine Ahnung.«

Verner und Bitte bedankten sich und verließen die Wohnung. Sie klingelten bei den anderen Wohnungen im Treppenhaus, aber niemand öffnete.

Als sie bei der Galerie um die Ecke bogen, hatte jemand das Licht eingeschaltet, und die Tür war offen. Hinter einem Tisch in der Ecke saß ein Mann, der aufsprang, als sie hereinkamen.

»Preisliste?«, fragte er voller Erwartung.

»Warum nicht!«, sagte Bitte und nahm das Blatt. Die Räumlichkeiten bestanden aus einem großen und einem kleineren Raum. Sie ließ ihren Blick über die Liste schweifen.

»Gunilla Holm Platou«, las Bitte. »Die ist doch irgendwie bekannt, oder?«

Verner wackelte ungläubig mit dem Kopf. Bitte studierte das Bild einer Kuh, die an der Rahmenkante weidete. Der Mann tat geschäftig und stellte sich neben sie.

»Mögen Sie sie? Wir haben zurzeit viele anerkannte Künstler. Nächste Woche bekommen wir fünf Lithografien von Elling Reitan herein.«

»Muss man den kennen?«, fragte Bitte.

Der Mann verdrehte die Augen.

»Das Kuhbild ist schön«, redete Bitte weiter, um ihre offensichtlichen Mängel als Kunstkennerin wettzumachen. »Sind Sie Inhaber dieser Galerie?«, fügte sie treuherzig an.

Die Frage verneinend, stellte er sich als Vidar Kjeldsen vor.

»David Martí gehört sie. Er ist verreist.«

»Wissen Sie, wo er ist?«

»Es ging um eine dringende Angelegenheit im Ausland. In der Eile habe ich vergessen zu fragen, wo, aber ich gehe davon aus, dass es Spanien ist, wie sonst auch. Wir haben Kontakt zu den Allergrößten da unten«, ergänzte er voller Stolz.

»Darf ich die behalten?«, fragte Bitte und hielt die Preisliste hoch. Kjeldsen nickte eifrig.

»Es ist auch möglich, dass Sie Bilder leihweise zum Ausprobieren mit nach Hause nehmen!«

»Vielen Dank«, sagte Bitte, während sie weitergingen und sie darüber nachdachte, dass das Bild mit der Kuh gut über das Sofa passen würde, es hatte genau die richtigen Farben.

»Was meinen Sie?«, fragte Bitte, als sie die Tür hinter sich geschlossen hatten.

»Ich bin mir wirklich nicht sicher. Wir müssen herausfinden, ob David Martí das Land verlassen hat. Alle Flug- und Schiffslinien der letzten vierundzwanzig Stunden ins Ausland müssen umgehend überprüft werden. Aber ehrlich gesagt muss ich gestehen, dass ich ihn gut verstehen kann, wenn er sich in ein Flugzeug Richtung Süden gesetzt hat.«

18

In der Kurve geriet der rote Honda ins Schleudern, hielt sich jedoch wie durch ein Wunder auf der Straße. Janni war bei der Abfahrt beinahe in ein anderes Auto gekracht, ohne dass es jemand mitbekommen hatte. Wo zur Hölle war die Polizei, wenn man sie brauchte! Sie wollte aus dem Auto raus, weit weg von Vibekes Bruder. Unauffällig schielte sie zu dem Mann auf dem Beifahrersitz hinüber. Schweiß perlte ihm von der Stirn, und fortwährend fummelte er mit der Einmalspritze herum.

»Sie wollen also zu Ihrer Schwester. Wie heißt sie?«

Janni fragte, obschon sie die Antwort wusste.

»Vibeke.«

»Und Sie? Wie heißen Sie?«

Auch das wusste sie.

»Das kann dir scheißegal sein.«

Janni bemerkte, dass er sie ansah, und traute sich nicht, sich umzuwenden.

»Hier hoch«, sagte er. Schweigend bogen sie auf einen schmalen Weg ein. Für den letzten Anstieg musste sie ordentlich Gas geben, bevor sie vor der weiß gestrichenen Villa einbog. Vor dem Eingangsbereich hielt sie an und ließ das Auto im Leerlauf laufen. Was sollte sie tun, wenn er sie zwang mitzugehen? Sie wollte nicht mit rein!

Vibekes Bruder ergriff ihr Kinn, drückte seinen Daumen hart unter den Wangenknochen und riss ihren Kopf herum. Seine Lippen verzerrten sich zu einem Lächeln, und sie fühlte, wie die Furcht ihr wie elektrische Spannung über die Haut fuhr. Er lehnte sich vor, ihr Atem stockte irgendwo unter dem Schlüsselbein. Sie bekam keine Luft! Er war so nah, dass sie die Poren in seiner Haut zählen konnte, sah, dass er einen gelben, zum Platzen gefüllten Pickel am Kinn unter den verstreuten Bartstoppeln hatte. Er leckte sich über die Lippen und kniff den Mund zusammen. Janni schloss fest ihre Augen und dachte daran, was er über Vergewaltigung gesagt hatte. Jetzt kommt's, dachte sie.

Er küsste sie. Auf die Wange. Abrupt zog er sich zurück.

»Danke fürs Fahren!«, sagte er, bevor er die Tür zuschlug und die Treppe hinauf verschwand.

Janni legte den Gang ein, fuhr rückwärts, ohne zu sehen, wohin, schaffte es, das Auto am Briefkasten zu wenden, und betete darum, dass sie nicht im Graben landete. Erst als sie auf der Hauptstraße war, begann sie zu zittern. Die Straße konnte sie nicht mehr erkennen, sie fuhr an den Rand, nicht imstande, darüber nachzudenken, ob sie ein Chaos verursachte. Sie war außer Betrieb, blieb einfach sitzen, sah aus dem Fenster und beobachtete den Schnee, der sie allmählich einschloss. Die Windschutzscheibe wurde weiß. Wie ein Blatt. Unschuldig weiße Zeichenblätter, dachte Janni.

Die Erinnerung spielte ihr eine Szene vor, die sie schon oft gesehen hatte. Sie hatte sie analysiert, herauszufinden versucht, wie es angefangen hatte. Wie sie sowohl sich als auch Raimo in Vibekes beunruhigendes Leben hatte hineinziehen lassen.

Vibekes Wohnzimmer. Leer. Die Damen vom Kunstverein und der ältere Mann sind nach Hause gegangen. Das Modell, das sich angezogen hat, um aufzubrechen, unterhält sich draußen im Flur mit Vibeke. Janni sieht sich um. Mit Leinen bespannte Rahmen lehnen an den Wänden. Abgesehen von ein paar Kommoden, einem Tisch und einem Sofa, das erschöpft und einsam wirkt, wie es da so allein an der Längswand steht, ist das Wohnzimmer sonderbar leer. Das einst prächtige Parkett ist voller Farbflecke. Die Klappstühle und Staffeleien sind weggeräumt und stehen jetzt dicht nebeneinander bei der Tür, als stünden sie Schlange, um hinauszugehen.

Genau das hätte sie tun sollen. Hinausgehen.

Dann ist Vibeke da.

»Wie du sicher schon gemerkt hast, gebe ich nicht besonders viele Abendgesellschaften.«

Mit ausgebreiteten Armen kommt sie herein und wirbelt auf ihren Zehenspitzen herum, als beträte sie eine Tanzfläche.

»Mama dreht sich bestimmt im Grabe um und kratzt beim Gedanken daran, was ich mit ihrer guten Stube angerichtet habe, verzweifelt am Sargdeckel.«

Janni lässt ihre Schuhspitze über einen dunkelroten Fleck gleiten, der an geronnenes Blut erinnert.

»Ich muss schon sagen …«

Janni weiß nicht, was sie sagen soll.

»Ich hab noch ein Wohnzimmer«, sagt Vibeke. »Oben. Hier hingegen! Hier arbeite ich. Und ich muss die ganze Zeit arbeiten. Es ist total verrückt. Und es ist so herrlich!«

Janni lächelt, als verstünde sie, dabei versteht sie gar nichts. Ihr Job kommt ihr wie ein Parasit vor, der jeden Morgen aufs Neue hervorgekrochen kommt, sie zum Frühstück frisst und Tage voller Bisswunden zurücklässt, eine Spur der Leere hinter sich herziehend.

»Nett, dass du bleiben konntest«, sagt Vibeke. »So viele kenn ich hier nicht.«

Ich auch nicht, denkt Janni, obwohl ich mein ganzes Leben schon hier wohne.

»Das Haus ist so groß, viel größer, als es von außen scheint. Richtig hübsch«, sagt Janni und lässt den Blick über die verschlissene türkisgrüne Tapete schweifen, die sich an einigen Stellen von der Wand löst. Könnte hübsch sein. Hätte jemand

renoviert. Doch das sagt sie nicht laut, stattdessen: »Und ich dachte, du seist eine arme Künstlerin.«

»Ich bin eine arme Künstlerin«, entgegnet Vibeke lachend. »Ich habe das Haus von Mama und Papa geerbt, musste wegen der Erbsteuer aber einen Kredit aufnehmen. Außerdem verrottet das Haus, und ich habe kein Geld, etwas dagegen zu unternehmen. Komm und fühl mal, wie es an den Fenstern zieht.«

Janni geht zu den Sprossenfenstern hinüber, wo Vibeke ihre Hand nimmt und sie gegen den Rahmen drückt.

»Fühl!«

Sie spürt einen kalten Luftstrom an ihrer Hand und Vibekes Wärme um ihr Handgelenk. Sie zieht ihren Arm zurück, zittert.

»Mein Traum ist die Eröffnung einer eigenen Galerie. Für mich könnte ich oben eine Wohnung einrichten und die Wände zur Küche und dem Schlafzimmer hier unten einreißen.«

Vibeke zieht Janni voller Eifer hinter sich her, öffnet alle Türen, zeigt ihr, was sie sich vorstellt.

»Galerie Vibe!«, sagt sie beneidenswert begeistert. »Ich könnte die Galerie betreiben und gleichzeitig malen.«

»Ein schöner Traum«, sagt Janni.

»Es ist mehr als nur ein Traum.«

Vibeke blinzelt nicht, ihre Augen werden größer, deren Farbe dunkler – ein Ton wie von tiefem Meerwasser.

»Möchtest du ein Glas Wein? Ich meine, ich hab eine Flasche in der Küche.«

»Ich muss fahren«, wendet Janni ein.

»Pfeif drauf. Nimm ein Taxi. Es ist so nett, dich ein bisschen besser kennenzulernen. Fühlt sich an, als könnten wir gute Freunde werden.«

»Ja, aber ich sollte wirklich …«

»Entschuldige, dass ich so direkt bin, aber hier läuft alles in-

tuitiv ab. Geht es dir nicht auch so? Gewisse Menschen berühren einfach etwas in dir.«

Janni weiß nicht, was sie antworten soll. Viele Leute hat sie über die Jahre getroffen, Schüler, Eltern, Menschen, die ihr Einzelheiten anvertraut haben, von denen sie nichts wissen wollte. Die Welt ist voller einsamer, fordernder Seelen. Sie hat es gelernt, Abstand zu halten.

»Na, jetzt hol ich uns 'ne Flasche.«

Sie verschwindet und bekommt nichts von Jannis Protest mit. Bald darauf ist sie mit dem Wein und zwei Gläsern zurück.

»Dann muss ich aber auf jeden Fall Ivar benachrichtigen«, sagt Janni.

»Das Telefon steht auf dem Kaminsims.«

»Ich habe ein Handy.«

Dann erblickt sie das Telefon.

»Ach herrje! Wie schick. So was hab ich schon seit Jahren nicht mehr gesehen.«

Sie hebt den schweren Hörer ab von dem grauen Telefon, das weder Raute- noch Sterntaste hat, sondern nur eine Wählscheibe.

»Ich glaub fast, ich muss das mal probieren, bloß um das Geräusch zu hören.«

Janni steckt ihren Finger in das Loch bei der Drei und erinnert sich plötzlich nicht mehr an Ivars Nummer. Erst nach dem dritten Versuch und acht klackenden Umdrehungen antwortet Ivar am anderen Ende.

»Du hast aber nicht nur dieses eine Telefon?«, fragt sie, nachdem sie aufgelegt hat.

»Doch, ich gehöre zu den Handy-Verweigerern. Mag es, unerreichbar zu sein. Kannst du dir das Gefühl vorstellen – zu wissen, dass dich niemand erreichen kann?«

»Absolut«, antwortet Janni. »Schrecklich.«

»Du bist hoffnungslos! Das ist Freiheit. Mich kann niemand aufgrund von Telefonsignalen verfolgen.«

»Was für Heimlichkeiten hast du denn, dass dich niemand finden darf?«

»Das würdest du gerne wissen«, neckt Vibeke sie. »Opas heimliches Rezept für Eitempera zum Malen! Ich verstecke Codes in meinen Bildern und habe einen geheimen Kreis eingeweihter Schüler …«

»Nimmst du Schüler?«

»Interessiert?«

»Dachte eher an meinen Sohn Raimo. Aber der ist vielleicht zu jung. Er ist sechzehn.«

»Talent hat nichts mit dem Alter zu tun. Ist er gut?«

»Ich glaube, ja. Und er braucht etwas, worin er aufgeht. Er ist so viel allein, sitzt in seinem Zimmer und zeichnet und … ich weiß nicht, aber er wirkt einfach nicht glücklich. Kinder sollten doch glücklich sein, oder nicht?«

»Ich war ein unglückliches Kind.« Sie lacht. »Nichts verkauft sich so gut wie eine unglückliche Kindheit!«

Sie legt ihre Hand auf Jannis Schulter.

»Du musst nicht so ängstlich sein. Erinnerst du dich nicht daran, wie es war als Teenager?«

»Sicher, aber Raimo sitzt nur da und zeichnet düstere Bilder von Menschen, die sich mit Messern schneiden. Manchmal hab ich Angst, er denkt darüber nach, sich umzubringen. Oder jemand anderen«, fügt sie hinzu. »In einem Augenblick ist er aggressiv und brutal und dann im nächsten Moment ein verletzlicher Junge, der wegen nichts weint. Ich habe keine Ahnung, wie ich mit ihm umgehen soll. Und ich kriege sie ja bei der Arbeit mit, Schüler, die langsam eine Grenze überschreiten, von der sie nichts ahnen. Ich habe Angst. Ich habe ehemalige Schüler getroffen, die in Oslo Platte machen.«

»Meinen Bruder hab ich dort verloren«, sagt Vibeke leise.

»Du hast einen Bruder? Ist er tot?«

»Nein, könnte er aber genauso gut sein.«

»Häh?«

»Den kleinen Bruder, den ich einmal geliebt habe, gibt es nicht mehr. Jetzt kommt er lediglich noch, um zu betteln oder zu klauen. Niemand kann ihm helfen, und er will sich auch nicht helfen lassen.«

»Wie traurig.«

»Traurig, doch so ist es. Aber jetzt sprechen wir nicht mehr davon. Du solltest Raimo vorschlagen, dass er herkommen und einige Zeichnungen mitbringen soll, dann sehen wir weiter.«

Janni lehnt sich auf dem Sofa zurück, fühlt sich merkwürdig zu Hause hier, als würde sie Vibeke schon kennen. Vibeke ist anders. Und ich brauche etwas anderes, denkt sie und spürt, wie sich ihre Abwehrmechanismen lösen. Ich brauche neue Gedanken, etwas, das meinem grauen Leben einen neuen Sinn gibt.

»Ich bin froh, dass ich heute Abend hergekommen bin«, sagt Janni.

Vibeke schenkt mehr Wein in die Gläser.

»Ja, ist wirklich ein gemütlicher Abend.«

Janni nickt, bleibt sitzen und schwenkt sachte den Wein in ihrem Glas.

»Anders«, sagt sie. »Und ein bisschen seltsam.«

»Wie, seltsam?«

»Solche Kunstdinge kenne ich ja eigentlich gar nicht.«

»Du bist doch auch im Kunstverein. Erinnerst du dich übrigens an unser erstes Treffen?«

»Wie sollte ich nicht! Ich habe überhaupt nicht verstanden, warum du herübergekommen bist und mir die Hand gereicht hast. Und dein Name hat mir nichts gesagt. Ich glaube, mir war noch nie etwas so peinlich.«

»Bleib locker.« Vibeke lächelt. »Ich bin's gewohnt, nicht erkannt zu werden.«

»Aber den Künstler nicht zu erkennen, wo ich doch als Verantwortlicher für die Ausstellung eingeteilt war … das war peinlich. Ich hab ja keinen blassen Schimmer.«

»Du hast einen guten Strich.«

»Findest du?«

Janni spürt, wie sich ihr Ego aufbläht. Ist sie womöglich im Besitz eines unentdeckten Talents?

»Am Anfang war es ein bisschen komisch, fast etwas unangenehm, ein nackter Mann vor dem Kamin, und gezwungen zu sein, ihn zu betrachten.«

»Unangenehm? Wo da das Problem sein soll, begreif ich nicht!«

»Aber ich konnte es nicht lassen, mir vorzustellen, wie es sich anfühlen müsste, Modell zu stehen. Ausgezogen zu sein und …«

»Möchtest du's ausprobieren?«

»Was denn?«

In Jannis Zwerchfell macht sich ein Sog bemerkbar. Sie umklammert ihr Glas.

»Eigentlich brauche ich ein neues Modell. Bitte, zieh dich nur aus.«

»Mach keinen Quatsch.«

Janni neigt ihren Kopf zur Seite und lächelt, während sie abzuschätzen versucht, ob Vibeke einen Witz gemacht hat, über den sie lachen soll.

»Nun komm schon, Janni.«

»Meinst du etwa jetzt?«

»Ja. Ist nicht besonders aufregend. Es ist sogar ziemlich langweilig.«

»Hast du das schon gemacht?«

»Natürlich. Super Nebenverdienst im Studium.«

Meine Güte, das ist doch nichts, wovor man sich fürchten müsste, denkt Janni. Im Hallenbad und in der Umkleidekabine in der Schule hat sie sich ausgezogen, ohne darüber nachzudenken. Das hier ist trotzdem anders. Ihre Unruhe nimmt zu. Vibeke ist so selbstsicher. Und schlank.

Schon holt Vibeke Zeichenblock und Bleistifte. Janni zieht sich fast ganz aus, hält ihr Weinglas weiter mit beiden Händen fest, wie einen Schild vor ihrer Brust, und fühlt sich bis auf die Knochen entblößt, obwohl sie ihren Slip noch anhat; aber sie möchte Vibeke zeigen, dass sie keine prüde, vertrocknete Frau ist.

»Also, Janni«, sagt Vibeke sanft. »Du musst alles ausziehen. Frierst du? Ich leg noch was nach im Kamin.«

Sie zittert, als sie das Bein hebt, um ihre Unterhose abzulegen.

»Wunderbar«, sagt Vibeke, »du bist perfekt.«

Janni blickt an sich herab, der Bauch mit seiner schlaffen Haut, die niemals mehr flach und stramm sein wird. Sie betrachtet die Brüste. Groß, schwer und weiß. Die eine etwas größer als die andere. Ihr Blick bleibt an den Zehen hängen. Auf den großen Zehen ein Streifen weißen Nagellacks; aus Faulheit oder Neugier hat sie den Lack nie entfernt.

»Wusstest du, dass es fast sechs Monate dauert, bevor der Nagel des großen Zehs ganz herausgewachsen ist?«

Sie versucht zu erklären, wie der Streifen mit jedem Nagelschnitt immer kleiner geworden und warum oben jetzt nur noch ein schmaler Streifen übrig geblieben ist. Sie möchte ihre ungepflegten Zehen wegscherzen. Vibeke hört nicht hin oder überhört sie.

Perfekt?, denkt Janni. Die perfekte hässliche Frau für ein abstoßendes Gemälde?

»Morgen fange ich mit der Schlankheitskur des Jahrhunderts an«, seufzt sie. »Ich fühle mich wie ein Schweinebraten.«

»Kann sein …«, sagt Vibeke und nimmt sie so genau in Augenschein, dass Janni sich vorkommt, als rechnete sie ihre Fettprozente aus.

»… kann sein, dass du in Rotwein mariniert bist und köstlich schmeckst, aber steh bloß nicht da und sei unzufrieden mit dir. Ich hab gesagt, du bist perfekt, und das meine ich auch so. Wusstest du, dass das Universum beinahe vierzehn Milliarden Jahre gebraucht hat, um bis zu dir zu gelangen? Sei nicht so blasiert, dass du dir wünschst, anders zu sein. Jetzt leg dich aufs Sofa.«

Sie übernimmt das Kommando. Janni gehorcht. Blasiert? Sie legt sich seitlich auf das Sofa. Das Velours ist weich. Diese Bezeichnung tut weh. Selbst würde sie sich nie trauen, jemanden so zu nennen. Nie brächte sie es fertig, so direkt zu sein, so ehrlich, und diese Gewissheit schmerzt umso mehr. Vibeke kommt mit einer Decke zu ihr herüber.

»Leg dich so hin«, sagt sie und zeigt ihr, wie sie posieren soll. Sie drapiert die Decke so, dass sie zwischen ihre Schenkel fällt, zupft die Falten mit leichter Hand, die nach Birkenholz duftet. Vibeke zieht einen Stuhl heran und setzt sich mit dem Zeichenblock auf ihren Knien vors Sofa.

»Alles gut? Liegst du bequem?«

Janni nickt, vorsichtig, als hätte sie Angst, die Pose zu zerstören. Sie versucht, nachzuspüren, wie das ist. Modell zu sein.

Und nackt.

Wie demaskiert.

Es ist unangenehm. Sie ist angespannt, doch eine beunruhigende Begierde sickert durch ihren Körper. Die Wärme, die sich ausbreitet, kommt aus dem Nichts, legt sich zwischen ihre Beine. Wie frisch geschlagene Sahne, steif und weich zugleich. Entspann dich, denkt sie. Tausende Menschen haben im Lauf der Geschichte Modell gestanden. Das ist ganz natürlich. Und

Vibeke ist Künstlerin. Ich habe ihre Bilder gesehen, sie hat zuvor schon nackte Menschen gezeichnet. Männer, Frauen, Kinder. Es ist alltäglich. Routine. Außerdem ist Vibeke eine Frau, und ich bin verheiratet und voll und ganz hetero. Ihre Ermahnungen prallen ab.

Vibeke zeichnet, ihr Blick geht zwischen dem Block und Janni hin und her. Keiner sagt etwas, aber die entstandene Stille ist nicht unangenehm. Das trockene Prasseln des Kamins und das Schaben des Bleistifts auf dem Papier reichen aus, um den großen offenen Raum zu besänftigen. Janni bemerkt, wie sie sich allmählich entspannt. Womöglich ist es der Wein, der einen willkommenen Vorhang aus Gleichmut vorgezogen hat.

»Erschöpft?«, fragt Vibeke nach einer Weile.

»Nein, nein«, sagt Janni und erlaubt sich, Arme und Beine zu strecken, als sie sieht, dass Vibeke den Zeichenblock weglegt. Sie geht zum Sofa, und Janni glaubt, sie will die Decke richten, doch stattdessen geht sie vor ihr in die Hocke.

»Du hast einen tollen Körper«, sagt Vibeke und legt ihre rechte Hand auf Jannis Bauch. Janni erstarrt. Sie ist weder in der Lage, etwas zu sagen, noch sich zu bewegen, als Vibeke ihre Hand vorsichtig weiter nach oben streichen lässt, über ihre Brüste. Es fühlt sich an, als würden Schmetterlingsflügel sie berühren, vollkommen anders als wenn Ivar sie liebkost. Er hat raue und grobe Hände und bildet sich ein, Frauen liebten einen festen Griff.

»Du frierst«, flüstert Vibeke, nimmt die Decke und legt sie über sie. Dann beugt sie sich vor und küsst Janni auf die Lippen.

»Wie fühlt sich das an?«, haucht Vibeke.

Janni vermag nicht, zu antworten. Vibekes Haar kitzelt ihr im Gesicht. Das Gefühl ihrer Lippen – die Lippen einer Frau! – hat einen Kurzschluss in ihrem Kopf verursacht, wie gekappte Kabel, die daliegen und Funken sprühen. Sie rappelt sich müh-

sam auf und greift nach dem Weinglas auf dem Tisch, nicht um etwas zu trinken, sondern um Halt zu finden. Jemand hat sie geküsst. Der sanfteste Kuss, den sie jemals erhalten hat, hat sie verängstigt und willenlos zurückgelassen. Vibeke nimmt ihr das Glas aus den Händen und stellt es mit einem dumpfen Knall wieder auf den Tisch.

Das Geräusch ließ sie zusammenfahren. Jemand klopfte ans Seitenfenster ihres Autos. Sie wurde zurückgerissen, wusste nicht, wie lange sie so dagesessen hatte, wohl aber eine ganze Weile. Die Frontscheibe war von einer dicken Schneeschicht bedeckt und ließ nur ein Minimum an Tageslicht durch. Sie drehte das Seitenfenster einen Spalt herunter und sah unmittelbar in das Gesicht eines uniformierten Polizisten.

»Alles in Ordnung?«, fragte er und öffnete die Tür. Eine Schneewolke blies herein und landete auf ihrem Schoß.

»Benötigen Sie Hilfe?«, fuhr er fort, als Janni sitzen blieb und vor sich hin starrte, ohne Anstalten zu machen, den Schnee wegzufegen.

»Sie stehen hier ziemlich exponiert. Ich habe Sie kaum gesehen. Darf ich bitte Ihren Führerschein und die Fahrzeugpapiere sehen?«

Janni beugte sich zum Handschuhfach hinüber und nahm die Mappe heraus, in der Fahrzeugschein und verschiedene Handbücher lagen, in die sie noch nie hineingeschaut hatte.

»Falls Sie einen Motorschaden haben, sollten Sie in jedem Fall ihr Warndreieck aufstellen.«

Janni schüttelte den Kopf, doch dachte, ja, Motorschaden. Genau den habe ich. Wie konnte er das wissen? Sieht man das?

»Mir ist nur ein wenig schlecht geworden«, murmelte sie.

»Sie können mit rüberkommen in den Streifenwagen«, bot der Polizist freundlich an.

»Danke, jetzt geht es wieder«, sagte Janni. Doch als sie den

Schlüssel im Zündschloss herumdrehen wollte, bestand der Beamte darauf, dass sie ihm folgen sollte. Sie lief hinter dem Mann her. Er schob sie auf die Rückbank des Polizeiautos, das direkt hinter ihr gehalten hatte. Die sollten selbst mal darüber nachdenken, wie sie parkten, dachte sie höhnisch, die versperrten ja den halben Weg.

»Ich muss Sie blasen lassen«, sagte der Mann.

»Ich trinke niemals mitten am Tag«, erwiderte Janni beleidigt.

»Das ist reine Routine«, sagte der Polizist. »Und dann möchte ich mir noch Ihre Arme ansehen, wenn Sie bitte die Ärmel hochkrempeln.«

»Wieso das denn?«, wandte Janni ein, gehorchte aber ohne weiteren Protest.

Der Polizist kontrollierte ihre Arme und nickte seinem Kollegen auf dem Beifahrersitz zu.

»Glauben Sie, ich bin ein Junkie?«

Janni war schockiert, erschauderte aber zugleich beim Gedanken, wie kurz davor sie gestanden hatte, eine Spritze gesetzt zu bekommen.

»Scheint alles in Ordnung«, sagte der Polizist. »Halten Sie nächstes Mal bitte an einem geschützten Platz an, wenn Sie eine Pause benötigen.«

Sie taumelte hinaus, zögerte einen Augenblick, bevor sie die Tür ihres Autos öffnete. Hätte sie von dem Vorfall am Einkaufszentrum erzählen, Vibekes Bruder anzeigen sollen? War es Kidnapping gewesen? Versuchte Vergewaltigung? Sie sah sich um. Die Polizei war immer noch da. Hätte sie sie bitten sollen, zu Vibekes Haus zu fahren? Nein, stell dir vor, sie bitten dich, sie zu begleiten. Mehr kann ich jetzt einfach nicht ertragen, ich will nur noch nach Hause, dachte sie und nahm den Handfeger. Sie säuberte das Auto, setzte den Blinker und fuhr auf die Straße. Im Spiegel konnte sie den Streifenwagen noch sehen, bis sie beim Kreisverkehr am Kiwi rechts abbog. Die Polizei fuhr in die entgegengesetzte Richtung weiter.

Das Räumfahrzeug hatte gerade einen neuen Schneehaufen in der Einfahrt aufgetürmt. Sie gab Gas, und das Auto rumpelte glücklicherweise darüber hinweg. Nachdem sie den Motor abgestellt hatte, stieg sie aus und ging auf die andere Seite, um die Tüte mit den Decken herauszunehmen, die auf den Boden gerutscht war. Erst jetzt entdeckte sie die Vertiefung im Kotflügel; jetzt, ohne den ganzen Schnee, konnte sie deutlich erkennen, dass auf der rechten Seite etwas gegen das Auto geschlagen war.

»Nein!«

Wut, vermengt mit Selbstmitleid, brandete in ihr auf, und sie musste sich zusammenreißen, nicht dagegenzutreten, sodass die Delle noch tiefer wurde. Sie stampfte ins Haus. Ivar war abgereist. Sie war allein und ging schnurstracks ins Bad. Ihr war schlecht, ihr Kopf schmerzte. Sie glotzte sich im Spiegel an, fuhr sich mit den Fingern durchs Haar. Sie meinte, verfolgen zu können, wie die Migräne ihre Stirnfalten zu immer tieferen Linien furchte. Alles Chaos, dachte sie. Und ich bin hässlich!

Sie öffnete die Tüte von der Apotheke und drückte zwei Paracetamol-Tabletten aus dem Blister. Einar, so hieß er, Vibekes Bruder. Was hatte er während der kurzen Autofahrt gesagt? Dass er Geld von seiner Schwester wolle, er es aus ihr herausprügeln wolle. Ihre Arme überzogen sich mit Gänsehaut. Sie hätte der Polizei Bescheid geben müssen, hatte jedoch nur an sich gedacht, sich von ihrer eigenen Furcht leiten lassen. Janni schleppte sich die Treppenstufen zum Schlafzimmer hinauf, legte sich aufs Bett und stierte die Decke an in der Erwartung, dass der Kopfschmerz seinen Griff lockern würde, obwohl sie wusste, dass es zu spät war. Die Migräne hatte bereits eingesetzt, und selbst wenn der Schmerz lediglich in einem Radius von knapp fünf Zentimetern um ihr linkes Auge lokalisiert war, pflanzte sich seine Wirkung im gesamten Organismus fort und verwandelte Körper und Denken in eine einzige widerspenstige Qual. Was sie als Einziges tun konnte, war, das Licht zu löschen, die Vorhänge vorzuziehen, jegliches Licht und Geräusch zu dämpfen – und abzuwarten.

An Schlaf war nicht zu denken. Ihr war, als befände sich ein Wespennest in ihrem Kopf. Ihre Gedanken stoben in alle Richtungen. Sie kniff ihre Augen fest zu, versuchte das ungepflegte Gesicht Einars wegzudrücken. Es half nichts, die Unruhe trieb sie aus dem Bett. Sie ging wieder hinunter ins Erdgeschoss, nahm das Telefonbuch und schlug es unter *Polizei* auf. Wohin musste sie sich wenden? An die Polizeiwache? Oder es über den Notruf probieren? Ihre Wahl fiel auf die normale Nummer des Polizeireviers. Eine Frauenstimme antwortete. Janni stammelte und begann zu erklären:

»Äh … mein Name ist Janni Egge, und ich rufe an, weil ich etwas Schlimmes erlebt habe. Soeben bin ich gezwungen worden, einen Mann im Auto mitzunehmen, einen Drogensüchtigen, zu seiner Schwester. Sie ist meine Freundin, Vibeke Hansen. Mich kennt er aber nicht. Er hat gedroht, sie zusammenzuschlagen. Ich hab's mit der Angst zu tun gekriegt und bin sofort weitergefahren, nachdem er ausgestiegen war. Habe gedacht, es wäre am sichersten, wenn Sie jemanden vorbeischicken könnten, um mal nachzusehen.«

»Haben Sie versucht, sie telefonisch zu erreichen?«, fragte die Frau.

»Nein«, sagte Janni, »daran habe ich nicht gedacht.«

»Rufen Sie an, und überprüfen Sie, ob bei ihr alles in Ordnung ist. Falls Sie sie nicht erreichen, schicken wir eine Streife.«

Janni stand mit dem Hörer in der Hand da und fühlte den

Kopfschmerz in der linken Hälfte ihres Kopfes hämmern. Vergeblich rieb sie die kleine Senke in der Schläfe. Dann wählte sie Vibekes Nummer.

Keine Antwort. Janni legte auf.

Sie wankte in die Küche, stellte den kleinen Fernseher auf der Küchenablage an und wollte die Polizei erneut anrufen. Sie erkannte die Nachrichtensprecherin des lokalen Fernsehsenders, die mit nüchterner Stimme mitteilte, dass es in den Morgenstunden zu mehreren Autounfällen gekommen war. Als Janni die Nummer wählte, wurde die flimmernde Amateuraufnahme eines von der Fahrbahn abgekommenen Autos durch ein lächelndes Mädchen ersetzt. Die Worte der Nachrichtensprecherin verschwammen zu einem Brei. Alles, was sie mitbekam, war das Wort *vermisst*. Der Küchenboden wogte, Janni ließ das Telefon sinken. Am Küchentisch sackte sie mit dem Kopf in den Händen zusammen.

»Oda«, flüsterte sie. Nein, das konnte nicht wahr sein. War das wirklich Oda?

19

Verner Jacobsen und Bitte Røed waren zurück im Polizeipräsidium. Sie hatten mit allen Angestellten der Galerie La Naranja gesprochen, inklusive Rahmenmacher und Putzfrau. Niemand wusste, wo ihr Chef war. Allerdings machte sich David Martí ständig ohne nähere Erklärung davon und löste damit bei ihnen nicht mehr als ein Schulterzucken aus. Sie hatten ebenfalls herausgefunden, dass die Galerie dem Finanzamt zufolge eine Rechnung mit negativen Vorzeichen war.

Ein junger Beamter, der die Hinweise aus der Bevölkerung entgegennahm, steckte seinen Kopf herein und wedelte mit einem Formular.

»Ein Hinweis, der womöglich interessant sein könnte«, sagte er.

Verner erhob sich von seinem Stuhl.

»Ja?«

»Eine Frau namens Margit Slettvold. Wohnt gleich neben Oda.« Er legte das Formular auf Verners Schreibtisch und ging wieder. Verner überflog die kurze Notiz.

Margit und Martin Slettvold. Bauern mit Wohn- und Pflegeheim für psychische Patienten. Einer der Bewohner, Geir Karlsen, war gestern verschwunden, tauchte im Lauf des Abends aber wieder auf. War sehr aufgewühlt und in einem verwahrlosten Zustand. Hat von kleinen Mädchen gesprochen, die Engel im Schnee machten.

Der Ringeriksvei schlug in die rechte Talseite eine Schneise und trennte die Felder vom Wald. Die Dämmerung setzte bereits ein, als sie schweigend am Haus von Oda vorbeifuhren. Licht fiel durch die Fenster.

»Irgendwo hier soll links ein Weg abgehen.«

»Da!«

Der Weg war im Schneetreiben kaum zu erkennen. Sie bogen auf den ersten Hof ein, und Verner warf einen bekümmerten Blick zurück den Hügel hinauf, den sie gerade heruntergeschlittert waren. Einen Augenblick blieben sie auf dem Hof stehen, während sie überlegten, an welchem Gebäude und an welcher Tür sie anklopfen sollten. Vor ihnen lagen zwei große Wohnhäuser, eine Scheune und ein Speicher. Beide Haupthäuser verfügten über zwei Eingänge. Von irgendwoher rief jemand.

»Hier herüber, Leute.«

Eine Frau Mitte vierzig stand breitbeinig auf der Treppe des kleineren Hauses, die Hände in die Hüften gestemmt.

»Hier wohnen sie, unsere Burschen«, lächelte sie und glättete sich das Haar mit einer braunen Plastikspange.

»Ich gehe davon aus, dass Sie von der Polizei sind?«

Sie hielt ihnen die Tür auf und führte sie, ohne auf Antwort zu warten, in eine Küche. Ein enormer Suppenkessel mit braunen Rändern an den Seiten stand auf dem Herd. Es roch nach Labskaus. Auf der Fensterbank saß eine Katze und leckte sich gründlich eine Pfote nach der anderen.

»Ja, ich bin Margit«, sagte sie und rieb ihre Hände an der Schürze ab, bevor sie ihnen eine kräftige große Hand entgegenstreckte. Verner nahm sie. Margits Hand war rau und warm, und sie hatte einen festen Griff.

»Setzen Sie sich!«

Das war ein Befehl. Auf dem Küchentisch lag eine großblumige Wachstischdecke. Sie jagte die Katze vom Fenster weg.

Ein Mann in kariertem Baumwollhemd und zerschlissenen Jeans kam herein. Er trug breite Hosenträger. Bitte stand auf, reckte einen Arm vor und wollte sich gerade vorstellen, als der Mann sie an sich zog.

»Ich werd dich ja wohl umarmen dürfen. Bist du verheiratet?«

Bitte versuchte sich herauszuwinden, wurde allerdings festgehalten wie in einem Schraubstock.

»Jetzt musst du die Dame aber in Ruhe lassen, Gunnar«, lachte Margit. »Geh wieder ins Wohnzimmer. Es gibt bald Essen.«

Der Mann löste seinen Griff und schnupperte.

»Geh jetzt!«

Margit schubste ihn aus der Küche.

»Kuschelig wie eine Katze, unser Gunnar. Eine herzensgute Seele.«

Ah ja, dachte Bitte. Sie hatte ihn für den Bauern gehalten. Eine kleine Warnung, dass sie sich mehr oder weniger in einer psychiatrischen Abteilung befand, und sie fühlte sich alles andere als sicher. Die Leute hier waren bestimmt ebenso unvorhersehbar wie Kinder, bloß viel größer.

»Bekommen sie Medikamente?«

Sie nahm die Tasse, die Margit ihr unaufgefordert eingeschenkt hatte.

»Ja, die ganze Truppe. Vorher war's schlimmer, als Vater noch den Hof führte. Damals gab es nur wenige Medikamente, die Bank mit den Riemen steht immer noch im Keller. Die ist so wuchtig, dass wir sie nie losbekommen haben. Zwangsjacken haben wir auch. Ab und an mussten sie sie benutzen. Aber jetzt ist es einfacher; man wirft ihnen ein paar Tabletten ein, und sie werden wieder ruhig und nett …«

»Sie haben gemeldet, dass einer der Patienten gestern Abend weg war.«

»Ja, unser Geir. Armer Junge. Kam bei einem Autounfall zu Schaden, er ist nicht so alt, ist ungefähr in meinem Alter.«

Sie lachte lauthals.

»Ja, ja, ist vielleicht auch nicht mehr ganz so jung, aber ... Also, der Geir. Manchmal hat er einen glasklaren Moment und erinnert sich an alles, was vorher war. Er glaubt, er kann einfach rausgehen und den Bus zurück in die Stadt nehmen, zurück zu Wohnung, Frau und Kindern.«

»Frau und Kinder?«

»Oh ja! Die Welt, in der diese Typen leben, steht uns allen offen. Also, gestern Abend hat er offenbar wieder gemeint, er müsse den Bus nehmen. Von Bussen werden wir hier aber nicht gerade überrollt. Ist 'n bisschen so, als ob wir auf dieser Talseite gar nicht existierten! Da sitzen Leute in der Verkehrsgemeinschaft drüben in der Stadt, verwalten und bestimmen, aber sind die je hier gewesen ...?«

»Hat er den Bus genommen?«, unterbrach Verner sie.

»Nein«, sagte Margit, während sie im Suppenkessel rührte. »Er ist wohl die Straße entlanggelaufen. Wir wollten gerade rausgehen, um ihn zu suchen, als er plötzlich wieder auf der Treppe stand, nass und durchgefroren. Behauptete, er habe Engel gesehen. Den ganzen Abend über stand er am Fenster und murmelte was von kleinen Mädchen. Ist ja nicht gesagt, dass das was zu bedeuten hat. Aber als ich das von Oda heute in den Nachrichten gehört habe, dachte ich, er hätte gestern Abend vielleicht was gesehen. Mein Gott. Setzt mir richtig zu. Hier spür ich's.«

Mit geballter Faust schlug sie sich auf die Brust, sodass es hohl klang.

»Sie haben selbstverständlich diesen Pädophilen da überprüft. Über den steht doch sicher was in Ihren Archivunterlagen, oder?«

»Pädophil?«

»Streng genommen darf ich das gar nicht sagen. Gibt ja keinen, der ganz sicher weiß, ob es so ist, also, aber …« Margit senkte ihre Stimme, beugte sich vor über die Tischplatte und flüsterte: »Es gehen gewisse Gerüchte um.«

Verner und Bitte lehnten sich automatisch näher.

»Er hat eine Wohnung im Keller in einer der Villen weiter oben am Hang gemietet.«

»Ist er verurteilt, oder woher wissen Sie, dass …?«, fragte Verner.

»Verurteilt? Nein. Davon weiß ich nichts, aber es gibt einige, die sich das fragen. Ist noch nicht so lange her, dass ein Mädchen von hier so dies und das erzählt hat. Ihre Mutter hat's der Polizei gemeldet, doch tun die was? Aber nein.«

Mit einem Mal hatte Margit es eilig, im Topf zu rühren. Einen Augenblick lang hatte sie vergessen, dass es die Polizei selbst war, die an ihrem Küchentisch saß. Ruhig ließ sie den Kochlöffel im Kessel herumgehen, am Boden hatte sich eine dicke Kruste gebildet. Vorsicht jetzt, dachte sie. Was, wenn herauskam, dass sie ihn erwähnt hatte? Der Verrückte konnte sich an ihren Kindern rächen. Die Gerüchte auf dem Land verbreiteten sich schneller als Läuse im Kindergarten. Aber stell dir bloß vor, er war es. Stell dir vor, er hat das Kind in seine Wohnung gesperrt. Von so etwas hatte sie schon gelesen. Jahre konnten vergehen, bevor sie entdeckt wurden, wenn überhaupt. Stell dir vor, wie dankbar alle sein würden. In ihrem Innern sah sie den Trubel vor sich, der auf dem Hof herrschen würde. Kannen- und eimerweise Kaffee, Kuchen und Spaß. Blumen vielleicht, die an der Tür abgegeben würden, und die *Lierposten* schrieb sicher einige lobende Worte über sie.

»Kennen Sie den Namen dieses Mannes?«

Die ungeduldige Stimme des Polizisten riss sie aus ihren Gedankenspielen. Sollte sie ihn nennen? Wieder dachte sie an die Blumen und wie viel Aufmerksamkeit sie bekommen würde, am Nationalfeiertag, dem 17. Mai, an der Schule, und wie alle mit ihr reden wollten. Margit atmete ein und wagte den Sprung ins kalte Wasser.

»Johan. Er heißt Johan Breisnes.«

Bitte Røed schrieb Namen und Adresse auf ihren Block.

»Und Geir. Dürften wir ein Wort mit ihm wechseln?«, fragte Verner Jacobsen.

Sie zögerte.

»Er ist ein wenig kränklich, hat Fieber gekriegt, und er spricht überhaupt nicht gerne mit Fremden, aber wenn es sein muss …«

Sie folgten Margit ins Wohnzimmer, das von Kieferverkleidung und Möbeln aus den Achtzigern regelrecht strotzte. Abgesehen vom Zigarettendunst, der schwer unter der Decke hing, war es auf liebenswerte Weise heimelig, mit akkurat verzierten Deckchen auf den beiden Couchtischen mit den batteriebetriebenen Teelichtern. Zwei Männer mit Bügelfaltenhosen saßen stumm nebeneinander auf einem Sofa und sahen fern, ein anderer wiegte sich mit einer Zeitung, die er verkehrt herum hielt, in einem Stuhl vor und zurück. Es sah so aus, als wäre ihm sein Unterkiefer schief montiert worden, und sein Lächeln entblößte ein noch schieferes Gebiss. Ganz hinten, neben einem vollen Bücherregal, lag Geir auf dem Sofa. Er hatte sich mit einer dunkelblauen Decke zugedeckt, und nur das halbe Gesicht lugte hervor.

»Hier sind ein paar Leute, die mit dir sprechen wollen, Geir«, sagte Margit, beugte sich über ihn und fühlte ihm die Stirn.

»Die wollen was von diesen Engeln wissen. Erinnerst du dich? Du hast gesagt, du hättest gestern Abend Engel im Schnee gesehen.«

»Engel«, murmelte er, ohne den Deckenzipfel über dem Mund wegzunehmen.

»Wie bitte?«

Bitte Røed trat einen Schritt näher.

»Nur einer. Ein Engel. Rosa.«

Geir sah auf und ließ seinen Blick die Deckenleisten entlanggleiten.

»Und weiß«, fuhr er fort, seine Aufmerksamkeit galt nach wie vor den Deckenleisten. »Rosa und weiß. Fast wie Pelle.«

»Pelle?«

Bitte sah Margit fragend an.

»Pelle, das Kaninchen«, sagte Margit.

»Magst du Tiere, Geir?«, fragte Verner Jacobsen.

Geir nickte ernst.

»Aber er mochte nicht, dass ich ihn gedrückt hab.« In einem langen Seufzer atmete er aus. »Dann ist er gestorben.«

Margit schlang die Decke enger um ihn.

»Du sollst nicht mehr an Pelle denken.«

»Er wollte nicht fressen!«

»Ja doch, aber versuch dich jetzt zu beruhigen.«

»Obwohl ich Möhren dabeihatte.«

»Ganz ruhig. Alles wird gut.«

Er drehte ihnen den Rücken zu, zog sich die Decke über den Kopf.

»Wir müssen ihn jetzt in Ruhe lassen«, sagte Margit und ging zur Küche. »Sie müssen verstehen, unser Geir«, fuhr Margit fort, nachdem sie die Tür hinter ihnen geschlossen hatte, »hat das Kaninchen totgedrückt. Er hat sich aber nichts Böses dabei gedacht, er weiß bloß nicht, wie stark er ist.«

20

Die Kellerwohnung verfügte über zwei Fenster knapp über dem Boden, wie zwei Augen, die der Welt entgegenblinzelten, wobei der Rest des Gesichts unter der Erde blieb. An einem der Fenster stand Johan Breisnes und unternahm den Versuch, den Weg jeder einzelnen schweren Schneeflocke zu verfolgen, bis sie auf die Erde traf. Als läse man den Abspann eines Films, dachte er. Ihm schwindelte, als er den dicken tanzenden Flocken zusah, die vor dem Fenster zu Boden stürzten.

Der Schnee verkomplizierte alles so. Auf der Hauptstraße war es lebensgefährlich, aber er brauchte wie alle anderen auch Lebensmittel. Nun bereute er es, dass er keine weitere Packung von den geräucherten Würstchen im Angebot gekauft hatte, und vielleicht noch ein fertig gegrilltes Hähnchen. Dann hätte er ein Mittagessen für zwei, drei Tage gehabt und morgen nicht wieder hinausgemusst. Er strich sich über den Bart, der ihm beinahe bis zum Bauchnabel reichte, er wusste, dass er dadurch noch mehr auffiel. Und wenn schon, dachte er. Er war eben nicht wie alle anderen. Ein Abweichler, das hatte er mehr als einmal zu hören bekommen. Warum auch nicht, dann konnte er den anderen wenigstens so gut wie möglich aus dem Weg gehen und weiter vor sich hinpusseln. An solche wie ihn, die Abweichler, würde man sich im Nachhinein erinnern.

Dass er Gesprächsthema war, wenn die Tratschtanten zum Nähtreff im Stockwerk über ihm zusammenkamen, wusste er. Bis spät am Abend saßen sie da, tranken Kaffee, aßen und lachten. Bis zu ihm hinunter roch es nach Kaffee und Parfüm. Die konnten ihre Klappe nicht halten. Er hörte nicht, was sie sagten, es glich vielmehr dem leisen bedrohlichen Brummen eines gefährlichen Tieres. Die Frau über ihm wollte am liebsten, dass er auszog, doch hatte er nicht vor abzuhauen. Dieses Mal nicht.

Unvermittelt traf ihn ein Lichtstreifen durch die schmalen Fenster. Er duckte sich, obschon er wusste, dass niemand ihn sehen konnte, wie er hier im Dunkeln auf dem Sofa stand und den Hals reckte, um dem Schneetreiben zuzuglotzen wie ein Idiot. Er kam sich blöd vor, musste aber noch einmal hinausschauen. Das Auto war in einer Schneewehe auf dem schmalen Streifen vor der Garage stecken geblieben. Die Hausbesitzer waren auf einem vierzehntägigen Urlaub in Thailand und hatten ihm bloß eine Schaufel hingestellt. Die Schneefräse hatten sie in der Garage eingeschlossen. Wer kam denn da? Es musste jemand sein, der nicht wusste, dass sie verreist waren.

Johan beobachtete die beiden Gestalten, die aus dem Auto stiegen. Ein Mann und eine Frau. Sie trugen dicke Winterjacken, aber weder Mütze noch Handschuhe. Verwundert sah er, dass sie auf die braune Tür um die Ecke zugingen. Seine Tür, nicht die eigentliche Haustür, die weiter Richtung Garage lag. Sein Puls stieg. Wer zur Hölle …? Sollte er einfach nicht aufmachen, so tun, als wäre er nicht zu Hause? Da erinnerte er sich, dass vor der großen Haustür nicht gekehrt war. Er atmete auf. Selbstverständlich wollten sie nicht zu ihm, er konnte ruhig die Tür öffnen und ihnen mitteilen, dass die aus der oberen Etage leider nicht zu Hause waren und Samstag in zehn Tagen wiederkämen.

Das Klingeln klang schneidend. Er schlurfte zur Tür und öffnete sie.

»Johan Breisnes?«

Der Mann, der fragte, bürstete sich den Schnee vom Kopf, und die Frau daneben stampfte ein paarmal, als hätte sie die

Absicht hereinzukommen. Zu ihm? Johan nickte. Dass er so hieß, konnte er schlecht leugnen.

»Dürfen wir einen Augenblick reinkommen?«, fragte der Mann. »Wir sind von der Polizei.«

Polizei? Er vernahm den alten Schmerz im Bauch, das warme klebrige Gefühl, das ihm bis in die Knie sickerte, die weich und widerspenstig wurden.

»Dürfen wir hereinkommen und Ihnen ein paar Fragen stellen?«, fragte Verner Jacobsen und zeigte seinen Ausweis vor. Johan trat zur Seite und machte ihnen Platz.

Verner und Bitte blieben mitten in dem kleinen Wohnraum stehen und sahen sich um, da er ihnen nicht zu verstehen gab, dass sie sich setzen durften. Auch in Ordnung, dachte Bitte. Das Sofa machte den Eindruck, als könnte es jeden Augenblick zusammenkrachen, und über der Armlehne hing eine schmuddelig wirkende rote Daunenjacke.

»Wir bleiben nicht lange«, sagte Bitte eher zu sich selbst.

Johan Breisnes' Bart war verfilzt und verdeckte den Großteil seines Bauches. Unmöglich, ihn nicht anzustarren. Der Bart dominierte alles. Von dem Mann dahinter konnte man sich nur schwer ein Bild machen. Er musste weit über fünfzig sein, so grau wie der Bart war. Unruhig flackerten seine Augen zwischen ihr und Verner hin und her. Er wirkte nervös, doch sie wusste auch, dass ein unangemeldeter Besuch von der Polizei eine solche Reaktion bei wem auch immer hervorrufen konnte. Die einen witterten eine Sensation, ein bisschen Dramatik im Alltag, etwas, worüber man sich mit den Nachbarn unterhalten konnte. Andere wurden ängstlich, blätterten in ihrer Erinnerung gleichsam rückwärts auf der Suche nach einem unbezahlten Knöllchen oder einer Schlägerei in der Stadt. Alle äußerten für gewöhnlich Anzeichen von Nervosität, und manchmal hatten sie dazu auch allen Grund.

»Wir möchten wissen, wo Sie sich gestern ab etwa vier Uhr am Nachmittag aufgehalten haben.«

»Wessen werde ich jetzt verdächtigt?«

»Sind Sie zuvor schon verdächtigt worden?«

»Nein, so habe ich das nicht gemeint.«

»Wir verdächtigen Sie nicht«, sagte Verner und lächelte aufmunternd. »Wir versuchen nur, ein kleines Mädchen zu finden. Sie haben es vielleicht in den Nachrichten gesehen?«

»Ich habe keinen Fernseher.«

Verner und Bitte blickten sich um und stellten überrascht fest, dass es stimmte.

»Aber Sie haben vielleicht dennoch mitbekommen, dass ein fünf Jahre altes Mädchen aus der Nachbarschaft verschwunden ist? Wir versuchen zu ermitteln, ob jemand etwas gesehen hat, ob jemandem etwas aufgefallen ist.«

»Doch, im Radio habe ich heute etwas gehört. Ist sie noch nicht gefunden worden?«

»Nein, deshalb benötigen wir Unterstützung aus der Bevölkerung«, sagte Bitte, die ungeduldig wurde. Sie sah, dass das Auto draußen schon wieder zugeschneit wurde, und sie hatte keine Ahnung, wie sie es schaffen sollten, sich aus der Schneewehe zu befreien, ohne von der Straße abzukommen. Sie wünschte sich, sie wäre zu Hause. Sie, Julie und Peder hatten vorgehabt, einen Film zu gucken und Waffeln zu backen. Und vielleicht konnte sie mit Julie reden, nachdem Peder ins Bett gegangen war. Julie erzählte nichts mehr, am allerwenigsten von ihrem neuen Freund. Alles, was sie wusste, war, dass er Raimo hieß und zu alt für sie war.

Johan Breisnes kratzte sich am Kinn, steckte seine Finger in den Bart, als wollte er den Anschein erwecken, er dächte angestrengt nach. Er wusste genau, wo er gewesen war und was er gemacht hatte, aber darüber sprach man ja nicht laut.

»Die meiste Zeit bin ich wohl hier gewesen«, sagte er nachdenklich. Er hatte keine Lust zu lügen, also fügte er hinzu: »Ja, und dann war ich noch kurz im Supermarkt.«

»In welchem Supermarkt?«

»Kiwi. Ich besitze kein Auto, daher bin ich gezwungen, in den nächstgelegenen zu gehen. Der Bus fährt ja so selten.«

»Also sind Sie hin und zurück zu Fuß gegangen?«

Verner sah den Supermarkt vor sich, an dem sie auf dem Weg hierher vorbeigefahren waren. Zu Fuß musste das ein ganzes Stück sein.

»Wissen Sie noch, wann Sie dort gewesen sind?«

»Tja, irgendwann am Nachmittag. Es ist auf alle Fälle schon dunkel geworden, als ich hier losgelaufen bin, also …«

»Und Sie sind die Hauptstraße entlanggegangen?«

»Wo hätte ich sonst langgehen sollen?«

»Blöde Frage, aber ich kenn mich hier nicht aus«, sagte Verner und lächelte entwaffnend.

»Wie lange brauchen Sie dorthin?«, warf Bitte ein.

»Normalerweise eine gute halbe Stunde, aber bei diesem Wetter hat es sicher länger gedauert.«

»Sie müssen sportlich sein.«

Das erste Mal, seit sie gekommen waren, lächelte Johan.

»Ja, ich bin gut in Form, obwohl ich in die Jahre komme.«

»Sie sehen ziemlich jung aus«, log Verner.

»Für dreiundsechzig sehe ich wahrscheinlich gar nicht schlecht aus«, sagte Johan und zwirbelte seinen Bart um einen Finger. Mit einem Mal glich er einem Schulmädchen, dem ganz unerwartet Lob und Aufmerksamkeit zuteilwurden.

»Haben Sie mit jemandem im Supermarkt gesprochen?«, fragte Verner und dachte, dass, wenn sie Glück hätten, der Supermarkt über ein Überwachungssystem verfügte, das ihn aufgezeichnet hatte und ihnen eine genauere Uhrzeit lieferte.

»Nein, ich kenne niemanden von denen, die dort arbeiten. Ich glaub fast, ich war allein im Laden. Wollte bloß was fürs Mittagessen und eine Packung Zigaretten kaufen.«

»Haben Sie jemanden auf dem Hin- oder Rückweg getroffen?«

Er zögerte.

»Nein«, sagte er bestimmt.

»Viel Verkehr?«

Er schüttelte den Kopf. Sinnlos, davon zu erzählen, wen er gesehen hatte. Weshalb sollte er von dem Mann berichten, der ein gutes Stück weiter hinter ihm aufgetaucht war? Er wusste doch nicht, wer das gewesen war, er hatte ja bloß einen Schatten gesehen. Und das Mädchen, das am Straßenrand gestanden und ihm zugewinkt hatte, sollte er sowieso nicht erwähnen. So etwas brachte nur Ärger. Etwas hatte er immerhin gelernt. Er bemerkte, dass sie ihm glaubten. Warum schließlich auch nicht?

Verner und Bitte bedankten sich und gingen zur Tür.

Johan blieb am Fenster stehen und beobachtete sie. Die Polizistin musste sich mit ihrem ganzen Gewicht gegen die Motorhaube stemmen und schieben, während ihr Kollege am Steuer saß und rückwärts aus der Schneewehe fuhr. Endlich kamen sie auf die Straße und fuhren den Hügel hinunter. Johan war beruhigt und steckte sich eine Zigarette an. In der Wohnung galt Rauchverbot, aber jetzt war er allein, und er würde ohnehin richtig durchlüften, bevor die Leute von oben zurückkamen. Lange noch nachdem die roten Bremsleuchten verschwunden waren, blieb er am Fenster stehen. Bald würde sich der Neuschnee in die Spuren legen, die sie hinterlassen hatten. Es würde so sein, als wären sie nie hier gewesen. In dieser Hinsicht war Schnee einzigartig.

21

Beim Kiwi hielten sie an. Der Supermarkt lag unmittelbar an dem Kreisverkehr, von wo sie wieder Richtung Drammen abbiegen mussten. Verner sah sich selbst auf dem kleinen direkt über einer Palette mit Kaffee im Angebot an der Decke montierten Bildschirm den Supermarkt betreten. Nicht schlecht für eine Filiale auf dem Land, dachte er und hoffte, dass es sich bei ihr nicht nur um eine Mogelpackung handelte, die zur Abschreckung angebracht war. Aber die Kassiererin war sich fast sicher, dass es ein echtes Überwachungssystem war, das jedwede Bewegung aufzeichnete. Es sei wohl vor ein paar Jahren nach dem Umbau des Supermarkts installiert worden, erzählte sie. Der Geschäftsführer habe heute schon Feierabend. Sie bat Verner Jacobsen, am nächsten Tag noch einmal nachzufragen.

Am Polizeipräsidium fuhren Verner Jacobsen und Bitte Røed in getrennte Richtungen. Als Verner sich in sein Auto setzte, wirkte das kleine Coupé beinahe geräumig. Bitte Røed brauchte Platz. Viel Platz. Er sah die zum Bersten gespannte korallrote Bluse vor sich. Selbst ihr Lachen war ausladend und belegte den Großteil ihres Gesichts mit Beschlag. Sie strahlte eine Art kindliche Naivität aus, obwohl sie Mutter von zwei Kindern und älter als vierzig war. Und sie kaute Nägel. Ihre fransigen Fingerspitzen waren ihm aufgefallen. Aber vielleicht hatten alle Mütter weiche Rundungen? Nicht so wie Ingrid. Er fragte sich, was Bitte Røed an die Polizeihochschule getrieben hatte. Warum habe ich mir den Job ausgesucht?, dachte er, wusste die Antwort jedoch augenblicklich. Er war hier, weil er von Tragödien angezogen wurde. Frauen, die ermordet wurden. Männer, die eine Schrotflinte auf ihren eigenen Kopf richteten. Kinder, die verschwanden. Trauer. Tod. Winter. Ich bin süchtig, dachte er, ich bin ein sich von Elend ernährender unheilbarer Melancholiker.

Bitte Røed hingegen wirkte eher wie der Hausfrauentyp, der sich um Heim und Herd kümmerte, vielleicht mit ein paar Schichten im Pflegeheim zwischendurch. Er hatte es probiert, nicht allzu voreilig Schlüsse zu ziehen, wusste, dass die Leute nicht zwangsläufig waren, wie sie schienen.

So verhielt es sich möglicherweise auch mit Johan Breisnes. Seltsamer Vogel, dachte er. Kein Wunder, dass die Leute redeten. In kleinen Orten war alles durchsichtig in dem Sinne, dass die Leute das sahen, was sie sehen wollten. Er war froh, in Drammen zu wohnen. Da konnten alle ihr Ding machen und in der Masse untertauchen.

Das Räumfahrzeug hatte die Einfahrt zu seinem kleinen Einfamilienhaus zugemauert. Ein flackerndes blaues Licht aus dem Wohnzimmerfenster verriet ihm, dass Ingrid fernsah. Er griff nach der Schaufel, die an der Hauswand lehnte, und grub eine genau passende Lücke, durch die er mit dem Auto hindurchkam. Dann trampelte er einen Pfad zum Haus. Sie muss den ganzen Tag keinen Schritt vor die Tür gesetzt haben, dachte er mürrisch, während er die Treppe fegte.

Aufgebracht diskutierende Stimmen schollen ihm entgegen, als er eintrat. Er erkannte die spitze Stimme des Moderators, die eine Lawine von Zwischenrufen auslöste. Ingrid liebte Talkshows und passte auf, dass sie auch ja keine verpasste – gleich welches Thema. Stets hatte sie eine Meinung, die sie ihm mehr als gerne mitteilte. Verner nickte für gewöhnlich und erklärte sich meistens einverstanden. Das war das Einfachste.

»Ingrid!«

Keine Antwort. Hatte sie das Haus verlassen und vergessen, den Fernseher auszumachen? Er versuchte sich in Erinnerung zu rufen, was sie heute Morgen gesagt hatte, bevor er zur Arbeit gegangen war. Etwas von einem Kurs. Aber fand der heute statt? Nein, daran konnte er sich nicht erinnern. Hastig hatte er das Haus verlassen, um eine Pause im Alltag zu vermeiden, die er zum Reden hätte nutzen müssen.

Er ging ins Wohnzimmer, machte das Licht an, ging zum Fernseher, um ihn auszuschalten, da entdeckte er sie. Zusammengekauert lag sie auf dem Sofa und benutzte den Pullover, den er gerade angefangen hatte, als Extrakissen. Die Decke, die sie sich übergelegt hatte, war im Begriff, auf den Boden zu gleiten. Als er sich vorbeugte, um sie besser zuzudecken, öffnete sie unversehens die Augen. Sie starrte ihn an, als wäre er ein Fremder, und er nahm den strengen Geruch von Alkohol wahr. Bei dem Versuch, sie aufzurichten und ins Bett zu bringen, protestierte sie heftig. Sich das Strickzeug schnappend, damit die Maschen nicht wieder aufgingen, ließ er sie liegen. Das letzte Mal war schon eine Weile her. Er grübelte, was dieses Mal wohl der Auslöser gewesen war. Oftmals endete es so, wenn ihr Tag aus dem einen oder anderen Grund aus dem Ruder lief. Wenn sie ein paar Kommata zu viel gelöscht oder sich in einer Novelle festgefahren hatte, brachte sie das in der Regel irgendwann mit dem Rotweinkarton wieder ins Lot.

Er ging hinauf ins Schlafzimmer im Obergeschoss und nahm den Laptop mit aufs Bett. Er tippte *Johan Breisnes* in die Suchmaschine ein, erwartete keine großartigen Resultate, wurde jedoch überrascht. In Ingrids Büro schloss er das Gerät an den alten Drucker an, der jedes Mal ein jämmerliches Winseln von sich gab, wenn man ihn einschaltete; kurz danach krächzte er ein Foto aus. Johan Breisnes, ohne Bart und mit der Überschrift: *Ich bin vollkommen ungefährlich!*

22

Freitag, 27. Januar

Als Solveig Sørensen erwachte, fühlte sich ihr Körper schwer an, sie konnte sich allerdings nicht erinnern, warum. Wie lange sie geschlafen hatte oder wie spät es war, wusste sie auch nicht, sie konnte sich nicht einmal entsinnen, dass sie zu Bett gegangen war. Draußen war es dunkel, die Gardinen ließen noch kein Licht herein. Es war früh. Vielleicht erst fünf. Sie hörte einen Lastzug vorbeifahren. Gedämpftes Dröhnen. Es musste noch mehr Schnee gefallen sein.

Solveig kannte sämtliche Geräuschvariationen von der Straße draußen vor dem Schlafzimmerfenster. Tageszeit, Jahreszeit und Wetterbeschaffenheit, all das konnte sie hören. Die Variationen hatten ihren eigenen Klang, als wären sie über eine Skala verteilt. Heute schneite es. Zweifelsohne sehr stark. Plötzlich fiel ihr ein, was ihr Körper schon im Tiefschlaf gewusst hatte.

Oda. Sie lag nicht in ihrem Bett. Und im Lauf der Nacht war sie nicht mit dem Lämmchen im Arm angerannt gekommen, um sich zwischen sie und Erik zu kauern. Sie hatten nicht unter derselben Decke geschlafen. Solveig hatte sich nicht darüber ärgern müssen, dass Oda die Decke an sich zog und sie die kalte Schlafzimmerluft spürte. Sie hatte sich in der Embryonalhaltung zusammenkrümmen können, ohne dass es eng geworden war. Es war reichlich Platz. Dass sie das nicht vorher schon gemerkt hatte! Das Doppelbett war für zwei erwachsene Menschen viel zu groß. Solveig vergrub ihr Gesicht im Kissen und vermisste die kleinen kalten Kinderfüße an ihrem Bauch. Warum wurde sie immer so ungehalten, wenn ihre Tochter zu ihnen ins Bett gekrochen kam? Jetzt würde sie alles geben, würde das Haus mit allem Drum und Dran opfern, inklusive Erik. Sie würde ihre Eltern verkaufen. Sie würde töten. Sie würde Folter erleiden, sich die Nägel langsam herausziehen lassen, bloß um ihren Arm ein einziges Mal um ihre Tochter legen, sie an sich drücken, ihr den Pony aus den Augen streichen, ihren Geruch tief in die Lungen einsaugen und sie dort als eine dünne Sauerstoffschicht bewahren zu können.

Solveig wälzte sich herum. Ihr war übel. Erik lag auf der Seite mit dem Kopf ihr zugewandt. Er schlief mit offenem Mund, Speichel rann ihm aus dem Mundwinkel und bildete einen nassen Fleck auf dem Kissenbezug. Sie schlug die Bettdecke zur Seite und stürzte ins Bad, wo sie sich in die Kloschüssel übergab. Es kam nichts. Seit bald zwei Tagen hatte sie nichts mehr gegessen, nur eine der Tabletten genommen, die der Arzt gestern Nachmittag für sie dagelassen hatte.

Solveig trocknete sich den Mund, ging zurück ins Schlafzimmer und setzte sich auf die Bettkante. Sie legte eine Hand auf die nackte Schulter, die unter der Decke hervorschaute. Langsam drehte Erik sich um und blinzelte.

»Was ist? Ist was passiert?«

Solveig schüttelte den Kopf.

»Erinnerst du dich, dass ich dir was erzählen wollte? Als wir miteinander telefoniert haben, als … bevor Oda …«

Ihre Stimme versagte, und mit einem Mal liefen ihr Tränen über die Wangen. Sie machte keine Anstalten, sie wegzuwischen. Erik sagte nichts, bemühte sich aufzuwachen.

»Nein, du hattest wohl schon aufgelegt«, fuhr Solveig fort. »Aber ich wollte dir bloß sagen, dass ich schwanger bin.«

Erik starrte sie an. War plötzlich hellwach. Er sagte nichts, griff sie nur am Arm, zog sie zu sich herunter und legte die Decke um sie beide.

So viele Male hatte er sich nach einem solchen Augenblick gesehnt. Er und sie. Nur sie beide. Keine anderen. Er, sie und ein kleines gemeinsames Samenkorn. Durfte man zugeben, dass man Glück empfand – gerade jetzt? Ohne etwas zu sagen, blieb er liegen, wagte kaum zu atmen, lauschte bloß dem samtweichen Brausen der Autos auf der Straße, eine zusammenhängende einschläfernde Geräuschkette. Er mochte das gleichmäßige Brummen. Das Geräusch der Normalität. Schlagartig wusste er, dass es damit für immer vorbei war. Für alle Zeiten würde es ihn an diese sonderbare Stimmung erinnern, in der er sich gerade befand. Ein Zustand zwischen Trauer und Freude, zwischen Kälte und Wärme und vielleicht … er musste den Gedanken zu Ende denken … zwischen Tod und Leben.

23

Das Pochen in der linken Schläfe weckte sie. Janni Egge stöhnte, wälzte sich leise aus dem Bett, um Ivar nicht zu wecken, als ihr einfiel, dass sie allein war. Sie ging auf die Toilette, ohne das Licht anzumachen. Licht tat weh, selbst der kleinste Strahl würde ihr eine Schmerzwelle durch den Kopf jagen.

Einmal war sie zum Neurologen gegangen und mit einem zusammengefalteten Pappkalender wieder fortgeschickt worden. *Anfallkalender* stand auf der Vorderseite. Ivar hatte lange und ausgiebig gelacht. Endlich sollten ihre Anfälle verzeichnet werden! Ein ganzes Jahr lang hatte sie den Kalender gewissenhaft geführt, was sie gegessen, getrunken oder getan hatte. Ziemlich schnell hatte sich ein Muster ergeben.

Heiligabend und bei Vibekes Geburtstagsfeier hatte sie Kopfschmerzen gehabt. Sie hatte einen Anfall bekommen, als der Schuldirektor von Umstrukturierungen und Kündigungen gesprochen und seinen Blick auffallend lang auf ihr hatte ruhen lassen. Anlässlich der Trauerfeier nach der Beerdigung ihrer Mutter war sie vom Schmerz übermannt worden, als sie ein paar Worte hatte sagen sollen. Und als Vibeke von David erzählt hatte, war der Schmerz schleichend gekommen.

Janni liegt in Vibekes Atelier auf dem Sofa. Sie ist nackt, und Vibeke hat sie soeben geküsst. Die Lust ist schwer zu packen, wie ein gewaltiger Fluss durchströmt sie den Körper. Rot und warm wogt er durch sie hindurch, wenn Vibeke eine Hand auf ihre Hüfte legt. Ihre Hand fühlt sich viel zu schwer an, als dass sie der kleinen dünnen Vibeke gehören könnte.

»Ich glaube, ich bin verliebt!«, flüstert Vibeke.

Die plötzliche Begierde zerfließt.

»Beruhig dich, nicht in dich«, sagt Vibeke und lacht, als ahnte sie, welch ein Chaos der Kuss verursacht hatte.

»Obwohl ich gestehen muss, dass es auch ein bisschen in meinem Bauch kitzelt, wenn ich an uns denke.«

Uns? Janni lässt sich insgeheim das Wort auf der Zunge zergehen. Uns. Ich und Vibeke.

»In wen bist du denn verliebt?«, fragt sie und ist sowohl erleichtert als auch enttäuscht.

»David heißt er, ist Spanier und einfach nur klasse. Und er hat seine eigene Galerie. Vor ein paar Jahren hatte ich einige Bilder dort. So haben wir uns kennengelernt. Viel Kontakt haben wir nicht gehabt. Bis vor Kurzem! Darüber sollte ich aber eigentlich nicht reden.«

Vibeke beugt sich über sie, senkt ihre Stimme, gleichwohl sie allein in dem großen leeren Raum sind.

»Wir treffen uns nur ab und zu an einem heimlichen Ort.«

»Ist er verheiratet?«

»Weiß nicht. Glaub nicht. Offen gestanden, ich weiß nicht so viel über ihn. Das macht es vielleicht so spannend. So wie mit dir! Aber im Gegensatz zu ihm fühle ich mich, als würde ich dich schon ziemlich gut kennen, Janni. So etwas fühlt man, geht's dir nicht auch so?«

Doch, sie spürt, dass Vibeke und sie etwas verbindet, eine Art Einvernehmen, eine Zusammengehörigkeit. Als würden sie sich schon immer kennen. Zugleich hat sie eine beunruhigende Wirkung, diese unvermittelte, intensive Nähe.

Janni nickt vage und zieht die Decke enger um sich. Sie möchte sich wieder anziehen, doch das ist unmöglich, solange Vibeke sie mit Vertraulichkeiten festnagelt.

»Aber später vielleicht, wenn wir genug verdient haben und

sich alles wieder beruhigt, ist womöglich Hoffnung auf ein bisschen mehr.«

Vibeke beißt sich auf die Lippe, bleibt sitzen und blickt versonnen zum Kamin. Mit einem Ruck steht sie auf, um einen neuen Scheit nachzulegen.

»Genug verdient? Was meinst du damit?«

»Ich sollte nicht darüber sprechen, Janni.«

Vibeke setzt sich wieder. Der Geruch ihrer Hände vermengt mit dem schwachen rauchigen Geruch vom Kamin lässt ihr Verlangen wieder erwachen. Sie will, dass Vibekes Hände sich bewegen, will, dass sie ihr über die Brüste streichen. Beschämt merkt sie, wie ihre Brustwarzen hart werden.

»Versprichst du, nichts zu erzählen? Keiner Menschenseele.«

Vibeke lässt ihre Hand an Jannis Schenkel hinabgleiten. Eine kühle Feuchtigkeit steigt ihr in die Mundhöhle. Vibeke muss mitbekommen, wie schwer sie schluckt.

»Ich verspreche es«, keucht sie. »Was ist denn mit diesem Typen?«

»Er hat Kontakte ins Ausland«, erklärt Vibeke.

Sie spricht langsam, wägt jedes Wort auf ihren Lippen, bevor sie es herauslässt. Oh, diese Lippen! Janni kann den leicht prickelnden Druck noch immer spüren.

»So besonders ist das auch wieder nicht, wo er doch Spanier ist«, sagt sie und zwingt sich, das Gespräch in Gang zu halten.

»Nein, und in Spanien wird er meine Bilder verkaufen.«

»Das hört sich fantastisch an.«

»An sich schon.«

Vibeke kneift ihre Lippen zu einem dünnen Strich zusammen, bevor es unversehens aus ihr herausbricht: »Außerdem ist er Hellseher!«

»Machst du Witze?«

»Nein, ehrlich. Das Erste, was er zu mir sagte, war: Du wirst mein Schicksal werden! *Er hat sogar vorausgesehen, welche Motive ich in Zukunft malen würde. Es hat alles gestimmt, was er gesagt hat.«*

»Du glaubst doch wohl nicht an so was? Er hat nicht auch zufällig gesehen, dass ihr im selben Bett landet, oder? Hört sich in meinen Ohren eher nach einer billigen Anmache an. Ich dachte, du …«

»Du bist nicht dabei gewesen. Er kann auch die Aura von den Leuten sehen. Das kann übrigens jeder lernen, wusstest du das? Bleib still liegen, dann versuch ich's bei dir. Ich werde meinen Blick fest auf einen Punkt zwischen deinen Augen richten, etwa eineinhalb Zentimeter über der Nasenwurzel, und …«

»Vibeke! Hallo!«

»Bleib liegen!«

»Du bist irre!«

»Ja! Ich bin irre. Ist das nicht wunderbar! Janni, probier's doch wenigstens mal. Dein Gehirn rastet nicht aus, ich versprech's dir. Versuch einfach, dich ein wenig zu öffnen.«

Janni verdreht die Augen. Rumzualbern fühlt sich gut an.

»Glaub, was du willst«, lacht sie. »Ich bin nicht abergläubisch. Auf Holz geklopft.«

Da hatten David und Vibeke zum ersten Mal einen Migräneanfall ausgelöst. Es sollten weitere folgen. Vibeke hatte ihr Leben ganz außen an einen dünnen schwankenden Zweig gehängt. Wie jemand es schaffte, ohne festes Einkommen zu leben, bei einem derart lockeren Verhältnis zu Männern, Frauen und Geld – das war besorgniserregend. Allein zu leben und dennoch in vollkommener Einheit mit seiner Umgebung. Allmählich hatte sie ihr eigenes tristes Dasein und die Sinnlosigkeit, mit der sie umgeben war, bemerkt. Vibeke hatte aber keine Kinder. Konnte man mit Kindern ein wildes und aufregendes

Leben führen? Hatte man sich nicht anständig zu benehmen und für sichere Verhältnisse zu sorgen? Sichere Verhältnisse verursachten jedenfalls keine Kopfschmerzen. Fortwährend dieselben Kreise zu ziehen war das Rezept für ein schmerzfreies Leben, das hatte sie längst begriffen. Daran hätte sie sich halten sollen.

Mit den Händen schlug sie sich Wasser ins Gesicht, blieb vor dem Spiegel stehen, wie um in der dunklen Spiegelfläche nach sich selbst zu suchen. Wer war sie eigentlich?

Im Spiegelschränkchen tastete sie nach der Packung Maxalt; die Tablette würde ihr eine Weile Linderung verschaffen. Vielleicht könnte sie ein paar Stunden schlafen. Sie beugte sich übers Waschbecken und wollte direkt aus dem Hahn trinken, verfehlte den Wasserstrahl und schlug mit der Lippe gegen den Hahn. Kurz vor dem Weinen kroch sie wieder ins Bett, darauf wartend, dass der warme Schlaf sich in ihrem Körper ausbreitete.

Jetzt hatte sie sich entschlossen. Sobald der Morgen graute, würde sie zu Vibeke fahren.

Mitten am helllichten Tag erwachte sie. Ruckartig setzte sie sich auf, griff nach dem Wecker und schüttelte ihn. Das Geräusch einer Schneefräse drang durch die Schlafzimmerwände. Sie schlüpfte aus dem Bett und ging zum Fenster und sah durch den Spalt der Gardine. Der Rentner von nebenan schleuderte seinen Schnee in ihren Garten hinüber.

Sie seufzte. Auf dem Weg ins Badezimmer schaute sie bei Anne-Lene und Raimo hinein. Beide waren nicht da. Im Mädchenzimmer war das Bett nicht gemacht, und ein hellgelber Seidenpyjama lag wie eine zurückgelassene Schlangenhaut auf dem Boden. Raimos Zimmer war aufgeräumt. Allerdings hatte der Junge auch nicht so viele Sachen, mit denen er Unordnung stiften konnte. Meist saß er da und zeichnete. Seine letzten

Entwürfe bedeckten die Wände. Die Skizzen seiner Hand und des jungen Mädchens zeigten Talent und hoben sich ab von der Masse an Frauen mit großen Brüsten. Sie überlegte, wo er die Motive überhaupt herhatte. Bewahrte er in einer geheimen Schublade verbotene Heftchen auf oder benutzte gar lebende Modelle? Hatte sich Vibeke ohne ihr Wissen mit ihm zum Zeichnen verabredet? Selbst zeichnete sie nicht mehr, aber Raimo nahm regelmäßig Unterricht bei ihrer Freundin. Nein. Seine Zeichnungen erinnerten eindeutig an Hochglanzmagazine, immer noch besser als die früheren grotesken Motive mit Messern und Blut.

Immer noch fühlte sie sich von der Tablette benebelt, doch der Kopfschmerz war zu einem schwachen Schatten verblasst. Die Anspannung ließ nach. Alles würde in Ordnung kommen, sich zum Guten wenden. Ale Moras. Sie atmete bis tief in die Zehen ein. Atmete langsam aus und beschloss, bei Vibeke vorbeizuschauen. Durch den langen Spaziergang in der kalten Januarluft würde sie einen klaren Kopf bekommen. Sie wollte sich nicht ausmalen, was geschehen würde, wäre Einar noch da. Doch die Wahrscheinlichkeit war gering, sagte sie sich.

Erfrischt und mit kalten Wangen stand Janni auf der Treppe vor Vibekes Haus. Sie hatte geklingelt, niemand jedoch hatte geöffnet. Als sie den Schnee von ihren Stiefeln stampfte, bemerkte sie, dass die Haustür nur angelehnt war. Ein schmutziger grüner Scheuerlappen lag über der Schwelle und verhinderte, dass die Tür zuschlug. Vorsichtig schob sie sie auf. Auf dem Fußboden hatte sich ein Häufchen Schnee gesammelt.

»Hallo!«

Keine Antwort.

»Hallo!«, rief Janni lauter und wagte sich hinein. Auf dem Küchentisch unter dem Fenster standen eine Thermoskanne und ein paar Kaffeetassen. Das Radio spielte klassische Musik. Die Farbe des alten Tischs war abgeblättert. Um den Verfall zu kaschieren, hatte Vibeke eine geblümte Decke darauf gelegt. Sie drängte die Erinnerungen zurück und ging weiter, während sie sich selbst am Tisch sitzen sah. Lauschend blieb sie stehen, ehe sie ins Wohnzimmer ging, halbwegs darauf gefasst, dass Einar sich auf sie werfen würde. Ich habe zu viele Krimiserien im Fernsehen geguckt, dachte sie und bemühte sich, ihren Atem unter Kontrolle zu halten. Es funktionierte nicht. Hastig schnappte sie nach Luft. Das Wohnzimmer war leer, die Staffelei stand mitten im Raum. Auf dem Sofa an der Längsseite lag eine unachtsam über die Armlehne geworfene rote Veloursdecke. Der Tisch quoll über von Farbtuben und Pinseln. In Vibekes Atelier war alles wie immer.

»Hallo …«

Janni flüsterte. Niemand antwortete. Das Haus wirkte verlassen.

Einen Moment lang stand sie da, sog die Gerüche von Leinöl und Terpentin ein. Auf der Staffelei stand eine Leinwand, auf der die Kontur eines Körpers mit der roten Decke zwischen den Beinen zu erkennen war. Die Tür zum Schlafzimmer stand weit offen.

»Hallo?«

Sie hörte ihre eigenen Stimmbänder vibrieren, was den Laut seltsam und fremd klingen ließ, und trat ein.

Vor dem Bett blieb sie stehen und merkte, wie die Migräne sich schlagartig von ihrem Blut bediente, das auf dem Weg zum Gehirn war. In der linken Schläfe hielt das Blut inne und begann wild zu schlagen, und nicht ein einziger Tropfen erreichte die gesunden Teile ihres Kopfes. Sie hörte ein Brausen. Ein merkwürdiger Ton. Was war das für ein Geräusch? Wo kam es her? Abrupt fuhr Janni herum. Dann wurde alles schwarz.

24

Verner Jacobsen stand am Kaffeeautomaten, als Bitte Røed am Freitagmorgen ins Polizeipräsidium kam.

»Nehmen Sie nicht den Caffè Latte«, warnte sie und nahm eine Tasse aus dem Schrank. »Der schmeckt unterirdisch.«

»Halt mich normalerweise an schwarzen Kaffee oder grünen Tee«, sagte Verner.

Na, die fühlt sich ja schnell heimisch. Wie oft hatte sie den Automaten seit gestern benutzt? Er hatte schon jahrelang an diesem Automaten gestanden, und nie waren ihm Klagen zu Ohren gekommen.

»Gut geschlafen?«, plauderte sie weiter, wobei sie auf den Knopf für Kakao drückte.

Verner hob die Achseln. Er hatte besser als gewöhnlich geschlafen. Am liebsten schlief er auf der rechten Seite, den Kopf zum Bett gerichtet, doch mochte Ingrid das ebenfalls. Und er hasste es, dazuliegen und ihren verbrauchten Atem einzuatmen. Dann hatte er immer das Gefühl zu ersticken. Letzte Nacht aber hatte sie auf dem Sofa geschlafen und er seine Schlafposition vollkommen frei wählen können. Den Gedanken an Ingrid schob er irgendwo nach hinten, wo sie ihn nicht stören konnte. Als sie aufgewacht war, war sie nüchtern gewesen, hatte aber Kopfschmerzen, was sie selbst am meisten überraschte.

»Ich hab geschlafen wie ein Stein«, redete Bitte weiter. »Oder eher wie ein Schleifstein«, fügte sie an, »hab mich immer wieder umgedreht.« Sie lachte laut und mit offenem Mund. Ihr roter Lippenstift hatte blutige Spuren auf ihren Schneidezähnen hinterlassen.

»Ist was?«, fragte sie, und ihr Lachen verstummte ebenso jäh wieder. Sie neigte den Kopf zur Seite, und eine neckische Falte erschien auf ihrer Stirn.

Verner Jacobsen bemerkte, dass ihre Augen grün waren, ein wenig blass, wie trübes Meerwasser. Sollte er sie auf den Lippenstift aufmerksam machen? Er schüttelte den Kopf, als durchfahre ihn ein Schauer.

»Kommen Sie«, sagte er. »Wir gehen in mein Büro.«

»Gestern Abend habe ich Johan Breisnes gegoogelt«, sagte er, als er die Tür hinter ihnen geschlossen hatte.

»Und ich habe ihn durch unser System gejagt. Sehen Sie sich das an.«

Er schob ihr ein Blatt herüber, den Ausdruck eines Artikels aus der Zeitung *Hallingdølen* mit einem Foto von Breisnes auf der Titelseite. Das Schwarz-Weiß-Foto eines glattrasierten Mannes, darunter stand in fetten Lettern:

Ich bin vollkommen ungefährlich!

»Kurze Zeit hat er in Gol gewohnt«, fuhr Verner fort. »Vom Vorwurf des Exhibitionismus vor einer Grundschule wurde er freigesprochen. Heute Morgen habe ich als Erstes Verbindung zum Polizeibeamten dort aufgenommen, und er bestätigt, dass Breisnes wiederholt von ängstlichen und wütenden Eltern angezeigt worden ist.«

»Seit wann sind Sie eigentlich schon hier?«

»Lange«, antwortete Verner und sprach eifrig weiter. »Es lag nie etwas Konkretes gegen ihn vor. Ein kauziger Einzelgänger lautete die Schlussfolgerung. Kaum gefährlich, aber Sie wissen, wie manche Eltern sind«, schloss er, nahm den Teebeutel heraus und warf ihn, ohne das Wasser herauszupressen, in den Mülleimer.

»Was meinen Sie mit manche Eltern?«, fragte Bitte. »Nehmen Sie das etwa auf die leichte Schulter und verteidigen gar diese alten Säcke, die Gefallen daran haben, kleinen Kindern ihren Schwanz zu zeigen?«

»Natürlich nicht«, sagte Verner und versuchte, sein Lächeln abzumildern, das ihm in den Mundwinkeln zuckte. »Aber wir müssen uns an die Fakten halten. In diesem Fall ist er freigesprochen worden. Lesen Sie weiter. Leserbrief. Ich hab's gerade erst zugefaxt bekommen.«

Der Leserbrief war von Johan Breisnes unterzeichnet. Ihm zufolge habe er in einem verzweifelten Augenblick Wasser lassen müssen. Er bedauere das, jedoch könne keineswegs die Rede von Entblößung sein.

»Bis jetzt«, sagte Verner, »hat niemand etwas gegen ihn in der Hand. Außerdem habe ich herausgefunden, dass er in Frührente ist. Berufsunfähig seit 2001. Ein Rückenschaden. Arbeitsunfall. Er war Maler.«

»Und jetzt streicht er nur noch wie eine Katze in seiner Wohnung herum?«

»Ich weiß es nicht«, sagte Verner aufrichtig. »Wir können ihn nicht automatisch aufgrund von Vorurteilen und alten Gerüchten verdächtigen, aber wir können ihn freilich im Auge behalten.«

»Gut«, sagte Bitte. »Mir kam der Kerl verängstigt und sonderbar vor.«

»Ja, stimmt, aber wer mit einem Ruf wie er würde keine Angst kriegen, wenn die Polizei vor der Tür steht? Zumal wenn wir nach einem verschwundenen Mädchen fragen.«

»Sie haben bestimmt recht«, entgegnete Bitte seufzend. »Wissen Sie übrigens, wie es mit der Befragung in der Nachbarschaft aussieht?«

»Vorläufig keine Hinweise. Sie sind aber noch dabei. Sie haben alle unmittelbaren Nachbarn befragt. Ich habe mir die Formulare durchgelesen, aber bisher nichts Erhellendes. Heute machen sie mit den Familien vom Kindergarten weiter und befragen die Nachbarn in einem größeren Umkreis.«

»Was wissen wir bis jetzt?«, fragte Bitte.

»Was wir wissen«, sagte Verner, »passt ins Gehirn einer Mücke. Die Mutter war im Haus, als ihre Tochter verschwand, und ihr ist nichts Ungewöhnliches aufgefallen. Und dass Erik, der Stiefvater, beim Einkaufszentrum im Stau stand und erst nach Hause kam, als Oda schon weg war. Einer der Nachbarn, ein Rentner, der zwei Häuser weiter wohnt, hat eine Person auf der Straße bemerkt. Er hat Größe und Gangart beschrieben, doch war die Entfernung zu groß und es hat zu stark geschneit, als dass er sie hätte erkennen können. Obendrein hatte er seine Brille nicht auf, aber es könnte Johan Breisnes gewesen sein. Das stimmt so weit mit seiner eigenen Aussage überein, wonach er um etwa diese Zeit auf dem Rückweg vom Supermarkt war.«

»Oder Geir«, warf Bitte ein. »Der Verrückte vom Hof.«

»Richtig«, sagte Verner. »Der Rentner … jetzt hab ich seinen Namen vergessen, der steht hier irgendwo.«

Vergeblich durchsuchte er die Unterlagen.

»Na ja, ist nicht so wichtig«, sagte er und schichtete die Blätter zu einem ordentlichen Stapel. »Er hat auch ausgesagt, Janni Egges Auto gesehen zu haben. Sie ist Lehrerin an der Schule, fährt einen roten Honda. Aber sicher hat schon jemand mit ihr gesprochen, wo sie doch in der Nachbarschaft wohnt. Ich überprüfe das.«

»Falls jemand Oda mitgenommen hat«, sagte Bitte und trank in kleinen Schlucken von ihrem Kakao. »Falls sie sich in ein Auto gesetzt hat, dann hat sie das höchstwahrscheinlich getan, weil sie denjenigen kannte, meinen Sie nicht?«

»Möglich«, antwortete Verner. »Aber wieso sollte jemand sie mitnehmen?«

»Der Vater hat ja wohl allen Grund.«

»Klar«, sagte Verner. »Nach David Martí wird nun über Interpol gefahndet.«

»Können wir uns hundertprozentig sicher sein, dass der Stiefvater die Wahrheit sagt?«

»Weshalb sollte er lügen?«

»Ich weiß nicht, aber wir haben nur sein Wort, dass er auf der Schnellstraße im Stau stand, als Oda verschwunden ist.«

»Er hat den Unfall mit dem Laster beschrieben, und wir wissen, dass er sich zu dem von Erik angegebenen Zeitpunkt beim Einkaufscenter ereignet hat«, wandte Verner ein.

»Das kann er aus dem Netz haben. Ich hab den Eindruck, dass Fotos schneller eingestellt werden, als man bis drei zählen kann. Er kann sich, jedenfalls theoretisch, so die Infos besorgt haben.«

»Und was hat er stattdessen gemacht? Sie zu Hause abgeholt, ohne dass Solveig das Auto gesehen hat, sie irgendwohin gefahren, ermordet und die Leiche versteckt? Das ist unlogisch, Bitte. – Weshalb sollte er das tun?«

»Vielleicht wollte er Solveig für sich? Womöglich war er sowohl seine Stieftochter als auch den Exmann leid?«

»Meinen Sie?«

»Nein, aber wir können es nicht ausschließen.«

Verner ließ sich den Gedanken durch den Kopf gehen. Kinder konnten schon ziemlich im Weg sein, das stimmte wahrhaftig, aber Mord?

»Ich finde trotzdem, wir sollten Johan Breisnes nicht außer Acht lassen«, sagte Bitte. »Er kann sie zu sich gelockt haben. Ich hätte gerne einen Blick hinter die verschlossenen Türen in seiner Wohnung geworfen. Haben Sie übrigens bemerkt, dass er nicht sofort geantwortet hat, als wir gefragt haben, ob er auf der Straße jemandem begegnet ist?«

»Ja«, sagte Verner. »Das muss aber nicht zwangsläufig etwas heißen, aber ich schlage vor, dass wir noch einmal vorbeifahren. Drücken Sie uns die Daumen, dass die Überwachungskamera im Kiwi funktioniert. Ich möchte nur zu gerne wissen, ob er die Wahrheit sagt.«

25

Janni Egge riss die Augen auf. Erst wusste sie nicht, wo sie war. Und was tat sie auf dem Boden? Vorsichtig setzte sie sich auf und erinnerte sich an ein seltsam brausendes Geräusch. Dann begriff sie. Das Brausen war in ihrem Kopf gewesen. Der kalte Schweiß machte ihr bewusst, dass sie ohnmächtig gewesen war.

Janni blieb auf dem Boden sitzen, die Übelkeit war überwältigend. Sie wusste, dass sie aufstehen musste, dass die Zeit zum Handeln gekommen war, doch graute ihr davor, sich abermals dem Anblick des Bettes zu stellen.

»Vibeke«, murmelte sie. »Liebe, liebe Vibeke. Ich bin untröstlich. Was soll ich jetzt bloß machen?«

Mit den Händen auf die Knie gestützt, erhob Janni sich. Sie hielt ihren Blick auf den Boden gesenkt, drehte sich um und ging ins Wohnzimmer. Ich muss telefonieren, dachte sie. Ich muss die Polizei anrufen, ganz klar. Aber wenn ich anrufe, dann muss ich hierbleiben. In demselben Haus warten wie … wie … das ertrage ich nicht.

»Doch, ich muss. Das ist das Einzige, was ich tun kann. Das bin ich ihr schuldig.«

Sie ging zum Telefon und wollte gerade den Hörer abnehmen, als ihr die Urne auf dem Kaminsims ins Auge fiel. Ein Bündel Pinsel darin, die Borsten waren zerfranst. Sie dachte daran, was Vibeke gesagt hatte. Über das Geld. Was würde jetzt aus dem Geld? Niemand wusste, dass es existierte. Es war Vibekes Geld, nirgendwo aufgeführt. Wenn es jemand anders entdeckte, ginge er davon aus, dass es sich um Erspartes handelte, womöglich über viele Jahre hinweg angesammelt. Vielleicht bekäme Einar das Geld, als einziger Erbe. Das wäre nicht gerecht! Eine Eingebung brachte sie dazu, mit der einen Hand die Pinsel hochzuheben, während die andere Hand in den Krug fasste. Das Geld war gebündelt, größtenteils Tausender. Vibeke hätte gewollt, dass sie auch etwas bekäme, sie hatte ihr eine Bezahlung angeboten, doch sie hatte abgelehnt. Nun war die Lage anders. Gänzlich anders. Ihr entwich ein Schluchzen, bevor sie das erste Bündel in die Jackentasche steckte. Dann nahm sie sich noch ein Bündel. Und noch eins. Insgesamt hatten fünf Bündel mit jeweils um die fünfzig Tausendern in der Urne gelegen. Sie verteilte die Päckchen auf ihre zwei großen Jackentaschen. Dann fiel ihr Vibekes Zeichenmappe ein, die im Flur lag. Janni öffnete sie und zog weitere Geldbündel heraus, die sie in die Taschen steckte. Sie wölbten sich ein bisschen, aber nicht so sehr, dass jemand es bemerken würde. Sie ging zurück ins Wohnzimmer, nahm den Hörer vom grauen Telefon ab und hörte das Freizeichen, wählte 110 und hoffte, dass es die Polizei und nicht die Feuerwehr war. Den Unterschied konnte sie sich nie merken.

»Polizei.«

Eine Frauenstimme. Janni wusste nicht genau, was sie sagen sollte.

»Hallo, Sie sprechen mit der Polizei.«

Janni öffnete ihren Mund, es kam aber kein Ton heraus.

»Wer ist da?«

Eine Frage, das war einfacher, damit kam sie zurecht.

»Janni«, flüsterte sie, »Janni Egge.«

»Janni Egge«, wiederholte die Frau. »Können Sie mir sagen, weshalb Sie anrufen, Janni?«

»Vibeke«, sagte Janni. »Vibeke ist tot. Sie wurde ermordet! Verstehen Sie? Sie liegt auf dem Bett und …«

Nun drängte es aus ihr heraus. Sie schrie, wusste, dass sie hysterisch war, doch das war in Ordnung. Das ist vollkommen in Ordnung, dachte sie. Sei nur hysterisch. Das darfst du. Merkwürdig wäre es, wärst du es nicht.

Janni redete immer noch mit der Frau vom Notruf, als Verner Jacobsen und Bitte Røed das Wohnzimmer betraten. So schnell?, dachte sie noch, bevor sie das Brausen in ihren Ohren aufs Neue vernahm. Jetzt erkannte sie das Gefühl wieder und konnte sich aufs Sofa setzen, bevor sie zusammenbrach. Sie kam mit dem Kopf auf dem Schoß der Polizistin zu liegen.

»Wir waren in der Gegend«, erklärte Bitte Røed, als hätte sie ihr Erstaunen mitbekommen.

Verner Jacobsen und Bitte Røed waren beim Kiwi gewesen. Zum Glück hatte der Supermarkt, wie die Kassiererin schon im Vorfeld vermutet hatte, eine Überwachungsanlage, die alle Bewegungen rund um die Uhr aufzeichnete. Soeben hatten sie die Aufnahmen ausgehändigt bekommen, als der Bescheid kam. Die Fahrt hatte sie nur fünf Minuten gekostet.

Bitte blieb sitzen und strich Janni über den Rücken, während sie mit ihr sprach. Verner sah sich um.

»Schlafzimmer.«

Janni wies die Richtung.

»Sie liegt im Schlafzimmer.«

Verner ging in den Flur hinaus. Üblicherweise waren die Kollegen von der Streife zuerst am Tatort. Als Ermittler kam er zu einem späteren Zeitpunkt hinzu. Obwohl er aufpasste, nichts zu berühren, wusste er, dass er bereits Fußabdrücke auf dem Boden hinterlassen hatte, die möglicherweise bei der Sicherung anderer wichtiger Spuren störten. Doch er musste herausfinden, ob es stimmte, was die Frau gesagt hatte. Vielleicht war die Person gar nicht tot, vielleicht war sie nur verletzt und benötigte einen Arzt. Sowohl Arzt als auch Spurensicherung waren verständigt, allerdings würde es noch eine Weile dauern, bis sie eintrafen. Die Tür zum Schlafzimmer stand weit offen. Er spähte hinein.

Sie lag mit dem Kopf über der Bettkante hängend auf dem Rücken, ihr Haar reichte fast bis zum Boden herab. Sie hatte eine Winterjacke an, die jedoch nicht zugeknöpft war, auf ihrem Bauch waren lediglich die Aufschläge übereinandergelegt. Sie trug ein hellblaues Halstuch und Lederhandschuhe. Vom Unterleib abwärts war sie nackt, ihre Hose hing um ihre Knie, und sie hatte lange schwarze Stiefeletten an. Ihre tiefschwarzen Augen waren weit aufgerissen. Zwei Kreise unergründlicher Finsternis.

Er schluckte und schnappte Luft, die sich kalt und klebrig auf seine Lungen legte. Irgendetwas veränderte sich an der Atmosphäre, an Orten, an denen kein Leben mehr herrschte, wo nur noch leere Hüllen zurückgeblieben waren. Bewegungslos stand er da, versuchte sich einen ersten Eindruck zu verschaffen, ein Gefühl oder – er mochte den Ausdruck nicht – eine Intuition heraufzubeschwören. Was konnte vorgefallen sein?

Vergewaltigung. Das war sein erster Gedanke. Doch irgendetwas passte nicht. Ausgebreitet lag sie da, als hätte sich jemand an ihr vergangen, sich vollkommen gehen lassen, aber weshalb lagen ihre Hände auf der Brust, fast so, als wären sie gefaltet? Vaterunser, dachte er. Hatte sie in der allerletzten Sekunde für sich gebetet? Oder waren ihre Hände im Nachhinein so arrangiert worden?

»Die Spurensicherung, der Notarzt und der Amtsarzt sind da«, sagte Bitte, die in der Tür stand.

»Oh Gott!«, brach es aus ihr heraus, als sie die Tote im Bett erblickte.

Verner legte ihr eine Hand auf die Schulter.

»Wir überlassen den Tatort am besten der Spurensicherung und warten den Bericht ab«, sagte er und wusste zugleich, dass ihnen wahrscheinlich Stunden, Tage, vielleicht Wochen und Monate mit Verhören, Nachforschungen und dem Durcharbeiten von Papieren bevorstanden, um das Detail zu finden, das sie auf die Fährte eines Täters bringen würde.

»Sie werden jetzt das ganze Haus absperren«, erklärte er und seufzte. »Können Sie unseren Pressesprecher kontaktieren? Er soll herkommen und sich um die Journalistenhorden kümmern. Die machen schon wegen der Sache mit Oda die Gegend unsicher, also dauert's nicht lange, bis sie Wind bekommen und der Haufen hier vor der Tür steht. Die Frau, die sie gefunden hat, nehmen wir mit ins Präsidium zur Zeugenvernehmung.«

»Ich hoffe, sie ist dazu überhaupt in der Lage. Sie wirkt, als wäre sie total aus dem Gleichgewicht«, sagte Bitte Røed.

»Und Sie?«

»Und ich?«

Bittes Augen wurden zu Schlitzen.

»Um mich brauchen Sie sich keine Sorgen zu machen«, sagte sie und sandte ihm einen Blick, von dem sie hoffte, er fasste ihn als Tadel auf, wobei die Fürsorge ihres neuen Kollegen sie jedoch nicht unberührt ließ.

»Entschuldigung, ich wollte nicht …«, sagte Verner. »Ich dachte bloß, dass es für Sie gleich ziemlich zur Sache geht. Ein verschwundenes Kind. Und dann ein Mord. An fast dem gleichen Ort und innerhalb so kurzer Zeit … man hat ja doch Gefühle.«

Er räusperte sich und wechselte unvermittelt das Thema.

»Sie ist fürs Erste die einzige Zeugin«, fuhr er fort. »Ihr bleibt keine Wahl.«

Er warf einen Blick auf die Frau im Bett.

»Was ist Ihr erster Gedanke?«, fragte er.

»Vergewaltigung«, sagte Bitte. »Aber sie sieht merkwürdig friedlich aus«, fügte sie zögerlich hinzu. »Als ob sie keine Angst kennen würde.«

Verner nickte, unterließ es aber, sie daran zu erinnern, dass die Muskulatur immer schlaff und ausdruckslos wurde, wenn der Tod eintraf. Über die mentale Verfassung der Frau konnten sie so unmöglich Schlussfolgerungen ziehen.

26

Janni Egge setzte sich ganz vorn auf die Kante des Stuhls in dem sparsam möblierten Verhörraum. Die Schneeflocken klebten sich wie Zuschauer ans Fenster.

»Möchten Sie etwas zu trinken? Cola? Mineralwasser ...?«, fragte Verner Jacobsen, während er die Frau betrachtete. Sie hatten sich entschieden, dass er die Vernehmung führen sollte, während Bitte sich die Aufzeichnungen von der Überwachungskamera ansah.

Janni Egge machte anscheinend Atemübungen, um ihre Fassung zu behalten. Sie benötigte doppelt so viel Zeit fürs Ausatmen wie fürs Einatmen. Sie wirkte nervös, doch das war nicht ungewöhnlich. Die erste Begegnung eines Zeugen mit der Polizei glich in etwa dem Durchschreiten der grünen Zone am Zoll. Er erinnerte sich an früher; allein beim Anblick der Zöllner hatte er beinahe in die Hose gemacht, obwohl er wusste, dass er nicht mehr bei sich hatte als erlaubt. Vielleicht hätte ein Arzt sie untersuchen sollen, dachte er. Sie schien abwesend, als befände sie sich in einer Art Schockzustand. Was sicher stimmte. Immerhin war sie die Erste am Tatort gewesen und besaß wichtige Informationen. Entscheidend war nun, sie zum Reden zu bringen, sodass die Rekonstruktion und die technischen Spuren ihre Erklärungen stützten oder untergruben. Da half es nichts, dass sie bleich und verloren dreinblickte und zusammengekrümmt dasaß, als hätte sie Magenschmerzen.

Janni hielt ihre Hände auf dem Bauch, ertastete die Beulen der großen Geldbündel. Ob sie sie untersuchen würden? Sie spürte, wie sie fast wieder in Ohnmacht fiel. Was sollte sie dann sagen? Die Wahrheit? Dass sie das Geld genommen hatte, weil sie wusste, dass es da lag, und weil sie es mehr verdient habe als Vibekes Bruder? Sie versuchte, ruhig zu atmen. Vibeke wäre gelassen gewesen, bei ihr hätten sich die Nerven nicht zu einem solch heillosen Wirrwarr verknotet.

»Kaffee vielleicht?«

Die Stimme des Polizisten kam von weit weg.

»Nur ein Glas Wasser, bitte.«

In einem Plastikbecher brachte Verner Wasser aus dem großen Spender draußen im Flur. Er stellte den Becher vor ihr ab.

»So«, sagte er, »nehmen Sie sich die Zeit, die Sie brauchen.«

Er setzte sich auf einen Stuhl, den er unter dem Tisch hervorgezogen hatte, stützte die Ellenbogen auf den Knien auf und faltete die Hände.

»Es ist wichtig«, sagte er, »dass Sie sich so genau wie möglich erinnern.«

»Ich weiß nicht, was ich sagen, wo ich anfangen soll.«

Ihre Stimme war kaum hörbar.

»Der Anfang ist oft eine gute Ausgangsposition.«

Der Anfang? Sollte sie etwa ganz am Anfang beginnen?

Sie sah sich um, ließ ihren Blick über den uniformierten Mann schweifen, der wie ein stummer Beobachter an der Tür saß. Sie fühlte sich hilflos.

»Vielleicht beschreiben Sie mir erst einmal Ihre Beziehung zu dem Opfer«, sprach Verner weiter.

Dem Opfer? Janni verbarg das Gesicht in ihren Händen.

»Ich … ich habe sie noch nicht so lange gekannt.«

Eine Weile blieb sie mit dem Blick auf ihren Schoß gerichtet sitzen und hob ihn auch nicht, als sie schilderte, wie sie Vibeke eines Samstagmorgens vor zwei Jahren in den Räumen des

Kunstvereins getroffen hatte. Kurzfristig war sie hinzugebeten worden und hatte es nicht mehr geschafft, sich zu informieren, welchen Künstler sie ausstellten. Vibeke war hereingeschneit und hatte ihre beiden Hände genommen, als wären sie alte Freunde. Janni, die nicht begriffen hatte, dass sie die Künstlerin war, hatte sie nach dem Namen gefragt. Das war ein peinlicher Moment gewesen. Und der Auftakt einer einzigartigen Freundschaft.

»Manchmal weiß man das vom ersten Augenblick an, stimmt's?«, sagte Janni Egge und trank einen Schluck Wasser. Es schmeckte nach Plastik. »Man weiß einfach, dass dieser Mensch dir viel bedeuten wird.« Sie bemerkte ihre zitternde Unterlippe und biss in die Kante des Plastikbechers. »Wissen Sie, was ich meine?«

»Nicht so richtig«, sagte Verner, war aber nicht ganz ehrlich. Einmal hatte er einen Menschen getroffen, der dieselbe Wirkung auf ihn gehabt hatte. Ingrid. Er war so verliebt gewesen, dass er Dinge getan hatte, die er, wie er sich selbst später geschworen hatte, für immer verdrängen wollte, die nun aber wie ein Hufeisen im schmelzenden Schnee wieder aufgetaucht waren.

»So etwas habe ich nur dieses eine Mal erlebt«, fuhr Janni fort. Sie war aufgetaut, hatte Farbe in den Wangen bekommen, als täten ihr die Erinnerungen gut. Verner Jacobsen zwang sich, nicht auf die Uhr zu schauen.

»Wir wussten sofort, dass wir Freunde fürs Leben würden«, sagte Janni.

Das Lächeln, das noch einen Augenblick zuvor ihr Gesicht gestreift hatte, erstarb.

»Also ungefähr wie Liebe auf den ersten Blick?«

Janni trank erneut einen Schluck Wasser, ihr Hals war trocken.

»Vibeke kannte hier anfangs niemanden. Sie hatte das Haus ihrer Eltern etwa zu der Zeit geerbt, als ihr eine Einzelausstellung in der Galerie Perrongen angeboten worden war. Ja, sie ist Künstlerin, das wussten Sie bestimmt?«

»Bis jetzt wissen wir erst einmal nichts über das Opfer«, sagte Verner.

Das Opfer. Sie verabscheute das Wort.

»Sagen Sie Vibeke, so hieß sie.«

»Okay«, erwiderte Verner. »Hat das … ich meine … hat Vibeke Hansen Familie, war sie verheiratet, oder hatte sie einen Lebensgefährten?«

»Sie wohnte allein«, antwortete Janni. »Beide Eltern sind tot. Deshalb war sie hierher gezogen, hat in dem Haus gewohnt. Sie hat einen Bruder. Er …«

Janni zögerte. Sie hatte Angst. Was würde Einar sagen? Der würde ihnen selbstverständlich eine andere Version präsentieren, aber sie konnte es doch auch nicht verschweigen, oder? Sie musste von der Episode am Einkaufszentrum erzählen, dass sie ihn zu dem Haus gefahren hatte, sofort wieder weggefahren war und die Polizei angerufen hatte. Das würden sie ohnehin herausfinden. Über solche Sachen führten sie bestimmt Protokoll, konnten Telefonate zurückverfolgen, führten Buch darüber, wer wann was gesagt hatte. Das hatte sie in der Sendung *Detektimen* gesehen. Sollte sie womöglich auch sofort von dem Streifenwagen erzählen, der sie angehalten hatte? Obwohl es sie beschämte, dass sie verdächtigt worden war, unter Alkohol- oder Drogeneinfluss Auto gefahren zu sein. Aber das wäre ehrlich, dann spielte sie mit offenen Karten. Das war bestimmt klug.

Sie atmete tief ein, bevor sie dem Ermittler von Einar berichtete. Wie er sie beim Einkaufscenter zufällig bedroht hatte und sie besorgt gewesen war, als Vibeke nicht auf ihren Anruf reagierte. Zum Schluss erzählte sie von der peinlichen Begegnung mit der Polizei, dass sie hatte pusten und ihre Arme hatte vorzeigen müssen, um zu beweisen, dass sie nicht drogenabhängig war.

Verner Jacobsen hatte die ganze Zeit zugehört, ohne sie zu unterbrechen. Nun saßen beide stumm da. Es war ihr unangenehm.

»Ich hätte nicht wegfahren sollen, als ich Einar vor ihrem Haus abgesetzt habe«, sagte Janni weiter und barg ihr Gesicht in den Händen. »Ich hätte mit ihm hineingehen sollen, weil er bestimmt nicht …«

Verner wusste nicht, ob sie weinte.

»Sie haben sich nichts vorzuwerfen«, sagte er ruhig.

»Aber verraten Sie nicht, dass ich das gesagt habe, das dürfen Sie nicht! Einar ist drogensüchtig, unberechenbar. Das war ein Grund, weshalb Vibeke Angst vor ihm hatte.«

Janni Egge hob den Kopf, sie weinte ohne Tränen, angsterfüllt sah sie ihn an.

»Können Sie mich irgendwie beschützen?«, bat sie. »Ich habe Angst. Ich hätte nichts sagen sollen … wenn er es erfährt, dann wird er …«

»Wir werden Ihren Namen selbstverständlich nicht nennen«, beruhigte Verner Jacobsen sie.

»Aber er wird begreifen …«

Blitzartig kam ihr ein Gedanke, und sie atmete laut durch den zusammengekniffenen Mund aus, sie war beinahe erleichtert.

»Er muss es gewesen sein. Nicht wahr? Er muss es gewesen sein, der …«

Verner stand auf und legte ihr einen Arm um die Schulter.

»Wir tun, was wir können. Danke, dass Sie uns so viele Informationen geliefert haben, aber ich bitte Sie um Verständnis, dass wir Sie eventuell noch einmal sprechen müssen. Außerdem unterliegen Sie der Verschwiegenheitspflicht. Wegen der Ermittlungen. Verstehen Sie das?«

Janni nickte.

»Noch eine Sache, bevor wir Ihnen ein Taxi bestellen«, sagte Verner, ohne seinen Arm von ihrer Schulter zu nehmen. »Wann haben Sie Vibeke zuletzt lebend gesehen?«

Janni konnte nichts sagen, als wäre ihr Hals zugeschnürt und würde jeden Laut unterbinden. Ein Klumpen wuchs heran, doch weigerte sie sich, ihn durch Tränen aufzulösen.

»Ich weiß nicht«, flüsterte sie. »Vorige Woche vielleicht? Ich kann zu Hause in meinem Kalender nachschauen. Letzten Dienstag, glaube ich. Einen Abend war ich bei ihr zu Hause, doch, es muss Dienstag gewesen sein, denn als ich zurückkam, saß Ivar vorm Fernseher und hat seinen Lottoschein kontrolliert.«

»Also nicht letzten Dienstag, sondern Dienstag die Woche davor«, sagte Verner. »Und danach haben Sie sie nicht mehr gesehen oder mit ihr telefoniert?«

»Nein, oder doch. Wir haben kurz telefoniert. Am Mittwoch. Sie wollte, dass ich sie zu einem Treffen fahre. Aber ich hab's nicht geschafft. Migräne.«

»Was für ein Treffen?«

»Keine Ahnung. Ich habe nicht gefragt.«

Alle Anzeichen sprachen dafür, dass sie log. Die helle Stimme, ihre langsame Sprechweise mit den vielen Pausen, sie blinzelte, verschränkte die Finger, fummelte an ihrem Haar, während sie unstet umherblickte. Aber Verner wusste ebenso, dass diese Klischees zum Großteil aus Krimis stammten, und er schenkte ihnen keine weitere Beachtung. Ein Mensch, der log, konnte trotzdem die Ruhe selbst sein; genau wie Clinton, der direkt in die Kamera schaute und der ganzen Welt beteuerte: *I did not have sexual relations with that woman, Miss Lewinski …*

Möglicherweise fürchtete Janni Egge bloß, dass man ihr nicht glaubte.

»Okay«, sagte Verner freundlich. »Versuchen Sie sich zu Hause etwas zu erholen. Sie waren uns eine große Hilfe.«

Verner gab ihr Zeichen, ihm hinauszufolgen.

»Aber Sie verhaften ihn doch, Sie müssen …«

»Zuerst müssen wir ihn finden«, entgegnete Verner Jacobsen. »Und dann schauen wir weiter. Sie brauchen keine Angst haben.«

Janni erhob sich, beinahe widerwillig. Es herrschte heftiges Schneetreiben, und hier im Polizeipräsidium hatte es sich merkwürdig sicher angefühlt.

27

Das Wohnzimmer zu Hause in Lier war von dunklem Winterlicht erfüllt. Janni betrat es, ohne Stiefel noch Jacke auszuziehen. Sie sank auf das Sofa, legte die Hände auf den Bauch. Sie fühlte sich kurzatmig, doch es war, als wollte die Luft nicht aus ihr heraus; sie saß in ihr fest. Sie spürte die Geldbündel, die sich in den Taschen wölbten. Wo sollte sie mit denen hin? Warum hatte sie sie überhaupt genommen? Was, wenn die Polizei gesehen hat, was in meinen Taschen war, dachte sie und nahm die harten schmerzhaften Pulsschläge in ihrer Brust wahr. Dann würde es schlecht um sie stehen; die eigene Freundin zu bestehlen. Sie, die sie ohnehin mehr als genug hatte. Und hatte der Beamte sie nicht abschätzend angesehen, so als ob sie etwas zu verbergen hätte?

Welche Farbe hat Scham? Schwarz? Schmutziggrau? Blutrot? Nein, stellte Janni fest. Sie ist hautfarben. Unerwartet wurde sie zurückgesogen zu dem Tag, als sie zum ersten Mal bei Vibeke zu Hause gewesen war. Der Abend mit den Zeichenentwürfen glich lange einem nicht vollendeten Puzzle. In der Zeit danach hatte sie probiert, die Teile zusammenzusetzen, das ganze Bild zu erkennen, aber immer waren tausend Teile blauer Himmel übrig geblieben. Sie hatten sich geküsst. Ein Eckteil. Ein leichter, weicher Kuss. Vibeke hatte sich vom Sofa erhoben, unmittelbar vor ihr gestanden und sich mit der allergrößten Selbstverständlichkeit ausgezogen. Ihre Brüste dehnten sich aus wie Spiegeleier, und auf der linken Seite entfaltete sich ein großes beeindruckendes Muttermal. Es hatte die Form eines Herzens, eines Herzens über dem Herzen. Urplötzlich überkam sie ein unwiderstehlicher Drang, ihre Finger über die Brust gleiten zu lassen und die Umrisse nachzufahren, aber sie traute sich nicht. Vibeke könnte ja meinen, sie wäre ... sie wollte ... Janni wusste es nicht. Aber Vibekes Hände wussten.

Janni kam es vor, als sähe sie einen Film, so deutlich waren die Bruchstücke der Erinnerung. Nie würden sie ausgelöscht werden. Sie hatten geredet. Ohne Worte. Hatten über ihre Körper tiefgehende Gespräche miteinander geführt. Beinahe konnte sie noch immer ihre Brustwarzen schmecken, den warmen Schenkel an ihrer Hand spüren. Sie hatte ihre Hand die Innenseite hinaufgleiten lassen, bis zu der Spalte, die man unter dem krausen, starren Haar nur entfernt erahnte, und darüber hinweg. Das Gefühl, dass die Hand sich auf gewohntem Terrain und zugleich doch in einer gänzlich neuen Landschaft bewegte. Die blauen Himmelsteile fügten sich zusammen und verschmolzen miteinander, doch das Gesamtbild erhielt sie erst zwei Jahre später. Nun sah sie es klar vor sich.

Janni fährt zur Holzhausvilla hoch und parkt. Die Außenlampe leuchtet, und das warme Licht fließt die Treppenstufen herunter. Sie springt hinauf und klingelt. Vibeke öffnet nicht. Einen Moment lang bleibt sie stehen, bevor sie die Klinke hinunterdrückt. Die Tür ist offen, und sie geht in den Flur, hängt ihre Jacke über Vibekes stummen Diener.

»Hallo? Vibeke?«

Sie geht an der Küche vorbei, spürt die warme Erwartung in ihrem Körper, als hätte sie eine halbe Flasche kräftigen Rioja getrunken. Im Atelier hört sie, dass Vibeke sich mit jemandem unterhält, und das bisher vorherrschende Hochgefühl erhält einen Dämpfer. Vibeke spricht leise und schnell.

»Ich muss auflegen. Das Modell kommt. Ich ruf dich an, sobald das Bild fertig ist.«

Vibeke zuckt zusammen, als sie die Tür öffnet, der schwere graue Telefonhörer fällt mit einem Knall auf die Gabel.

»Das Modell?«, fragt Janni.

»Janni! Da bist du ja endlich!«

Einladend breitet Vibeke die Arme aus.

»Du hast doch wohl keine Geheimnisse vor mir?«, fragt Janni, während sie sich umarmen lässt.

Ein Scherz, und Vibeke lacht, doch beide vernehmen sie das nervöse Echo.

»Selbstverständlich habe ich Geheimnisse vor dir.«

Jannis Lächeln erlischt, sie windet sich aus Vibekes Armen.

»Mein Gott, wie todernst du bist.«

Aus dem Parkett sprießt ein Zaun, jeder steht auf seiner Seite und sucht nach einer Pforte.

»Ich habe gehört, was du am Telefon gesagt hast. Ich bin also das Modell?«

Vibeke tritt von einem Bein auf das andere.

»David«, sagt sie. »Er will ein paar von meinen Zeichnungen verkaufen.«

»Ist das denn nicht gut?«

»Zeichnungen von dir«, sagt sie schnell, als hoffte sie, die Worte würden weniger Schaden anrichten, wenn sie rasch aus ihr herauspurzelten, wie gefrorene Erbsen aus einer Tüte.

»Das kannst du nicht! Niemand weiß, dass ich dir Modell stehe. Du kannst keine Bilder von mir verkaufen«, sagt Janni bestimmt. »Was, glaubst du, werden Ivar und die Kinder sagen, wenn sie mich plötzlich in irgendeiner Galerie hängen sehen?«

»Aber Ivar besucht doch nie Kunstausstellungen, Janni. Das hast du selber gesagt, du brauchst dir keine Gedanken zu machen, du bist gut getarnt.«

»Getarnt? Soweit ich gesehen habe, gibt es da nicht viel, was noch verborgen bleibt.«

In Gedanken versucht Janni, zu überschlagen, um wie viele Skizzen es geht. Vor zwei Jahren hat sie zum ersten Mal Modell gestanden, seither sind viele Zeichnungen entstanden.

»Komm her«, sagt Vibeke. Sie nimmt Janni am Arm und führt sie zum Sofa. »Es ist Zeit für ein Gespräch. Kannst du ein Geheimnis bewahren?«

Resigniert schaut Janni sie an.

»Du weißt, dass ich den Traum hege, dieses Haus hier in eine Galerie umzubauen«, sagt Vibeke.

Janni nickt.

»Nun kann der Traum tatsächlich wahr werden.«

»Seit wir uns kennen, bist du total blank. Haben sie dich eingekauft?«

»Ja, in der Tat! Aber genau hierin besteht das Geheimnis.«

Vibekes Augen flackern, ihr Atem geht stoßweise. Wie untypisch, denkt Janni.

»Du weißt, dass ich ein Geheimnis für mich behalten kann«, sagt sie.

»Ja, natürlich weiß ich das. Außerdem bist du schon Teil davon, also schulde ich dir wohl ein gewisses Maß an Ehrlichkeit.«

»Nun sag schon, Mensch. Meine Güte, du machst mich nervös. Was ist los?«

»Es war Davids Idee«, sagt Vibeke. »Erinnerst du dich, dass ich mal seine Kontakte im Ausland erwähnt habe? Damals war alles noch in der Planungsphase, aber jetzt … nachdem ich ihm die Skizzen von dir gezeigt habe …«

»Du hast sie David gezeigt?«

Ein klammes Gefühl breitet sich in ihr aus.

»Ganz ruhig. Niemand erkennt, dass du das bist. Dich habe ich nur als Ausgangspunkt genommen und dich ein wenig ausgeschmückt.«

Ein Stich im Bauch, das Adrenalin sammelt sich und bleibt

liegen und gärt. Also war sie doch nicht so perfekt, wie Vibeke sie hatte glauben lassen. Mit einem Mal fühlt sie sich verraten, betrogen, benutzt – und sie fühlt sich angriffslustig. Vibeke bemerkt die aggressive Veränderung nicht, sondern macht mit demselben Enthusiasmus weiter.

»David hat eine Abmachung mit einem bekannten Konservator im Nationalmuseum in Katalonien getroffen. Du hast schon von Gustav Klimt gehört, richtig?«

Janni zuckt gleichgültig mit den Schultern.

»Hast du gewusst, dass mehrere von Klimts Bildern der Zensur zum Opfer gefallen sind? Einmal wurde ein Bild in einer Ausstellung in Paris von der Polizei entfernt. Zeigten sie damals bloß ein winziges Fitzelchen Schamhaar, gab es einen Skandal. Kannst du dir das vorstellen?«

»Und weiter?«

»Es gibt Gerüchte, wonach Gustav Klimt unter der Hand pornografische Bilder verkauft hat.«

»Vibeke, das interessiert mich ehrlich gesagt nicht.«

»Warte«, sagt Vibeke und verschwindet die Treppe hinauf. Augenblicklich ist sie mit einem kleinen Buch wieder da.

»Sieh her, dieses Bild hast du bestimmt schon gesehen. Es heißt Der Kuss, *sehr bekannt.«*

Janni sieht sich die beiden ineinander verschlungenen Gestalten an. Doch, freilich hat sie es schon gesehen. Auf einem Plakat. Vielleicht in der Arztpraxis?

»Sieh dir die Kreise und Vierecke an, sie vermitteln den Eindruck, man sähe durch Glasstücke in einem Kaleidoskop. Ist das nicht schön?«

Sie zeigt darauf.

»Stell dir vor, so kreativ sein zu können! Das Feminine sucht das Maskuline. Siehst du, wie die Formen ineinander übergehen? Ist das nicht wahnsinnig erotisch?«

Janni antwortet nicht. Sie hat den Eindruck, die Frau auf dem Bild wendet sich ab, vermeidet den Kuss, den sie erhalten hat oder noch bekommt. Und wenn Vibeke in diesem Augenblick versuchen würde, mich zu küssen, denkt sie, würde ich genauso aussehen.

»Kommst du bald auf den Punkt?«

Janni hat keine Lust, ihre Verärgerung zu verbergen, sie mag die Wendung nicht, die der Abend genommen hat. Sie hat sich auf ein vertrauliches Gespräch gefreut, hätte jemanden zum Reden gebraucht. Wegen Raimo. Er war ihr in letzter Zeit so fern. War aggressiv. Janni ist sich sicher, dass er Probleme hat. Vielleicht nimmt er was. Sie hätte einen Freund gebraucht. Sie war nicht darauf vorbereitet und überhaupt nicht daran interessiert, hier zu sitzen und sich anzuhören, dass sie wie eine Kuh auf einer Auktion verkauft werden soll.

»Hast du das gewusst?«, fragt Vibeke.

»Was denn?«

»Von Klimt, dass er pornografische Sachen gezeichnet hat.«

»Nein, und es geht mich nichts an.«

»Doch, das tut es sehr wohl.«

Vibeke verheddert sich beinahe in ihren Worten wie ein übereifriges Kind, das alles auf einmal erzählen will.

»Seine Bilder setzen mehrere Hunderttausend auf Versteigerungen um. Obwohl viele von ihnen im Krieg verloren gingen, existieren noch mehrere seiner Zeichnungen. Experten gehen davon aus, dass es sich um bis zu dreitausend handeln kann. Und David hat kürzlich eins an eine große Galerie verkauft!«

Sie ist kurz davor, herumzuhopsen und in die Hände zu klatschen.

»Ja, gut, schön«, sagt Janni. »Und du, wann kommst du ins Bild? Oder ich, was das betrifft?«

Vibeke holt so tief Luft, dass sie einem Ballon gleicht, der jeden Augenblick platzen kann.

»Du bist das Bild!«

Der Ballon platzt, gefolgt von lärmender Stille. Janni weiß nicht, ob sie richtig verstanden hat, wenn ja, dann hat sie sicher etwas missverstanden.

»Was meinst du damit, ich bin das Bild?«

Vibeke steht auf und holt einen Packen Zeichnungen, die sie in einer Ecke des Wohnzimmers gestapelt hat. Sie zieht ein Blatt heraus und reicht es Janni. Eine einfache Bleistiftzeichnung, eine auf dem Sofa liegende Frau, skizziert mit leichtem Strich. Die Positur kennt sie, doch die Frau muss ein ganzes Stück kräftiger als sie sein. Ihre Fettwülste quellen ja wohl kaum so hervor? Das Gesicht der Frau ist nur angedeutet.

»Das bin ich?«

»Ursprünglich ja. Aber ich habe dich nach Gustav Klimts charakteristischem Stil in eine pornografische Skizze verwandelt.«

»Und die willst du verkaufen?«

»Nein, nicht gerade diese. Die ist nur ein Entwurf.«

»Entschuldige. Wenn ich das jetzt richtig deute … dann willst du mir gerade erzählen, dass du Bilder fälschst?«

Vibeke zögert.

»Ich bin nicht originell genug, und ich werde mit meinen eigenen Bildern nie genug verdienen. Aber ich muss malen. Ich sterbe, wenn ich nicht weiter malen kann«, sagt sie nach einem kurzen Moment der Stille.

»Technisch bin ich gut. Malen kann ich was auch immer, wenn nur ein anderer es schon vorher gemalt hat. Und das kann mir zu der Galerie verhelfen, von der ich träume. Janni, wenn du eine solche Gelegenheit bekommen würdest, wenn du so ein Talent hättest wie ich … würdest du es nicht dafür einsetzen, deinen Traum zu verwirklichen?«

Janni weiß nicht, ob sie beleidigt sein soll. Wenn du Talent hättest …

»Aber ist das nicht total riskant? Ist es nicht strafbar, falsche Bilder in den Verkehr zu bringen?«

»Manche Risiken muss man in diesem Leben einfach eingehen«, sagt Vibeke leichthin. »Außerdem, wenn nichts auf dem Spiel steht … worin liegt dann der Genuss, etwas zu erreichen?«

»Du sagst, du hast die Aktzeichnungen von mir als Grundlage benutzt. Du ziehst mich da also in etwas Verbotenes mit hinein.«

»Entspann dich, Janni, ich würde dich nie in irgendwas hineinziehen.«

Sie ergreift Jannis Hand, drückt sie leicht und legt sie an ihre Wange.

»Nie würde ich etwas tun, das dir schaden könnte, das weißt du. Niemand weiß von dir. Du riskierst nichts. David sitzt in der Patsche, wenn die Sache auffliegt. Ich mach bloß die Bilder. Dafür werde ich bezahlt. Wie gesagt, David hat Kontakte in Spanien. Er besorgt mir altes Papier und alles, was ich benötige, damit die Bilder authentisch werden. Ein Bild kann nicht älter sein als die Gegenstände, aus denen es komponiert ist, nicht wahr? Und das finden die Experten heraus, weshalb David mir die Sachen organisiert, die ich rein technisch brauche. Er kauft etwa alte Bücher und schneidet hinten die leeren Seiten heraus. Doch mit authentischen Materialien allein ist es nicht getan. Ich muss erspüren, wie Gustav Klimt den Bleistift benutzt hat. Ich muss wissen, wo er ihn ein bisschen stärker aufs Papier gesetzt hat und wo die Striche schwächer, kaum sichtbar sind. Seine Linien tanzen, Janni! Und ich muss haargenau dieselben Schritte tanzen. Schau her!«

Sie nimmt den Skizzenblock vom Schreibtisch.

»Hier kommt die behutsame Andeutung eines Rückgrats,

eine ganz weiche, aber bestimmte geschwungene Linie, in eins gezeichnet, um die Figur festzulegen. Danach die Schenkel.«

Vibeke arbeitet schnell, bringt kleine rasche Striche aufs Papier.

»Er hat Strich um Strich übereinandergelegt, als ob die Schenkel nicht dick genug sein könnten. Ich habe Klimt so gründlich studiert, dass ich mich fast fühle, als wäre ich er.«

Aus den Strichen auf dem Blatt entsteht eine Frau.

»Und vielleicht bin ich das!«

Schlagartig wird sie ernst.

»Gustav Klimt reinkarniert in Vibeke Hansen! Das wär's. Auch er beschäftigte sich mit der Erotik und dem Tod. Wusstest du, dass er vierzehn uneheliche Kinder hatte? Stell dir vor! Und dass ich an Gustav Klimts Todestag geboren bin, am 6. Februar? Verrückt, was?«

Janni, einen Augenblick durch den Gedanken an Vibekes baldigen Geburtstag abgelenkt, schüttelt abwesend den Kopf. Sie muss daran denken, ein Geschenk zu kaufen.

»Die Zeichnungen werden von Experten auf Herz und Nieren geprüft, sie durchleuchten sie mit Röntgenstrahlen und nehmen alle möglichen Proben. Alles muss stimmen. Aber ich signiere sie nicht. Klimt hat seine Skizzen auch nie signiert. So ist es letztendlich der Kunsthändler selbst, der den Käufern gegenüber die Verantwortung trägt. Mich können sie nicht wegen der Fälschung von etwas drankriegen, solange ich nicht meine Signatur daruntersetze.«

Sie lächelt unschuldig.

»Aber die finden doch heraus, dass es eine Kopie ist«, wendet Janni ein.

»Pastiche, Janni. Etwas künstlerische Würde besitze ich dann doch noch. Ich fertige nur Originale.«

»Was meinst du?«

Janni fährt sich über das Gesicht, doch das Unbehagen lässt sich nicht wegreiben. Wieder blättert Vibeke in ihrem Kunstbuch, stößt auf eine Seite mit Bleistiftzeichnungen und legt sie neben ihre Skizze.

»Sieh mal«, sagt sie. »Ich borge mir nur den Strich von Klimt. Siehst du, wie er all diese abgebrochenen Linien verwendet, als ob er auf der Suche nach der perfekten Form wäre. Siehst du, dass ich dasselbe Motiv und denselben Ausdruck verwende, aber dass ich nicht Emilie Flöge gezeichnet habe?«

Janni bringt es nicht fertig, zu fragen, wer diese Emilie Flöge ist.

»Ich zeichne nämlich neue Sachen, die aber so aussehen, als wären sie von dem alten Gustav. Ich hab dir ja erzählt, dass der Typ pornografische Zeichnungen angefertigt hat. Demnach handelte es sich um Bilder, die damals unter der Ladentheke verkauft wurden. Niemand weiß, wie viele er produziert hat, und hier und da tauchen ein paar Bilder auf, beispielsweise in alten Nachlässen. Die Leute sitzen da seit Generationen auf etwas, von dessen Wert sie nichts wissen. David sorgt als Erstes für ein Kunstwerk von hoher Qualität, also meine Zeichnungen. Dann dichtet er eine überzeugende Vorbesitzergeschichte, oft haben die Bilder auf verschlungenen Wegen mehrfach ihren Besitzer gewechselt. In der Branche sind sich darüber alle im Klaren. Sein Job besteht darin, die Sammler von deren Echtheit zu überzeugen. Und falls er einen gestandenen Kunstkritiker dazu bringt, zu bestätigen, dass es ein echter Klimt ist, dann ist die Sache geritzt. Ein Connaisseur macht sich wie ein Detektiv auf die Suche nach Spuren und Merkmalen, und wenn er die Authentizität erst einmal bekräftigt, haftet dem Bild das Echtheitssiegel ein für alle Mal an. Wer die Fälschung kauft, wird, selbst wenn sie sich später als solche herausstellt, an der Lüge festhalten. So gesehen, ist das sicher wie eine Bank!«

»Wieso denn das? Es kann ja wohl kaum reizvoll sein, etwas zu besitzen, das nicht echt ist.«

»Denk doch mal nach, Janni. Wenn du eine Galerie betreiben würdest und ein Bild gekauft hättest, einen Munch oder eins, von dem du glaubst, es ist ein Munch. Falls sich dann herausstellt, dass es bloß eine Kopie ist, dann sinkt der Preis doch umgehend, nicht wahr? Die Galerie verliert enorme Summen. Wenn ein Bild erst einmal als echt im Umlauf ist, steckt schon viel zu viel Geld und Prestige darin, als dass jemand seine Unechtheit eingestehen würde. Keiner ahnt, wie viele Fälschungen überall in der Welt herumhängen, doch alle wissen, dass es sie gibt. Hast du gewusst, dass die Nasjonalgalleri ein Porträt von Van Gogh besitzt, das aller Wahrscheinlichkeit nach gefälscht ist?«

»Davon habe ich tatsächlich schon gehört, aber Vibeke … Ich weiß, dass du gut zeichnen kannst, aber ehrlich gesagt, wir sprechen hier von Gustav Klimt.«

Vibekes Gesicht nimmt einen verärgerten Ausdruck an, doch ihre Stimme ist nachsichtig geduldig, als sie antwortet.

»Janni, ich habe in Paris studiert und war die Jahrgangsbeste in der Kunstakademie. Ich weiß, was ich tue.«

»Hast du schon viele verkauft?«, fragt Janni.

Ihr ist schwindelig. Nie hätte sie gedacht, dass Vibeke in kriminelle Machenschaften verstrickt ist. Denn ist es nicht genau das, eine kriminelle Handlung? Und was ist mit ihr, ist sie jetzt auch schon involviert? Ganz plötzlich ist die Welt eigenartig kompliziert geworden.

»Nix da, bloß eins«, sagt Vibeke. »Das hier ist der Vorschuss.«

Sie geht hinüber zur Urne auf dem Kaminsims, vollführt mit ihrer Zunge einen Trommelwirbel und holt mehrere Bündel mit Tausendern und Hundertern hervor.

»Zweihunderttausend! Und in ein paar Tagen hole ich noch mal dreihunderttausend!«

Janni fällt die Kinnlade runter.

»Du bist doch Lehrerin, Janni. Kannst du mal bitte zusammenrechnen, was das macht?«

»So viel Geld? Und du bewahrst es in einem Krug auf. Stell dir vor, es wird eingebrochen! Vibeke!«

Der Anblick des Geldes macht sie zittrig und nervös.

»Aber ich verstehe nicht«, fährt Janni fort. »Dieses Geld muss doch irgendwo registriert werden. Wie gehen denn die Transaktionen vonstatten?«

»Du kannst Fragen stellen! Alles, was ich weiß, ist, dass ich Geld von David bekomme. Ich habe ihm gesagt, dass ich von dem Rest am liebsten nicht so viel wissen möchte. Schließlich muss ich mich ja auch ein wenig selbst schützen, oder? Ich glaube, David betreibt über mehrere hoch angesehene Leute Geldwäsche. Spanien ist ja durchdrungen von Korruption, von daher ist das kein Problem, wenn du die richtigen Leute kennst. Er kann ja schlecht seinen Steuerberater davon überzeugen, dass ich mehrere Hunderttausend für eine gewöhnliche Skizze nehme, nicht wahr?«

Janni wirft ihrer Freundin einen zweifelnden Blick zu.

»Und du steckst das Geld in deine Krug-Bank auf dem Kaminsims?«

»Ich muss vorsichtig sein. Ich kann wohl kaum zur Bank gehen und so ohne Weiteres zweihunderttausend einzahlen. Ich darf immer nur ein bisschen auf einmal verbrauchen, muss einen Kredit aufnehmen, wenn ich renoviere und so weiter. Aber du weißt, an dem Tag, an dem ich meine eigene Galerie habe, eröffnet sich mir die Möglichkeit, Käufe zu fingieren, über die ich dann Buch führe und somit belegen kann, dass ich nun endlich besser verdiene. Man muss reich sein, um reich zu bleiben, verstehst du? Und ich tu das ja nicht nur, um reich zu werden!«

Ihr stockt beinahe der Atem.

»Ich möchte nur weiter malen. Du weißt, wie viel es mir bedeutet, erfolgreich zu sein. Doch selbst mit großem Talent und harter Arbeit ist der Erfolg nicht allen vergönnt. Ich bin verzweifelt, Janni, ich brauche Geld.«

»Geld ist nicht alles«, sagt Janni, überrascht, dass sie das auch wirklich so meint.

»Nein, Geld ist nicht alles.« Vibeke lacht. »Es ist nicht mal genug!«

»Wie viele Bilder willst du denn malen, bevor du dich zufriedengibst. Du kannst ja nicht ewig so weitermachen.«

»Nein, nein! Wir müssen vorsichtig sein, dürfen nicht zu viele auf einmal auf den Markt bringen. Aber ich werde so gut bezahlt, dass ich davon ausgehe, es müsste mit zwei, drei weiteren ausreichen.«

»Aber zweihunderttausend? Das ist viel Geld, klar, aber wenn du dir eine Galerie aufbauen möchtest … Nicht, dass ich so vernichtend realistisch sein möchte, aber hast du eigentlich schon mal kalkuliert, was das kostet?«

»Hast du nicht zugehört? Zweihunderttausend sind nur der Vorschuss. In ein paar Tagen treffe ich David, und dann bekomme ich den Rest. Noch mal dreihunderttausend! Für eine einzige Zeichnung. Und wenn ich ein Bild in Öl male? Die verkaufen sich für Millionen! Was sagst du jetzt?«

Janni sagt gar nichts. Sie weiß nicht, was das zu bedeuten hat. Sie weiß bloß, dass sie jetzt, im Geiste Gustav Klimts, wahrscheinlich an der Wand irgendeiner Kunstsammlung hängt und von Kennern bewundert wird. Die Vorstellung ist komisch, abstoßend und anziehend zugleich.

»Ich habe begriffen, dass brave Mädchen nicht besonders weit kommen«, sagt Vibeke. Sie stößt ihr heiseres Lachen aus, das einen Raum bis an den Rand erfüllen kann.

Janni nickt, während widerstreitende Gedanken es sich nebeneinander gemütlich machen.

»Bist du dabei?«, fragt sie auf einmal.

»Bin ich das nicht schon?«

»Ich meine, wenn ich das Geld hole. Ich treffe David oben am Skaret.«

»Nein, danke, ich habe keine Lust, noch weiter hineingezogen zu werden.«

»Das merkt keiner. Du wirst nicht hineingezogen. Du kannst im Auto sitzen bleiben, wenn ich David treffe. Er muss dich weder sprechen noch sehen. Ich setz mich bloß rüber in sein Auto, wenn er kommt, kriege ich das Geld, und dann fahren wir wieder. Bitte, Janni, ich bezahl dich! Zehntausend? Reicht das, um mir ein wenig Gesellschaft zu leisten? Guck doch nach draußen, sieh dir das Schneewetter an. Du weißt genau, wie ungern ich im Winter Auto fahre.«

»Ich brauche kein Geld, das weißt du.« Janni lächelt.

»Ich kann dich auch in natura bezahlen.«

»Ich werd drüber nachdenken«, entgegnet Janni lachend, hat sich aber schon dagegen entschieden.

Scham. Hautfarben. Winterbleich. Vibeke ist tot, und ich habe mir ihr Geld genommen, dachte Janni und ließ ihren Blick auf der Suche nach einem geeigneten Versteck in dem geräumigen Wohnzimmer umherschweifen. Im Gegensatz zu Vibekes Keramikkrügen waren all ihre Vasen aus Kristall und eigneten sich nicht als Krug-Bank. Wo sie das Geld nun schon einmal genommen hatte, musste sie dafür sorgen, dass es nicht gefunden wurde. Ivar durfte davon auf keinen Fall Wind bekommen. Beim Gedanken daran, dass Ivar die Wahrheit über Vibeke und sie erfuhr, spürte sie, wie sich ein deprimierendes Gefühl ihres Körpers bemächtigte. Das Bücherregal, konnte man dort eine halbe Million verstecken? Vielleicht sollte sie in den Innenteil eines dicken Buches ein Loch schneiden und das Geld in den Hohlraum stecken? Fast nur sie ging ans Regal. Nein. Es wäre zu riskant.

Sie nahm die Geldbündel, stopfte sie in eine hellbraune Papiertüte vom Plantasjen-Gartencenter und faltete sie zusammen. Die Kinder waren sicher irgendwo in der Nähe, also war es wohl das Beste, nicht mit dem Zeug auf dem Schoß dazusitzen, während sie über ein Versteck nachdachte. Die Gefriertruhe? Der Kleiderschrank? Der Schuppen? Sie stand auf, blickte aus dem Fenster und sah, dass Raimo und Anne-Lene den Hügel hinaufstapften. Wo? Wo! Sie trat zurück vom Fenster und stieß mit ihrem Arm gegen den Kaminvorsprung. Der Kamin, dachte sie und knüllte die Papiertüte zu einem Knäuel zusammen. Der Kamin wurde nie benutzt. Vor einigen Jahren hatte sie zur Dekoration hochkant ein paar hübsche Birkenscheite in den Feuerraum gestellt. Sie schob die Tüte hinter die Scheite.

28

Die Türklingel durchbohrte die Stille und traf Solveig jäh schmerzhaft in der Brust. Sie stand am Fenster und fühlte eine Mischung aus Hoffnung und Furcht in sich aufsteigen. Bei dem Geräusch hätte sie beinahe ihre Tasse mit warmem Kakao fallen lassen, den Erik ihr aufgezwungen hatte. Den ganzen Tag über war er um sie herumscharwenzelt, war im Haus herumgeschlichen, immer um ihr kleine Dienste zu erweisen. Mehrere Male war ihm ein kleines Lächeln herausgerutscht, das er nur schwer verbergen konnte. Er war jetzt bestimmt glücklich. Würde Papa werden. So richtig. Sie wünschte sich, es niemals erzählt zu haben. Sie wollte kein Kind mehr. Erik verärgerte sie. Und sie brauchte jemanden, auf den sie wütend sein konnte.

»Ich mach schon auf«, sagte Erik und verschwand im Flur.

Sie nahm den gedämpften Laut von Reißverschlüssen und das Klirren der Kleiderbügel gegen die Metallstange im Garderobenschrank wahr. Ein vorsichtiges Hallo brachte sie dazu, sich umzudrehen. Janni Egge und ihre Tochter Anne-Lene standen in der Tür zum Wohnzimmer.

»Ja, wir wollten nur …« Jannis Stimme drang zögernd über die Schwelle. Sie drehte sich ihrer Tochter zu, blickte nervös erst sie und dann Solveig an.

»Ich weiß nicht, was ich … was wir sagen sollen …«

Anne-Lene schob sich an ihrer Mutter vorbei, ging auf Solveig zu und legte ihre Arme um sie, flüsterte tonlose Worte. Von wem sie diese natürliche Fähigkeit zur Empathie hatte, begriff Janni nicht. Selbst blieb sie reglos in der Tür stehen und merkte, wie die Blumen, die sie in der Hand hielt, die Köpfe hängen ließen.

Anne-Lene hatte darauf bestanden hierherzukommen. Sie selbst war nicht der Typ, der die Leute unangemeldet besuchte, und erst hatte sie sich geweigert. Doch Anne-Lene hatte nicht klein beigegeben, hatte keine Rücksicht auf ihre Migräne genommen. Ihre Tochter konnte allerdings auch nicht wissen, was sie heute schon durchgemacht hatte. Niemand wusste, dass sie im Polizeipräsidium vernommen worden war. Niemand wusste von Vibekes Tod. Verschwiegenheitspflicht – hatten sie gesagt. Aber dass sie tot war, durfte man ja wohl sagen? Und dass sie sie gefunden hatte?

Janni blickte zu ihrer Tochter und Solveig. Beide weinten. Keine bemerkte, dass sie einfach nur dastand, mit dem einen Fuß noch immer auf der Türschwelle.

»Heute Abend hätte ich auf sie aufpassen sollen«, hörte sie ihre Tochter mit tränenerstickter Stimme sagen.

»Ihr hättet Waffeln backen können«, flüsterte Solveig. »Oda hat sich so gefreut.«

Erik kam herein, und Janni reichte ihm den Strauß. Blumen, das war ihre Idee gewesen; eine dumme Idee, wie sie jetzt einsah.

»Danke«, sagte Erik und nahm den Blumenstrauß mit in die Küche.

»Es lohnt sich, sie anzuschneiden, und dieses Tütchen mit Pulver …« Sie verstummte. Es spielte keine Rolle.

»Wollt ihr Kaffee?«, fragte Erik, als er unmittelbar darauf mit den Blumen in einer Vase zurückkam.

»Ja, bitte, wenn du hast«, sagte Janni und tat behutsam einen Schritt ins Wohnzimmer und setzte sich auf eine Sesselkante. Wieder ging Erik zurück in die Küche. Die Stille war erdrückend.

Erst jetzt, wo Anne-Lene gekommen war, fiel Solveig wieder ein, dass sie heute Abend essen hatten gehen wollen. Nur sie und Erik. Und sie erinnerte sich, dass sie sich vor langer Zeit, vor einer Ewigkeit, in einem anderen Universum, in einer alten und längst vergangenen Zeitrechnung, vor zwei Tagen, auf einen freien Abend ohne Oda gefreut hatte. Einmal ohne Oda sein. Das wirkte nun wie ein absurder Gedanke.

»Oda wollte bloß draußen spielen, bis das Essen fertig war«, sagte Solveig unvermittelt. »Sie hat so furchtbar genörgelt, und ich hab sie einfach gehen lassen …«

Dass Odas Babysitter plötzlich hier war, versetzte ihr einen Stich. Der Drang zu sprechen machte sich bemerkbar. Solveig vertraute Anne-Lene, und Oda vergötterte sie.

»Du darfst dir keine Vorwürfe machen«, entgegnete Janni, die meinte, etwas sagen zu müssen. Etwas Erwachsenes und Tröstliches. Trotz allem war sie ja Lehrerin. Solveig blickte aufgeschreckt hoch, als ob sie Janni erst jetzt entdeckte, die wiederum erleichtert war, als Erik mit einer Kanne und zwei Tassen hereinkam. Er schenkte Janni und sich ein.

»Möchtest du was, Anne-Lene? Ich glaube, wir haben Saft …«

Anne-Lene lehnte ab.

»Erzähl, was passiert ist.«

»Sie ist einfach weg. Ich verstehe nicht, warum die Polizei sie nicht finden kann.«

Etwas in ihr zerriss, das war nicht zu überhören. Ihre Stimme veränderte sich und erhielt einen neuen und aufgebrachten Klang.

»David steckt dahinter. So muss es sein. Er muss sie im Kindergarten abgepasst und ihr diese Apfelsine gegeben haben, und ich bin davon überzeugt, dass er sie mitgenommen und außer Landes geschafft hat.«

»Weshalb bist du dir da so sicher?«, fragte Anne-Lene.

»Ich weiß nicht, aber es gab ja keine Spuren von ihr. Unmittelbar danach war ich doch draußen oder jedenfalls nicht viel später. Es muss jemand angehalten und sie mitgenommen haben. Und es hat ja so entsetzlich geschneit …«

»Ja, das Wetter war schrecklich«, sagte Janni, eher zu sich selbst. Verzweifelt suchte sie nach Worten. Reden, reden, reden. Nicht denken. »Ich weiß es noch genau«, sprach sie weiter, »an dem Tag bin ich gerade so noch nach Hause gekommen …«

Sie hielt jählings inne, sollte nicht von sich selbst sprechen.

»Sieht auch nicht so aus, als würde es aufhören«, streute Erik ein, der bis jetzt stumm dagestanden und sich an die Ölheizung aus den Siebzigern gelehnt hatte. Nun stand er am Fenster und sah hinaus. »Autofahren war der Horror«, sagte er. »Ich hab auf der Schnellstraße festgesteckt, ein Lastzug war von der Straße abgekommen.«

»Ja, und Raimo! Unglaublich, an dem Tag hat er sich ohne Erlaubnis mein Auto genommen und ist einfach weggefahren und …«

Blitzartig verstummte Janni. Weshalb schaffte sie es nicht, sich einmal auf andere zu konzentrieren? Sie quasselte und quasselte. Und die ganze Zeit stand Vibeke vor ihr.

Sie verspürte ein unglaubliches Mitteilungsbedürfnis, war immer noch durcheinander von der Vernehmung bei der Polizei. Vor ihrem inneren Auge sah sie Vibekes weiße Villa, eingerahmt von rot-weiß gestreiftem Absperrband. Hätten sie nicht Farben wählen können, die keine Assoziationen an lustige Zuckerstangen weckten? Gelb und Schwarz hätten mehr abgeschreckt. Genau das hatte sie gedacht, als sie sie zum Streifenwagen brachten. Im Auto hatte sie sich wie betäubt gefühlt und auf eine merkwürdige Weise gleichgültig. Müde und klar auf einmal. Irgendwie außerhalb ihrer selbst, als säße sie im Kino, sähe einen Film, dessen Schluss sie nicht einmal ahnte. Genau wie jetzt. Sie befand sich außerhalb dieses Zimmers, eine Zuschauerin, eine passive Teilnehmerin.

Aus den Wänden kam die Stille gekrochen und legte sich klamm und in einer dicken Schicht auf die Haut. Ihre Tasse war immer noch halb voll, aber sie konnte nichts mehr trinken. Das Koffein brodelte unruhig in ihrem Körper. Ein neuer Migräneanfall kündigte sich schon an. Das war noch nie vorgekommen. Sie wollte nach Hause. Ihrer Nachbarschaftspflicht waren sie nachgekommen. Sie hatten Blumen gebracht, ihr Beileid ausgedrückt, ihre Fürsorge bekundet. Jetzt konnten sie gehen. Janni wollte hinaus. Mit einem Mal ertrug sie es keine Sekunde länger, sie war schon zu lange hier gewesen, hätte nie kommen sollen. Es war, als sähe sie Oda in jeder Ecke, als hörte sie sie aus dem Kinderzimmer. Sie schrie. Selbstverständlich schrie sie.

»Jetzt machen sie wieder unten an der Straße weiter«, sagte Erik da.

Der Schrei war echt gewesen, war von draußen gekommen.

»Was denn?«, fragte sie.

»Die Kinder, unten auf dem Hof. Mein Gott, das endet noch … Guck dir die an!«

Janni ging zum Fenster, gefolgt von Solveig und Anne-Lene. Drei Kinder standen unmittelbar an der Straße, oben auf dem Schneewall.

»Ich verstehe nicht, dass die da spielen dürfen«, sagte Solveig.

»Soll ich sie von der Straße wegjagen?«, fragte Janni und sah eine Möglichkeit aufzubrechen.

»Nein, lass sie«, erwiderte Erik. »Ihre Mutter passt sicher auf.«

29

»Wir bauen eine Höhle!«

Der Vorschlag kam von Torbjørn, dem ältesten der Kinder.

»Ich will wieder mit dem Schlitten runterfahren«, sagte Marie.

»Aber wir können hier eine super Schneehöhle bauen.«

»Mama will aber nicht, dass wir hier oben sind«, sagte Marie. Sie war vier, durfte aber draußen auf dem Feld spielen, wenn der große Bruder Martin dabei war.

»Hier sieht sie uns vom Fenster aus eh nicht«, sagte Martin.

Torbjørn war am Ende des Schneewalls heruntergefahren, wo der Schnee sich in mächtigen Wehen aufgetürmt hatte, und ging mit der Plastikschaufel auf ihn los. Martin blickte den Hügel hoch zum Haus auf der anderen Straßenseite. Es hatte den Anschein, als wippte das Haus auf den Zehen, während die Küchenfenster auf sie herabsahen. Vielleicht konnte Oda ja auch rauskommen? Nein, sie war bestimmt im Kindergarten. Dort ging sie jeden Tag hin, er und Marie hatten nur einen halben Platz. Gestern waren die Tanten so komisch gewesen. Wollten nicht sagen, ob Oda krank war, und dann kam jemand von der Polizei. Richtige Polizei! Das hatte Tante Inger jedenfalls erzählt, dass die Polizei nach Oda suchte, die sich verlaufen hatte. Aber sie haben nicht wie Polizisten ausgesehen, dachte Martin. Sondern ganz normal, wie Mama und Papa, sie trugen keine coole Uniform.

Heute gingen Marie und er nicht in den Kindergarten. Mama wollte das Haus putzen, deshalb mussten sie lange draußen bleiben. Zum Glück war Torbjørn heute nicht in der Nachmittagsbetreuung, dann musste er nicht bloß mit Marie spielen.

»Ich will nach Hause«, sagte Marie.

»Das ist das letzte Mal, dass du dabei sein darfst«, entgegnete Martin streng. »Wir haben keine Lust, auf Quengelbabys aufzupassen.«

»Ich bin kein Quengelbaby!«

»Und in die Höhle darfst du auch nicht, wenn die fertig ist. Wenn du uns bloß den Spaß verderben willst …«

Die Jungen drehten sich um und fingen in dem festen Schnee zu graben an. Marie blieb eine Weile sitzen und nuckelte an ihrem Fäustling. Der Schnee war dreckig und schmeckte salzig. Dann nahm sie ihre Schaufel und krabbelte ein Stückchen weiter. Sie würde ihre eigene Höhle bauen, sollten die mal sehen. Ihren dämlichen großen Bruder und den blöden Torbjørn brauchte sie dafür nicht! Von der Straße hörte sie das Räumfahrzeug. Wie schnell es fuhr! Es brüllte und hörte sich so wütend an. Sie krümmte sich zusammen, versteckte ihr Gesicht in den nassen Handschuhen.

Eine Schneewolke kam angeflogen. Sie saß mitten in einer Fontäne und schrie. Harte Eisklumpen trafen sie am Rücken. Die Jungen hatten anfangs noch aufrecht gestanden, wurden aber hintenübergeworfen, sodass sie auf dem Rücken landeten. Marie wusste nicht, ob sie nur so taten, als würden sie hinfallen. Aber sie lagen ganz still da.

»Martin?«

Niemand rührte sich.

»Martin!«

Jetzt schüttelten sich die Jungen vor Lachen.

»Sauber!«, johlte Torbjørn. »Nächstes Mal gehen wir ganz rauf auf den Wall.«

»Ihr seid bescheuert!«, rief sie und grub weiter. Die Schneewolke hatte ihr Loch wieder verschlossen, und so musste sie von Neuem anfangen. Als sie schon keine Lust mehr hatte, stieß ihre Schaufel auf etwas Hartes. Ein heimlicher Schatz vielleicht? Etwas Rosafarbenes kam zum Vorschein. Ein rosa Prinzessinnenschatz! Das könnte sie den doofen Jungs zeigen. Da schrak sie zurück. Und musste kurz darauf lachen. Mit ihrem Handschuh bürstete sie den Schnee weg. Das Gesicht, das ihr aus dem Schnee entgegenblickte, war aus steifem weißem Plastik.

»Martin! Torbjørn! Kommt mal! Ich hab 'ne Puppe gefunden. Eine Riesenpuppe!«

30

»Sie haben sie gefunden!«

Bitte Røed stieß die Tür zu Verner Jacobsens Büro auf.

»Der operative Leiter hat die Kriminalpolizei verständigt.«

Verner sah vom Bildschirm auf. Gerade hatte er Janni Egges Aussage niedergeschrieben und die ersten Fotos vom Tatort bekommen. Die Kriminaltechniker hatten Vibekes Haus in Beschlag genommen und Alarm ausgelöst – es war eindeutig Mord und sah nach einer großen Sache aus. Der Leiter der Kriminalpolizei, Thomas Lindstrand, hatte ihn zum Chefermittler ernannt, und sie hatten mit zwei Technikern und drei Ermittlern schon Amtshilfe von der Landespolizei erhalten. Eine Hotline war eingerichtet worden, und eine Personenbefragung wurde durchgeführt. Bald schon würde der Gerichtsmediziner genug zu tun bekommen, und er würde nachts schlecht schlafen, bis der Fall gelöst war.

»Sie haben ein Mädchen gefunden. Es muss Oda sein«, fuhr Bitte ruhig fort. »Ein paar Kinder haben in einer Schneewehe direkt unterhalb ihres Hauses gegraben. Krankenwagen und Spurensicherung sind auf dem Weg dorthin, aber Solveig und Erik sind noch nicht verständigt.«

Bitte Røed trat ungeduldig von einem Bein aufs andere, als er keine Anstalten machte, sich vom Schreibtisch zu erheben.

»Fahren wir denn nicht hin?«

»Ich bin zum Chefermittler für den Künstlermord ernannt worden …«

»Herzlichen Glückwunsch«, erwiderte Bitte trocken. »Heißt das, dass kleine Mädchen nicht mehr wichtig sind?«

Bitte Røed thronte in der Türöffnung und starrte ihn herausfordernd an.

»Auch Sie sind auf den Fall angesetzt, ob Sie's glauben oder nicht. Haben Sie womöglich noch keinen Bescheid erhalten?«

»Doch, aber ich glaube, dass Odas Eltern uns jetzt vielleicht mehr brauchen. Immerhin haben wir ihnen versprochen, alles nur Menschenmögliche zu unternehmen; Sie selbst haben das gesagt, erinnern Sie sich?«

»Okay, dann fahren wir eben«, seufzte Verner Jacobsen. Er schob den Gedanken an die tote Künstlerin beiseite; er konnte ohnehin wenig tun, bevor die Berichte der Spurensicherung vorlagen. Auf dem Weg zum Auto versuchte er, sich darauf vorzubereiten, was er den Angehörigen sagen sollte.

Draußen vor dem Haus mit der Glasveranda herrschte schon eifriges Treiben.

»Wir gehen sofort hoch«, sagte Verner, als er das Auto in der Haltebucht parkte. »Hoffe, dass sie noch nicht entdeckt haben, was vor sich geht.«

Der Bereich wurde bereits abgesperrt. Augenblicklich bildete sich eine Schlange von Autos, deren Fahrer ihr Tempo verlangsamten, um irgend möglich etwas Grausames zu erhaschen, was man dann für Freunde und Bekannte auf Facebook posten konnte. Die Zeitungen hatten längst begonnen, ihre Anhängerschaft mit den neuesten Neuigkeiten über das Gesichtsbuch auf dem Laufenden zu halten. Für viele würde es den Höhepunkt des Tages darstellen, im Kommentarfeld schreiben zu können: »Ich war da! Ich hab's gesehen!« Glücklicherweise hatten die Journalisten sich weiter oberhalb positioniert, vor dem Haus der Künstlerin, sodass sie verschont blieben, zwischen den Fragen und kreativen Mutmaßungen dieser Horde mit Notizblock und Kamera Slalom fahren zu müssen.

Verner Jacobsen und Bitte Røed stapften die abschüssige Steigung zur Haustür hoch. Es gab Momente, die man sich aufzuschieben wünschte oder am liebsten komplett umging. Dass sie nun auf der Matte standen, um einer Mutter beizubringen, dass wahrscheinlich ihre fünf Jahre alte Tochter tot aufgefunden worden war, war ein solcher Augenblick.

Doch nicht die Mutter öffnete, sondern Janni Egge. Sie tat einen Schritt zurück, als sie sah, wer dort stand. Verner Jacobsen war ebenso überrascht. Janni war die Erste am Tatort von Vibeke Hansen gewesen. Sie hatte den Bruder zu ihrem Haus gefahren, und er war womöglich der Letzte, der Vibeke lebend gesehen hatte. Und jetzt ist sie hier, dachte er noch. Janni beugte sich vor, um sich die Schnürsenkel ihrer Stiefel zu binden.

»Wir wollten gerade gehen«, sagte sie entschuldigend. »Wir sind ja fast Nachbarn, fühlten uns irgendwie verpflichtet vorbeizuschauen, jetzt, wo Oda fort ist. Meine Tochter hat normalerweise auf sie aufgepasst.«

Erstaunlich, was eine Lehrerin so alles an ein und demselben Tag verkraften kann, dachte Verner. Erst jetzt bemerkte er das junge Mädchen, das in dem engen Flur stand. Ihre Augen waren gerötet, und er wünschte, er hätte gute Neuigkeiten.

»Das ist meine Tochter, Anne-Lene«, sagte Janni schnell. Ihr Atem kam stoßweise.

Erik, der sie in den Flur begleitet hatte, reichte Janni die Hand und sah die Ermittler fragend an. Soeben wollte er sich für die Blumen bedanken, als Solveig schrie.

»Auf der Straße ist was passiert! Vielleicht ist eins der Kinder angefahren worden! Oder es hat einen Zusammenstoß gegeben. Erik, komm, guck mal, da steht ein Auto mitten auf der Straße und ein Krankenwagen und …«

Verner Jacobsen und Bitte Røed nahmen sich keine Zeit für Erklärungen, sondern drängten sich vorbei ins Wohnzimmer. Verner zog Solveig weg vom Fenster und führte sie zum Sofa. Janni und Anne-Lene standen wie gelähmt im Flur, willenlos traten sie näher. Janni spürte das Brausen wie von einem Wasserfall und hatte das Gefühl, auf einen Abgrund zuzusteuern.

»Auf der anderen Straßenseite sind sie auf etwas gestoßen«, sagte Verner Jacobsen. Er wollte seine Stimme mild klingen lassen, doch bei dem Gebrauch solcher Ausdrücke war das unmöglich. Den Ton dieser vorsichtigen Worte und die Art, wie sie in seinem Mund anschwollen und sich ausbreiteten, hasste er.

»Wir haben Meldung darüber erhalten, dass einige Kinder, die in der Schneewehe hier unten, möglicherweise …«

Solveig sagte nichts. Starr blickte sie den Kommissar an. Verner Jacobsen räusperte sich, während er versuchte, sich den Satz zurechtzulegen.

»Sie haben also … etwas gefunden. Die Spurensicherung ist gerade vor Ort, und ich glaube, Sie sollten sich darauf vorbereiten …«

Solveig sah ihn noch immer an, als hörte oder verstünde sie ihn nicht.

»Es tut mir leid, aber es gibt Grund zur Annahme …«

Jetzt musste er es aussprechen. Verner stellte sich darauf ein, dass er nichts anderes tun konnte, als die Katastrophe zu beobachten. Gleich wurde er Zeuge, wie die Tatsachen abprallten, wie sich die Abwehr der Mutter aufbaute. Die Verleugnung. Und dann würden sich Risse bilden, und die Wahrheit würde mit all ihrem Gift langsam einsickern.

Doch das geschah nicht. Solveig sprang vom Sofa auf, als hätte sie ein Insekt gestochen. Bevor jemand reagieren konnte, war sie aus dem Zimmer. Verner Jacobsen schaltete blitzschnell und setzte ihr nach.

»Solveig, stopp!«

Die Haustür stand sperrangelweit offen. Ein kalter Wind erhaschte die Möglichkeit und fegte herein. Kurz vor der Absperrung holte er sie ein. Sie war einfach drauflosgelaufen, ohne Schuhe, ohne Jacke, ohne zu zögern, als ahnte sie, dass jemand sie aufhalten würde. Er bekam sie am Arm zu fassen, zog sie an sich. Sie hieb und trat um sich, und tief aus ihrem Inneren kam ein bedrohliches Brüllen.

»Aaah! Lassen Sie mich los!«

Verner wusste nicht, wie lange er sie würde festhalten können. Sie schnappte und schlug nach ihm. Ihre Zähne drangen in die dünne Haut seines Handrückens, und er wusste, sie würden tiefe Spuren hinterlassen.

»Es ist mein Kind! Es ist mein Kind, nicht wahr?«

Die anderen waren ebenfalls den Hügel heruntergekommen. Erik als Erster, dicht gefolgt von einer atemlosen Bitte Røed und Anne-Lene und Janni, die ein Stückchen entfernt stehen blieben. Sie verharrten wie zwei bleiche Schatten im Schnee.

»Wir nehmen sie jetzt mit ins Krankenhaus, und ich glaube, es ist das Beste für Sie, wir nehmen dann die Identifizierung vor Ort vor«, sagte Verner und sah Erik an. »Wir werden den Krankenhausseelsorger verständigen, er wird Ihnen helfen.«

Solveig hörte Stimmen. Jemand sprach in einer leeren Grotte. Das Echo kam von allen Seiten. Sie verstand die Wörter, bekam ihre Bedeutung jedoch nicht zu fassen. Als läse man die Bedienungsanleitung eines Computers. Die Sprache war Norwegisch, die Sätze allerdings nicht zu verstehen. Und sie war gefesselt. Jemand hatte ihr die Hände gefesselt. Sie konnte sich nicht mehr bewegen. Sie steckte in einem schrecklichen Traum. Sie konnte nicht fliehen. Schneelawine. Sie saß fest. Nein, jemand hielt sie fest. Ein Gesicht schälte sich heraus.

Erik. Er stand im Weg. Was war bloß los mit allen? Warum durfte sie nicht zu Oda? Oda brauchte sie. Begriffen sie das nicht?

»Sind Sie imstande zu fahren?«

Verner Jacobsen sah Erik an, während er Solveigs Arme auf den Rücken drückte, wobei er sie immer noch davon abhalten musste, durch die Absperrung zu laufen.

Erik nickte.

Er war auf deren Seite!

»Lassen Sie mich los!«, schrie Solveig.

»Solveig!«

Erik nahm ihr Gesicht zwischen seine Hände.

»Solveig, du musst jetzt stark sein. Stark und ruhig. Hörst du? Ruhig. Für Oda.«

Und für das ungeborene Kind, dachte er.

Ruhig? War der nicht ganz dicht? Sie starrte ihn an und schleuderte einen langen und unmissverständlichen Laut heraus, als presste dieser sich aus ihrem finstersten Innern unmittelbar durch die Haut.

»Es ist am besten, Sie gehen jetzt nach Hause, im Augenblick gibt es nichts, was Sie tun könnten«, sagte Verner Jacobsen zu Janni und Anne-Lene, als Erik Solveig endlich überredet hatte, mit hinauf zum Haus zu gehen und Jacke und Schuhe anzuziehen.

Als sie allein waren, gingen Verner Jacobsen und Bitte Røed näher zum Fundort hinüber und beobachteten, wie ein lebloser, in rosa und weißem Polyester gehüllter Körper freigelegt wurde. An der Stelle, wo der Krankenwagen gestanden hatte, parkte nun ein neutrales Fahrzeug des örtlichen Bestattungsunternehmens. Sie zogen ihr den Leichensack über, schlossen den Reißverschluss.

»Wissen Sie, wann in etwa wir mit einem ersten Bericht rechnen können?«, fragte Bitte, als sie auf dem Weg zum Krankenhaus im Auto saßen. Sie bemerkte, dass er schwer schluckte. Auf einmal glich er einem Jungen, der groß und stark tat, dem eigentlich aber zum Weinen zumute war. Sie verspürte den unmittelbaren Drang, ihm über die vernarbte Wange zu streichen.

»Es dauert auf jeden Fall vier, fünf Stunden, bevor sie irgendetwas sagen können«, antwortete er.

»Was, glauben Sie, ist passiert?«

»Vielleicht ist sie angefahren worden, aber sie ist viel zu weit abseits der Straße gelandet.«

»Womöglich hat derjenige, der sie angefahren hat, Angst bekommen und sie da hingeworfen.«

»Möglich.«

»Oder es hat sie etwas mit so großer Wucht getroffen, dass sie dort unten gelandet ist.«

Verner sah das Gelände vor sich, das steil auf der einen Straßenseite abfiel.

»Das Räumfahrzeug …«

»Daran hab ich auch gedacht«, sagte Bitte. »Wir müssen herausfinden, wer hier am Mittwochnachmittag geräumt hat – einer oder mehrere. Zurzeit herrscht hier ja Pendelverkehr.«

Still fuhren sie weiter. Die Dämmerung hatte eingesetzt, und bald schon tauchten sie ein in den Tunnel, der sie innerhalb weniger Minuten quer durch die Stadt führte. Dichter Abgasnebel und ein langsamer Strom von Autos kamen ihnen entgegen. Wochenende. Doch der Abend würde wohl für die Arbeit draufgehen. Bitte hatte Julie schon eine SMS geschickt, dass sie zu Hause bleiben und auf Peder aufpassen solle.

Sie sieht bleich und eigenartig aus, dachte Verner Jacobsen. Beinahe wollte er ihr schon sagen, sie solle den Schmerz nicht mit nach Hause nehmen, sie könne ihn mit ihm teilen. Er könnte ihr eine beruhigende Hand auf den Schenkel legen, doch konnte er sich auch darauf verlassen, dass sie dort ruhig liegen blieb? Es war ein Unterschied, ob er eine Frau berührte oder dem alten Karl auf die Schulter klopfte.

»Übrigens, was halten Sie von den Kunstwerken in der Stadt?«, fragte Verner, um sich abzulenken, als sie das riesige Ei umrundeten, das irgendein Künstler mitten im Kreisverkehr am Ende des Tunnels aufgestellt hatte. Bitte gestattete sich ein gedämpftes Lachen.

Lachen tut gut, dachte Verner, obwohl es kein herzliches und fröhliches Lachen war, sondern eine auffällige Spur nervöser Anspannung verriet. Es graute ihm davor, mit den Eltern in den kalten nackten Raum mit seinen glatten leblosen Fliesen zu gehen, das weiße Laken anzuheben, das sie über sie gelegt hatten. Ihm graute vor der unausweichlichen unvorhersehbaren Reaktion. Darauf konnte man sich nicht vorbereiten. Sie mussten auf alles vorbereitet sein.

Sie tauchten wieder aus dem Tunnel auf, und nach einem weiteren Kreisverkehr bogen sie ab, fuhren die Dronninggata hinauf, passierten die Tankstelle und den Bestatter. Wie eine sichere weiße Säule stand das Krankenhaus da und verbarg das Krematorium, das auf der entgegengesetzten Seite lag.

31

Die Reaktion kam geräuschlos. Solveig war nicht hysterisch geworden. Ganz im Gegenteil. Es schien, als hätte sie plötzlich eine merkwürdige Ruhe erfasst. Die Tränen waren ihr lautlos über die Wangen gelaufen, und anschließend hatte sie sich in Begleitung des Krankenhausseelsorgers in den Besprechungsraum führen lassen. Oda wurde zur Obduktion an das rechtsmedizinische Institut überstellt, allerdings war schon klar, dass sie schwere Verletzungen erlitten hatte.

Ohne Probleme wurde der Fahrer des Räumfahrzeuges ausfindig gemacht. Die Straßenwacht hatte sich sehr entgegenkommend gezeigt und mitgeteilt, dass Lars Bråten die Verantwortung für den Streckenabschnitt am Nachmittag von Odas Verschwinden gehabt hatte.

Lars Bråten war bereits im Wochenende und nicht sonderlich glücklich über die Störung, als Verner Jacobsen und Bitte Røed kurze Zeit später an seiner Tür klopften und sich vorstellten. Ein kleiner aufgeblasener Kerl. Er empfing sie mit einem halben Pils in der einen und einem Stück Pizza in der anderen Hand.

»Ja, ja, dann kommen Sie mal rein«, grummelte er kauend. »Wollen Sie Kaffee? Meine Frau kann den Kessel aufsetzen. Denn Sie sind ja wohl im Dienst und können sich kein Bier genehmigen.«

Höflich lehnten sie ab und folgten ihm hinein. Das Wohnzimmer war eng und mit Möbeln und Nippes überfrachtet, trotzdem herrschte eine gewisse Ordnung in dem Chaos. Eine

Frau Anfang sechzig, rund wie ein Milchbrötchen und mit Augen, die an Rosinen erinnerten, saß mit ihrem Strickzeug in der Sofaecke. Als sie eintraten, sprang sie auf.

»Sei so gut und hol noch 'n Pils«, sagte der Mann und lächelte seine Frau an. »Gott sei Dank hab ich das ganze Wochenende frei«, fuhr er fort und rülpste. »Ich hab die letzten Tage aber auch durchgeackert, Tag und Nacht. Ich glaub, so lang ich lebe, hab ich so etwas Schlimmes noch nicht mitgemacht.«

»Sie haben doch sicher Arbeitszeitrichtlinien, oder?«, fragte Verner Jacobsen trocken.

»Nee, wir nicht, wir sind vom Arbeitsschutzgesetz ausgenommen.«

Er lachte, sodass sein großer Bauch bedrohlich über der Hose wippte.

»Zur Zeit haben Sie bestimmt einen ganz schön fordernden Job«, sagte Bitte Røed versöhnlich.

»Ja, das kann man wohl behaupten. Ich sag immer, das ist der zweitundankbarste Job der Welt, nach den Parkhauswächtern.« Lars Bråten grinste bissig. »Wenn Sie wüssten, wie viele mir im Lauf einer Schicht den Stinkefinger zeigen.«

»Tun die Leute das wirklich?«, fragte Bitte aufrichtig erstaunt.

»Lassen Sie uns zur Sache kommen«, unterbrach Verner Jacobsen sie, »eigentlich wollen wir wissen, ob Sie am Mittwochnachmittag zwischen vier und fünf Uhr den Ringeriksveien in südlicher Richtung geräumt haben.«

»Am Morgen oder Abend? Na ja, ich hatte wohl sowieso Dienst, glaub ich.«

»Am Nachmittag«, wiederholte Verner. »Sie haben von dem vermissten Mädchen gehört? Sie ist am Mittwoch verschwunden.«

»Die hat sich dieser Pädo geholt, das hab ich vom ersten Tag an gesagt. Brauchen bloß seine Wohnung zu durchsuchen. Nie geht der raus, sitzt bloß herum und brütet was aus. Der hat 'nen totalen Knall, das sagen alle.«

»Sie ist gefunden worden«, sagte Verner kurz. »Tot.«

»Ach du Scheiße!«

»Deshalb unterhalten wir uns mit allen, die das Haus, in dem sie gewohnt hat, zum Zeitpunkt ihres Verschwindens passiert haben. Wissen Sie, wo das ist?«

»Meine Güte, ja! Hab das Bild in der Zeitung gesehen. Kenn mich in der Gegend aus wie in meiner Westentasche.«

»Ist Ihnen etwas Besonderes an diesem Nachmittag aufgefallen?«

»Wie etwa …?«

»Haben Sie irgendwelche Leute auf der Straße gesehen, oder ist Ihnen etwas Außergewöhnliches aufgefallen. Ist jemand zu schnell gefahren, zum Beispiel?«

»Tja … ich hab tatsächlich zwei Leute die Straße entlanglaufen sehen. Kann an dem Tag gewesen sein. Scheiße, ich hab gedacht, die wär'n verrückt. Bei solchem Wetter, dachte ich, in dunkler Kleidung und so. Ja, abgesehen von dem einen da, der voranging. Der hatte 'ne rote Jacke an, den konnte man ein bisschen besser sehen.«

»Waren sie zusammen unterwegs?«

»Nein. Dem Ersten, dem in Rot, bin ich drüben an der geschlossenen Post begegnet, und dem anderen … an dem bin ich in der scharfen Kurve bei der Treckerwerkstatt vorbeigefahren, gar nicht so weit hinter dem Haus, wo das Mädchen gewohnt hat.«

»Gingen beide in dieselbe Richtung?«

»Ja, beide waren in nördlicher Richtung unterwegs, nach Sylling.«

»Haben Sie sie erkannt?«

»No chance. Muss mich auf die Straße konzentrieren. Sie wissen, so 'ne Maschine hat's ganz schön in sich.«

»Sind Sie in hohem Tempo über die Ebene gefahren?«

Lars Bråten zuckte mit den Achseln und setzte die Flasche an den Mund. In einem einzigen langen Schluck verschwand der Inhalt in seinem Körper, dieses Mal aber rülpste er nicht, sondern klopfte sich nur leicht auf den Bauch, ließ die Kohlensäure aus seinem Mundwinkel entweichen und stellte die leere Flasche auf den Tisch.

»Und ein Kind haben Sie an der Straße nicht gesehen? Wir glauben, das Kind könnte angefahren worden sein.«

»Was zur Hölle meinen Sie damit? Ich hab noch nie jemanden angefahren! Nicht mal 'ne Katze! Seit dreißig Jahren bin ich nun schon in diesem Geschäft, und bis heute, ich wiederhole, bis heute hatte ich noch keinen Unfall …«

Lars Bråten war rot im Gesicht.

»Wenn ich wegen was verdächtigt werde, dann sagen Sie's. Ich hab Anspruch auf so 'nen Anwalt, und Sie müssen mir meine Rechte vorlesen … ja, genau, hab ich im Fernsehen gesehen.«

Er lehnte sich auf dem Sofa vor und öffnete mit den Zähnen ein neues Bier. Bitte schauderte, meinte zu fühlen, wie Metall auf altes Amalgam traf.

»Wie war die Sicht?«, fragte sie.

»Die Sicht? Was meinen Sie? Es schneite wie Hölle, aber ich bin nirgendwo gegengefahren. Und ich hätte es mitbekommen, wenn da plötzlich jemand direkt vor dem Pflug gestanden hätte, selbst bei schlechtem Wetter.«

»Aber vielleicht waren Sie einen Moment lang abgelenkt, haben das Radio lauter gedreht oder mit jemandem telefoniert oder …«

»Vielleicht war ich's«, posaunte die Frau, die bisher stumm dagesessen hatte. Sie ließ ihr Strickzeug in den Schoß sinken, hielt jedoch die Stricknadeln fest umklammert, sodass die Knöchel sich wie weiße Felsen abhoben.

»Ich ruf dich doch immer an, bevor ich die Kartoffeln aufsetze, um zu hören, ob du zum Abendessen zu Hause bist.«

»Herzlichen beschissenen Dank«, bellte er.

»Sie haben also telefoniert, als Sie über die Ebene fuhren?«

»Kann sein, ich hab aber eine Freisprechanlage. Ist ja zum Teufel noch mal nicht verboten zu telefonieren. Außerdem müssen sich alle, die räumen, untereinander abstimmen. Da müssen Sie bei der Straßenwacht nachfragen, ob ich was falsch gemacht hab.«

Auf einmal sank Lars Bråten in sich zusammen und blieb wortlos sitzen. Es schien, als wäre die Luft aus ihm entwichen. Mechanisch hob er die Bierflasche, trank jedoch immer nur einen kleinen Schluck, während er wütend umherblickte.

»Ist es möglich«, fuhr Verner fort, »etwas in der Größe, nehmen wir einmal an, eines Kartoffelsacks von der Straße zu schieben, ohne dass Sie es merken würden?«

»Eines Kartoffelsacks!«

Bitte riss die Augen auf.

»Was Metaphern angeht, bin ich nicht so gut.«

»Sagt ein Experte für spanische Dichter«, brummte sie.

»Lars«, sagte Verner Jacobsen und überhörte den Kommentar. Er war gereizt, wurde allmählich müde, wollte nach Hause. Vor einer Stunde schon hätte er seine Schicht beenden sollen, es war Freitag, Abendprogramm im Fernsehen und Ingrid … Worüber er mit ihr sprechen musste, daran wollte er am liebsten nicht denken. Wie teilt man einem Menschen, den man liebt, etwas mit, das die gesamte Vergangenheit verändert? Wie ihr von etwas erzählen, von dem sie die ganze Zeit nichts geahnt hatte, das sich jetzt aber nicht mehr leugnen ließ. Es würde sie vernichten. War es möglich, jemanden behutsam zu vernichten?

»Lars«, wiederholte er, »überlegen Sie. Ist das möglich?«

Lars dachte nach.

»Ja«, stöhnte er. »Natürlich ist das möglich. Alles ist möglich. Aber mir ist nichts auf der Straße aufgefallen, absolut nichts, verstehen Sie.«

»Hören Sie auf zu trinken. Wir müssen Sie bitten, uns aufs Präsidium zu begleiten.«

»Das ist der Dank? Da bin ich Tag und Nacht im Einsatz, und wenn ich endlich mal frei hab …«

Lars war aufgestanden und wankte leicht, seine Augen funkelten wütend, und er wollte sich wieder aufblasen.

»Reine Routine, Sie müssen eine offizielle Aussage machen, und wir müssen leider bis auf Weiteres Ihren Führerschein einziehen.«

Seine Frau ging zu ihm und legte ihm eine Hand auf die Schulter.

»Reg dich nicht so auf«, sagte sie mit überraschend kalter Stimme. »Du kapierst ja wohl, dass du nicht drum herumkommst. Du musst mit ihnen gehen.«

Fluchend nahm Lars Bråten die Bierflasche vom Tisch und schüttete den Rest in sich hinein, bevor er sie mit einem Knall wieder auf dem Tisch absetzte.

»Okay«, sagte er, »aber besorgen Sie mir bloß so ’nen Anwalt.«

32

»Zieh mal den Pullover ein wenig hoch.«

Raimo saß mit dem Skizzenblock im Schoß auf dem Boden und studierte Julie, die auf dem Bett lag.

»Lehn dich nach hinten. So, ja, das ist gut. Super!«

Er robbte zum Bett hinüber, streichelte ihr unter dem Pullover über den Bauch. Sie spannte ihre Muskeln an.

»Zeig einfach 'n bisschen Haut«, sagte er und schob den Pullover vorsichtig hoch.

»Die Tür ist nicht abgeschlossen.«

»Aber wir tun ja nichts Verbotenes. Das hier ist Kunst, weißt du«, sagte Raimo und küsste ihren Bauchnabel. »Und deine Mutter ist ja nicht zu Hause. Wir kriegen's mit, wenn sie kommt. Mach dich locker.«

Er krabbelte zurück, ließ den Bleistift in der Luft über dem Papier tanzen, versuchte anzupeilen, wo die Figur platziert werden sollte, bevor er den Körper entschlossen auf dem Skizzenblock fixierte. Die Proportionen gelangen ihm ganz gut, und er lächelte zufrieden. Das war der Clou, der Fokus lag auf dem Modell. Das Talent saß im Kopf, nicht in den Fingern.

Das hat Vibeke immer gesagt.

Er begann die Schatten hinzuzufügen, arbeitete schnell und konzentriert.

Nicht an Vibeke denken.

Die Skizze nahm Form an. Er sah, dass sie die Grundlage für etwas Größeres war, vielleicht in Öl oder Pastell. Pastell mochte er am liebsten, die Kreide mit den Fingerspitzen übers Papier ziehen, beinahe als streichelte man einen echten Körper. Er begehrte Julie wahnsinnig. Bis jetzt hatte sie sich geweigert. Heute Abend vielleicht? Ein paarmal hatten sie auf der Rückbank im Auto seiner Mutter geknutscht, nachdem er ungeniert in einer Haltebucht geparkt hatte. Immer hatte sie ihn gestoppt, wenn sie kurz davor waren, und behauptet, dass sie zu viele Klamotten anhätten oder es zu kalt sei. Mann, seit Weihnachten waren sie nun schon zusammen, irgendwann war mal Schluss mit dem Rumgezicke.

Ganz anders als Vibeke.

Er hoffte, sie war das Warten wert. Er zeichnete die Brüste oder das, was sich unter dem Pullover abhob. So unschuldig, so erotisch.

Vibeke hätte die Skizze gefallen.

Raimo legte den Block weg. Julie hatte die Augen geschlossen. Es sah aus, als schliefe sie, doch er wusste, dass sie sexy erscheinen wollte. Ihre kleine Zungenspitze, die ständig hervorkam und die Lippen benetzte. Er wusste, was das zu bedeuten hatte. Sie bot sich an.

Jetzt glich sie Vibeke.

Er krabbelte zum Bett zurück, erhob sich leise und öffnete seinen Hosenknopf.

Vergiss Vibeke!

Er zog den Reißverschluss herunter, seine Hose spannte. Dann legte er sich auf sie.

»Was machst du? Stopp!«

»Entspann dich. Es tut nicht weh«, flüsterte Raimo und zwängte eine Hand unter ihren Hintern. Er war zu schwer, als dass sie flüchten konnte, und er presste sich noch fester an sie, spürte ihre nackten Brüste durch sein T-Shirt.

»Hör auf, Raimo, du weißt, dass ich nicht will …«

»Aber du bist so schön. Ich kann nicht länger warten.«

Er umschloss ihre Lippen mit seinen, küsste sie hart. Sie wand ihren Kopf zur Seite.

Im selben Moment hörten sie die Wohnungstür zuschlagen.

»Hallo! Ich bin's, Mama!«

Julie strampelte mit den Beinen. Scheiße, was für 'n schlechtes Timing, dachte er. Hätte nicht so viel Zeit verschwenden sollen, sie zu zeichnen, aber Mädchen kamen normalerweise erst nach einer Weile in Fahrt.

Vibeke nicht.

Mädchen lehnten es selten ab, Modell zu sitzen, es lag irgendwie in ihrer Natur, zu posieren, sich hübsch zu machen – um sich dann zurückzuziehen, damit sie noch begehrenswerter erschienen.

Vibeke machte das nie.

Sie glaubten, das weckte bei den Jungs nur noch größeres Interesse. Aber Raimo spürte bloß, dass er wütend wurde. Seine Brust war ein Ballon, und bei jedem Atemzug wurde er größer.

Mit einem Mal stand ihre Mutter in der Tür. Mit dem Fuß schob Julie den Zeichenblock unter das Bett. Julie ähnelte ihr nicht. Sie war dünn wie Spaghetti, ihre Mutter hingegen rund wie ein mit Fleisch gefüllter Tortellino. Nackt würde sie in jedes Bild von Rubens passen, dachte er.

»Entschuldige, Julie, dass ich so spät komme. Es ging schlicht nicht vorher. Mit Peder alles in Ordnung?«

»Ja, ja, der spielt Playstation.«

»Und du musst Raimo sein.«

Julies Mutter tat einen Schritt ins Zimmer und reichte ihm die Hand.

»Ja.«

Die Mutter glotzte Raimo an, als überprüfte sie ihn auf mögliche Mängel. Bestimmt hat sie welche gefunden, dachte er. Mütter von Mädchen fanden immer was.

»Ich hab Pizza mitgebracht. Will jemand?«

Julie nickte. Ihre Mutter drehte sich um und schloss die Tür hinter sich.

»Entschuldige, Julie«, sagte Raimo. »Du hattest doch keine Angst?«

Die Wut, die einen Augenblick aufgewallt war, verebbte ebenso schnell wieder.

»Nee, ach …«

Er sah auf die Uhr.

»Ich muss dann los.«

»Schon?«, sagte Julie, aber insgeheim war sie erleichtert. Raimo hatte sie erschreckt, war so aggressiv, so voller Tabus. Sie war nicht bereit. Wollte nicht. Noch nicht. Da konnte er genauso gut nach Hause fahren.

»Hab Mama versprochen, früh mit dem Auto wieder zurück zu sein«, sagte Raimo.

Eine Lüge. Er hatte nicht gesagt, wann er kommen würde, und seine Mutter hatte nicht gefragt. Sie hatte im Wohnzimmer ferngesehen und nur kurz aufgeschaut, als er ging. Sie wirkte abwesend. Sicher die Migräne. Immer war's Migräne. Von einer Delle hatte sie nichts gesagt, seit er zuletzt das Auto geliehen hatte. Also hatte sie sie noch nicht entdeckt. Sie fiel kaum auf, gerade mal die Andeutung einer Delle. Petter von den Kfz-Leuten in der Schule konnte er fragen, der hatte Ahnung von so was, machte aber nie was umsonst. Und Raimo war pleite. Er musste sich irgendwas ausdenken, Kohle ranschaffen und die Karre klarmachen, bevor seine Mutter was merkte. Sie würde ihm bis in alle Ewigkeit das Auto nicht mehr leihen, wenn sie mitbekam, dass eine Delle drin war. Nur gut, dass es schneite. Hielte das Wetter an, entdeckte sie die Delle unter Umständen erst im Frühling.

»Was arbeitet deine Mutter eigentlich?«, fragte er. Vielleicht arbeitete sie bei Statoil? Servierte Würstchen mit Brot und kratzte sich am Kopf, wenn jemand fragte, welches Motoröl er in einen Suzuki Grand Vitara X30 mit 1,9 DDiS Allradantrieb kippen sollte. Womöglich könnte sie ihm einen Wochenendjob besorgen?

»Sie ist Polizistin«, sagte Julie. »Hat diese Woche 'ne neue Stelle angefangen.«

»Bulle!«, platzte Raimo heraus.

»Pscht!«, lachte Julie.

Er dämpfte seine Stimme.

»Verdammt, die sieht nicht gerade wie 'n Bulle aus.«

»Sie ist Ermittlungsbeamtin«, erklärte Julie. »Kriminalpolizei. Vorher war sie bei der Verkehrspolizei. Als wir noch in Oslo gewohnt haben.«

»Ach du Scheiße!«

Ermittlerin. Stellten die nicht den ganzen Tag bloß unangenehme Fragen? In den Fernsehserien waren die immer verdammt ausgekocht. Ließen nicht locker und fragten ganz normale Sachen, und dann: Peng! Plötzlich kam eine Frage angedonnert und traf dich voll am Hinterkopf.

Julie saß auf der Bettkante und neigte den Kopf ein wenig. Süß, dachte er. Und sexy.

Vibeke. Vibeke!

Er stand auf und blickte übertrieben interessiert auf seine Armbanduhr.

»Tja, ich muss weg.«

33

Verner Jacobsen zauderte einen Augenblick, bevor er den Schlüssel ins Schloss steckte. Es bereitete ihm Sorge, dass Ingrid nicht reagiert hatte, als er ein paar Stunden zuvor angerufen hatte, um Bescheid zu geben, dass es spät würde. Auch auf seine SMS hatte sie nicht geantwortet. *No news is good news*, das galt nicht für Verner Jacobsen, der mit der absurden Vorstellungswelt seiner Mutter aufgewachsen war. Er war es gewohnt, dass die Wirklichkeit nie so schön war, wie sie schien.

Seine Mutter war Schaufensterdekorateurin gewesen. Sie hatte es geliebt, sich in der magischen Scheinwelt eines Kaufhauses zu verlieren, umgeben von exklusiven Waren und billigem Beiwerk, um anschließend nach Hause zu kommen in die kleine Wohnung, wo die Illusion dann platzte. Immer noch konnte er sich das Bild von ihr in Erinnerung rufen, wie sie schon in der Wohnungstür zermalmt wurde vom matten Alltag, der ihr entgegenschlug. Und sein Vater glättete und schmirgelte, versuchte, dass alles reibungslos lief, sodass die Stimmung seiner Mutter nicht allzu heftigen Wechseln unterworfen war. Das hatte ihn dazu gebracht, immer auf winzig kleine Anzeichen zu achten, die einen Hinweis darauf gaben, dass es knallen könnte. Ein Zittern im Mundwinkel, ein Kräuseln an der Nasenwurzel. Früh hatte er sich beigebracht, das Schlimmste zu erwarten. Die Furcht saß immer noch in ihm, obwohl seine Mutter inzwischen eine diffuse Diagnose erhalten hatte, mit der sich auseinanderzusetzen er keine Kraft hatte, und in einem psychiatrischen Pflegeheim untergebracht war. Das schlechte Gewissen, dass er sie seit Weihnachten nicht besucht hatte, schob er beiseite.

Er hängte seine Jacke in die Garderobe mit der Schiebetür. Abgesehen vom leisen Klappern in der Küche war es im Haus still. Ingrid kam gut gelaunt auf ihn zu.

»Hallo! Hunger? Ich hab ein neues Rezept gefunden.«

Verner sah, dass sie hektische Flecken auf den Wangen hatte, die Augen jedoch klar waren – und nirgendwo auch nur die Spur von leeren Flaschen oder Kartons. Erleichtert atmete er aus.

»Ich habe versucht, dich vor ein paar Stunden zu erreichen«, sagte er, während er Risse in der fröhlichen Stimmung auszumachen suchte.

»Bin in der Bücherei gewesen. Hatte mein Handy auf lautlos gestellt und erst viel später gesehen, dass du angerufen hattest, und da hatte ich keine Lust mehr zurückzurufen. Die SMS habe ich aber gesehen, wusste also, dass du spät kommst, und da dachte ich, dass du sicher hungrig bist.«

»Bin ich auch. Sieht köstlich aus. Was gibt's?«

»Paprika à la Piemonte mit Polenta und Gorgonzola. Kommt jetzt zum Grillen kurz in den Ofen. Und dann noch Knoblauch, Kapern und Pflaumentomaten drauf … fertig in zehn Minuten.«

Verner verließ die Küche, ließ sie in Ruhe machen. Er wusste, dass sie gern mit Essen und Kräutern hantierte. Sie war geschickt. Und lieb. Wenn sie nüchtern war. Er selbst war eine wandelnde Katastrophe, wenn's ums Kochen ging. Er konnte sich an eine Episode aus der Militärküche erinnern. Ihm war aufgetragen worden, Mandelkernpudding für die ganze Kompanie zu machen, und natürlich war er voller Klumpen. Er hatte den ganzen Klumpatsch gesiebt, bevor er ihn in die Servierschüsseln goss. Aber als der Koch das bemerkte, hatte er dem

Dessert postwendend einen neuen Namen gegeben: Mandel-ohne-Pudding.

Beim Gedanken daran lachte Verner leise in sich hinein und schenkte sich aus der Thermoskanne eine Tasse Kaffee ein, obwohl er selten so spät noch Kaffee trank. Er streifte sich ein paar selbst gestrickte Socken über und setzte sich, spürte, wie die Schultern sich in die Sofalehne schmiegten. Oh, jetzt einen Calvados, dachte er. Wie wunderbar es wäre, die Tasse leer zu trinken und dann ein Schlückchen in die noch warme Tasse zu gießen. Es war ihm noch nicht vergönnt gewesen, die norwegische Variante zu probieren. Dabei wurde er sogar in Lier produziert, das hatte er neulich in der Zeitung gelesen. In der Zukunft würden dem Ort aber wohl ganz andere Dinge als Apfelbranntwein ihren Stempel aufdrücken. Zwei verdächtige Todesfälle in weniger als einer Woche. Auf jeden Fall einer, dachte er. Vorläufig deutete nichts darauf hin, dass Oda einem Verbrechen zum Opfer gefallen war. Der Fahrer des Räumfahrzeugs war in die Ausnüchterungszelle gesteckt worden, sodass sie ihn morgen in nüchternem Zustand offiziell verhören konnten. Für Verner war der Fall so gut wie aufgeklärt.

Die tote Künstlerin dagegen stellte eine Klasse für sich dar. Sie hatten es mit einem Mord zu tun, daran bestand kein Zweifel. Wie gern hätte er ein Gläschen getrunken, um die heutigen Eindrücke zu betäuben. Das dunkelhaarige Mädchen mit den Zöpfen, klein und dürr, nur fünf Jahre alt, sein Körper bedeckte gerade mal die Hälfte der kalten Metallbahre im Krankenhauskeller. Doch, ein klitzekleiner Schluck in der Kaffeetasse – genau die richtige Medizin heute. Er konnte Ingrid verstehen. Verstand, was sie zu erreichen versuchte. Im Safe hatte er eine Flasche Calvados, und er kannte als Einziger den Code. Nein, er strickte lieber an seinem Pullover, versuchte herunterzufahren. Es roch gut aus der Küche.

Ingrid kam mit zwei Tellern herein und setzte sich neben ihn aufs Sofa. Er legte das Strickzeug zur Seite, und sie aßen schweigend.

»Schmeckt hervorragend, Ingrid«, sagte er und klopfte sich auf den Bauch. »Genau das, was ich jetzt brauche.«

»Harter Tag?«

»Wir haben das Mädchen gefunden, die Fünfjährige, du weißt schon«, sagte er. »Tot. Wahrscheinlich von einem Räumfahrzeug umgemäht. Doch dann ist noch eine Leiche aufgetaucht.«

»Ah ja?«, sagte Ingrid und strich ihm über den Rücken. Sie wusste, dass er über seinen Arbeitstag weder sprechen wollte noch konnte, also fuhr sie fort, ihn zu streicheln. Verner entspannte sich. Ingrid hatte warme Hände. Es war gut, satt und zufrieden dazusitzen, neben sich eine nüchterne Frau, die ihm den Rücken kraulte.

»Gibt's was im Fernsehen?«, fragte er. Das Einzige, was jetzt noch fehlte. Ein guter Film oder die Talkshow mit Thomas und Harald. Die fing bald an. Er sah auf die Uhr.

»Können wir den Fernseher nicht einfach aus lassen?«, fragte Ingrid. Ihre Hände schlüpften unter seinen Pullover, die Nägel fuhren über seine Haut, und ihn schauderte.

Er musste es sagen. Je länger er es aufschob, umso schlimmer wurde es. Er wusste bloß nicht, wie er anfangen sollte. Dann nahm er die Fernbedienung, und der Moderator Knut Nærum mit seinem drollig-ernsten Lächeln erschien auf dem Bildschirm. Er schaltete um. Die Talkshow hatte noch nicht begonnen, und er zappte weiter.

»Ingrid?«

»Hm.«

»Du weißt, dass ich dich liebe.«

»Ach du meine Güte, was hast du jetzt angestellt?«

Falscher Auftakt. Aber jetzt war's zu spät. A hatte er schon gesagt, jetzt stand noch der Rest des Alphabets aus.

»Was ist? Du siehst schlecht aus.«

»Nein, es ist nichts.«

»Nichts sieht nicht so aus. Was ist?«

Er konnte nicht. Wollte nicht.

Ingrid hatte aufgehört, ihn zu kraulen.

»Sag's! Ist es eine andere?«

»Es ist nichts. Ich liebe dich. Das war's schon.«

»Na klar. Da ist was. Glaubst du, ich hätte es in der letzten Zeit nicht bemerkt?«

Sie stand auf, nahm die Teller und ging in die Küche. Er hörte, wie sie abspülte, bevor sie, dem Lärm nach zu urteilen, sie richtiggehend in die Spülmaschine warf. Darauf das Knacken einer Schranktür, dann das wohlbekannte Geräusch, als sie eine Weinflasche öffnete.

34

Mehrere Tage war das Doppelbett ungemacht geblieben. Im Schlafzimmer roch es abgestanden, doch Solveig ließ sich auf die Matratze niedersinken, ohne das Fenster zu öffnen. Erik schlief schon, zumindest tat er so. Nachdem sie nach Hause gekommen waren, war er im Haus umhergerast, als jagte er einen unsichtbaren Feind; die Augen waren von einem wilden metallischen Licht erfüllt. Schließlich war er ins Bett gefallen. Sie hatte in der Tür gestanden und gesehen, wie sein Rücken zitterte, außerstande, etwas zu unternehmen.

Solveig legte sich auf den Rücken, zog sich die Bettdecke bis unters Kinn, blieb liegen und starrte die nachtschwarze Decke an. Sie war gefangen in einer allumfassenden Finsternis, in einer beklemmenden Trauer, die sie bewegungsunfähig machte; wie ein stramm gewickeltes Baby. Vielleicht weil es unbegreiflich war. Ein Fehler. Ein abscheulicher Traum. Sie würde sicher bald aufwachen. Aber die albtraumartigen Bilder wollten nicht weichen. Der kalte Raum. Die ernsten Mienen. Der Tisch mittendrin. Jemand liegt auf dem Tisch. Unter dem weißen Laken. Der Mann im Mantel, der vorsichtig den Zipfel hebt, der das … Gesicht bedeckt. Das Gesicht, das sie besser kennt als ihr eigenes. Sie liegt auf dem Tisch. Schläft. Ihre Prinzessin schläft. Sie möchte sie küssen; als ihre Lippen die Stirn berühren wollen, hält sie jemand zurück. Da streckt sie die Hand aus, legt sie auf die Wange. Die Kälte schnappt nach ihren Fingerkuppen. Hastig zieht sie ihre Hand zurück. Oda liegt mit geschlossenen Augen da und ist nicht länger Oda. Oda ist weg. Es ist kein Traum, das Schreckensbild eines Albtraums. Es ist die Wirklichkeit. Und dabei so unwirklich.

Solveig schließt die Augen, aber Oda füllt die gesamte Augenhöhle aus, sie weitet jeden Nerv, jeden Muskel, spannt die Tränendrüsen, bis sie mit einem Schrei platzen. Solveig schnellt hoch. Jemand steht an ihrem Bett. Oda steht unmittelbar vor ihr und wechselt vom Leben in den Tod. Wieder kommt es ihr so vor, als sähe sie einen Film. Er flimmert und zeigt Schlaglichter von allem, was geschehen ist, doch auf einmal hält er abrupt bei einer Episode an; Oda ist nackt. Sie steht in der Duschkabine mit dem Plastikvorhang, auf dem sich ein orangefarbener Algenfilm gebildet hat. Das Wasser läuft ihr in Rinnsalen den Körper hinunter, und Solveig dreht das Wasser ab, steht mit dem rosa Handtuch parat.

»Guck, Mama! Guck, es schlägt!«

Oda zeigt eifrig auf ihre Brust.

»Ich seh's! Ich kann mein Herz sehen! Genau hier schlägt es. Mama, kannst du's sehen?«

Solveig breitet das Handtuch um sie, fühlt, wie ihr eigenes Herz wie ein Expresszug hämmert. Sie ist gestresst, will Oda schnell ins Bett bekommen, also hebt sie sie aus der Dusche und geht mit ihr ins Wohnzimmer. Kämmt ungeduldig ihr Haar. Stirnlocken. Keine Zeit, sich mit Odas Entdeckung zu beschäftigen. Es ist ohnehin banal, sie hat noch so viele andere wichtige Dinge zu erledigen; sie will sich die Nachrichten im Fernsehen ansehen, Anne-Lene anrufen und sie daran erinnern, dass sie am Freitag babysitten soll; die Spielsachen wegräumen, die Zeitung lesen. Alle wissen doch, dass das Herz schlägt. Linke Seite. Bumm, bumm, bumm. Eine Selbstverständlichkeit. Bis heute.

Was hatte die Polizei gesagt? Nicht so viel. Sie wollten nicht verraten, was mit ihr geschehen war. Versteckten sich hinter einem *Wir wissen es nicht*. Sie hatten nur das Gesicht zu sehen bekommen, sie hatte eine Schürfwunde an der Stirn. Ein dunkler Streifen in dem weißen Gesicht, der vorher nicht da gewesen war. Hatte sie jemand angefahren und einfach am Straßenrand liegen lassen? Oder noch schlimmer, sie hinuntergeworfen? Was für ein Schwein würde so etwas tun? Sie konnte ihren eigenen Puls hören. Das Adrenalin raste wie verrückt durch ihren Körper, kein noch so kleiner Winkel wurde verschont.

»Wenn ich den in die Hände kriege, der dir das angetan hat, Oda, dann bringe ich ihn um«, raunte sie. »Ich werde ihn finden, und er wird seine Strafe erhalten.«

35

Samstag, 28. Januar

Verner Jacobsen erwachte mit einem Ruck. Er streckte sich über das Nachttischchen, riss zwei Bücher und ein Glas Wasser um, bevor er sein Handy zu fassen bekam. Fluchend nahm er das Gespräch an.

»Ihnen auch einen guten Morgen.« Bitte Røed lachte.

»Ich habe ein Glas umgestoßen«, antwortete Verner und räusperte sich den Schlaf aus der Stimme. Er setzte sich auf und warf einen Blick auf Ingrid, die neben ihm lag. Sie schlief immer noch fest. Vom Mascara lagen schwarze Schatten um ihre Augen. Hatte sie geweint?

»Trinken Sie?«

»Wasser«, sagte Verner trocken und nahm das Telefon mit ins Bad.

»Hab mich gefragt, ob der Poet sich heute Vormittag einen kulturellen Ausflug vorstellen könnte«, flötete Bitte Røed.

Verner wusste nicht, ob sie sich über ihn lustig machte oder schlicht versuchte, nett zu sein; wie auch immer, er wurde mürrisch.

»Ich habe mir Ihren Bericht von der Vernehmung mit Janni Egge angesehen«, fuhr Bitte unverdrossen fort. »Und eine Sache ist mir aufgefallen: Sollten wir nicht Kontakt zum Kunstverein aufnehmen? Dort muss es doch Leute geben, die uns ein vollständigeres Bild von Vibeke Hansen liefern können. Und weil der Kunstverein bloß am Wochenende geöffnet hat, dachte ich, wir könnten ihm zusammen einen Besuch abstatten.«

Verner hob Ingrids BH auf, der vor dem Waschbecken auf dem Boden lag. Ich sollte zu Hause bleiben, dachte er, während er den Büstenhalter ans Gesicht hob und den schwachen Parfümduft einsog.

»Hallo, sind Sie wach?«, fragte Bitte. »Ich kann auch allein hinfahren, aber wo Sie doch mehr Erfahrung haben als ich, da wär's vielleicht gut, wenn wir beide hingehen würden.«

Er merkte, dass er sich wider Willen von ihrer Schmeichelei beeinflussen ließ. Durch die Wand zum Schlafzimmer hörte er Ingrid grunzen und sich im Bett drehen. Er wusste nicht, wann sie am Abend zuvor zu Bett gegangen war, hatte sie im Wohnzimmer herumschlurfen hören, aller Wahrscheinlichkeit nach Hand in Hand mit ihrem treuen Freund aus Rioja. Sie würde sicher noch ein paar Stunden schlafen.

»Okay«, sagte er, »aber wir werden das Arbeitszeitgesetz brechen. Gestern haben wir schon die Elf-Stunden-Regel überschritten.«

»Sind Sie immer so korrekt?«

Er hörte ihr Lachen, beschloss, sich nicht provozieren zu lassen, und sagte:

»Wo wohnen Sie? Soll ich Sie abholen?«

»In Konnerud. Und Sie?«

»Direkt außerhalb vom Zentrum. Åssida.«

»Das ist ja ein Umweg, wenn Sie erst hierherkommen. Ich fahre«, entschied Bitte. »Seien Sie in einer halben Stunde startklar.«

Einen Moment blieb er noch vor dem Spiegel stehen, nachdem er aufgelegt hatte. Wie oft hatte er in der letzten Zeit nicht hier gestanden und sein Spiegelbild studiert, nach Formen gesucht, als könnte er immer noch Gesichter, Tiere und Monster in den Wolken an einem faulen Sommertag ausmachen. Ab und zu meinte er, einen anderen Mann dort zu entdecken, einen, der nicht feige war. Doch der trieb immer davon, löste sich in Nebel auf, wenn er sich auszog und die Dusche aufdrehte.

Sie hatten Spuren von Vibeke Hansens Mörder gesichert. Heiki Stenvald, Spezialist für elektronische Spuren, war abgestellt worden, Vibekes Bruder zu finden. Der Kunstverein? Womöglich eine gute Idee, dort zu beginnen. Weshalb war er nicht selbst darauf gekommen? Und eine Kunstausstellung war allemal angenehmer als eine Konfrontation mit Ingrid. Eine Dosis Kultur würde ihm hoffentlich genug Stärke verleihen, auch den Rest des Wochenendes zu überstehen. Anschließend wollte er im Präsidium vorbeifahren, um zu überprüfen, ob der Fahrer des Räumfahrzeugs verhört worden war. Vielleicht schaffte er auch eine Spritztour zur Bücherei? Die neue Bibliothek lag bloß einen Steinwurf vom Präsidium entfernt. Er sehnte sich danach, in einen der tiefen Stühle am Fenster zu versinken. Man hatte einen freien Blick auf den Fluss, und die riesigen Glaswände vermittelten ihm das Gefühl, Schiffbruch erlitten zu haben, allein auf einem wogenden Floß, müßig dahintreibend, hinein in ein Buch.

Er und Ingrid teilten dieselbe Leidenschaft für Bücher. Und für Recherche. Autorin zu sein, hatte Ingrid einmal betont, sei beinahe wie Polizeiarbeit. Den enormen Berg an Hintergrundinformationen, den man Tage und Monate zusammentrug, brauchte man womöglich nicht einmal, trotzdem übten sie eine Wirkung aus. Genau wie bei der Ermittlungsarbeit. Hier endeten die Gemeinsamkeiten allerdings auch.

Ingrid hatte eine Schreibblockade, und die Kur bestand offensichtlich darin, sie mit Rotwein aufzuweichen. Polizeiarbeit blockierte niemals. Frisches Blut strömte leider immer. Bisweilen hatte er sich gewundert, weshalb sie trank. Er hatte sie geradezu verhört, ob bestimmte Ereignisse in der Vergangenheit sie traumatisiert hatten, sodass sie sich betäuben musste. Er hatte ihr gedroht.

»Zwei, die trinken, Ingrid, zwei Alkoholiker unter ein und demselben Dach!«

»Ich bin kein Alki«, verteidigte Ingrid sich. »Ich mag es bloß, zu trinken. Ein Alki trinkt jeden Tag, weil sein Körper das braucht, aber bei mir ist es mein Intellekt, der das braucht; nicht die ganze Zeit, nur in bestimmten Perioden.«

Verner wusste, sie hatte recht. Ingrid würde weniger trinken, sobald sie sich hinter einem neuen Roman verschanzt hatte. Dadurch entfernte sie sich genauso von ihm, doch diese Art war ihm lieber. Die feuchte Phase hielt nun schon lange an, und er hoffte, sie würde bald wieder mit dem Schreiben anfangen. Und wenn er erst gezungen war, ihr davon zu erzählen, hätte sie vielleicht neuen Schreibstoff, dachte er und schnitt eine Grimasse. Geld könnten sie auch brauchen, aber solange sie keine neuen Projekte auf den Weg brachte, waren die Aussichten auf neue Zahlungen verschwindend gering. Er schaute zu ihr herein, bevor er ging. Die Bettdecke war halb auf den Boden gerutscht und hatte ihre weißen Schenkel entblößt. Er widerstand der Versuchung, sich auf die Bettkante zu setzen und sie zu streicheln.

36

Die Räumlichkeiten des Kunstvereins bildeten einen Teil des stillgelegten Bahnhofs. *Galleri Perrongen* stand auf einem der gelben Häuser, gleich dahinter ruhte ein braunroter, ehemals entgleister Zug mit dem Schild *Café*. Aus den Zugfenstern fiel Licht, doch Gäste waren nicht zu sehen. Ein einsames Auto parkte vor dem Haus, und zwei Flammschalen kämpften auf der Treppe gegen den Schneefall ums Überleben.

Eine Frau in einer langen Jacke, die einer löchrigen Decke glich, stand von dem weit hinten im Raum stehenden Tisch auf. Sie lächelte breit, als sie eintraten, allerdings verlor sich ihr Lächeln, als sie ihr mitteilten, dass sie von der Polizei waren, und ihr Anliegen vorbrachten. »Sie meinen nicht ernsthaft, dass Vibeke Hansen tot ist?«, fragte die Frau, von der Neuigkeit deutlich schockiert. »Vibeke, die sooo lebendig war!«

»Ah ja? Auf welche Art?«, wollte Bitte wissen.

»Sie war die menschliche Inkarnation von Champagner. Normalerweise erinnere ich mich an die Bilder, wenn wir eine Ausstellung haben, nicht an die Künstler. Aber mit Vibeke Hansen war es umgekehrt.«

»Haben Sie sie gut gekannt?«

»Nein, eigentlich nicht. Einmal allerdings war ich bei ihr zu Hause. Sie hat einen Zeichenabend mit einem Aktmodell für die Mitglieder des Vereins veranstaltet. Sie hatte ein männliches Modell besorgt, das ist eher ungewöhnlich.«

»Können Sie sich daran erinnern, wann sie ihre Ausstellung hier hatte?«, fragte Verner.

»Da muss ich im Buch nachsehen, es muss ein paar Jahre her sein.«

Die Frau begab sich zu einem kleinen Tisch im Eingangsbereich. Neben einem Stapel Preislisten und ein paar brennenden Teelichtern lag ein großes aufgeschlagenes Buch.

»Was ist das für ein Buch?«

Verner rang um Konzentration. Die an den Wänden hängenden Bilder drängten sich dem Betrachter auf. Füchse in Herrenkleidung. Damen in Rot. Fliegende Fliegenpilze mit verspielten Hasen als Passagiere. Vielleicht hatte der Maler selbst Fliegenpilz gegessen?

»Dies ist das Gästebuch«, sagte die Frau. »Wir kleben die Einladungen rein, die verschickt werden, und ermutigen alle, die kommen, ihren Namen einzutragen. Einige hinterlassen auch einen Gruß an den Künstler.«

»Können Sie bis zu Vibekes Ausstellung zurückgehen?«

Sie schlug das Buch in der Mitte auf und begann zu blättern.

»Hier ist sie.«

Sie reichte Verner das Buch, während Bitte sich vorbeugte, um ebenfalls hineinzusehen. Gut zwei Jahre waren seit der Ausstellung vergangen. Das Bild, das die Einladung zierte, war düster und melancholisch. Nicht gerade prickelnd, dachte Bitte und wusste, dass sie sich so etwas nie an die Wand hängen würde. Es lag etwas Bedrohliches in der Stimmung und in der Wahl der Farben, als ob das Bild sie mit unsichtbaren Augen beobachtete.

»Jetzt, wo ich das Bild sehe«, bemerkte die Frau, »wirkt es auf mich, als wäre Vibeke Hansen ein Clown gewesen.«

»Clown?«

»Ja, irgendwie glücklich nach außen, während sie alle negativen und schmerzlichen Dinge durch ihre Bilder zum Ausdruck bringt. Sie muss auch noch eine andere Seite gehabt haben als die, die sie nach außen hin zeigte«, fügte sie nachdenklich hinzu. »Dass sie tot ist! Unfassbar. Meinen Sie, sie könnte es gewusst haben?«

»Was gewusst haben?«, fragte Bitte.

»Ach, ich dachte bloß. Ich dachte daran, wie dunkel ihre Bilder waren. Dieses hier zum Beispiel.«

Sie legte ihren Zeigefinger auf das Bild im Buch.

»Es kündet irgendwie vom Tod, finden Sie nicht?«

Verner und Bitte sahen einander an, vermieden es jedoch, die Augen zu verdrehen. Die Frau plauderte weiter.

»Vibeke hielt hier am Vorabend der Vernissage einen Vortrag für die Vereinsmitglieder. Üblicherweise reden die Künstler über den Prozess des Malens und Inspirationsquellen, aber wissen Sie, wovon sie sprach?«

Bitte Røed und Verner Jacobsen schüttelten abwesend den Kopf, sie waren mit den Eintragungen der Ausstellungsbesucher beschäftigt.

»Sie redete von Reinkarnation«, sagte die Frau und hob ihre Stimme, als sie merkte, dass sie nicht mehr ihre volle Aufmerksamkeit hatte.

»Reinkarnation! Vibeke Hansen war tatsächlich überzeugt, dass sie wiedergeboren werden würde, und jetzt, wo ich höre, was geschehen ist … das rückt ihre Bilder ja in eine gänzlich andere Perspektive!«

Die Frau sah begeistert aus, beinahe glücklich über diese Entdeckung.

»Sie war eine aufregende Künstlerin«, fuhr sie fort, »und so talentiert! Hatte mehrere Jahre in Paris studiert, soweit ich mich erinnere. Sie hätte es weit bringen können, wenn sie nicht …«

Sie seufzte laut. Bitte Røed meinte, eine gewisse Ungeduld zu erahnen, dass sie wieder aufbrachen, damit sie endlich ihre

Freundinnen und die Vereinsmitglieder anrufen konnte, um ihnen die tragische, aber ach so sensationelle Nachricht zu überbringen.

»Verner«, sagte Bitte leise. »Sehen Sie den Namen?«

Verner beugte sich vor und blinzelte, las die verworrenen Buchstaben, geschrieben mit einem Kugelschreiber, der geschmiert hatte.

Danke für die herrlichen Bilder. David Martí.

»Haben Sie eine Liste Ihrer Kunden?«, fragte Verner Jacobsen.

»Wir haben einen Quittungsblock, aber dann muss ich erst nach dem richtigen Buch suchen, wenn Sie mehr über Vibekes Ausstellung erfahren wollen.«

»Wir warten«, sagte Bitte Røed.

Die Frau verschwand durch eine Tür im hinteren Teil des Raums und kam zeitgleich mit einer Familie wieder herein.

»Wir finden uns schon zurecht«, sagte Verner Jacobsen und deutete auf die Neuankömmlinge.

Einen Augenblick stand die Frau da und hielt den Quittungsblock fest in beiden Händen, bevor sie ihn widerwillig hergab und auf die Familie zuging. Die Kinder begrapschten die Bilder, und die Frau wies sie freundlich, aber bestimmt zurecht.

Verner Jacobsen und Bitte Røed nahmen sich jedes Blatt des Blocks vor. Er war zerschlissen, und die Deckblätter hielten gerade noch zusammen. Sie fanden das Datum von Vibekes Ausstellung und notierten sich die Käufernamen von jedem Beleg: Kommune Lier, Åsta Nygårdheim und der Kunstverein.

»Hat sich nicht gut verkauft«, stellte Bitte fest.

»Und David Martí hat keins gekauft«, sagte Verner.

»Was meinte er denn dann mit *Danke für die herrlichen Bilder*?«

»Das dürfen wir nicht vergessen, ihn zu fragen, wenn wir ihn finden«, sagte Verner.

»Merkwürdiger Zufall, oder?«, fragte Bitte.

»Ja«, räumte Verner ein, »aber das war's dann auch schon«, sagte er und bemerkte Bittes leicht enttäuschten Gesichtsausdruck. »Denken Sie dran, der Fall Oda wandert voraussichtlich bald zu den Akten. Der Obduktionsbericht wird höchstwahrscheinlich bestätigen, dass sie von dem Räumfahrzeug angefahren wurde. Nachher fahre ich übrigens noch vorbei und erkundige mich, ob der Fahrer schon verhört wurde. Inzwischen sollte er nüchtern sein.«

Die Familie war im Begriff zu gehen, und die Frau kam eilig auf sie zu.

»Sie wollten zum Café und hatten den falschen Weg genommen«, sagte sie und sah erleichtert aus. »Haben Sie etwas gefunden?«

»Nichts von Belang bisher«, antwortete Verner Jacobsen, »aber dürfen wir uns den ausleihen?« Er wedelte mit dem Quittungsblock. »Wir müssen uns ein paar Kopien machen.«

»Wir haben einen Kopierer im Obergeschoss, aber Sie dürfen ihn auch gerne mitnehmen. Wenn wir ihn zurückbekommen«, betonte sie.

»Selbstverständlich«, sagte Verner und steckte ihn in die Jackentasche.

37

Das Licht hatte sich weit ins Zimmer gestohlen, war jedoch schon dabei, sich zurückzuziehen, als Ingrid erwachte. Die Türklingel hatte sie geweckt. Meine Güte, wie spät war es eigentlich? Sie streckte sich nach dem Wecker. Viertel nach zwei! Dabei hatte sie doch gestern noch den festen Vorsatz gefasst, dass sie heute … Heute wollte sie wieder anfangen zu schreiben. Durch die aufmunternde Wirkung des Rotweins hatte sie sich gestern Abend beinahe glücklich gefühlt. Glücklich wie eine gottbegnadete Autorin. Jetzt spürte sie lediglich eine schwere Unzulänglichkeit, die schläfrig ihren Körper durchdrang, und all die spontanen guten Ideen hatten den Ort des Geschehens entweder verlassen oder erschienen ihr nun albern.

Sie zog sich den Morgenmantel über und ging langsam die Treppe hinunter. Ein unbeholfener Jugendlicher stand vor der Tür. Reflexartig hielt sie Ausschau nach einer Flinte in seiner Hand. Die einzigen Jugendlichen, die hier mal geklingelt hatten, waren Konfirmanden, die für die Nothilfe der Kirche Geld sammelten. Der Junge hielt nichts in seinen Händen, sondern hatte sie zu Fäusten geballt, als wäre er bereit zuzuschlagen. Er war kahlköpfig. Einen Moment lang beschleunigte ihr Puls, und vor ihren Augen offenbarte sich die Schlagzeile in der Zeitung: *Dreiundvierzigjährige überfallen und im eigenen Haus brutal von jungem Neonazi ausgeraubt.*

»Kann ich dir irgendwie helfen?«, fragte sie und hörte, wie ihre Stimme belegt und heiser und ein wenig nervös klang. Sie hustete.

»Ist Verner Jacobsen zu Hause?«

»Nein. Worum geht's?«

Mit den Schuhspitzen schob der Junge Schnee in einem kleinen Kreis herum.

»Sind Sie seine Frau?«

»Ja.«

»Sie wissen, wer ich bin?«

»Sollte ich das?« Ingrid betrachtete ihn genau. Welche Fälle hatte Verner kürzlich bearbeitet? Das verschwundene Mädchen? Hatte der Junge etwas damit zu tun? Es kam vor, dass die Leute Verner zu Hause übers Handy kontaktierten, aber noch nie hatte jemand vor der Tür gestanden.

Der Junge steckte seine Hände in die Taschen.

»Ich komm ein anderes Mal wieder.«

»Wer bist du? Soll ich Verner Jacobsen etwas ausrichten?«

»Sie können meinem Vater einen Gruß bestellen und sagen, dass ich da war.«

»Deinem Vater? Wie ...?«

Aber der Junge war schon zur Straße gelaufen und rannte, als wäre ihm die Polizei auf den Fersen. Ingrid zog den Morgenmantel enger um sich, doch die Kälte war bereits hineingekrochen.

38

Montag, 30. Januar

Solveig hatte geschlafen, jedoch keine Vorstellung davon, wie lange. Sie wachte mit derselben betonschweren Taubheit im Körper auf und wusste nicht, welcher Wochentag war, ob Morgen oder Abend. Seit dem Tag von Odas Verschwinden war sie barfuß über eine endlose Ebene von Glasscherben gegangen, doch hatte in der letzten Scherbe immer noch ein winzig kleiner Lichtstrahl gefunkelt. Jetzt war sie angekommen, stand am Ende der Ebene, und das Licht im Glas war erloschen.

Wann waren sie im Krankenhaus gewesen? Vor einem Tag? Zwei? Es spielte keine Rolle. Nichts war mehr wichtig. Solveig stand auf, schaltete das Radio ein und erfuhr übers Programm von P4, dass es Montagmorgen und gleich halb zehn war. Sie setzte sich an den Küchentisch. Ein Bein war lose, und der Tisch wackelte, als sie ihre Arme abstützte. Die Welt draußen war immer noch undurchdringlich weiß. Ihr Blick bewegte sich wie eine Kompassnadel auf die Stelle zu, wo ihr Rettungskräfte und Polizei ihre Oda weggenommen hatten. Obwohl es seither viel geschneit hatte, war in dem Schneewall immer noch eine Senke zu sehen, wie ein sichtbares Echo der Geschehnisse. *Oda hat die ganze Zeit über dort gelegen, während wir gesucht und nach ihr gerufen haben*, dachte sie und vergrub ihre Finger im Stoff ihres Pullovers, als könnte sie Oda dort zwischen Maschen und Hohlräumen finden. Was hatte die Polizei angedeutet? Sie erinnerte sich nicht richtig. Als Einziges erinnerte sie sich an das Wort Räumfahrzeug und an den Schwur, den sie getan hatte. Sie musste herausfinden, wer hier an jenem Tag geräumt hatte.

Irgendetwas stimmte nicht. Oda ging nie zur Straße hinunter. Sie war gut erzogen, das sagten alle. Was dachten die anderen jetzt wohl von ihr? Dass sie eine schlechte Mutter war? Sie meinte die Damen vom Nähtreff hören zu können, wie sie über ihre Kaffeetassen hinweg tratschten. Porzellan vom Feinsten natürlich, nur das Beste war gerade gut genug. Das wusste sie, weil sie einmal hatte dabei sein dürfen; unmittelbar nachdem sie hierher gezogen waren. Sie hatte die Einladung angenommen, glücklich, dass die Nachbarn darum bemüht waren, sie kennenzulernen. Bei diesem einen Mal war's geblieben. Sie hatten sie wohl bloß eingeladen, um abzuklären, wer sie war, ob sie es wert war, Mitglied in ihrem kleinen exklusiven Klub zu werden. Selbstverständlich hatten sie sie nicht für würdig befunden. Als Kassiererin bei Meny taugte sie lediglich dazu, ihre riesigen Einkäufe zu scannen, mit denen sie vor dem Wochenende ihre Einkaufswagen beluden. Die Einzige, zu der sie sporadischen Kontakt hatte, war Janni, die jedoch niemals einen Vorstoß unternommen hatte, dass sie im Klub aufgenommen würde, und ehrlich gesagt: Sie wollte auch nicht. Doch mit ihrer Tochter Anne-Lene verband sie trotz des großen Altersunterschieds ein gutes Verhältnis. Aber vielleicht genau deshalb. Anne-Lene war noch nicht so spießbürgerlich wie ihre Mutter.

Ihr kam es so vor, als könnte sie die feinen Herrschaften auf den kernlosen Weintrauben herumschmatzen hören, wie sie sich kleine Stückchen Gorgonzola mit Stangensellerie in den Mund steckten.

Eigentlich ist sie selber schuld, oder was meint ihr?

Auf jeden Fall! Mein Kind hätte ich niemals bei diesem Wetter nach draußen gelassen …

Außerdem war es ja dunkel. Reich mir mal bitte den Brie.

Sie war doch erst fünf, war das nicht ein bisschen verantwortungslos?

Gibt es noch etwas von dem Räucherkäse? Den hab ich noch nie probiert.

Aber stellt euch nur vor, welche Vorwürfe sie sich jetzt machen muss.

Die Arme. Meint ihr, wir sollten zur Beerdigung gehen ...?

Die Beerdigung. Daran hatte sie bisher nicht gedacht. Sie brauchten einen Stein, mit ihrem Namen in goldenen Lettern und einem Vögelchen oben drauf. Solche Steine, wenn man einen besonders schönen haben wollte, waren sicher ziemlich teuer, oder? Eventuell mussten sie bei der Bank um noch einen Kredit bitten? Erik würde rebellieren, die Bank sich weigern. Ein reißender Strom von Sorgen durchflutete sie beim Gedanken an all die neuen Rechnungen, die energisch in ihren Briefkasten kriechen würden, nur um sie aus dem Umschlagfenster aggressiv anzustarren, wenn sie sie herausholte. Ein schöner Stein musste es sein. Oda sollte ein Vögelchen bekommen.

Wo war Oda jetzt? In der Rechtsmedizin hatte der Polizist gesagt. Der Gedanke, dass sie allein in einem Kühlraum lag, war unerträglich. Im Fernsehen hatte sie so etwas gesehen, diese Schubladen, fast wie in einem Gefrierschrank, Löcher, wo sie Leute heraus- und hineinschieben konnten. Lag sie da drin? Und was machten sie mit ihr? Schnitten sie sie in kleine Stücke, wogen und maßen sie, witzelten vielleicht darüber?

»Oda, du musst nach Hause«, sagte Solveig laut und war überrascht über die Kraft in ihrer Stimme.

Sie stand auf, nahm das schnurlose Telefon aus der Station und wählte die Nummer von Verner Jacobsen. Er antwortete umgehend.

»Ich möchte Oda nach Hause holen«, sagte Solveig und kam direkt zur Sache. »Wir müssen die Beerdigung vorbereiten, und ich möchte nicht, dass sie allein da liegt und …«

Friert … hatte sie sagen wollen, sah aber ein, wie dumm sich das anhörte.

»Ich fürchte, das geht nicht; wegen der noch andauernden Ermittlungen.«

»Aber«, warf Solveig ein, »aber ich hab Sie doch im Krankenhaus miteinander reden hören, als wir sie identifiziert haben … dass es ein Räumfahrzeug war, das …«

Ihre Stimme versagte.

Verner erklärte ihr, dass sie keine voreiligen Schlüsse ziehen dürften, es fortwährend Unklarheiten hinsichtlich des Hergangs gebe und er aufgrund der laufenden Ermittlungen nicht mehr sagen könne.

»Was ist mit mir?«, flüsterte Solveig. »Habe ich denn keine Rechte? Sie ist meine Tochter, und Sie haben sie mir einfach weggenommen, noch einmal hat sie mir jemand weggenommen …«

Sie kam damit nicht durch. Verner Jacobsen versprach ihr, sie auf dem Laufenden zu halten, und ließ sie mit weit mehr Fragen als vor dem Anruf zurück. Weshalb mussten sie Oda behalten? Und wieso wussten sie nicht länger genau, was passiert war? War das nicht offensichtlich?

Aber wenn nicht das Räumfahrzeug, was dann? Jemand hatte sie umgefahren, das war vollkommen klar. Womöglich jemand anders als der Fahrer des Räumfahrzeugs? Wie einfach doch alles hätte sein können, hätte David sie bloß entführt!

39

Verner Jacobsen steckte das Handy in die Hosentasche und straffte seinen Zopf. Solveigs Anklage lag klebrig auf seiner Haut. Er hatte gehofft, der Bericht über Oda würde zu der Schlussfolgerung kommen, dass es sich um einen tragischen Unfall handelte, doch der vorläufige Obduktionsbericht hatte ihn leider vor eine neue Herausforderung gestellt. Es gab Anzeichen, dass die Verletzungen, die ihr durch das Räumfahrzeug zugefügt worden waren, nicht die Todesursache darstellten. Vieles sprach dafür, dass Oda bereits tot war, als der Pflug des Fahrzeugs sie getroffen hatte. Wahrscheinlich war sie erstickt, aber er hielt es für besser, die Angehörigen darüber vorläufig nicht in Kenntnis zu setzen.

Und dann war da noch David Martí. War es Zufall, dass sein Name im Zusammenhang mit dem Fall Vibeke Hansen auftauchte – oder *dem Künstlermord*, wie die Lokalzeitung das ganze Wochenende über groß titelte? Für den Redakteur zu arbeiten musste die Hölle sein. Der Journalist hatte im Lauf einer mehrseitigen Reportage fortwährend dasselbe wiedergekäut und, wahrscheinlich in dem verzweifelten Versuch, den Fall noch weiter auszuschlachten, schließlich seine eigenen Schlüsse gezogen. Ein sanftes Klopfen an der Tür unterbrach seine Überlegungen. Bitte Røed schaute zu ihm herein und winkte ihn zu sich.

»Die Landespolizei wartet«, zischelte sie mit einem Anflug von Ehrfurcht in der Stimme.

Verner legte Odas Fallakte unter den Haufen von Vibeke

Hansen. Auch hier lag ein vorläufiger Obduktionsbericht vor. Verner hatte die Ergebnisse überflogen und wusste, dass er auf Dynamit saß, sollte etwas an die Presse durchsickern.

Die Wände der Besprechungszentrale waren mit Fotos von Vibeke Hansen bedeckt und mit einer angefangenen Zeitleiste, die ihre letzten Aufenthaltsorte wiedergab. Daneben hingen zwei identische vergrößerte Karten von Lier; die eine hing noch von der Suchaktion nach Oda dort, die andere zeigte Vibekes Aktionsradius und alle relevanten Beobachtungen. Alle arbeiteten intensiv daran, die letzten Unternehmungen der Künstlerin zu verzeichnen. Ein Wald von Stecknadelköpfen würde bald emporsprießen. Der Abstand zwischen den beiden Fundorten war nicht gerade groß – hätten die Nadeln auf einer Karte gesteckt, würden sie so dicht zusammenstehen, als wollten sie einander trösten. Die Nachbarschaft hatte über Generationen hinweg genug Gesprächsstoff.

Verner Jacobsen und Bitte Røed versuchten, sich unbemerkt auf ihren Platz am Ende des Tisches zu schleichen, als Kriminalhauptkommissar Jostein Fjeld sich und die Kollegen von der Landespolizei vorstellte.

»... Wir sind hier, um Sie in den Mordermittlungen zu unterstützen«, sagte er und ließ seinen Blick über die im Raum Anwesenden schweifen. Neben dem Leiter der Kriminalpolizei und der Ermittlungschefin Hildegunn Ebbestad kamen drei von der Landespolizei, acht weitere Ermittler und der Staatsanwalt.

»Kann der Ermittlungsleiter uns bitte auf den neuesten Stand bringen?«, fragte Jostein Fjeld.

Verner zog einen Notizblock aus seiner Hemdtasche hervor, räusperte sich und legte den Obduktionsbericht auf den Tisch.

»Vibeke Hansen, Künstlerin, achtunddreißig Jahre, wurde am 27. Januar tot in ihrem Haus aufgefunden«, begann er.

»Wer hat sie gefunden?«

»Eine Freundin, Janni Egge«, sagte Bitte Røed, wobei sie eifrig wie am ersten Schultag mit ihrem Arm herumwedelte. »Sie wurde bereits als Zeugin in dem Fall vernommen.«

»Andere Zeugen?« Jostein Fjeld wandte sich wieder Verner Jacobsen zu. Bitte fühlte sich töricht, sie hätte Verner Jacobsen nicht unterbrechen sollen.

»In der Nachbarschaft wurden Befragungen durchgeführt, aber es ist nichts Verdächtiges beobachtet worden«, berichtete Verner Jacobsen weiter. »Janni Egge hingegen erzählt, dass der Bruder der Toten, Einar Hansen, am Tag bevor sie gefunden wurde, zu Besuch bei seiner Schwester gewesen ist. Die Zeugin sagt aus, dass sie den Bruder vor dem Einkaufszentrum getroffen hat und anschließend von ihm gezwungen wurde, ihn zu Vibeke zu fahren. Der Zeugin zufolge war sein Auftreten sehr aggressiv, und sie sagte, er wollte …« Verner blickte in seine Aufzeichnungen und zitierte: »… ihr *die Seele aus dem Leib dreschen*.«

»Ist der Bruder schon vernommen worden?«

Verner sah fragend zu Heiki Stenvald hinüber.

»Wir konnten Einar Hansen bislang nicht ausfindig machen.« Heiki Stenvald sah schuldbewusst drein, als hätte er eine persönliche Niederlage erlitten.

»Die verdeckten Ermittler im Osloer Drogenmilieu haben das ganze Wochenende versucht, ihn zu finden, leider ohne Ergebnis«, erklärte er.

»Geben Sie eine Fahndung heraus«, warf Chefermittlerin Hildegunn Ebbestad ein.

»Gibt es Zeugen, die die Aussage der Freundin stützen?«, fragte Jostein Fjeld.

»Die Apotheke bestätigt, dass es an dem Tag zu einem Zwischenfall bei ihnen gekommen ist. Ein Mann von der Security berichtet das Gleiche, weshalb es keinen Grund gibt, an den Schilderungen Janni Egges zu zweifeln«, sagte Verner Jacobsen. »Janni Egge ist Grundschullehrerin und eine Respektsperson in der Gegend. Sie wird als sehr glaubwürdige Zeugin eingestuft. Zudem hatten zwei Streifenpolizisten am selben Nachmittag Kontakt zu ihr. Sie können bezeugen, dass sie sich in einem aufgewühlten Zustand befunden hat.«

»Einar Hansen hat offenbar ein bisschen was zu erklären«, stellte Jostein Fjeld fest. »Gibt es eine Liste über die Familie des Opfers, Freunde und andere Kontakte?«

Bitte Røed wagte zu antworten.

»Wir sind im Besitz einer Liste vom Kunstverein über Kunden, die Bilder von Vibeke Hansen gekauft haben, und gerade haben wir ihren Terminplan von der Spurensicherung zurückbekommen. Sie hatte ein Treffen an dem Tag, doch steht nicht vermerkt, mit wem. Ihr Adressbuch haben wir auch erhalten. Hieraus sollte sich für uns ein Ansatzpunkt ergeben.«

Sie spürte, wie sie sich ereiferte, zwang sich jedoch zu einer Kunstpause, bevor sie weitersprach.

»Und womöglich ist es schlicht ein merkwürdiger Zufall, aber im Gästebuch des Kunstvereins hat David Martí schriftlich eine persönliche Mitteilung hinterlassen, in der er sich für die Bilder bedankt … obwohl er keine gekauft hat!«

Die Information beeindruckte Jostein Fjeld offenbar nicht.

»Und wer ist David Martí?«

Seine Augen durchbohrten sie, trieben ihr die Röte in die Wangen und weiter hinunter über die Brust, wo ihre Haut schutzlos nackt war. Dass sie immer noch kein entspanntes Verhältnis zu ihren Vorgesetzten hatte! Ständig war da der Drang, sich zu beweisen, zu zeigen, dass sie hier tatsächlich hergehörte. Immer endete es damit, dass sie zu viel redete, zu viel wollte und sich letztlich wie eine Null fühlte.

»Oda ist die Fünfjährige, die verschwunden war«, stotterte sie und erinnerte sich daran, dass Jostein Fjeld in Bezug auf den Fall Oda nicht im Bilde war.

»Fahren Sie fort«, sagte Jostein Fjeld.

»Mittwoch, den 25. Januar, ist sie gegen 17 Uhr vor ihrem Haus verschwunden und wurde am Freitag, den 27. Januar, gefunden. Sie haben den Obduktionsbericht, Verner, können Sie …?«

Verner nickte.

»Der vorläufige Obduktionsbericht kommt zu dem Schluss, dass sie von einem schweren Gefährt angefahren wurde, höchstwahrscheinlich einem Räumfahrzeug«, sagte er. »Wir haben mit dem Fahrer gesprochen. Er leugnet jegliche Schuld, hat aber eingeräumt, dass unter gewissen Umständen unbemerkt etwas vor den Pflug geraten kann. Auf der Lippeninnenseite des Mädchens sind Zahnabdrücke gefunden worden, was darauf hinweist, dass Druck auf ihr Gesicht ausgeübt wurde. Erstickung lautet die vermutliche Todesursache. Ergo sind wir einer Aufklärung in diesem Fall nicht näher gekommen.«

»Interessant«, meinte Jostein Fjeld. »Lassen Sie über die Todesursache aufgrund der laufenden Ermittlungen vorläufig nichts nach außen dringen, ist das klar?«

Alle stimmten zu.

»David Martí ist Oda Isabell Sørensens biologischer Vater«, erklärte Bitte Røed. Rasch blickte sie zu Verner Jacobsen hinüber, der ihr aufmunternd zunickte.

»David Martí ist am selben Tag verschwunden wie Oda. Obwohl es keine Verbindung zwischen dem Fall Oda und dem Künstlermord gibt, so ist es doch seltsam, dass sein Name in beiden Fällen auftaucht.«

Sie spürte, wie sie errötete.

»Oder etwa nicht?«, fügte sie hinzu, da anscheinend keiner denselben Eifer entwickelte wie sie.

»Doch«, sagte Jostein Fjeld sachte, und auf seinem Gesicht breitete sich ein Lächeln aus. »Ist er vernommen worden?«

Hildegunn Ebbestad bat ums Wort und legte dar, dass Interpol in der Sache eingeschaltet worden sei. Man habe David Martí in Barcelona ausfindig gemacht und ihm mitgeteilt, dass seine Tochter tot aufgefunden worden sei.

»Er kommt heute Nachmittag am Flughafen Gardermoen an und wird zur Vernehmung direkt hierher gebracht«, sagte sie.

»Gute Arbeit«, erwiderte Jostein Fjeld und warf Bitte Røed einen anerkennenden Blick zu, worauf diese abermals errötete.

»Ich benötige Kopien aller Namenslisten und sämtliche Berichte von beiden Fällen«, fuhr Jostein Fjeld fort. »Liegt der Obduktionsbericht von Vibeke Hansen vor?«

Verner hob das vor ihm liegende Blatt hoch und schwenkte es in der Luft.

»Lediglich ein vorläufiger Bericht«, sagte er und versuchte einen Anflug von Begeisterung zu verbergen. »Der Todeszeitpunkt ist unklar. Die am Fundtag gemachten Fotos zeigen, dass die Haustür offen steht, ohne dass wir wissen, wie lange. Das kann Einfluss auf die Temperatur der Leiche ausgeübt haben, doch wahrscheinlich ist sie seit dem späten Mittwoch, dem 25., oder dem frühen Donnerstag, dem 26. Januar, tot. Läsionen im Kehlkopf deuten darauf hin, dass das Opfer erwürgt wurde. Das Opfer wurde mit einem eng um den Hals geschlungenen Tuch aufgefunden. Unter Berücksichtigung des Fundortes – ich weise darauf hin, dass sie von der Hüfte an abwärts nackt war – hat es auf den ersten Blick den Anschein, als hätten wir es mit einem Fall von Asphyxiophilie zu tun, also einem autoerotischen Unfall.«

Er sah kurz auf die Bilder von Vibeke an der Wand. Gaffend, aufgedunsen, aber dennoch schön, selbst im Tod. Er atmete ein und sprach weiter:

»Allerdings gibt es Anzeichen äußerer Gewalt. Die Tote hat eine gebrochene Rippe und wurde nach ihrem Tod bewegt. Ihr Mageninhalt bestand aus einer sparsamen Menge gut verdauten Essens. Des Weiteren wurde ein Embryo in einem frühen Entwicklungsstadium gefunden, wahrscheinlich erst ein paar Wochen alt. Auch in der Scheide wurden oberflächliche Verletzungen festgestellt, Spermaspuren dagegen konnten im Unterleib des Opfers nicht entdeckt werden. Die Verletzungen wiederum, die aus kleinen Rissen bestehen, stammen mutmaßlich von einem Fremdkörper, der in der Vagina der Frau gefunden wurde – einem zusammengerollten Tausender …«

Die letzte Bemerkung ließ er in der Luft hängen. Als Köder. Offensichtlich hatten alle rund um den Tisch plötzlich das akute Bedürfnis, sich mit dem Nebenmann zu unterhalten. Bitte Røed zwinkerte so heftig, dass er hätte schwören können, einen kühlen Luftzug zu spüren. Niemand sagte etwas, alle blickten den Ermittler der Landespolizei abwartend an. Jostein Fjeld kniff seine Augen zusammen, bis sie Rissen in einer trockenen Holzwand glichen.

»Wir haben also eine erwürgte Frau«, sagte er, während er die Fotos an der Wand studierte. Mit dem Rücken zu ihnen schien er mit sich selbst zu reden. »Und wir haben Hinweise, die eher auf eine Vergewaltigung hindeuten könnten oder auf versuchte Vergewaltigung mit Todesfolge, und eine mögliche finanzielle Spur. Wir haben einen Bruder, der sich Zeugen nach aggressiv benahm und nun spurlos verschwunden ist. Darüber hinaus haben wir einen männlichen Bekannten, der etwa zum gleichen Zeitpunkt das Land verlassen hat und Vater des Mädchens ist, das, Zufall oder nicht, ebenfalls einen Erstickungstod gestorben ist. Welche Spuren haben wir aus Vibeke Hansens Wohnung?«

Jostein Fjeld drehte sich unvermittelt um, und alle blätterten auf einmal in ihren Unterlagen. Verner sah rasch die vor ihm liegenden Berichte durch.

»Eine ganze Reihe Fingerabdrücke und Haare. Von der Toten natürlich, aber auch einige lange helle Haare. Das Ergebnis der Untersuchung ist noch nicht eindeutig, doch die Wahrscheinlichkeit ist groß, dass sie Janni Egge gehören – der Freundin, die Vibeke gefunden hat. Janni Egge ist sehr kooperationswillig und hat Referenzproben abgegeben.«

»Wo sind diese Haare gefunden worden?«

»An mehreren Stellen, was erneut darauf hinweist, dass sie Janni Egge gehören können. Sie war häufig Gast im Haus. Auch auf dem Tuch, das um den Hals der Toten lag, wurden zwei unterschiedliche Typen Haare gefunden.«

Heiki Stenvald pfiff vielsagend.

»Darüber hinaus gibt es Spuren dreier weiterer Personen«, fuhr Verner Jacobsen fort. »Wir nehmen an, dass es sich bei der einen um Einar handeln könnte, den Bruder des Opfers, und die anderen beiden kennen wir bisher noch nicht.«

»Gut«, sagte der Leiter der Kriminalpolizei Thomas Lindstrand, doch seine Miene war streng. »Wir sollten alle Möglichkeiten abklopfen, es gibt keinen Grund, in einem dieser Fälle voreilige Schlüsse zu ziehen. Und obwohl es sich um zwei separate Fälle handelt, werden wir von nun an parallel ermitteln. Die Umgebung ist dieselbe und teilweise sind dieselben Akteure involviert, doch ich sage es noch einmal nachdrücklich: Es gibt keine Anzeichen, die auf eine Verknüpfung der beiden hindeuten.« Thomas Lindstrand überließ Chefermittlerin Hildegunn Ebbestad die Verteilung der Aufgaben. Sie ließ ihren Blick schweifen, bevor sie bei Bitte Røed verweilte.

»Røed!«

Bitte zuckte zusammen und richtete sich auf.

»Wir brauchen eine neue Zeugenvernehmung von Janni Egge. Darum kümmern Sie sich. Sie können Marius Moe mitnehmen. Legen Sie besonderes Augenmerk darauf, ob sie uns etwas über Vibekes Verhältnis zu David Martí sagen kann. Und im Hinblick auf den Fall Oda müssen alle Zeugen angesichts des derzeitigen Ermittlungsstandes erneut vernommen werden. Verner Jacobsen! Sie und Ida Madsen kümmern sich um Odas Eltern und die nächsten Nachbarn. Heiki Stenvald, Sie machen mit David Martí und Einar Hansen weiter. Alle anderen bleiben bitte hier. Fragen?«

Alle am Tisch warfen einander verstohlene Blicke zu, dann erfüllte Lärm den Raum, als alle ihre Stühle zurückrückten und sich erhoben.

Verner Jacobsen spürte, dass sein Handy in der Tasche vibrierte. Ingrid. Er merkte, wie das schlechte Gewissen ihn erneut einkreiste. Ingrid war nicht zu Hause gewesen, als er am Samstagnachmittag zurückgekommen war. Sie hatte bloß einen Zettel hinterlassen, auf dem stand, dass sie zu einer Freundin gefahren war und Sonntagabend spät zurückkommen würde. Seltsam, dass sie so plötzlich weggefahren war, doch in erster Linie war er erleichtert gewesen über den abermaligen Aufschub. Sonntagabend war er früh zu Bett gegangen und hatte vorgegeben zu schlafen, als sie später neben ihn ins Bett schlüpfte. Irgendwie komisch, dachte er, während er die SMS öffnete, sie störte ihn für gewöhnlich nicht mit Telefonaten oder SMS bei der Arbeit.

Er las die SMS und wusste, dass die Zeit abgelaufen war.

Eine kurze Nachricht.

Kein Smiley.

Dein Sohn? war am Samstag hier.

40

Wie hatte er bloß die ganze Zeit mit dieser Lüge leben und sich so verstellen können? Verner Jacobsen steckte das Handy in die Hosentasche. Natürlich wusste er es. Alles ließ sich auf einen einzigen Augenblick zurückführen. Den Augenblick, der tief in dem schwarzen Loch seines Gedächtnisses vergraben war, wo eine so starke Gravitation herrschte, dass es beachtlicher Energien bedurfte, um ihn wieder hervorzuholen. Und nun, achtzehn Jahre nachdem dieser Augenblick sich davongemacht hatte, stieg er durch die Kraft einer kurzen SMS wieder an die Oberfläche. Vor achtzehn Jahren. Drei Tage vor seiner Heirat mit Ingrid steht Trine draußen auf der Treppe vor der kleinen Junggesellenwohnung, die er gerade räumt. Er sieht ihren großen Bauch. Der Karton mit den letzten Umzugssachen fällt ihm aus den Händen und landet mit einem Knall auf dem Beton.

Diese Episode hatte er so viele Jahre verdrängt, dass er zuerst dachte, jemand spiele ihm einen bösen Streich, als vor wenigen Wochen sein volljähriger Sohn auf der Suche nach seinen biologischen Wurzeln Kontakt zu ihm aufnahm.

Er schaltete das Telefon aus. Das einzig Richtige wäre, nach Hause zu fahren, aber momentan konnte, wollte er nicht Stellung beziehen. Er würde es noch ein wenig hinausschieben. Immerhin verfügte er über jahrelange Erfahrung. Menschen waren gestorben. Die brauchten ihn jetzt gerade mehr, redete er sich ein.

Ida Madsen und er stiegen ins Auto und fuhren die knapp zwanzig Kilometer zu Solveig und Erik hinaus. Ida Madsen war ein stiller Mensch. Er ertappte sich beinahe dabei, den Plauderton von Bitte Røed zu vermissen. Nun musste er das Gespräch in Gang halten, doch im Gegenzug war Ida ein Ass, wenn es um den zeitlichen Hergang ging, und würde auf ihre zurückhaltende Art sämtliche Informationen wie ein Schwamm in sich aufsaugen. Mit hoher Wahrscheinlichkeit würde sie die Sekunde, falls es sie überhaupt gab, und damit die Abweichung finden, die für die beiden Fälle von entscheidender Bedeutung sein könnte. An der Bushaltestelle unterhalb des Hauses standen dicht gedrängt die Autos. Seit sie von den dramatischen Geschehnissen erfahren hatten, machten Journalisten die Gegend unsicher – sie glichen hungrigen Raubtieren, auf der Suche nach saftigem Frischfleisch, in das sie als Erste ihre Fangzähne schlagen konnten.

An Verner prallten alle Zurufe ab, als er in der Einfahrt parkte und den steilen Hügel zur Haustür hinaufstieg. Dem Treffen sah er nicht mit Freude entgegen. Gezwungen zu sein, zu fragen und immer weiterzugraben, war das Unangenehmste an diesem Job. Leute zu quälen, die schon am Boden lagen. Doch er wusste, auch wenn es eine Belastung war, erwuchs daraus womöglich auch eine Art Trost. Meistens wurden die Angehörigen zu passiven Zuschauern. Oftmals fühlten sie sich übergangen, waren der Meinung, die Polizei unternehme nichts. Sie hatten sowieso so viel zu tun. Und vielleicht waren die schmerzlichen Fragen der Ermittler weniger qualvoll als die Stille, wenn die Ermittlungen ins Stocken gerieten.

Erik öffnete.

»Gibt es was Neues?«

Verner schüttelte den Kopf und folgte Erik ins Wohnzimmer. Solveig saß auf dem Sofa. Ihr Gesicht war nach tagelangem Weinen aufgedunsen und deutlich von Schlafmangel gekennzeichnet. Sie verschmolz beinahe mit dem aschgrauen Sofa. Als

Verner am anderen Ende Platz nahm, mühte sie sich hoch und versuchte, ihre Lippen zu etwas zu formen, das unter anderen Umständen der Ansatz eines Lächelns hätte sein können. Sie sah ihn abwartend an.

»Es besteht kein Zweifel, dass sie von einem Räumfahrzeug von der Straße geschoben worden ist«, sagte er. »Aber möglicherweise ist ihr schon zuvor etwas zugestoßen. Darum muss ich Sie leider bitten, den Tag von Odas Verschwinden noch einmal mit mir durchzugehen.«

Ein schwer zu deutender Ausdruck aus Enttäuschung und Wut huschte über Solveigs Gesicht.

»Vor allem möchte ich, dass Sie, Solveig, mir so genau wie möglich erzählen, welche Autos Sie an dem Nachmittag haben vorbeifahren sehen. Wir hatten vorab schon einen Aufruf an alle gestartet, die zu der entsprechenden Zeit hier entlanggefahren sind, und eine Menge Hinweise erhalten, die wir jetzt mit den Zeugenaussagen abgleichen müssen.«

»Meinen Sie, ich hätte nichts anderes zu tun gehabt, als am Fenster zu sitzen und Autokennzeichen aufzuschreiben?«

Die Stimme war matt, aber verärgert.

»Ich weiß«, sagte Verner, »aber versuchen Sie, sich zu erinnern. Wir können in die Küche gehen, dann fällt es Ihnen womöglich leichter, sich zu erinnern.«

Widerwillig erhob Solveig sich und folgte Verner hinaus auf die kleine Glasveranda. Ein Hund rannte über die Straße. Da er es nicht über den Schneewall schaffte, lief er unverrichteter Dinge am Briefkastenständer vorbei. Ein Auto fuhr vorüber, sie hielten den Atem an. Der Hund bog in die Straße zum Hof am Ende des großen Feldes ein.

»Auf diese Entfernung kann man doch vorbeifahrende Personen ausmachen, wenn man das dazugehörige Auto kennt, nicht wahr?«

»Ja, sicher«, antwortete Erik. »Jedenfalls bei klarem Wetter.«

»Aber das Wetter war schlecht«, sagte Solveig.

Jetzt klang sie deutlich gereizt.

»Außerdem habe ich nur nach Oda geguckt, nicht danach, ob die Nachbarn auf dem Weg nach Hause waren.«

»Sie haben erzählt, Sie hätten am Fenster gestanden, während Sie mit Erik telefonierten«, sagte Verner Jacobsen sanft. »Fangen Sie da an. Versuchen Sie sich zurückzuversetzen, auch wenn es wehtut. Schließen Sie die Augen. Was sehen Sie?«

»Das ist nicht schwer. Ich sehe nur eins. Tagaus, tagein läuft der gleiche Film in meinem Kopf ab. Ich sehe Oda.«

»Gut, Sie sehen Oda. Was macht sie?«

»Sie spielt. Sie krabbelt zum Apfelbaum, den blauen Schlitten in der Hand.«

»Entsinnen Sie sich an mehr? Haben Sie bemerkt, ob jemand die Straße entlanggegangen ist?«

»Außer Oda war niemand zu sehen. Natürlich waren Autos auf der Straße, aber Sie können nicht verlangen, dass ich mir Automarken und so was merke. Von Autos hab ich sowieso keine Ahnung.«

»Was haben Sie getan, nachdem Sie mit Erik gesprochen hatten?«

»Würstchen gebraten. Aufgeräumt. Die Waschmaschine angestellt.«

Ihre Stimme erstarb zu einem heiseren Flüstern.

»Wieso habe ich nicht vorher nach ihr gesehen?«

»Denken Sie zurück, wie viel Zeit ist vergangen zwischen dem letzten Mal, als Sie aus dem Fenster geguckt haben, und bevor Sie hinausgegangen sind, um sie zu rufen?«

»Viel zu viel Zeit!«

Sie schwang ihre Worte wie eine Peitsche, ihre Selbstvorwürfe verfehlten ihr Ziel nicht.

»Vielleicht zehn Minuten. Die Kartoffeln waren fast fertig …« Verstohlen schaute sie hinüber zu Erik. »… vielleicht mehr.«

Zehn Minuten sind eine lange Zeit, dachte Verner Jacobsen, da sind sicher viele Autos vorbeigefahren.

»Kennen Sie jemanden, der zu der Zeit normalerweise von der Arbeit hier vorbeifährt? Ein Nachbar, eine Freundin?«

Solveig sah Erik an. Sie dachten dasselbe. Es war schlichtweg unmöglich, mit jemandem in dieser Nachbarschaft näher in Kontakt zu kommen, geschweige denn mit dessen Gewohnheiten und Macken vertraut zu werden.

Sie versuchte nachzudenken. Irgendetwas stimmte nicht, lag unmittelbar unter der Oberfläche und wollte hoch. Verner Jacobsen hatte gesagt, es könnte ihr etwas zugestoßen sein, bevor das Räumfahrzeug kam. Wenn also nicht das Räumfahrzeug Odas Tod verursacht hatte, musste es jemand anders sein. Irgendetwas war in einem anderen Zusammenhang erwähnt worden, aber sie wusste nicht mehr, was. Die schlaflosen Nächte hatten sie kopflos gemacht, sie fühlte sich so verunsichert, hörte Stimmen, die durcheinanderredeten. Sie bemerkte Verner Jacobsens Hand auf ihrer Schulter. Er bedankte sich. Erik geleitete die Ermittler in den Flur, während Solveig am Fenster stehen blieb. Beinahe wäre sie daraufgekommen. Plötzlich erinnerte sie sich. Janni Egge, sie hatte es erzählt. Solveig rannte in den Flur.

»Warten Sie, ich glaub, mir ist da was eingefallen«, sagte sie. »Ich kann mich an etwas erinnern, das Janni gesagt hat, als sie und Anne-Lene hier waren. Sie hat gesagt, dass Raimo ihr Auto ohne Erlaubnis genommen hat. Hat sie das nicht gesagt, Erik? Das war an jenem Nachmittag … Der fährt wie ein Henker, das wissen wir ja. Und Janni schien verärgert gewesen zu sein, weißt du noch?«

Erik zuckte mit den Schultern. Janni hatte ununterbrochen von sich und ihren Belangen geredet. Das war das Einzige, was er an dem Tag mitbekommen hatte, aber was genau sie gesagt hatte, wusste er nicht. Am deutlichsten erinnerte er sich an das deprimierende Gefühl, als sie ihm den Blumenstrauß in die Hand gedrückt hatte.

»Ich werde das mit den Berichten abgleichen«, sagte Verner Jacobsen und zog den Notizblock aus seiner Brusttasche hervor und schrieb: *Raimo Egge überprüfen*.

41

Bitte Røed war es nicht geglückt, Janni Egge vor dem späten Nachmittag zu erreichen. Der Schuldirektor hatte inständig darum gebeten, bis zum Unterrichtsende zu warten. Zwei Klassen waren aufgrund des Lehrermangels schon zusammengelegt worden, und nähmen sie einen weiteren Lehrer aus dem Unterricht, könnten sie genauso gut schließen und die Kinder nach Hause schicken. Bitte Røed hatte ein Treffen bei Janni direkt nach der Schule verabredet. Eigentlich passte ihr das ganz gut, denn dann konnte sie Verner Jacobsens Bericht von ihrer ersten Vernehmung gründlich durchgehen.

Marius Moe und sie fuhren an der Schule und an Solveigs und Eriks Haus vorbei. In der Küche brannte Licht. Verner Jacobsens Auto parkte vor der Garage. Sie konnte einige Leute in einem der Fenster der kleinen Glasveranda ausmachen und sah den wackligen Tisch mit der von Marmelade fleckigen Decke von Ikea und den Tripp-Trapp-Stuhl vor sich, den sie nicht länger benötigten.

Janni Egges Haus lag zweihundert Meter weiter einen Hügel hinauf auf der rechten Seite. Sie bog ein. Obwohl das Grundstück frisch geräumt war, fuhr ein Junge mit weit in die Stirn gezogener Mütze und einem Schal um den Mund auf einer Schneefräse herum.

Bitte Røed blieb einen Moment stehen und betrachtete bewundernd die massive Tür, bevor sie klingelte. Ob sie aus Eiche war? Oder Mahagoni? Ein großes selbst gemachtes Messingschild gab Auskunft darüber, dass Familie Egge hier wohnte.

»Danke, dass Sie sich die Zeit für ein Gespräch nehmen«, sagte Bitte Røed freundlich, als Janni Egge ihr öffnete.

»Geht in Ordnung. Entschuldigen Sie, dass es nicht vorher ging, doch an der Schule herrscht Chaos. Wir haben so viele Krankmeldungen. Ich war selbst letzte Woche ein paar Tage nicht da. Migräne«, fügte sie erklärend hinzu.

Bitte Røed und Marius Moe zogen ihre Schuhe aus und folgten ihr ins spärlich möblierte Wohnzimmer, groß wie ein Ballsaal. Als Bitte sich umsah, hatte sie das Gefühl, als befände sie sich in einer exklusiven Einrichtungsreportage von *Schöner wohnen*. Bilder an den Wänden, vereinzelte Designermöbel und ein Bücherregal mit Kunstgegenständen, die so platziert waren, dass sie vollkommen mit den nach Farben sortierten Buchrücken harmonierten. Der Kamin, der stark an eine riesige Torte erinnerte, dominierte den Raum und durchbrach als Einziges den streng minimalistischen Stil.

»Ich möchte gerne, dass Sie mir noch einmal berichten, was passiert ist, als Sie Ihre Freundin Vibeke Hansen gefunden haben. Ich weiß, Sie haben schon eine Aussage gemacht, aber es ist wichtig, dass Sie versuchen, sich an möglichst viele Details zu erinnern.«

Bitte setzte sich in einen Sessel, der viel zu tief war. Wie ein kleines Mädchen baumelte sie mit den Beinen. Sie widerstand dem Drang, sich im Schneidersitz hinzusetzen, rutschte stattdessen auf die äußerste Kante und verschränkte die Beine. Sie studierte das Gesicht der Frau vor ihr. Sie hatte weiche helle Locken und strahlte eine Respekt einflößende Freundlichkeit aus. Bestimmt eine ausgezeichnete Lehrerin, kam es Bitte in den Sinn, genau die passende Balance zwischen Autorität und Fürsorge.

»Was mir als Erstes ein bisschen komisch vorkam«, sagte Janni Egge, nachdem sie nachgedacht hatte, »war, dass die Haustür einen Spaltbreit offen stand, als ich kam. Ein Scheuerlappen lag auf der Schwelle und ein kleines Häufchen Schnee direkt hinter der Tür.«

»Was meinen Sie, warum war die Tür nicht geschlossen?«

»Ich weiß nicht genau, was ich gedacht habe, aber ich hatte wohl ein wenig Angst. Sie wissen, mir steckte noch die Geschichte mit ihrem Bruder vom Vortag in den Knochen. Und genau deshalb wollte ich sie ja besuchen, mich vergewissern, dass alles in Ordnung war, verstehen Sie? Ich hoffe, Sie haben ihn gefunden und …«

»Wir suchen ihn noch«, sagte Bitte Røed. »Was hat Vibeke Hansen Ihnen über ihren Bruder erzählt?«

»Sie sprach nicht gerne über ihre Familie oder das, was davon noch übrig war. Sie hatte nur diesen einen Bruder. Ihre Mutter und ihr Vater waren beide tot, und Vibeke hat den Großteil geerbt.«

Bitte Røed blickte kurz von ihrem Notizblock auf, witterte plötzlich ein Motiv.

»Ihr Bruder hatte ihre Eltern mehrfach bedroht und physisch angegriffen«, fuhr Janni fort. »Er wurde enterbt. Sie können sich vorstellen, welche Reaktion das bei ihm ausgelöst hat.«

Bitte Røed nickte. Sie selbst hatte nur eine Schwester, und auch wenn sie sich gut verstanden, gab es Dinge, um die sie mehr als bereitwillig kämpfen würden. Um die alte Schatulle der Großmutter etwa oder das Diamantarmband der Mutter. Sie hoffte, ihr Geschwisterverhältnis würde daran keinen allzu großen Schaden nehmen. Vielleicht sollte sie ihre Eltern auffordern, ein Testament zu verfassen, dann gäbe es keine Diskussion. Sie könnte vorsichtig andeuten, wie sehr ihr an der alten Schatulle gelegen war und …

»Vibeke hat erzählt, dass er einmal kurz davor war, ihre Mutter zu töten«, sagte Janni.

Bitte Røed schob den Gedanken weg, der sich bei ihr eingeschlichen und sie einen Augenblick gewärmt hatte.

»Vibeke hatte Angst vor ihm. Ich selbst habe Angst, wenn ich das jetzt erzähle. Sie müssen ihn aufspüren! Ich finde keine Ruhe, bevor er nicht gefasst ist.«

Ihre Unterlippe zitterte kaum merklich.

»Wir tun unser Bestes«, sagte Bitte und warf ihr ein Lächeln zu, das beruhigend wirken sollte. »Doch lassen Sie uns zurückkommen auf den Moment, als Sie Ihre Freundin gefunden haben. Wissen Sie noch genau, wo das war?«

»Im Schlafzimmer. Sie lag auf dem Bett.«

Janni schloss die Augen.

»Wie war sie gekleidet?«

»Genau das war so abscheulich«, antwortete sie und öffnete ihre Augen wieder. »Sie war nackt, oder nein, nicht nackt, sie hatte ja den Dufflecoat an, aber die Hose hatte sie heruntergezogen und …«

»Die Hose heruntergezogen?«

Janni errötete.

»Nein, ich weiß nicht. Es sah so aus, als hätte sie die Hose heruntergezogen; so, als hätte sie plötzlich auf die Toilette gemusst und es nicht geschafft, sich vorher die Jacke auszuziehen, wenn Sie verstehen?«

Bitte hatte die Fotos vom Tatort genau untersucht, an Jannis Schilderung war vielleicht was dran. Wenn Vibeke es nun eilig gehabt und auf dem Weg zur Toilette bereits ihre Hose aufgeknöpft und vergessen hatte, die Tür zu schließen? Womöglich war sie überrascht worden. Hatte Einar oder sonst jemand sie schon erwartet, sie im Bad oder im Flur getötet und sie ins Schlafzimmer geschleift? Doch nirgendwo im Haus gab es Spuren eines Kampfes.

»Ich habe wirklich keine Vorstellung, was passiert sein könnte«, sagte Janni und breitete ihre Hände in einer ratlosen Geste aus.

»Können Sie sich an die Bekleidung erinnern?«, fragte Bitte Røed. »Würden Sie bitte so genau wie möglich beschreiben, was sie trug?«

»Das habe ich doch schon erzählt«, antwortete Janni in einem leicht verärgerten Ton. »Sie hatte Winterkleidung an, Jacke, Handschuhe, Hose, Stiefel.«

»Okay«, sagte Bitte und lächelte freundlich. »Und mehr nicht?«

Sie ließ die Frage in der Luft hängen. Janni sah sie flüchtig an, bevor sie ihren Blick hastig abwandte, nur um sie im nächsten Augenblick wieder zu fixieren.

»Doch, natürlich. Sie trug ein Halstuch, ein hellblaues Halstuch«, sagte sie.

Bitte dachte an das Haar, das auf dem Tuch gefunden worden war. Vielleicht stammte es von Janni. Sie überlegte, ob sie sie damit konfrontieren sollte, und schielte unsicher zu Marius Moe hinüber, der fleißig mitschrieb. Sie waren sich einig, dass sie die Fragen stellte, während er sich Notizen machte und beobachtete. Jetzt wünschte sie sich, es wäre umgekehrt. Nie zuvor hatte sie die Verantwortung für eine Zeugenvernehmung in einem so wichtigen Fall übernommen. Hildegunn Ebbestad musste irgendwie den Überblick verloren haben, wenn sie sie, neu im Job, auf einen so wichtigen Zeugen ansetzte. Aber sie erweckte wohl den Anschein, als wäre sie ein alter Hase. Alt auf jeden Fall, dachte Bitte und konnte nicht verhindern, dass ihre Mundwinkel eine leichte Abwärtsbewegung machten.

Janni Egge bemerkte den unscheinbaren missbilligenden Zug um die Mundpartie der Polizistin.

»Wir hatten die gleichen«, sagte sie.

»Wie bitte?«

»Wir hatten die gleichen Halstücher«, entgegnete sie. »Wir haben sie zusammen gekauft, war vielleicht wie ein kindisches Ding zwischen Freundinnen, aber …«

»Also besaßen Sie und Vibeke identische Halstücher?«

»Ja, ist das ein Verbrechen?«

Jannis Stimme klang nicht mehr ganz so sanft und fürsorglich. Wahrscheinlich setzte sie diesen Tonfall ein, wenn sie einen Schüler maßregelte, der den Unterricht störte. Bitte verspürte auf einmal das Bedürfnis, sich zu verteidigen.

»Das Halstuch haben Sie vorher nicht erwähnt. Wieso?«

»Ich habe es wohl einfach vergessen. Ist das wichtig?«

»Ja, in der Tat«, sagte Bitte eine Spur gereizter als beabsichtigt und entschloss sich spontan, das Risiko einzugehen.

»Es wurden nämlich Haare auf Vibekes Halstuch gefunden – und es können durchaus Ihre sein, was die DNA-Analyse herausfinden wird.«

Sie beobachtete Janni genau. Hatte sie sie aus der Fassung gebracht? Doch die vor ihr sitzende Frau zuckte nicht mit der Wimper.

»Dann haben wir unsere Tücher wohl vertauscht«, sagte sie leichthin. »Wollen Sie meins sehen?«

Janni Egge war aufgestanden, bevor Bitte antworten konnte. Sie ging hinaus und kam mit einem hellblauen Halstuch zurück, das Gegenstück zu Vibekes.

Bitte seufzte müde, bat jedoch darum, das Tuch zum Präsidium mitnehmen zu dürfen. Freilich konnte man schnell im Vorbeigehen das falsche Tuch greifen, wenn zwei gleiche Tücher nebeneinanderhingen. Das machte einen nicht gleich verdächtig. Sie ärgerte sich. Was in ihren Augen einen Moment lang eine Trumpfkarte gewesen war, hatte sich als Schwarzer Peter entpuppt. Sie hatte eine gewisse freudige Erwartung verspürt, mit guten Nachrichten zum Präsidium zurückzukehren und allen zu beweisen, dass sie ihren Platz als Ermittlerin verdiente. Beinahe konnte sie hören, wie Marius Moe erzählte, dass sie die Zeugin Janni Egge in brillanter Manier umgedreht hatte und die Zeugin zu einer Verdächtigen wurde, weil sie sich in ihrer Aussage verstrickt hatte. Aber das war reines Wunschdenken und Janni Egge nur eine gewöhnliche Zeugin. Bevor sie sich weiter ärgern konnte, klingelte ihr Handy.

»Entschuldigen Sie, aber ich muss rangehen«, sagte sie, als sie sah, dass Verner Jacobsen anrief.

»Bitte! Sind Sie immer noch bei Janni Egge?«

»Ja?«

»Können Sie sie fragen, ob ihr Sohn ihr das Auto am Tag von Odas Verschwinden geliehen hat und womöglich, wann das war?«

»Ja, klar, aber weshalb …?«

»Odas Mutter meint, Janni habe erzählt, dass ihr Sohn das Auto ohne ihre Zustimmung genommen hat. Ich habe alle überprüft, die sich gemeldet haben, an dem Tag den Ringeriksveien gefahren zu sein, konnte seinen Namen allerdings nicht finden.«

»Der ist wahrscheinlich bloß jung und desinteressiert«, erwiderte Bitte, »und hat gar nicht mitgekriegt, dass …«

»Reden Sie keinen Unsinn, jeder hier hat das mitbekommen, jedenfalls diejenigen, die dort wohnen. Ich weiß nicht, ob das von Belang ist, aber fragen Sie sie, okay? Er heißt Raimo.«

Bitte spürte, wie in ihrem Bauch etwas heruntersackte, etwas Schweres und Unverdauliches. Raimo? Das war kein gewöhnlicher Name.

»Stimmt etwas nicht?«, fragte Janni.

»Nein, nein.«

Bitte lächelte und strich sich über die Stirn.

»Wir ermitteln immer noch im Fall Oda, und in diesem Zusammenhang verzeichnen wir alle, die auf der Straße vorbeigefahren sind«, sagte sie.

»Ich habe mich doch gemeldet«, sagte Janni scharf. »Steht das nicht in Ihren Unterlagen?«

»Schon«, antwortete Bitte. »Es geht nicht um Sie, sondern um Ihren Sohn. Wir haben Informationen erhalten, wonach er sich Ihr Auto am Nachmittag des 25. Januar geliehen hat, ist das richtig?«

»Geliehen! Er …«

Janni biss sich auf die Lippe, und ihre Verärgerung verflog ebenso jäh wieder.

»Ja«, seufzte sie, »er hat mein Auto geliehen oder besser gesagt, er hat sich mein Auto genommen, ohne zu fragen, aber er wollte nur zu seiner Freundin. Sie wissen, Jungs in dem Alter.«

Bitte nickte, ohne zu wissen, was sie meinte. Wenn es um denselben Raimo ging, dann war er nicht bei seiner Freundin gewesen. Sie erinnerte sich, wie sie Julie an dem Abend vorgefunden hatte, in sich zusammengesunken und allein vor dem Computer.

»Wie spät war es, als er gefahren ist?«, fragte Bitte.

»Tja, das weiß ich ehrlich gesagt nicht so genau. Ich stand ziemlich lange unter der Dusche. Und als ich wieder rauskam, war das Auto schon weg.«

»Wann sind Sie denn duschen gegangen?«

Janni schüttelte den Kopf.

»Darauf vermag ich unmöglich zu antworten. Meine Güte, ich sehe nicht jedes Mal auf die Uhr, wenn ich dusche.«

»Haben Sie vielleicht trainiert?«

»Trainiert?«

»Wo Sie doch geduscht haben«, sagte Bitte. »Ich dusche für gewöhnlich bloß morgens oder wenn ich im Fitnessstudio war.«

»Das ist ja eine ganz schön krasse Frage, ich muss schon sagen. Wird Raimo nun verdächtigt, oder was, oder worum geht es hier eigentlich?«

In Jannis ansonsten so sanftes Gesicht war ein unfreundlicher Ausdruck getreten. Bitte saß stumm da. Die meisten hätten jetzt irgendetwas gesagt, damit kein Schweigen eintrat.

»Nein, ich war nicht beim Training«, fuhr Janni fort, »ich hatte Kopfschmerzen. Migräne. Das habe ich wohl schon erwähnt, als Sie ankamen. Die Migräne verursacht steife Schultern bei mir, und das Einzige, was mir Linderung verschafft, ist eine warme Dusche – wir haben eine Massagedusche. Sie können ihn selbst fragen, wenn es so wichtig ist, aber ich versichere Ihnen, Raimo hat nichts angestellt. Er ist ein guter Junge, mit ihm gibt es nie irgendwelche Probleme.«

»Ist schon in Ordnung«, sagte Bitte mit gedämpfter Stimme. »Wir müssen nur nachfragen, das verstehen Sie sicher?«

Janni Egge wurde sofort empfänglicher und nickte freundlich, als Bitte ihren Kaffee lobte.

»Das ist Jamaica Blue Mountain.«

Bitte stellte ihre Tasse zurück auf den Tisch. Der Kaffee war ziemlich kräftig. Sie trank normalerweise den Kaffee mit viel Milch oder am liebsten mit Kaffeesahne, wenn sie sich verwöhnen und ein bisschen verschwenderisch sein wollte.

»Sie haben zuvor ausgesagt, dass Sie mit dem Auto unterwegs waren. Also bevor Ihr Sohn es sich geliehen hat?«

»Ja.«

»Wo sind Sie gewesen?«

»Ich erinnere mich nicht so genau. Im Supermarkt, glaube ich.«

»An besagtem Tag herrschten extrem schwierige Straßenverhältnisse. Versuchen Sie sich zu erinnern, wo Sie waren und wann Sie nach Hause kamen.«

Janni Egge atmete mit einem unwilligen Stöhnen aus.

»Ich bin von der Arbeit nach Hause gekommen und wollte kochen.«

Sie schwenkte die Thermoskanne, um zu fragen, ob Bitte noch Kaffee wollte. Diese schüttelte den Kopf. Janni schenkte sich nach, bevor sie fortfuhr.

»Ähm, wo war ich? Ach ja, ich weiß. Es sollte bloß Suppe geben, doch mir war die Milch ausgegangen. Deshalb musste ich noch mal los.«

»In welchem Supermarkt waren Sie?«

»Kiwi. Das ist der nächste.«

»Haben Sie Bekannte im Supermarkt getroffen?«

Janni dachte nach, ihre Augen bewegten sich nach rechts oben, fixierten irgendetwas am Deckenbalken. Dann schüttelte sie den Kopf.

»Nein, keine Bekannten«, sagte sie schließlich.

»Gut«, sagte Bitte und sah diskret auf die Uhr. »Wir sollten uns noch ein wenig über Vibeke Hansen unterhalten. Kennen Sie einen Mann namens David Martí?«

Lange Zeit saß Janni stumm da, doch Bitte hatte bemerkt, dass ein vager Ausdruck über ihr Gesicht gehuscht war, als ob sie den Namen kennen würde.

»Sie kennen ihn?«

Das war eher eine Bestätigung als eine Frage. Janni nickte schwach.

»Eigentlich kenne ich ihn nicht wirklich«, sagte sie endlich. »Jedenfalls habe ich ihn nie getroffen, bloß von ihm gehört.«

»Was haben Sie gehört?«

»Nicht besonders viel, bloß dass er irgendwo in Oslo eine Galerie hat.«

»Hat er Bilder von Vibeke gekauft?«

»Nein, davon weiß ich nichts«, sagte Janni und wirkte einen Augenblick lang gedankenverloren, als wöge sie ab, ob sie noch mehr sagen oder den Mund halten sollte.

»Wenn Sie etwas über ihn wissen, müssen Sie uns das erzählen«, sagte Bitte Røed. »Selbst wenn es Ihnen unwichtig erscheinen mag, bedeutet das nicht, dass es das auch für uns ist. Ein kleines Detail kann genau das Teil sein, das fehlt, damit man das ganze Bild sieht.«

Bitte Røeds Bemerkung rief eine kleine Falte zwischen Jannis Augen hervor. Sie wusste etwas, davon war Bitte überzeugt.

»Ich möchte ja nicht, dass jemand verdächtigt wird«, sagte Janni zögerlich, »aber ich glaube, Vibeke hatte an jenem Tag eine Verabredung mit ihm.«

Bitte versuchte sich zu entsinnen, was in Vibekes Terminkalender stand, kein Name, lediglich *Achtung, wichtiges Treffen*.

»Gut, Janni«, sagte Bitte. »Wissen Sie noch mehr?«

Janni schüttelte den Kopf.

»Könnten Sie im Präsidium vorbeikommen und Ihre Aussage unterschreiben, sodass wir sie vor Gericht verwenden können, wenn wir den Täter gefasst haben? Sagen wir morgen Nachmittag? Sie können mich einfach anrufen, wenn Sie so weit sind.«

Janni nickte, und Bitte bemerkte, dass sie blasser wirkte.

»Reine Routine«, fügte sie an. »Nichts, worüber man sich sorgen müsste.«

»Ich muss gestehen, dass ich Angst habe«, sagte Janni. »Hier zu sitzen und andere bloßzustellen … erst Einar, jetzt David. Man kann nie wissen, was die Leute sich einfallen lassen, um sich zu rächen, wenn sie …«

»Beruhigen Sie sich«, erwiderte Bitte. »Niemand der angegebenen Personen wird erfahren, wer die Aussage gemacht hat. Vielen Dank für Ihre Hilfe … und für den Kaffee«, sagte sie und erhob sich.

Janni begleitete die Ermittler hinaus. Als Bitte die Tür öffnen wollte, polterte der Junge, der die Schneefräse gefahren hatte, herein und zog hastig die Mütze vom Kopf und Schal und Mantel aus. Mitten in der Bewegung erstarrte er, sammelte sich jedoch gleich wieder, warf die Sachen auf den Boden und eilte an ihr vorbei.

Bitte Røed schluckte. Im Vorbeigehen hatte sie gesehen, wovon sie gehofft hatte, dass es nicht wahr war. Doch es war dieselbe Person, derselbe Raimo, der Freund ihrer Tochter. Mit unsicheren Schritten trat sie hinaus ins Schneetreiben.

»Hätten wir uns mit dem Sohn nicht auch gleich unterhalten sollen?«, erkundigte sich Marius Moe, nachdem er sie am Fuße des Hügels eingeholt hatte.

»Wir machen schon Überstunden«, grummelte Bitte Røed.

»Oh ja, verdammt«, entgegnete Marius, als er auf die Uhr sah. »Vor fünf Minuten hätte ich die Kinder vom Kindergarten abholen müssen!«

42

Janni Egge starrte auf die Kleidungsstücke, die in einem Haufen auf dem Boden lagen, als könnte sie sie dazu bewegen, hinwegzuschweben.

»Wieso kannst du deine Sachen nie ordentlich aufhängen?«

»Immer schön locker«, entgegnete Raimo. »Darf ich erst mal reinkommen? Bist du dir im Klaren darüber, dass ich den Schnee auf dem ganzen beschissenen Vorplatz für dich geräumt hab?«

»Ja, danke«, sagte Janni schwach.

»Wer war das eigentlich?«

Raimo konzentrierte sich darauf, in einem normalen gleichgültigen Ton zu fragen. Er wusste, wer es gewesen war; Julies Mutter. Was zum Teufel machte die hier? Sie hatte ihn auch wiedererkannt. Einen Augenblick hatte es so ausgesehen, als wollte sie etwas sagen. Sie hatte ihn angeschaut, zunächst verwirrt, beinahe unsicher, doch dann war in ihren Blick ein warnender Ausdruck getreten, und sie hatte irritiert geblinzelt. Hatte Julie etwas erzählt?

»Das war die Polizei«, antwortete seine Mutter, die ihm den Rücken zugekehrt hatte und seine Sachen in den Garderobenschrank hängte.

»Aha?«

Seine Stimme versagte.

»Was wollten die denn?«, fragte Raimo.

»Sie haben nach Vibeke gefragt. Du hast ja wohl mitbekommen, was vorgefallen ist?«

»Vorgefallen?«

»Liest du keine Zeitung?«

»Nö.«

»Würdest du dich nur ein bisschen darum scheren, auf dem Laufenden zu bleiben, wüsstest du, dass Vibeke …«

Sie schluckte den Kloß im Hals hinunter.

»Vibeke ist tot. Ich dachte, du wüsstest das.«

Raimo wusste nicht, was seine Mutter erwartete. Seine Zeichenlehrerin war tot, wie aufgebracht war man da normalerweise?

»Tot?«

»Ja, und ich habe sie gefunden.«

Mit einem Mal füllten sich ihre Augen mit Tränen.

»Mama, nicht weinen.«

Sie blickte ihn an und strich ihm im Vorbeigehen auf dem Weg in die Küche übers Haar.

»Sie haben auch nach dir gefragt«, sagte sie.

»Nach mir?«

»Sie haben sich gefragt, warum du nicht Bescheid gegeben hast, dass du am Tag von Odas Verschwinden das Auto genommen hast.«

»Sollte ich das?«

»Ja, Raimo, aber ich hab's ihnen jetzt gesagt, sodass nun wohl alles in Ordnung sein dürfte.«

Er hörte ihren resignierten Tonfall. Erwartete sie vielleicht ein Dankeschön? Er brachte kein Wort mehr heraus, es blieb ihm im Hals stecken. Plötzlich saß er wieder im Auto seiner Mutter hinterm Lenkrad und sah das Räumfahrzeug auf sich zukommen. Klar sah er vor sich, wie er das Auto zur Seite bugsierte und … die Leitplanke traf. Es musste die Leitplanke gewesen sein! Übertrieben gähnend reckte er beide Arme, hoffte, sie würde nicht weiter fragen.

»Ist Anne-Lene da?«

»Ja, sie macht Hausaufgaben.«

Raimo flitzte nach oben. Er wusste, dass seine Mutter unten stand und ihm mit diesem Blick nachschaute, den er am meisten hasste, eine Mischung aus Sorge und Verärgerung. Diese Delle musste er aus der Welt schaffen, bevor er in noch größere Schwierigkeiten kam. Mit der Faust schlug er gegen Anne-Lenes Zimmertür, bevor er hineinschlüpfte. Anne-Lene warf sich auf ihrem Stuhl herum.

»Oh Mann, ey! Ich lackier mir die Nägel. Guck, was du angerichtet hast!«

Sie wedelte ihre abgespreizten Finger unheilvoll durch die Luft. Raimo schloss die Tür hinter sich und stieß mit seiner Fußspitze gegen einen Kleiderhaufen auf dem Boden. Stapel von Büchern und Magazinen drohten auf die kleine Lichtung auf dem Schreibtisch zu kippen, wo ein geöffnetes Fläschchen Nagellack stand.

»Wie kannst du eigentlich in diesem Chaos Hausaufgaben machen?«

»Wenn du gekommen bist, um herumzustänkern, kannst du gleich wieder abhauen.«

Raimo lehnte sich gegen die Tür und trommelte mit den Fingern auf seine Schenkel.

»Was willst du?«

Ein Buch krachte auf den Boden, doch machte sie keine Anstalten, es aufzuheben.

»Hast du Geld?«

»Nö, wieso?«

»Hör auf zu lügen. Ich muss mir Geld leihen, ich weiß, du hast was. Du hast dreitausend Kröten zum Geburtstag gekriegt.«

Anne-Lene verdrehte die Augen, wandte sich ab und begann mit einer neuen Schicht Nagellack.

»Was willst du denn damit?«

»Bekomm ich's, wenn ich's dir sage?«

»Ich überleg's mir«, murmelte Anne-Lene und schraubte den Verschluss auf die Flasche.

»Als ich mir letzte Woche das Auto von Mama gemopst hab …«

»Hast du?«

»Du weißt noch, es war echt glatt und hat verdammt viel geschneit, stimmt's?«

»Na und? Das tut's immer noch. Komm zur Sache.«

Sie wedelte energisch mit den Händen vor ihren Lippen, wobei sie einen Knutschmund machte und blies.

»Versprich, dass du niemandem erzählst, was ich dir jetzt sage, keiner Menschenseele.«

»Was bekomm ich dafür?«

»Anne-Lene, mach keinen Scheiß, ich mein es ernst.«

»Okay, red weiter.«

»Ich bin ein wenig zu schnell aus der Kurve gefahren. Wegen dem Kackwetter hab ich so gut wie nix gesehen und die Leitplanke erwischt oder eine Laterne oder was weiß ich. Wenn ich die Kfz-Typen in der Schule mit 'n paar Scheinchen besteche, können die das klarmachen, bevor Mama was merkt, aber ich bin total pleite …«

Anne-Lene hörte auf zu pusten.

»Vielen Dank für die Information, aber ich kann dir nicht helfen.«

Sie studierte ihre neu lackierten Nägel mit übertriebenem Interesse.

»Scheiße noch mal! Du hast gesagt, du wolltest mir helfen, wenn ich's dir erzähle.«

»Nein, Raimo«, sagte sie betont langsam. »Ich habe gesagt, dass ich es mir überlegen würde, und das habe ich getan.«

»Verflucht, Anne-Lene! Kannst du nicht mal 'n bisschen nett sein? Du kriegst's ja zurück.«

»Ja, wann denn wohl? Du hast doch nie Geld. Außerdem hab ich das Geld vom Geburtstag nicht mehr. Ist für 'nen neuen iPod draufgegangen.«

»Ist es nicht, verdammt.«

Raimo stand auf und tat einen Schritt auf sie zu. Am liebsten hätte er sie am Hals gepackt und geschüttelt, bis das Geld herausfiele. Sie hatte den Arsch voll davon, genau wie Vibeke in der letzten Zeit. Ihm wurde plötzlich übel, und er stöhnte.

Die letzten Tage waren in einer Art Halbschlaf vergangen, wie ein diffuser Traum, aus dem er nicht richtig erwachte. Doch unvermittelt brach alles wieder in hochaufgelösten, klaren Bildern über ihn herein. Würden sie sie obduzieren? Würden sie's herausfinden? Dass er …

Er ertrug den Gedanken nicht. Nein! Sie würden es nicht herausbekommen. Niemand wusste etwas von ihnen. Aber die Delle. Das konnte er hinbiegen. Ein kleineres Problem. Vielleicht sollte er Julie noch ein wenig mehr bestechen. Sie hatte versprochen, nichts davon zu erzählen, dass er in dem Kreisverkehr von der Straße abgekommen war. Im Nachhinein sah er ein, dass das nicht besonders klug gewesen war. Er hatte erzählt, er habe Hilfe von einem Typen erhalten. Was, wenn die Polizei das überprüfte und herausfand, dass es nicht stimmte? Vorläufig gab es keinen Grund zur Annahme, dass ihm jemand unbequeme Fragen stellte, und er hatte gedacht, Julie würde dichthalten. Doch da hatte er noch nicht gewusst, dass ihre Mutter bei der Polizei arbeitete. Und nun war sie hier gewesen.

Niemand hat mich an dem Abend bei Vibeke gesehen, dachte er. Eigentlich hätte er erleichtert sein müssen. Wenn sie doch bloß irgendwen einlochen würden, scheißegal, wen, Hauptsache, er blieb auf freiem Fuß. Und jetzt war er frei.

Keine Verpflichtungen jeglicher Art, keiner, der unangenehme Geheimnisse durchsickern ließ, um ihm den Rest seines Lebens zu vermiesen. Er brächte alles wieder in Ordnung, wenn er bloß Kohle für die Delle auftreiben könnte. Dann würde die Zukunft vor ihm liegen wie eine spiegelglatte Eisschnelllaufbahn, und er könnte die Kufen aufs Eis setzen und losfahren, seitwärts zurück in die Bahn gleiten.

»Guck mal!«

Anne-Lene stocherte mit einer Schere die Schreibtischschublade auf und holte einen funkelnagelneuen iPod hervor.

»Kacke! Aber ich warne dich, wenn du Mama irgendwas erzählst, sieht's ganz schlecht für dich aus.«

Raimo schlug die Tür mit einem lauten Knall zu, sodass das Haus erbebte. Er wartete darauf, dass seine Mutter schreien würde, dass er verflucht noch mal nicht so die Türen knallen solle! Aber im Erdgeschoss war es still. War sie taub geworden? Er ging in sein Zimmer und sank auf die Bettkante. Es klopfte heftig an der Tür. Also war sie doch nicht taub.

»Hau ab!«

Doch die Tür öffnete sich, und Anne-Lene steckte den Kopf herein.

»Es gibt da vielleicht was, womit ich dir helfen kann«, sagte sie. »Aber wenn ich das hinkriege, musst du eventuell die Schule schwänzen und das Geld selbst verdienen.«

43

Verner Jacobsen schaute angestrengt durchs Fenster seines kleinen Büros ins Schneetreiben hinaus. Es hörte nicht auf. So wie in diesem Winter der dichte Schneefall kein Ende nahm, so riss auch der Strom kleinerer und größerer Verbrechen nicht ab. Und nie hatten sie ausreichend Mittel, um die Fälle zu bearbeiten. Als müsste man mit einem Teelöffel Schnee schaufeln. Er wippte auf seinem Stuhl, sah auf die Uhr. Kurz nach fünf. Bitte Røed müsste eigentlich längst von Janni Egge wieder zurück sein. Nach Hause wollte er nicht. Er nutzte die Zeit und googelte Trine. Das Einzige, was er gefunden hatte, waren die Steuerlisten und ein Facebook-Profil – ihr Name, aber ohne Bild. Wenn es die Trine Band Karlsen war, hatte sie hundertachtunddreißig Freunde, wohnte in Tønsberg und war einundvierzig Jahre alt. Das Alter stimmte. Außerdem war sie Mitglied der Gruppen *Wir wollen Wein im normalen Supermarktregal* und *Wir glauben an Healing und übernatürliche Fähigkeiten*. Das könnte sie sein, dachte er noch, als Bitte Røed außer Atem und mit hektischen Flecken auf den Wangen die Bürotür aufstieß.

»Hallo! Ich hatte gehofft, Sie noch anzutreffen.« Sie schnaufte, als wäre sie gerannt.

»Ich habe auf Sie gewartet«, sagte Verner. »Es ist spät.«

»Ja, ich weiß, aber Janni Egge wollte sich erst nach dem Unterricht mit mir treffen. Unser Gespräch war interessant.« Sie plumpste auf einen Stuhl.

»Erzählen Sie«, sagte Verner und schaltete den PC aus.

»Also«, sagte Bitte, »ich glaube, ich weiß, mit wem Vibeke Hansen am Mittwoch, dem fünfundzwanzigsten, einen Termin hatte.«

Verner wartete gespannt. Sie hatten ihr Adressbuch von A bis Z durchtelefoniert, aber niemand wollte sie an diesem Tag getroffen haben.

»Janni Egge meint, es sei David Martí gewesen. Ich hab das Gefühl, mit dem stimmt was nicht. David hat eine Galerie, die sich nur schwer über Wasser halten kann. Und weshalb ist Vibeke mit ihrer fundierten Künstlerausbildung nie in Kontakt mit größeren und anerkannten Galerien getreten? Übrigens, ist David angekommen?«

Verner schüttelte den Kopf und sah auf die Uhr.

»Landet in einer Stunde. Heiki Stenvald erwartet ihn und bringt ihn sofort hierher zur Vernehmung. Ich rechne damit, dass wir den Bericht morgen früh auf dem Tisch haben.«

»Gut, und dann noch eine andere Sache …«

Bitte Røed zögerte und wand sich auf ihrem Stuhl.

»Ich habe Janni gebeten, genau zu beschreiben, was Vibeke anhatte, als sie sie gefunden hat. Janni konnte sie ganz gut beschreiben, abgesehen von einem Detail: Sie hat das Halstuch vergessen. Was meinen Sie, hat das was zu bedeuten?«

»Nicht zwangsläufig«, sagte Verner. »Welche Dinge wir wahrnehmen, ist so unterschiedlich.«

»Aber als ich ein wenig nachgebohrt hab, erinnerte sie sich mit einem Mal.«

Bitte begann die Nagelhaut ihres Daumennagels zurückzuschieben. Sie wusste nicht, wie sie sich ausdrücken sollte. Hatte sie während des Gesprächs mit Janni zu viel verraten? Sie hätte den Haarfund nicht erwähnen sollen, bis sie die Bestätigung hatten, dass es tatsächlich ihre Haare waren. Doch sie war übereifrig und ihr Bedürfnis, etwas zu leisten, so groß gewesen, dass sie einen Moment lang vergessen hatte, was ihr beigebracht worden war. Sie hatte sich von Intuition und Enthusiasmus leiten lassen. Und ein erfahrener Ermittler wie Verner Jacobsen ließ sich von etwas wie Bauchgefühl kaum beeindrucken. Bei Nachforschungen galten allein die harten und oft ziemlich trockenen Fakten. Neunmalkluge Meinungen sollte sie für sich behalten.

»Ich glaub, ich hab was Dummes angestellt.«

»Na, lassen Sie mal hören.«

Bitte versuchte, sich nicht über den vermeintlich triumphalen Ausdruck auf Verner Jacobsens vernarbtem Gesicht zu ärgern, und schilderte, wie sie probiert hatte, Janni Egge zu widersprüchlichen Äußerungen zu bewegen, doch dass Janni bei der vollkommen schlüssigen Erklärung, warum sich möglicherweise ein Haar von ihr auf Vibeke Hansens Halstuch befand, nicht einmal mit der Wimper gezuckt hatte. Bitte zog die Plastiktüte mit dem blauen Tuch hervor.

»Ich weiß nicht, ob es notwendig ist, aber ich dachte, wir sollten die beiden Halstücher miteinander vergleichen, um wenigstens abzuklären, dass sie die Wahrheit sagt – dass sie identisch sind.«

Schweigend betrachtete Verner das Tuch in der durchsichtigen Tüte.

»Sie haben sich nicht blamiert«, sagte er und sah, wie sie sich entspannte. »Jedenfalls nicht so richtig«, fügte er mit schiefem Lächeln hinzu. »Ich schick das hier zur Spurensicherung, und dann schauen wir mal, was die herausbekommen. Wenn sie die Tücher vertauscht haben, müssten Vibekes Haare auch auf diesem Tuch sein. Haben Sie noch etwas anderes herausgefunden?«

»Nicht wirklich. Aber haben Sie sich nach ihrem Sohn erkundigt, Raimo Egge …?«

Einen Augenblick wägte sie ab, ob sie erzählen sollte, dass ihre Tochter die Freundin genau dieses Raimo war, unterließ es aber. Die Wahrscheinlichkeit, dass sie von dem Fall abgezogen würde, wäre zu groß, jedenfalls wenn Raimo irgendwie in die Sache verwickelt war. Von ihrem ersten Fall abgezogen zu werden käme einer Niederlage gleich. Es war ein großer Fall. Wie oft würde sich ihr eine solche Möglichkeit bieten, zu beweisen, dass sie tatsächlich etwas konnte? Das Risiko ging sie nicht ein. Und wenn wirklich etwas dran war und Raimo sich in etwas verstrickt hatte, wäre sie zur Stelle.

»Der Aussage seiner Mutter zufolge war Raimo an dem Nachmittag mit dem Auto unterwegs«, sagte sie. »Sie sagte, er habe seine Freundin besucht, doch habe ich das Gefühl, dass das nicht stimmt. Vielleicht sollte sich mal jemand mit ihm unterhalten?«

»Wir bestellen ihn morgen früh hierher«, erwiderte Verner. »Wir werden die Vernehmung gemeinsam durchführen.«

Bitte suchte fieberhaft nach einer Ausrede. Raimo hatte sie wiedererkannt, obwohl er sie begrüßt hatte, als wäre sie eine Fremde.

»Äh, eigentlich würde ich mir gerne die Aufzeichnungen vom Kiwi noch mal angucken. Janni hat nämlich gesagt, sie sei in dem Supermarkt gewesen. Können Sie das nicht mit einem anderen Kollegen machen?«

Sie hoffte, dass sie glaubwürdig klang, und zu ihrer großen Erleichterung schöpfte Verner keinen Verdacht.

44

Jeder muss sterben, dachte Solveig. Ich, Erik, die mollige Polizistin und der Polizist mit dem harten Gesicht. Alles nur Masken. Jeder trägt den Tod in sich. Sogar durch das ungeborene Leben in ihrem Bauch schien der Tod hindurch. Ein winziger, weicher Schädel mit leeren Augenhöhlen. Der Tod kommt von innen, dachte sie, er sitzt hinter den Rippen in einem verborgenen Hohlraum unmittelbar unter dem Herzen und saugt das Leben in sich hinein. Früher oder später wird er durch Fettgewebe und Muskeln austreten. Früher oder später. Früher! Das Resultat war doch ohnehin dasselbe. Weshalb musste man so viel Schmerz durchleiden, wenn man so viel schneller zum Ziel gelangte? Das war eine Möglichkeit. Dieser Gedanke war in gewisser Weise tröstlich.

Auf dem Rücken lag sie in Odas Bett und starrte an die Plastiksterne an der Decke, die sie mit Powerstrips festgeklebt hatte. Sie leuchteten eine Weile von selbst, nachdem man das Licht ausgeschaltet hatte. Jetzt aber war es dunkel. Erik hatte sich hingelegt, und sie sollte auch schlafen, in ihrem eigenen Bett liegen, sich eine Pause gönnen und nicht immer auf Odas Sachen starren. Sich frei machen von ihren Gerüchen, die noch wie ein süßer Duft im Kleiderschrank und im Bettzeug hingen. In Odas Puppenhaus saß die Mamapuppe mit ausgestreckten steifen Beinen am Küchentisch. Die vier Kinderpuppen lagen in einem Haufen auf dem Sofa im Wohnzimmer. Die Papapuppe war nicht zu Hause, sie lag ohne Kleidung auf dem Boden unterm Schreibtisch und hatte einen Arm verloren.

45

Wie viele Lügen kann man einem Menschen vom Leib reißen, bis er wehrlos und nackt vor einem steht, dachte Verner Jacobsen. So lange schon hatte er mit der Lüge gelebt, dass sie Teil seines Körpers geworden war, eine zusätzliche Hautschicht. Sie zu entfernen würde schmerzlich werden. Ingrid und er hatten sich den ganzen Abend über wie Gegenpole eines Magneten verhalten, waren umeinander gekreist, in einer Stille, die nicht ewig dauern konnte. Nun hüllte sie die Nacht in eine heilsame Dunkelheit ein. Trotzdem wusste Verner, dass der Augenblick nahte, wo er gezwungen war, alles abzustreifen, sich zu schälen, Schicht für Schicht wie eine Zwiebel. Tränen wären unvermeidlich. Morgen, dachte er und drehte seiner Frau den Rücken zu.

Sie tat so, als ob sie schliefe. Auf einmal tastete sie unter der Decke nach ihm. Ihre Nägel fanden seinen Rücken. Für gewöhnlich kraulten sie sich ein wenig den Rücken, bevor sie einschliefen. Diesmal jedoch tat sie nichts dergleichen, sondern kratzte ihn. Eine Zeit lang blieb er liegen und fühlte den scharfen, wohlverdienten Schmerz. Dann drehte er sich zu ihr herum.

»Wir müssen reden.«

»Hm.«

Aber keiner sagte etwas. Mit reglosem Gesicht blieben sie liegen und starrten sich an. Ingrid schloss die Augen. Verner lag bewegungslos da. Dann strich er ihr scheu mit dem Finger über die Wange. Sie zuckte zusammen.

»Was hättest du gesagt, wenn ich dir drei Tage vor unserer Hochzeit erzählt hätte, dass ich Vater werden würde?«

Da, er hatte es ausgesprochen. Die Wahrheit war an die Oberfläche gestiegen und machte es sich zwischen ihnen im Doppelbett bequem und wartete darauf, seziert zu werden. Verner vermutete, Ingrids Reaktion würde der standardmäßigen Prozedur folgen. Schock. Verdrängung. Zorn. Trauer. Er wusste nicht, ob sie vermochte, darüber hinauszugehen – und zu dem Stadium der Akzeptanz und Vergebung zu gelangen.

»Ich hätte nichts gesagt.« Ingrid hatte ihre Augen immer noch geschlossen, und mit zusammengebissenen Zähnen fuhr sie fort: »Ich wäre gegangen.«

»Genau das hatte ich befürchtet«, sagte Verner. »Wir wollten heiraten, und ich war feige.«

Es wurde still. Ingrid öffnete ihre Augen.

»Du hast soeben unsere gemeinsame Zukunft kaputt gemacht. Gibt's dafür auch eine Erklärung?«

Verner Jacobsen schluckte. Er war gesprungen. Jetzt blieb nur zu hoffen, dass es auch einen Fallschirm und eine Schnur gab, an der er ziehen konnte.

»Kurz bevor wir heiraten wollten, war ich in meiner Wohnung, weißt du noch? Um die letzten Sachen zu packen.«

Auf eine Antwort wartete er nicht. Nun, da er sich im Sinkflug befand, pressten sich die Worte mit einer Geschwindigkeit hervor, als hätten sie in einem Drucktank gelagert.

»Plötzlich stand Trine auf der Treppe. Erinnerst du dich an Trine, Ingrid?«

Trine, dachte Ingrid. Selbstverständlich erinnerte sie sich an Trine. Auf den Bildern aus Verner Jacobsens Vergangenheit hatte sie gelächelt. Ein Name aus einer Zeit vor ihr. Eifersüchtig war sie auf seine Exbeziehung nie gewesen, doch nun spürte sie, wie ein achtzehn Jahre alter Verrat ihr die Kehle zudrückte.

»Sie war hochschwanger«, sagte Verner. »Ich bin gar nicht auf die Idee gekommen, dass ich schuld an ihrem Zustand sein könnte. Sie hätte sich ja auch vorher melden können. Ich glaube fast, ich war sogar kurz davor, ihr zu gratulieren.«

Verner dachte daran zurück, wie er draußen auf der Treppe zu seiner Junggesellenwohnung mit dem letzten Umzugskarton in den Händen gestanden hatte. Er meinte, das Echo seiner Bierkrug-Sammlung aus den Kneipen der Stadt zu vernehmen, die zerschlug, als der Karton ihm entglitt und auf den Boden fiel. Für ihn war es einfach gewesen. Er würde heiraten. Wie oft hatte er nicht schon gedacht, dass die Welt einfacher wäre, schafften die Leute es, ihre Lügen für sich zu behalten. Und mein Job ist es, den Menschen die Wahrheit abzuringen, dachte er und merkte, wie seine Mundwinkel sich nach unten verzogen. Längst hatte er sich damit abgefunden, dass er einmal ein Gesicht ohne Lachfalten haben würde.

Er hatte dichtgehalten. Trine nicht. Sie hatte ihn nicht aufgefordert, Verantwortung zu übernehmen, ganz im Gegenteil, sie war vorbeigekommen, um ihn zu bitten, auf jeglichen Kontakt zu verzichten. Seinerzeit hatte er es als Großherzigkeit ausgelegt. Ehrlichkeit. Er hatte sogar Bewunderung empfunden. Und aus demselben Grund hasste er sie.

»Trine war es, die Schluss gemacht hat. Sie hatte einen anderen kennengelernt«, murmelte Verner und konnte immer noch den Schmerz fühlen, verlassen zu werden. Doch die Einsamkeit hatte ihn in Ingrids Arme getrieben. Es hatte sich angefühlt, wie in einen schützenden Hafen zurückzukehren. Liebe auf den ersten Blick – so klischeemäßig, dass Ingrid nicht einmal in Erwägung gezogen hatte, ein Romanheftchen darüber zu schreiben. Sie hatten eine starke Vertrautheit zueinander entwickelt, von der er immer noch abhängig war. Wieso werde ich dann jedes Mal so wirr im Kopf, wenn ich Bitte Røed sehe?, dachte er. Er schob den Gedanken an die Kollegin beiseite und spulte die Zeit zurück.

»Ich hatte keine Ahnung, dass Trine schwanger war, als sie mich verließ«, sagte Verner. »Sie hatte ihn, ihren neuen Freund, in dem Glauben gelassen, dass er der Vater sei. Warum sie es mir unbedingt direkt vor der Geburt erzählen musste, ist mir ein Rätsel. Sie wolle bloß, dass ich Bescheid wisse, sagte sie.«

Sie wollte dich zurück, dachte Ingrid. Trine wollte unbedingt, dass du aus freien Stücken zurückkommst, aber du hast es nicht verstanden. Sie entschied sich, ihm nichts von ihren Mutmaßungen zu sagen.

Als sie Verner begegnet war, hatte er sie an einen herrenlosen Hund erinnert, an einen Welpen, den sie behüten und dem sie beibringen konnte, brav Sitz zu machen und Pfote zu geben. Doch es stellte sich heraus, dass er von einer anspruchsvollen Rasse abstammte, er war eigensinnig und gehorchte nicht gut. Gleichwohl er selten bellte, verbreitete er bisweilen schlechte Stimmung. Sie war verblendet gewesen, als er ihr gleich bei ihrer ersten Verabredung einen Antrag machte – wenn auch nur zum Spaß. Wenn sie nun zurückdachte, war es eher so, als hätte er entschieden, dass sie zusammengehörten. Sie hatte sich von seiner draufgängerischen, dreisten Art verzaubern lassen, hatte geglaubt, dass Verner sich schon beim ersten Treffen Hals über Kopf in sie verliebt hatte. Jetzt wurde ihr klar, dass er wohl bloß für sich den Entschluss gefasst hatte, heiraten zu wollen. Und zwar nicht ihretwegen, weil sie so einzigartig oder schön gewesen war. Sie war lediglich ausreichend qualifiziert gewesen und ihm zufällig über den Weg gelaufen.

Verner suchte ihre Hand, doch Ingrid vergrub ihre Hände in der Decke.

»Trine hat mich gebeten, die Sache geheim zu halten«, berichtete er weiter. »Sie wollte mich nicht finanziell zur Verantwortung ziehen oder so was. Falls ich nichts dagegen hätte, wollte sie ihren neuen Mann einfach weiterhin glauben lassen, es wäre seins. Und ich habe mich einfach nur erleichtert gefühlt.«

Verner betrachtete sie. Glaubte sie ihm nicht? War sie kurz davor, in Tränen auszubrechen? Im Halbdunkel war das schwer zu erkennen. Ihre Augen waren weit geöffnet, und sie blickte ihn mit einer glasklaren Aufmerksamkeit an.

»Ich hatte vorgehabt, dir das alles nach unserer Hochzeit zu erzählen. Ich wollte dich nicht anlügen, aber ich hab irgendwie nie die passende Gelegenheit gefunden. Das war ein Fehler. Die Angst, entdeckt zu werden, verfolgte mich die ganze Zeit. Auch wenn es am Anfang am schlimmsten war, belastet hat es mich immer.«

»Zumal wir nie Kinder bekommen haben«, sagte Ingrid. »Und du wusstest die ganze Zeit, dass es mein Fehler war.«

Irgendetwas zersplitterte. Es machte Klick, als öffnete sich ein Ventil, und sie fühlte warme Tränen ihre Wangen hinabströmen. Lautlos fielen sie auf das Kissen. Sie brauchte etwas zu trinken und wusste, ihre Füße würden den Weg nach unten in die Küche umgehend finden, ganz gleich, wie sehr sie sich auch zwingen würde, liegen zu bleiben. Nur noch eins musste sie wissen:

»Dein Sohn. Wieso taucht er jetzt auf?«

Verner presste seine Lippen aufeinander und sagte durch seine zusammengebissenen Zähne:

»Er wird sterben.«

46

»Mama!«

Mit einem Ruck erwachte Solveig. Hatte Oda gerufen? Sie blieb auf dem Rücken liegen und rang nach Luft. Horchte. Es herrschte Stille. Konsterniert stellte sie fest, dass sie in ihrem eigenen Bett lag, und konnte sich nicht entsinnen, wie sie dorthin gekommen war. Sie griff nach dem Wecker, der auf dem Nachttisch stand: 02.54.

Im Haus war es ruhig, abgesehen von den üblichen Geräuschen; die Wände stöhnten, eine Fußbodendiele knackte, der alte Korbsessel knirschte, als setzte sich unversehens jemand hinein. Jeden Laut im Haus kannte sie, obwohl sie sich nie daran gewöhnte. Solveig stand auf, zog sich den Morgenmantel an und ging in die Küche, hinüber zu den Fenstern der Glasveranda. Sie starrte auf die Stelle.

Inzwischen nannte sie es nur noch die Stelle. Jemand hatte Blumen in den Schnee gelegt und Laternen mit brennenden Kerzen aufgestellt. Am Abend zuvor hatte sie zwei Jugendliche entdeckt, die dort mit geneigtem Kopf standen. Sie hatten sich umarmt, es sah aus, als würden sie weinen. Was bewegte Fremde dazu, hierherzukommen, um Kerzen anzuzünden und Tränen wegen eines Kindes zu vergießen, das sie nicht gekannt hatten? Schon mehrere hatten die Stelle aufgesucht, wurden von ihr angezogen. Wie Schmeißfliegen, dachte sie, ernähren sie sich von der Trauer anderer. Und dennoch, irgendwo in ihrem Innern rührten sie die Kerzen an.

Die Flammen der Grablichter flackerten.

Kerzen.

Ein totes Mädchen.

Ihr Atem kondensierte weiß. Sie stand mit den Pantoffeln voller Schnee an der Stelle, mit dem Morgenmantel als einzigem Schutz gegen die Kälte, aber den Frost spürte sie nicht.

Wo bleibt all das Weiß, wenn der Schnee schmilzt, dachte Solveig, und die jähe Gewissheit packte sie, dass alles durchsichtig werden würde. Der Schnee würde verschwinden, nichts würde zurückbleiben hier an der Stelle. Nichts. Nur blanke, durchsichtige Tage ohne Inhalt. Sie starrte auf die Rosen, die jemand dort hingelegt hatte.

Bewegten die sich? Sie bewegten sich!

»Mama!«

Sie hörte sie. Das war nicht der Wind. Es war Oda. Könnte sie, wenn sie sich stark genug konzentrierte, Oda dazu bringen zurückzukehren? Sie starrte auf die Blumen. Lauschte. Nur der fallende Schnee flüsterte und ließ die Blätter erzittern.

»Komm zurück, Oda!«

Doch sie begriff, dass Oda nicht kommen würde, ganz gleich, wie sehr sie sich sehnte. Sie war es, die gehen musste.

Solveig legte sich nieder, an den Straßenrand. Auf die Stelle. Oda hatte gern auf dem Rücken gelegen und Engel gemacht, zugesehen, wie der Schnee auf sie fiel. War sie so gestorben? Auf dem Rücken liegend, den Blick in den Himmel gerichtet? Hatte der Schnee ihre geöffneten Augen getroffen? Sie immer wieder aufs Neue getroffen, bis sie von einer weißen undurchdringlichen Dunkelheit bedeckt waren?

Ich muss das nicht durchmachen, dachte sie. Ich kann jetzt gehen. Ich kann ihr folgen. Bevor sie mich vergisst. Kinder vergessen so schnell. Sie versuchte, sich dem Reflex zu widersetzen und nicht zu blinzeln, als der Schnee auf sie herabrieselte.

47

»Er wird sterben?«

Ingrid stützte sich auf die Ellenbogen und fixierte den Mann, den sie zu kennen geglaubt hatte. Ihre Gedanken irrten voller Panik in einem Labyrinth umher, von dem sie nicht wusste, ob es einen Ausgang besaß. Der erste Schock hatte sich in Wut verwandelt.

»Meinst du, dass Ermittler Verner Jacobsen vorhat, seinen unliebsamen Sohn ein für alle Mal loszuwerden?«

Verwirrt glotzte Verner sie an. Dann seufzte er, aber musste zum ersten Mal, seit er nach Hause gekommen war, lächeln.

»Eine übermäßig dramatische Autorin und ein humorloser Kommissar sollten niemals unter demselben Dach schlafen«, sagte er und suchte nach einem Riss in ihrer Verteidigung.

»Ich habe eine Mail erhalten«, fuhr er fort, »von Trine. Sie hat mir erzählt, dass Victor … Er heißt Victor. Victor hat versucht, mich anzurufen, aber ich habe sofort erschrocken aufgelegt, als ich begriffen habe, wer das war. Seitdem hat er SMS geschickt. Ich habe nicht geantwortet.«

Verner hielt inne, erhob sich plötzlich und entschied sich, noch einen Fehler zu begehen. Er ging nach unten, schloss den Safe auf und nahm die Flasche Calvados heraus. Zwei Gläser. Er zeigte auf eins und nickte Ingrid zu, die die Treppe hinter ihm heruntergetaumelt war. Sie wirkte überrumpelt, aber beinahe glücklich, als sie das Glas entgegennahm.

»Noch ein Geheimnis«, bemerkte sie und wies auf die Flasche.

Verner leerte sein Glas in einem Zug und schenkte nach, wohl wissend, dass sie dasselbe tun würde.

»Er hat Leukämie und braucht Rückenmark. Einen Spender haben sie noch nicht gefunden. Geschwister hat er keine. Hätte er welche, lägen die Chancen bei fünfundzwanzig, vielleicht dreißig Prozent. Trine und Victor haben mich in der Hoffnung ausfindig gemacht, wir, du und ich, hätten Kinder. Dass es Halbgeschwister gäbe. Wir sind das Wunder, auf das sie hoffen.«

»Was ist mit dir … Vater? Bist du zu nichts nutze?«

»Ich habe drüber nachgedacht und mich entschieden, mein Knochenmark anzubieten, aber ich weiß nicht, ob das hilft. Bestimmt könnten Geschwister das Wunder vollbringen.«

»Und der andere Vater, wie steht's mit dem?«

Verner hörte die Ironie, die Wut, die unter den höflichen Fragen schwelte. Sie sammelte. Recherche. Gefühle hatten keinen Platz, wenn sie Informationen sammelte. Die kamen später hinzu.

»Ich weiß nicht, aber soweit ich verstanden habe, haben er und Trine Probleme. Ist wohl schwierig …«

»Ja, seinen Sohn hat er ja schon verloren.«

Verner Jacobsen goss sich noch einmal ein und sah erstaunt, dass Ingrid kaum an ihrem Glas genippt hatte. Sie war wieder bei der Arbeit.

48

Dienstag, 31. Januar

Sie lässt los, schwebt durch das Schneetreiben empor. Es ist leicht. Sie ist Schnee, der im Licht aufgewirbelt wird.

Oda kommt ihr mit ausgestreckten Armen entgegen. »Mama!«

Das starke Licht blendet sie. Es ist überirdisch schön. Es blinkt orange.

Das Räumfahrzeug bleibt mit einem Ruck stehen. Der Fahrer steigt aus und beugt sich über sie. Solveig schließt die Augen. Sie will zurück. Hinein in das überwältigende Licht. Es blinkt nach wie vor, doch der Mann steht im Weg. Er wirft einen Schatten. Holt er sie? Wird er ihr den Weg weisen? Sie fühlt, wie sie aufgehoben wird, und dann ist sie wieder im Licht.

Sie wiegt fast nichts, denkt der Fahrer. Es ist leicht, sie den Hügel hinauf zum nächsten Haus zu tragen. Er erinnert sich an etwas, das er in der Zeitung gelesen hat, wonach ein Kollege verdächtigt worden war, genau hier ein Mädchen überfahren zu haben. Ihm schaudert bei dem Gedanken, wie kurz davor er selbst gestanden hatte. Die Kerzen haben ihn gerettet. Beim Anblick der flackernden Grablichter am Straßengraben ist er langsamer gefahren. Er klingelt. Kurz darauf hört er drinnen Schritte. Ein schlaftrunkener Mann öffnet. Mit den Fäusten reibt er sich wie ein Kind die Augen.

Obwohl tief in einer Art Traum, erfasst Solveig, wo sie ist. Sie fängt an zu weinen.

Ungefähr zur selben Zeit putzte Verner Jacobsen sich nach einer schlaflosen Nacht die Zähne, zog sich ein frisches Hemd und saubere Socken an, bevor er ins Morgendunkel hinaus- und die Flusspromenade entlangging. Er war zu dem Entschluss gelangt, das Auto stehen zu lassen, er brauchte den kalten Wind, um einen klaren Kopf zu bekommen. Konzentration, Konzentration, Konzentration, sagten seine Füße, während sie durch den Schneematsch liefen und allmählich in einen Rhythmus verfielen.

Er näherte sich der Elveharpen, der Flussharfe, zwei großen, blitzblanken Resonanzkugeln aus rostfreiem Stahl, postiert zu jeder Seite des Flussufers. Erst aus nächster Nähe konnte er sich in der Kugel sehen, und als er vorüberging, vernahm er einen tiefen Aaah-Ton. Der Wassergeist, dachte Verner und erschauderte. Er hatte gelesen, dass die Schwingungen von der nahe gelegenen Ypsilonbroen die Kugeln zum Singen brachten, und als er den Fluss auf der ypsilonförmigen Fußgänger- und Fahrradbrücke überquerte, tat er dies mit der Gewissheit, dass seine Schritte das Geräusch in der Harfe veränderten.

Als er die Papirbredden erreichte, eine Gegend, in der sich wie bei einem aufmüpfigen Teenager ständig etwas veränderte, hatte es gerade zu dämmern begonnen. Wie auf einen Schlag war der Stadtteil entstanden, als wollte er dem anderen, spießigeren Viertel Bragernessiden zeigen, dass jetzt hier etwas los war. Die ganze Gegend schien zu rufen: Hier tobt das Leben! Hier in Strømsø mit dem Kulturzentrum Union Scene, dem Rockhotel von Petter Stordalen und der Hochschule. Verner passierte die Bibliothek, in der es blau leuchtete und die Bücher noch in ihren Regalen schliefen. Bei Bäcker Klausen bog er um die Ecke. Der Kiosk nebenan hatte geöffnet, und als er die Schlagzeilen der Tageszeitungen erblickte, holte ihn der vor ihm liegende Arbeitstag ein:

Der Künstlermord – ein Rätsel

Keine Spur im Künstlermord

Lier in Trauer

Bei einer Zeitung nahm ein Foto von Vibekes Haus samt Polizeiabsperrungen den Großteil der Titelseite ein, darin eingebettet das Porträt eines Mannes, der ihn mit unentrinnbarem Blick ansah. Er starrte sich selbst an. Die Linien auf der Stirn und die scharfen Winkel um den Mund waren wohlbekannt, die Säcke unter den Augen allerdings neu. Ähnelt Victor mir?, dachte Verner. Hat er meine schlechte Haut geerbt, stramm über die Knochen gezogen ohne eine Spur von Unterhautfettgewebe, oder ist er auf eine weiche Art schön wie Trine? Er beschleunigte, als könnte er so Abstand zu den Gedanken an seinen Sohn gewinnen, und spürte, wie sich die Ruhe über ihn senkte, als er die Schlüsselkarte in die Schließvorrichtung steckte und den Code eintippte. Sofort war er im Flur, wo in Reih und Glied die Vernehmungsräume lagen, auf sicherem Terrain.

49

»Hallo!«, sagte Verner Jacobsen. »Schön, dass du kommen konntest. Komm rein und setz dich.«

Er war darauf aus, das Vertrauen des Jungen zu gewinnen, doch der blieb in der Tür stehen. Trotz seines rauen Äußeren sah er jünger aus als achtzehn. Seine Arme hingen schlaff herunter und wirkten im Verhältnis zum Rest des Körpers viel zu lang. Er sah aus wie ein Typ, der auf Ärger aus war. Verner Jacobsen versuchte, sich nicht beeinflussen zu lassen, denn allein Raimos schwarze Kleidung genügte, sein Unterbewusstsein glauben zu lassen, der Junge sei aggressiv. Zudem schwelte der Unmut in ihm, dass Bitte Røed sich vor dieser Vernehmung gedrückt hatte. Er nahm sich gehörig zusammen, lächelte dem Beamten hinter dem Computer zu und entschloss sich, dem Jungen offen zu begegnen. Er ist genauso alt wie Victor, dachte er.

»Möchtest du eine Cola?«

Raimo Egge tat einen vagen Schritt in den Raum hinein. Sein Blick wanderte umher, als hielte er Ausschau nach möglichen Fluchtwegen. Offenbar ohne Erfolg. Langsam ging er hinüber zu dem Stuhl, auf den Verner gewiesen hatte, und setzte sich. So gar nicht die Mutter, dachte Verner. Während Janni runde Wangen und weiche Locken hatte, die ihr ein freundliches Aussehen verliehen, war der Sohn kantig und hatte widerspenstige, nach unten weisende Mundwinkel. Unterschiedlich wie Trine und ich, fiel ihm auf.

Verner stellte eine Halbliterflasche Cola vor ihn auf den

Tisch. Raimo nahm die Flasche und drehte den Verschluss auf, hielt sie jedoch, ohne davon zu trinken, in der Hand.

»Weißt du, weshalb du hier bist, Raimo?«, fragte Verner Jacobsen.

Am Anfang würde er mit Samthandschuhen vorgehen, die aus Eisen kamen dann, wenn notwendig, nach und nach zum Vorschein.

»Njet«, antwortete Raimo und sah dem Ermittler in die Augen.

»Du bist hier, weil uns Informationen vorliegen, wonach du am Tag von Odas Verschwinden die fragliche Straße benutzt hast. Wir wollen wissen, weshalb du dich nicht bei der Polizei gemeldet hast.«

»Warum sollte ich, ich hab nichts angestellt.«

»Genau darum«, sagte Verner. »Wir sind dabei, alle, die dort an dem Tag vorbeigefahren sind und nichts Besonderes gesehen haben, ausfindig zu machen. So arbeiten wir, Raimo. Wir überprüfen die Leute nicht, um sie in einen Fall hineinzuziehen, sondern um sie auszuschließen. Für die Polizei ist es genauso wichtig, die Unschuld nachzuweisen wie die Schuld. Verstehst du?«

Raimo nickte und wirkte gleich ein wenig selbstsicherer.

»Ich hatte mir das Auto meiner Mutter ohne Erlaubnis geliehen. Sie verstehen, dass ich mich nicht melden konnte?«

»Das verstehe ich, Raimo. Wo warst du?«

»Jedenfalls nicht in der Nähe, wo Oda gefunden wurde.«

»Und das war … wo?«, fragte Verner und lehnte sich auf seinem Stuhl zurück, gab sich entspannt, hatte jedoch alle Sinne in Bereitschaft.

»Nicht in der Nähe, hab ich gesagt.«

Das Bild von Vibeke trat auf Raimos Netzhaut. Die ganze Zeit über war sie da. Füllte seinen Kopf. Er musste aufpassen, sich nicht mehr als nötig zu verheddern, die Zunge in seinem Mund im Zaum halten.

»Kannst du etwas präziser werden?«

»Bei meiner Freundin«, sagte er und hoffte, sie würden das nicht näher überprüfen. Julie hatte zwar gesagt, sie gebe ihm ein Alibi, aber nun, da er wusste, dass ihre Mutter ein Bulle war, war er sich nicht mehr sicher.

»Und diese Freundin, hat sie einen Namen und eine Adresse?«

»Das geht Sie nichts an.«

»Falsche Antwort, Raimo.«

Raimo kaute auf der Innenseite seiner Wange. Er musste aufhören, bevor daraus Tartar würde. Plötzlich kam ihm ein Einfall, schließlich musste er, Scheiße noch mal, Julie hier nicht mit hineinziehen.

»Berit«, sagte er, trank von der Cola und versuchte, sich den nächsten Zug zu überlegen, während er schluckte und schluckte. Die halbe Flasche floss durch seinen Hals, bevor er sie absetzte.

»Berit wer?«

»Nur Berit«, sagte Raimo. »Sie müssen wissen«, fuhr er fort und lächelte gespielt männlich, »wir haben uns gerade erst kennengelernt. Also, alles, was ich weiß, ist, dass sie Berit heißt und irgendwo oben in Konnerud wohnt.«

»Du warst also nicht bei ihr zu Hause an besagtem Abend?«

»Nein, wir waren in der Stadt.«

»Wo in der Stadt?«

Mann, so verdammt viele Fragen. Raimo dachte schnell nach. Es musste ein Ort sein, wo sie nicht kontrollieren konnten, ob er tatsächlich da gewesen war. Nicht das Kino, zu viele Leute, Snappy's auch nicht, die würden ihn wiedererkennen.

»Wir sind bloß 'n bisschen rumgefahren«, sagte er.

Raimo fühlte sich jetzt sicherer, das lief richtig gut, und es sah so aus, als nähme der Polizist alles, was er sagte, für bare Münze.

»Du weißt es, Raimo«, sagte Verner und zog seinen Stuhl ein bisschen näher heran. Der Junge wirkte nervös, und er entsann sich, dass Bitte Røed glaubte, er sei nicht bei seiner Freundin gewesen. Verner Jacobsen entschloss sich, das Risiko einzugehen.

»Du hast keine Freundin, die Berit heißt, stimmt's?«

Raimo spürte, wie sein Adrenalin stieg. Die Bullentante musste erzählt haben, dass er Julies Freund war. Wieso um alles in der Welt hatten sie darüber geredet? Hatte die Polizei nichts Besseres zu tun, als sich über ihre Kinder zu unterhalten? Er sah sich um. Der Beamte am Computer blickte ebenfalls auf, als wartete er ab. Schrieb der alles auf, was er sagte? Wenn das, was er gerade von Berit erzählt hatte, in irgendeinen verdammten Bericht kam, würde Julies Mutter ihn vielleicht lesen. Entweder sie würde die Lüge durchschauen oder glauben, er betrüge Julie und hätte mit mehreren Mädchen gleichzeitig was. Dabei machte er das nicht mehr.

»Derjenige, der lügt, Raimo, hat mindestens zwei Handicaps. Erstens müssen seine Fantasie und sein Gedächtnis funktionieren, immerhin muss er sich ja an alles erinnern, was er sich da so zusammenreimt, nicht wahr? Zweitens muss seine Geschichte mit allen Details in dem Fall übereinstimmen. Ich glaube, du hast mir etwas zu erzählen. Ich kann es sehen. Ich kann es fühlen. Wie sehr du auch zu verdrängen versuchst, was du an dem Abend eigentlich gemacht hast, du weißt ebenso gut wie ich, dass es dich nicht in Ruhe lassen wird, bevor du nicht die Wahrheit gesagt hast. Du verschweigst etwas. Man sieht es dir an, Raimo. Wo bist du gewesen?«

Unvermittelt sprang Raimo auf und schlug mit der Faust auf

den Tisch, sodass die Colaflasche umfiel und auf den Boden rollte. Er ging zum Fenster hinüber, wandte seinen Rücken trotzig dem Ermittler zu, der keine Anstalten machte, sich von seinem Stuhl zu erheben. Raimo blieb stehen und sah in das Schneetreiben hinaus. Wenn Julies Mutter erzählt hatte, dass er der Freund ihrer Tochter war, hatte Julie vielleicht schon verraten, dass sie den Abend nicht mit ihm verbracht hatte? Er war fertig! Die Scham überkam ihn, und er hatte Lust, die Scheibe zu zerschlagen, abzuhauen. Ihm war, als stünde er bis zur Hüfte im Schnee, als steckte er mit den Stiefeln fest. Tiefschnee, in was für einen verdammten Tiefschnee war er da bloß geraten?

»Geht's dir nicht gut, Raimo?«

Die Frage überrumpelte ihn. Lange schon hatte sich niemand mehr darum geschert, wie es ihm ging. Manchmal hatte er Vibekes Zärtlichkeiten als Zeichen der Fürsorge gedeutet. Doch sobald sie bekommen hatte, was sie wollte, ließ sie von ihm ab.

»Wenn du die Wahrheit sagst, wird's dir besser gehen.«

Raimo schluckte. Aber zum Teufel noch mal, er war doch nicht weich in der Birne. Er brauchte keinen Scheißtrost wie ein kleiner Rotzbengel.

Der Stuhl gab ein schmerzhaftes Kreischen von sich, als Verner ihn herumdrehte, um den Jungen zu beobachten. Er legte seine Hände flach vor sich auf die Tischplatte und wartete. Es wurde still. Es wurde unangenehm. Raimo stand immer noch mit dem Rücken zu ihm. Er zog nacheinander an den Fingern, bis es in den Gelenken knackte.

»Sie konnte so unglaublich intensiv sein«, murmelte Raimo.

Er starrte aus dem Fenster, als spräche er zu jemandem da draußen im Schneegestöber.

»Wer?«

»Sie hat mir das Gefühl gegeben, ein Mann zu sein. Und dann – paff!«

»Von wem redest du?«

»Dann wiederum war ich bloß ein kleiner Lümmel.«

»Von deiner Freundin?«

»Sie hat gesagt, sie würde es Mama erzählen, wenn ich nicht wollte. Und wenn meine Mutter wüsste, dass wir …! Mein Gott, wie peinlich!«

»Wer, Raimo? Wer!«

»Und dann ist sie schwanger geworden«, brach es aus ihm heraus. Als er sich aufrichtete, erinnerte er an eine auseinanderspringende Stahlfeder, die sich, nachdem sie lange zusammengedrückt worden war, plötzlich löste. Verner saß still da, fühlte seine Nackenhaare vibrieren. Irgendetwas würde kommen, er spürte es mit jeder Pore seines Körpers. Mit einem Mal war die Luft im Raum zum Schneiden.

»Und ich war der Vater, das hat sie jedenfalls behauptet«, sagte Raimo und drehte sich um. Er ging zurück zu seinem Stuhl und setzte sich, ohne den Polizisten anzusehen.

»Ich hab mir das Auto von meiner Mutter geliehen, weil ich zu ihr fahren und sie um eine Abtreibung bitten wollte.«

Verner machte eine kurze Pause und ließ die Informationen sacken, bevor er mit gedämpfter Stimme vorsichtig und übertrieben freundlich fragte:

»Wer ist schwanger, Raimo? Deine Freundin?«

Verner schaute ihn an und entdeckte zu seiner Überraschung, dass der Junge Tränen in den Augen hatte. Er wusste nicht, was er erwartet hatte, doch die Antwort, die kam, ließ ihn zusammenfahren. Raimo presste hervor:

»War. Sie war schwanger. Vibeke Hansen.«

50

»Erzähl noch einmal, was passiert ist«, sagte Verner Jacobsen. Bitte Røed und er beobachteten jedes noch so kleine Detail in Raimos Körpersprache, damit ihnen ja keine Unstimmigkeiten entgingen zwischen dem, was er sagte, und dem, was sein Körper mitteilte. Bislang gab es keine Anzeichen, dass er log, doch sowohl Verner Jacobsen als auch Bitte Røed wussten, dass selbst erfahrene Leute vom Secret Service oder FBI-Agenten mit Spezialausbildung nicht immer mit Sicherheit Lüge von Wahrheit unterscheiden konnten. Sie konnten allein darauf hoffen, ein deplatziertes Lächeln oder kaum wahrnehmbare Gefühle zu entdecken.

Aber entweder hatte Raimo Egge auf einmal ein Schauspielertalent von der seltenen Sorte entwickelt, dachte Verner, oder er sagt die Wahrheit. Das Problem mit der von ihm hervorgebrachten Wahrheit war, dass sie genauso viele Fragen wie Antworten aufwarf. Er hatte dem Jungen eine Pause gegönnt, ihm ein Brötchen mit Käse aus der Kantine geholt, das Raimo allerdings nicht anrührte. Dann hatte er Bitte Røed erwischt. Anfangs war sie seltsam widerwillig gewesen, wahrscheinlich weil sie kurz vor ihrer Periode stand, Ingrid war genauso. Manchmal hatte sie diesen abweisenden Ton am Leib, der im Widerspruch zu dem stand, was sie sagte.

Sie waren in einen anderen Vernehmungsraum mit Aufnahmegerät umgezogen. Raimo hatte sich einverstanden erklärt, dass sie das Verhör aufzeichneten. Er starrte auf die Schnur, von der er zunächst dachte, sie sei das Kabel der Deckenlampe, doch dann entdeckte er, dass es das Mikrofon war. Er vermied es, in die Kamera oben an der Decke zu schauen, die auf den niedrigen Stuhl mit Schaffellbezug gerichtet war. In diesem klaustrophobischen Raum ohne Fenster bekam er Atemnot.

»Ich habe es doch schon erzählt«, wandte Raimo ein. »Mit ihrem Tod hab ich nichts zu tun! Mann, ich wollte bloß nicht mit hineingezogen werden. Und ich war einfach nur total erleichtert, kapiert? Hatte nicht gerade geplant, Vater zu werden. Das wäre die totale Katastrophe gewesen, besonders jetzt, wo ich …«

Mitten im Satz hielt er inne, warf Bitte einen hastigen Blick zu, die ihn erwiderte, ohne eine Miene zu verziehen. Er konnte genauso gut sofort mit Julie Schluss machen. Hier saß ihre Mutter und hörte ihm zu, wie er schilderte, dass er eine Frau geschwängert hatte, eine erwachsene Frau, fast so alt wie seine eigene Mutter. Wenn sie Julie das erzählte, würde er sie für alle Zeiten verlieren.

»Das ist verständlich«, sagte Verner, »wo du noch so jung bist. Aber vielleicht kannst du uns etwas über dein Verhältnis zu Vibeke Hansen erzählen.«

Raimo zögerte, unterließ es, Julies Mutter anzusehen.

Bitte Røed bemerkte, wie er Für und Wider abwog, hinzuaddierte und wieder von dem Teil der Geschichte subtrahierte, die er präsentieren würde, von seinem Ausschnitt der Welt.

»Zum ersten Mal hab ich sie zu Hause getroffen. Meine Mutter und sie waren Freundinnen«, fügte er hinzu, merkte schnell, dass diese Information nicht notwendig war. »Sie haben sich darüber unterhalten, dass ich während der Sommerferien Zeichenunterricht bei ihr nehmen könnte. Ich weiß noch, wie ich sie angesehen hab und dachte, dass sie verdammt sexy ist, trotz ihres Alters. Und es schien so, als hätte Vibeke auch was in mir gesehen. Irgendetwas in ihrem Blick machte mich ganz … tja, verstehen Sie?«

Hilflos sah er zu Verner hinüber, als wollte er sich einer Art männlicher Unterstützung vergewissern. Verner lächelte aufmunternd, sagte jedoch nichts.

»Sie hat mich, am Tag bevor ich anfangen sollte, angerufen und gefragt, ob ich nach der Zeichenstunde Modell für sie sitzen wollte. Und natürlich wollte ich. Endlich hatte ich die Chance, eine echte Künstlerin hautnah zu erleben.«

»Und, bist du ihr nahegekommen?«

Raimo sagte nichts mehr.

»Buchstäblich …?«, fragte Verner.

Raimo errötete.

»Hattet ihr von Anfang an eine intime Beziehung?«

»Ja, ist wohl ein paar Jahre oder so her. Es war Sommer, jedenfalls weiß ich noch, dass ich das erste Mal zu ihr mit dem Fahrrad gefahren bin. Hatte damals noch keinen Führerschein.«

Ihm war, als könnte er mit einem Mal den Wind spüren, als er auf dem Weg zu seiner ersten Zeichenstunde an den Getreidefeldern vorbeigefahren war. Es roch süß nach Sommer. Die Haare an den Unterschenkeln zitterten. Er verspürte eine erwartungsvolle Erregung.

Raimo springt vom Fahrrad und lehnt es an die Hauswand. Vibeke trägt ein weißes Sommerkleid mit dünnen Trägern.

»Komm rein, Raimo. Ich hab auf dich gewartet.«

Vibeke reicht ihm die Hand. Sie begrüßen sich wie Erwachsene. Mann und Frau, denkt Raimo. Auf ihrem Handrücken hat sie rote und gelbe Farbkleckse. Sie hält seine Hand so lange, dass ihm die Wärme ins Gesicht steigt, als drückte sie sein Blut nach oben. Er folgt ihr ins Atelier.

»Toll!«

»Gefällt's dir?«

Raimo lächelt und fühlt sich schon wie zu Hause. Es ist ordentlich, geräumig und kühl. Wegen der Fahrt mit dem Fahrrad schwitzt er und hofft, dass er nicht riecht. Er hat extra viel Deo aufgetragen.

Seine neuesten Zeichnungen hat er mitgebracht und zeigt sie ihr schüchtern und stolz.

»Du bist gut«, sagt Vibeke. Sie sitzt neben ihm auf dem Sofa. Er nimmt die Wärme ihres Armes neben sich wahr, wenn sie auf die Schattenlinie eines Porträts zeigt.

»Manchmal ist es am besten, wenn man locker in den Fingerspitzen ist«, sagt sie. Ihre Stimme ist roter Velours, ebenso weich wie das Sofa, auf dem sie sitzen. Sie nimmt seinen Bleistift, erklärt ihm verschiedene Zeichentechniken, die Striche leicht wie Schmetterlinge, und gibt ihm eine Hausaufgabe. Er freut sich schon, ihr zu zeigen, was er draufhat.

»Bist du bereit, mir Modell zu sitzen?«, fragt sie, als der Unterricht vorbei ist.

»Ja. Was soll ich tun?«

Er gibt sich selbstbewusster, als er sich fühlt. Was sie von ihm erwartet, weiß er nicht, aber er muss so tun, als wäre er erwachsen. Immerhin ist er bald volljährig.

»Zieh dich aus.«

Das sagt sie ohne Scham. Er spürt, wie sich ein kalter Schweißtropfen aus seiner Achselhöhle löst. In seiner Jeans drückt es plötzlich. Er schluckt so laut, dass sie es hören muss.

»Nichts, was einem peinlich sein müsste«, sagt sie lachend.

»Ist mir nicht peinlich.«

Er streift sich die Kleider ab und stellt sich in einer für sie hoffentlich überzeugenden Positur vor sie hin. Scheißegal, wenn sie's sieht, denkt er. Verdammt, sie ist Profi. Und sie zuckt nicht mit der Wimper, als sie sich einen Stuhl nimmt und sich vor ihn hinsetzt. Sie zeichnet ihn.

»Ich leg ein bisschen Entspannungsmusik auf«, sagt sie nach einer Weile.

Seh ich angespannt aus?, denkt Raimo.

Während sie ihm den Rücken zukehrt und nach einer CD sucht, beeilt Raimo sich und wischt sich mit dem Handrücken den Schweiß unter seinen Achselhöhlen weg.

»Also, ich brauche Entspannung«, sagt sie und lächelt, als sie sich umdreht. Sie streckt sich, lockert ihre Schultern.

»Könntest du mir meine Schultern ein bisschen massieren.«

Das ist keine Frage. Vibeke lässt die Träger ihres Sommerkleides fallen. Er steht direkt hinter ihr und atmet die warme Haut einer Frau ein. Er legt seine Hände auf ihren Rücken, weiß, dass ihm ein Kunsterlebnis der seltenen Art bevorsteht.

»Manchmal ist es am besten, eine leichte Hand zu haben«, haucht sie. »Jetzt dürfen deine Finger ruhig ein wenig härter sein.«

Raimo bemerkte, wie er die Fäuste ballte. Die Erinnerung erfüllte ihn mit beschämender Erregung. Er fragte sich, wie viel er wohl erzählen musste.

»Ziemlich oft habe ich für sie Modell gestanden, aber meine Mutter hat davon nichts gewusst«, sagte er schließlich. »Vibeke hat vorgeschlagen, dass wir es für uns behalten sollten, was mir recht war. Wenn meine Mutter gewusst hätte … Oh mein Gott!«

»An dem Abend, Mittwoch, dem 25. Januar, bist du mit dem Auto deiner Mutter zu Vibeke Hansen gefahren, um sie um eine Abtreibung zu bitten. Stimmt das?«, fragte Verner und gab sich unbeeindruckt von der hilflos wirkenden Gefühlsregung des Jungen.

Raimo starrte auf das Mikrofon. Er wusste, alles, was er nun sagen würde, könnte zurückgespult und immer wieder aufs Neue abgespielt werden. Sie könnten seine Worte bis ins kleinste Detail deuten, es wären nicht länger seine.

»War es so?«, hakte der Ermittler nach.

»Sie lag da und starrte an die Decke«, sagte er. »Ich hab erst gedacht, sie macht Spaß. Dass sie dalag, um mich zu verschaukeln …«

»Vibeke Hansen?«

Raimo nickte.

»Antworte bitte laut.«

Er lehnte sich über den Tisch, so nah, dass sich das Mikrofon durch seinen Atem sachte hin und her bewegte, und sagte langsam und deutlich: »Ja!«

»Du hast gesagt, dass sie an die Decke gestarrt hat. Was hast du noch gesehen?«, fragte Verner.

»Ich hab gesehen, dass sie … aber dann hab ich gemerkt …«

»Was hast du gemerkt?«

»Dass sie tot war.«

»Wie konntest du dir da sicher sein?«

»Sie hat, verdammte Scheiße, ihre Augen nicht zugemacht, wie lange kann ein Mensch an die Decke glotzen, ohne zu blinzeln?«

Instinktiv versuchte Bitte Røed, nicht zu blinzeln, wie um ihm eine Antwort auf seine Frage zu geben, doch sie konnte dem Drang nicht widerstehen, ihrem Körper Folge zu leisten.

»Wie hast du darauf reagiert?«, fragte sie.

Raimo zuckte mit den Schultern.

»Hast du versucht, sie wiederzubeleben?«

Raimo schüttelte den Kopf.

»Antworte laut.«

»Nein!«

»Bist du wütend geworden?«

»Wütend? Wieso zur Hölle sollte ich wütend werden?«

Seine Augen glichen Silvesterraketen, die kurz davor waren durchzudrehen.

»Vielleicht hat sie eine Abtreibung ja abgelehnt? Warst du nicht deshalb gekommen?«

»Vibeke war tot, sag ich.«

»Wo hast du sie gefunden?«

»Auf dem Bett. Sie lag auf dem Bett, und ich hab gesehen …«

Jäh brach er ab.

»Was hast du gesehen?«, fragte Bitte.

Er überlegte, bevor er weitersprach, und in seinen Blick trat so etwas wie Angst oder Verwirrung. Vielleicht dachte er sich eine Lüge aus.

»Nichts.«

Wieder errötete Raimo. Er ist noch ein Kind, dachte Bitte Røed. Verletzlich wie nur ein Kind in einem erwachsenen Körper sein kann.

Verner Jacobsen bat den Jungen, zu beschreiben, was Vibeke Hansen anhatte, als er sie fand, und Raimo ratterte herunter: Dufflecoat, schwarzer Pullover, bis zu den Knien heruntergezogene Hose, Handschuhe, Stiefeletten.

Verner warf Bitte einen Blick zu. Das Halstuch hatte er nicht erwähnt.

»Du bist dir sicher, dass ihr nicht kurz zuvor Sex gehabt habt?«, fragte Verner leichthin.

»Scheiße, sind Sie krank? Sie war tot. Pervers bin ich nicht.«

»Ich glaube dir«, erwiderte Verner und seufzte.

Ja, sicher tust du das, Mann, dachte Raimo und starrte den Ermittler trotzig an.

»Ich meine, ob du Sex mit ihr gehabt hast oder versucht hast, Sex mit ihr zu haben, bevor sie starb – woanders vielleicht?«, fragte Verner im selben sanften Ton. Vielleicht hatte er versucht, sie zu vergewaltigen? Wie konnte er die Fragen stellen, ohne ihn dorthin zu lenken, wo sie ihn am liebsten sähen, als

Schuldigen? Er probierte eine andere Herangehensweise aus und fragte: »Brauchst du Geld, Raimo?«

Bitte und er hatten sich über den Tausender unterhalten, der zusammengerollt in der Scheide des Opfers gesteckt hatte. Das hatte etwas Aggressives an sich, als hätte jemand sagen wollen: *Up yours!*

Raimo blickte auf, er wirkte verletzlich.

»Oder, um es anders auszudrücken«, sagte Verner, als Raimo nicht antwortete. »Bist du bezahlt worden für … sollen wir mal sagen … gewisse Dienste?«

»Was zur Hölle meinen Sie?«

Raimo schnellte plötzlich vom Stuhl hoch, sodass er hinter ihm auf den Boden fiel. Er drehte sich um und trat dagegen, mit einem Knall traf der Stuhl die Wand.

»Hat Vibeke dich für sexuelle Dienstleistungen bezahlt, Raimo?«

»Nein«, antwortete er, ihnen immer noch den Rücken zuwendend.

»Hat sie dich ausgenutzt?«

»Nein.«

»Hat sie dich manchmal wütend gemacht?«

Raimo antwortete nicht.

»Stell den Stuhl bitte wieder an seinen Platz und setz dich, Raimo, dann erzähl ich dir was.«

Raimo tat, worum er gebeten wurde, versuchte, gleichgültig zu wirken, doch eine gewisse Neugierde vermochte er nicht zu verbergen.

»In Vibeke Hansens Vagina wurde ein zusammengerollter Tausender gefunden. Hast du dafür eine Erklärung?«

Er zuckte zusammen, die Überraschung wirkte echt, seine Mundwinkel verzogen sich nach unten.

»Glauben Sie, ich hätte Unterhalt gezahlt?«

Raimo kauerte auf seinem Stuhl, kaute auf der Schwellung, die sich auf seiner Wangeninnenseite gebildet hatte, kaute, bis er den metallenen Geschmack seines Blutes schmeckte. Verner Jacobsen und Bitte Røed sahen sich an und kamen überein, Raimo eine Pause zuzugestehen. Als der Junge den Vernehmungsraum verließ, sah er auf einmal älter aus.

51

»Ich hoffe, wir haben genug, um ihn anzuklagen?« Bitte Røed sah Verner Jacobsen hoffnungsvoll an. Sie hatten das Verhör beendet, und Raimo war in Untersuchungshaft genommen worden. »Hildegunn Ebbestad spricht gerade mit der Staatsanwaltschaft, wir bekommen bald Bescheid. Haben Sie von Heiki gehört, wie die Vernehmung von David gelaufen ist?«

»Den Bericht habe ich gelesen. Er war nervös und reserviert, hat allerdings freiwillig Proben abgegeben. Seine Fingerabdrücke werden mit denen im Haus der Künstlerin abgeglichen. Wir haben oberste Priorität, von daher sollte es ziemlich zügig gehen. Er gesteht, Oda im Kindergarten besucht zu haben, behauptet aber auch, dass er direkt nach Oslo zurückgefahren sei. Was er in Lier vorhatte, dazu wollte er keinen Kommentar abgeben. Jegliche Bekanntschaft mit Vibeke Hansen leugnet er.«

»Ach, tatsächlich! Das wird ja unterhaltsam, wenn wir ihm das Gästebuch vom Kunstverein vorlegen«, sagte Bitte lächelnd. »Sollen wir ihn zu einem erneuten Verhör holen?«

Als Verner Jacobsen antworten wollte, klopfte es an der Tür, und Chefermittlerin Hildegunn Ebbestad steckte den Kopf herein.

»Die Staatsanwaltschaft will keine Anklage erheben«, sagte sie. »Ich habe das Verhörprotokoll schnell überflogen, und der Obduktionsbericht deckt sich mit Raimos Erklärung. Bisher sieht es so aus, als hätte Raimo Egge, genau wie seine Mutter, das Opfer gefunden, nachdem es schon tot war. Und soweit ich sehen kann, besteht keine Verdunklungsgefahr. Wir müssen ihn laufen lassen; dürfen ihn aber weiterhin im Auge behalten«, fügte sie an und lächelte aufmunternd.

»Aber wir haben da eine andere interessante Sache«, fuhr sie fort. »Von der Spurensicherung haben wir gerade Bescheid bekommen, dass einer der Fingerabdrücke aus Vibeke Hansens Haus mit denen von David Martí übereinstimmt. Er wurde auf der Zeichenmappe des Opfers gefunden, die im Hausflur stand.«

Hildegunn Ebbestad schloss die Tür hinter sich. Verner nahm den Hörer vom Telefon und wählte eine Nummer.

»Heiki, kannst du David Martí kontaktieren? Er wird noch einmal vernommen.«

Als er auflegte, klingelten zwei Handys gleichzeitig. Der Standardklingelton von Sony Ericsson vermischte sich mit dem Ton einer altmodischen Kuckucksuhr. Bitte und Verner griffen beide nach ihrem Mobiltelefon.

»Hallo, Mama. Ich bin's.«

Julie sprach leise, ihre Stimme klang vorsichtig.

»Stimmt was nicht?«, fragte Bitte und sah auf die Uhr; ihre Tochter hatte gerade Schulschluss.

»Nee, aber Mama, du …«

Bitte wusste, dass ihre Tochter sie etwas fragen wollte, worauf sie ein Nein erwartete.

»Was willst du?«, fragte Bitte etwas schärfer, als sie beabsichtigt hatte.

»Och, ich hab bloß gedacht, ob … Raimo vielleicht morgen kommen kann und … dass er bei uns übernachtet.«

Bitte lag das Nein schon auf der Zunge. Das kam überhaupt nicht infrage – der Typ hatte in einer Vernehmung gelogen, ein Verhältnis mit einer erwachsenen Frau, ja sogar Sex mit ihr gehabt.

»Ich weiß nicht so recht, Julie.«

Bitte hörte, wie ihre Tochter Luft holte, und auf einmal meinte sie, sie vor sich zu sehen. Das verletzliche, aber tapfere Lächeln, wenn sie fragte, ob Julie jemanden aus der Klasse kennengelernt hatte. Sie brachte es nicht übers Herz, es ihr noch schwerer zu machen, konnte ihr nicht den einzigen Freund nehmen, den sie hatte. Dann entsann sie sich, dass die Chefermittlerin gesagt hatte, dass sie Raimo weiter beobachten würden, und traf eine spontane Entscheidung.

»Geht klar.«

Am anderen Ende wurde es still, als hätte sich Julie nicht auf ein so leichtes Spiel eingestellt. Sie hörte sich beinahe enttäuscht an, dass sie einfach nur Danke sagen musste.

»Essen wir Tacos? Die können wir selbst machen«, redete Julie weiter. »Und ich kann einkaufen, was wir brauchen. Wenn ich einen Hunderter bekomme …«

Bitte stimmte noch einmal zu, und als sie auflegte, entschied sie sich, ihrem Kollegen gegenüber Julies Freund bis auf Weiteres nicht zu erwähnen.

Verner blieb mit seinem Handy in der Hand sitzen.

»Ist was nicht in Ordnung?«

»Sowohl als auch«, sagte Verner, während er die Stirn sorgenvoll in Falten legte. »Sie haben Einar Hansen gefunden, Vibekes Bruder. Überdosis. Er liegt auf der Intensivstation, wir dürfen ihn kurz vernehmen.«

52

Frierend saß Solveig am Küchentisch. Erik räumte unten an der Garage Schnee. Was sollte das bringen? Durfte der Schnee nicht einfach liegen bleiben, bis sie eingeschneit waren? Die Kälte kroch durch die geschlossenen Türen herein, blies geradewegs durch die Wände. Die Wärme, die sie letzte Nacht gespürt hatte, war durch kalte Trauer ersetzt worden. Nie wieder würde es Sommer werden. Solveig dachte an das in der letzten Nacht Erlebte. Der Schnee wie Feuer in ihrem Rücken. Dann war jemand zu ihr gekrochen. Ein Engel mit weichen Schwingen hatte sich neben sie gelegt. Das Weiß um sie herum hatte sich plötzlich zu Licht gewandelt. Nichts als Licht. Nichts als Wärme. Und dann begriff sie. Es war Oda, die sich an sie schmiegte. Solveig hatte eine schläfrige Stimme »Mama!« flüstern hören.

Später war sie im Bett aufgewacht. Eriks Arme hielten sie fest umschlungen. Er hatte ihr Odas Wärmflasche mit dem Plüschbezug auf die Brust gelegt, doch trotz der Wärmflasche, Daunendecken und Erik fror sie. Es blieb eine kalte, dunkle Leerstelle zurück. Und diese Leerstelle, die Oda hinterlassen hatte, dachte Solveig, würde ihren Platz einnehmen.

Es klingelte an der Haustür. Solveig erhob sich. Merkwürdig, wie solche Reflexe an einem haften, kam es ihr in den Sinn. Da klingelt jemand an der Tür, und du springst auf und öffnest.

»Anne-Lene?« Misstrauisch sah sie Odas Babysitter an. »Hat Erik dich gebeten zu kommen?«

»Nein. Wieso?«

Solveig zuckte mit den Achseln.

»Passt es, wenn ich reinkomme?«

Anne-Lene hatte ihren Fuß schon auf die Türschwelle gesetzt. Wie ein forscher Vertreter, dachte Solveig. Passen? Machte sie Scherze? Sahen die Leute nicht, dass das Haus zu groß war, das Leben zu eng, dass nichts mehr passte? Einen Moment kniff sie ihre Augen zusammen.

»Komm herein, Anne-Lene«, sagte sie matt.

In gewisser Weise tat es gut. Anne-Lene und ihre Mutter waren die einzigen Nachbarn, die sich kümmerten. Nicht einmal vom Kindergarten hatte sie etwas gehört. Tief in ihrem Innern hatte sie die Hoffnung genährt, dass die Leute in der näheren Umgebung ihnen nun endlich Beachtung schenken würden. Ihr waren Gerüchte zu Ohren gekommen, wonach sie immer zur Stelle waren, dass sie gekochtes Essen vorbeibrachten und Kuchen und Brötchen zum Einfrieren, wenn einem von ihnen etwas zustieß – Krankheit, Scheidung oder andere kleine Desaster. Doch an ihre Tür hatte niemand geklopft, niemand hatte ihnen etwas angeboten. Selbst darum zu bitten, dafür fehlte ihr die Kraft. Dabei wäre es angenehm gewesen, nicht einkaufen zu müssen. Erik hatte darauf bestanden, dass sie etwas zu essen brauchten.

»Wie geht's dir?« Entschlossen trat Anne-Lene ein und zog sich die Stiefel aus.

Solveig antwortete nicht, spürte bloß, wie müde sie war. Anne-Lene machte große Augen, als sie in die Küche kamen. Innerhalb weniger Tage war das Haus in ein Katastrophengebiet verwandelt worden. Schmutzige Teller standen seit Tagen auf der Ablage, und in der Spüle lag ein zerbrochener Kinderteller. Undefinierbare Essensreste klammerten sich ans Schneidebrett, und an einem geöffneten Plastikbehälter mit Marmelade hatten sich verdächtige weiße Punkte gebildet. Ein paar Staubflocken wirbelten desorientiert auf.

»Ich mach den Boden, du den Abwasch«, sagte Anne-Lene.

Solveig, verblüfft über den gebieterischen Ton, tat, was sie sagte.

Sie hielt ihre Hände unter den Wasserhahn und fühlte, wie ihre Finger durch das warme Wasser zu prickeln anfingen. Anne-Lene setzte den Mopp auf eine ängstliche Staubmaus, während Solveig den zerschlagenen Winnie-Puuh-Teller aufsammelte. Behutsam legte sie die Scherben zur Seite, bevor sie alles andere von der Ablage in die Spülmaschine stapelte, langsam, beinahe schläfrig. Es war sinnlos. Was sollten sie mit sauberen Tellern? Die Lawine von Ereignissen hatte jeglichen Sinn mit sich gerissen. Ein Mensch. Mehr brauchte es nicht. In einem einzigen, winzig kleinen Menschen hatte der ganze Sinn ihrer Existenz gelegen. Unfassbar, dass sie nun hier stand und Tassen spülte.

»Eigentlich bin ich gekommen, um dich um einen Gefallen zu bitten«, sagte Anne-Lene, als sie fertig waren. Sie hatte Wasser gekocht und saß nun da und tauchte den Teebeutel in das warme Wasser. Vielleicht ist's doch blöd, damit jetzt anzukommen, dachte Anne-Lene. Solveig schaffte es kaum, ihr eigenes Leben zusammenzuhalten, ganz zu schweigen, etwas für andere zu tun. Als sie von zu Hause aufgebrochen war, hatte sie den Plan für genial gehalten, nun war sie sich nicht mehr sicher. Aber sie konnte keinen anderen fragen und hatte Raimo versprochen, es zu versuchen.

Sie hatte sich an etwas erinnert, das Solveig ihr über das Ferienhäuschen erzählt hatte, das ihr und Erik als Erbe zugefallen war. Sie hatte erzählt, dass sie einen Verkauf erwogen. Das Problem bestand darin, dass das Häuschen zunächst renoviert werden musste, und sie brauchten Hilfe, um die Fassade in Ordnung zu bringen, damit sie es möglichst gewinnbringend verkaufen konnten.

Anne-Lene bemerkte, wie Solveig sie ansah. Lag da nicht ein Anflug von Erwartung in ihren Augen? Womöglich war es ein unpassender Zeitpunkt, aber trotzdem, vielleicht brauchte Solveig gerade jetzt etwas anderes, woran sie denken konnte. Sie würde einfach fragen. Mehr als einen Korb konnte sie nicht bekommen. Vielleicht könnten sie sich gegenseitig einen Gefallen tun, Solveig und Raimo.

53

Eine unglaubliche Frechheit! Wusste die Göre denn nicht, dass sie kein Geld hatten? Solveig war wütend geworden. Und dann hatte sie zu weinen angefangen. Natürlich wusste Anne-Lene nicht, dass sie kein Geld hatten. Niemand wusste davon. Das sah man nicht. Sie hatten Kleidung. Sie hatten Nahrung. Sie hatten Geld, sie fürs Babysitten zu bezahlen. Und sie hatten Schulden. Doch Schulden waren unsichtbar, und die Tilgungsquote hielt man unter dem Deckel. Anne-Lene hatte einen wunden Punkt getroffen. Das Ferienhäuschen. Das war die Lösung. Anne-Lene meinte es gut, versuchte bloß, auf kindliche Art zu helfen.

»Vielleicht tut es dir gut, gerade jetzt an etwas anderes zu denken«, hatte Anne-Lene gesagt. Doch dass Solveig Raimo als Sachverständigen bezahlen sollte, weil er Geld brauchte! Familie Egge schwamm im Geld. Anne-Lene wie auch Raimo erhielten mehr als genug Taschengeld. Aber dann hatte sie erzählt, wofür Raimo das Geld benötigte.

Er hatte eine Riesenangst, seine Mutter könnte entdecken, dass er eine Delle in das Auto gefahren hatte. Wegen des Schnees war die Leitplanke nicht zu sehen gewesen. Die Polizei habe Raimo sogar verhört, hatte sie gesagt. Weshalb? Das wusste Anne-Lene nicht, doch sie glaubte, es habe mit dem Tod seiner Zeichenlehrerin zu tun. Gerade wollte sie Anne-Lene abermals zurechtweisen, als sich etwas in ihrer Erinnerung verhakte. Die Erkenntnis hatte sie beinahe vom Stuhl gehauen, und sie hatte sich an der Tischkante festgehalten – so musste es sein, wenn man vom Blitz getroffen wurde.

Anne-Lene half ihr, sich wieder aufzurichten, und gab zu, dass sie nicht richtig über ihren Vorschlag nachgedacht hätte. Zwanghaft presste Solveig ihre Lippen aufeinander, um nicht zu schreien.

»Es ist nichts«, sagte sie. »Ich kümmere mich um deinen Bruder, Anne-Lene, kannst dich auf mich verlassen.«

Lange noch saß sie am Küchentisch, nachdem Anne-Lene gegangen war. Die Unglücksstelle hypnotisierte sie. Sie konnte sie deutlich vor sich sehen. Anne-Lene begriff nicht, was sie da gesagt hatte. Wogegen war Raimo gefahren? Weshalb war er verhört worden? War das denn so schwierig zu verstehen? War sie die Einzige, die die Zusammenhänge durchschaute? Wie konnte die Polizei ihn nur freilassen? Ihnen fehlten wohl die Beweise, sie hingegen hatte genügend. Und sie wusste genau, was sie tun würde. Raimo brauchte Geld. Und sie würde ihm helfen.

54

Der Körper hob sich unter dem weißen Laken kaum ab und war durch Schläuche und Apparate ans Bett gebunden. Es roch nach antiseptischen Mitteln, das Licht war gedimmt. Der Krankenpfleger hatte Verner Jacobsen und Bitte Røed fünf Minuten gegeben. Bitte lächelte Vibeke Hansens Bruder und einzig noch lebendem Familienmitglied zu.

»Hallo! Ich heiße Bitte Røed.«

Vorsichtig berührte sie seine Hand, damit sie nicht an die Kanüle kam. Er öffnete den Mund, seine Stimme klang wie scheuerndes Schleifpapier.

»Sie sehen aus wie ein Engel.«

»Danke für das Kompliment«, polterte Verner leutselig dazwischen. Er beugte sich vor und blinzelte dem Mann im Bett zu, bevor er ernsthafter fortfuhr:

»Wir sind von der Polizei. Ich bin Hauptkommissar Verner Jacobsen.«

Das Lächeln des Mannes erlosch. Er drehte den Kopf weg und schloss die Augen.

»Wir sind gekommen, um mit Ihnen über Ihre Schwester zu reden«, sagte Verner.

Er zuckte zusammen. Verner und Bitte blickten zu dem Gerät neben seinem Bett. Der Strich, der den Herzrhythmus anzeigte, wippte auf und nieder.

»Sie haben Vibeke vor ein paar Tagen besucht, nicht wahr?«

Der Mann nickte.

»Warum?«

»Brauch ich einen Grund?«

»Selbstverständlich nicht«, sagte Verner, »aber so, wie ich das verstanden habe, hatten Sie nicht besonders viel Kontakt, und deshalb möchten wir gerne wissen, weshalb Sie sie aufgesucht haben.«

»Sie schuldete mir Geld.«

»Haben Sie das Geld bekommen?«

Schwach schüttelte Einar den Kopf und verzog schmerzvoll sein Gesicht.

»Wie haben Sie darauf reagiert?«

Einar sah sie mit leeren Augen an, blickte von einem zum anderen.

»Wie haben Sie reagiert, als Sie das Geld nicht bekommen haben?«, wiederholte Verner Jacobsen. »Wurden Sie wütend?«

Seine Augen waren fahl, als hätte der jahrelange Drogenmissbrauch die Glut aus seiner Iris herausgewaschen, doch mit einem Mal leuchteten sie auf.

»Sie ahnen ja gar nicht, wie wütend ich die Jahre über gewesen bin …«

Er wollte sich im Bett aufrichten, sank jedoch wieder zurück.

»Haben Sie sie geschlagen?«

»Ja, ich hab sie geschlagen. Ich musste was tun.«

»Haben Sie sie getötet?«, fragte Verner unvermittelt. Es hatte eh keinen Sinn, die unausweichliche Frage hinauszuzögern. Irgendetwas unter der Decke zuckte, und der Apparat begann zu blinken.

Ein Krankenpfleger eilte herein.

»Sie müssen jetzt gehen«, sagte er barsch. Verner und Bitte wurden fast hinausgeschoben. Wenn der mal bloß durchkommt, dachte Verner Jacobsen. In der Reihe der möglichen Täter war er zur Nummer eins aufgestiegen, und sie brauchten seine Zeugenaussage und sein Geständnis.

55

Stumm fuhren sie vom Ullevål-Krankenhaus zurück. Ein Geständnis von Einar Hansen hätte einen unkomplizierten Schlusspunkt unter den Künstlermord gesetzt. Es war zum Greifen nahe, dachte Verner Jacobsen. Die meisten Morde werden von einer Person begangen, die ihr Opfer kennt – nicht selten von einem Familienmitglied. Und wenn dieses Mitglied schon aktenkundig war, erhärtete sich der Verdacht natürlich. Zudem war Einar gedemütigt worden und fühlte sich wohl ein ums andere Mal betrogen. Sie näherten sich. Eigentlich gleicht es einer simplen Rechnung, dachte Verner Jacobsen.

Warum + Wie = Wer.

Einar hatte genug Gründe. Er war hingefahren, um sich Geld zu leihen, es womöglich zu stehlen, das konnte Janni Egge bestätigen. Vielleicht war Vibeke vom unerwarteten Besuch ihres Bruders überrumpelt worden und hatte ihn hereingelassen. Sie hatten gestritten. Er hatte kein Geld bekommen, war wütend geworden, hatte sich ihr Tuch gegriffen, es zugezogen und ihr auf die Brust geschlagen.

»Irgendetwas stimmt nicht«, sagte Bitte Røed und unterbrach seinen Gedankenfluss.

»Was denn?«

»Wissen Sie noch, dass ich mir die Aufzeichnungen der Überwachungskamera vom Kiwi angesehen habe, als Sie Raimo vernommen haben? Erinnern Sie sich an die Aussage von Janni Egge, sie sei gegen fünf Uhr dort gewesen?«

Verner nickte abwesend und dachte an Raimos Reaktion, als

sie das Geld erwähnten. Es hatte etwas mit Geld zu tun, davon war er überzeugt.

»Johan Breisnes habe ich erkannt; was er sagt, stimmt also«, redete Bitte weiter. »Ich verstehe aber, warum er gezögert hat, einzugestehen, dass er im Supermarkt war.«

»Ach so?«

»Er hat geklaut. Auf dem Weg hinein hat er sich ein Päckchen Kaffee geschnappt, doch als er um zehn vor fünf den Supermarkt verließ, lag der Kaffee immer noch unbezahlt in seiner Tasche. Was mir aber größere Sorgen bereitet, ist, dass es keine Spur von Janni Egge gibt.«

»Dann müssen wir wohl noch einmal bei ihr vorbei, aber erst möchte ich mich mit David Martí unterhalten. Wenn ich's mir recht überlege, hat der wohl auch keine blendend weiße Weste. Hab eine SMS von Heiki Stenvald bekommen, als wir im Krankenhaus waren. David Martí wartet am Empfang auf uns.«

David ging vor dem Empfangstresen auf und ab, als Verner Jacobsen und Bitte Røed wenig später ankamen. Er gab ihnen die Hand und lächelte sie liebenswürdig an. Ein richtiger Charmeur, dachte Bitte. Sonnengebräunt und dunkles Haar. Adrett, Anzug und weißes Hemd. Als er lächelte, kamen unglaublich weiße Zähne zum Vorschein. Sein Atem roch sehr stark nach Knoblauch, der wahrscheinlich dafür sorgte, dass sie fortwährend chemisch gebleicht wurden. Er hatte einen festen Händedruck, wie ein Verkäufer, der gelernt hatte, dass ein kräftiger Händedruck einen guten ersten Eindruck hinterließ. Sie führten ihn in einen Vernehmungsraum.

»Setzen Sie sich«, sagte Verner. »Möchten Sie etwas zu trinken? Kaffee, Tee, Cola …?«

»Kaffee, danke«, sagte er, »mit Milch und Zucker.«

Verner verschwand auf den Flur und überließ Bitte das einleitende Gespräch.

»So«, sagte er, als er zurückkam und die Tasse vor David hinstellte. Selbst setzte er sich auf den Stuhl gegenüber und fing an, in den Unterlagen zu blättern.

»Wissen Sie, weshalb wir uns noch einmal mit Ihnen unterhalten müssen?«

»Es gibt etwas Neues von Oda?«

Davids Augen füllten sich mit Tränen.

»Es ist noch keine Lösung in Sicht«, sagte Verner und fuhr mit dem Zeigefinger über das vor ihm liegende Blatt.

»Beim Gespräch mit Heiki Stenvald haben Sie eingeräumt, dass Sie den Nøtteliten-Kindergarten am Tag ihres Verschwindens aufgesucht haben.«

David nickte und fuhr sich über die Augen.

»Aber Sie wussten, dass Sie sich Ihrer Tochter eigentlich nicht nähern durften.«

Obwohl es eine rhetorische Frage war, antwortete David.

»Da ist Missverständnis. Ich nicht schlagen mein Tochter, nie. Und nicht Solveig …«

Er sprach ihren Namen langsam aus, beinahe wie eine Liebkosung.

»Solveig«, fuhr er fort, »ist nicht bekannt mit, wie soll ich sagen … den südeuropäischen Temperament. Sie hat schnell Angst, aber Oda, *mi cariña Isabellita*. Ich wollte nie, ich schwöre, nie etwas Böses für sie. Aber sie ist mein. Verstehen Sie? Ich wollte sie nur sehen, und ich wusste nicht, wo sie war. Solveig ist umgezogen und hat bekommen diese, wie heißt das? Beschluss? Dass ich kein guter *padre* für sie war.«

»Wie haben Sie sie dann letztlich gefunden?«, fragte Bitte.

»Vor etwas mehr als einer Woche war ich in der Galleria National. Es war Führung da, ein Kindergarten, da habe ich sie gesehen. Konnte keine andere sein. Ein *padre* kennt seine Kind.«

»Und Oda, hat sie Sie wiedererkannt?«

»Nein, sie hat mich nicht gesehen, seit sie zwei Jahre war. Ich habe nicht mit ihr gesprochen. Aber Namen habe ich von diesem Kindergarten. Es war eine Zufälligkeit, heißt das nicht so?«

»Ein Zufall«, korrigierte Bitte ihn. »Aber dann haben Sie sich entschieden, Kontakt aufzunehmen?«

»Nein, ich war unterwegs. Plötzlich sehe ich Schild von Kindergarten. Da denken ich: Stopp.«

»Haben Sie sie getroffen?«

»Ja. Ich habe an diesem Tor gestanden und sie angelockt.«

»Und die vom Kindergarten? Die haben das zugelassen?«

David blickte zu Boden und betrachtete eine Weile seine Stiefel, bevor er sich aufrichtete. In seine Augen war eine Härte getreten, ein zorniger Ausdruck, der dort schon die ganze Zeit gelauert hatte und sich nun an die Oberfläche kämpfte.

»Nein. Niemand hat mich gesehen. Nur Isabellita und ein kleiner Junge. Ich haben nicht gefragt, um zu treffen meine Tochter. Solveig kann … Sie ist … *una bruja*! *No hago de ello ningún secreto!*«

Er fuhr vom Stuhl hoch, drehte eine Runde und setzte sich wieder kopfschüttelnd hin. Bitte Røed verstand diesen Ausbruch nicht, aber er war offensichtlich frustriert. Kurz dachte sie darüber nach, was für Winkelzüge Mütter sich einfallen ließen, wenn sie es wirklich darauf anlegten. David vermittelte einen aufrichtigen Eindruck, trotz seines aufbrausenden Temperaments. Doch selbst Mörder haben einnehmende Wesenszüge, das durfte sie nicht vergessen. Und er war ein Lügner, oder etwa nicht? Er hatte behauptet, Vibeke Hansen nicht zu kennen, obwohl sie seine Fingerabdrücke auf Vibekes Zeichenmappe gefunden hatten.

Bitte Røed war ungeduldig, wollte Verner ihn nicht bald damit konfrontieren? Sie freute sich auf Davids Reaktion. Jetzt wirkte der Mann wieder ruhig, die ungeahnte Wut hatte sich ebenso schnell gelegt, wie sie aufgeflammt war. Er lehnte sich auf dem Stuhl zurück und schien entspannt.

»Worüber haben Sie geredet, Sie und Oda?«, fragte Verner.

»Ich habe ihr ein Gedicht gesagt, das immer ich lese für sie. Ich glaube, sie erinnerte sich. Sie lachte. War glücklich. Ich haben ihr gegeben *una naranja*. Ich habe gebeten, nichts sagen. Dass es unser kleines *secreto* war.«

Bitte blickte von David zu Verner, sie kam nicht darauf, was das Wort mit dem Kehllaut bedeutete.

»Laufen Sie immer mit Apfelsinen durch die Gegend?«, fragte Verner.

Natürlich. Apfelsine.

David zögerte.

»Das war Mittagessen.«

»Was haben Sie danach gemacht?«

»Ich fahren zurück nach Oslo. *Trabajo*.«

»Sie sagen, Sie seien zufällig am Kindergarten vorbeigefahren. Wohin wollten Sie?«

»Nirgendwo.«

»Sie fahren dort also auf dem Weg nach … nirgendwo vorbei, aber Sie fahren nicht zurück zur Arbeit nach Oslo, nicht wahr, David? Ihren Angestellten zufolge sind Sie den ganzen Tag nicht dort gewesen. Und Ihre Nachbarin Klara Gundersbråten hat ausgesagt, Sie hätten sich in aller Eile einen Koffer bei ihr geliehen. Wir wissen, dass Sie am selben Abend noch das Land verlassen haben. Wo waren Sie den ganzen Tag über, David? Was haben Sie gemacht? Weshalb diese überstürzte Abreise aus Norwegen?«

Der freundliche Ton, den Verner bislang angeschlagen hatte,

mündete nun in spitze Fragen. Verner und Bitte beobachteten, dass sie ihr Ziel nicht verfehlten. Davids Blick flackerte.

»Es gibt da etwas, das Sie uns nicht erzählen«, fuhr Verner fort. »Sie haben Geheimnisse vor uns. Das sehe ich den Leuten an. Sie stehen nicht unter Verdacht.« Verner lächelte. »Noch nicht, aber ich kann Ihnen versprechen, wenn Sie nicht kooperieren, könnte sich das ändern. *Entiendes*?«

David schaute an die Decke.

»*Vale*«, sagte er nach einer kurzen Pause. »Ich hatte eine Verabredung.«

Verner wartete. Weitere Fragen waren nicht notwendig, er sah David an, dass er begriffen hatte und reden wollte.

»Eine Frau. Wir wollten treffen bei … ich weiß nicht, wie Ort heißt, aber an Straße. Rastplatz, wo Straße wieder Richtung Oslo geht. Schlechte Straße, schmal. Viel Wald.«

»Wen wollten Sie treffen?«

Er antwortete nicht.

»Ist das nicht ein sonderbarer Ort für ein Treffen? Besonders mit einer Frau, von der Sie vorgegeben haben, sie nicht zu kennen. Denn es war Vibeke Hansen, mit der Sie verabredet waren, stimmt's?«

Er riss die Augen auf, und sein Körper spannte sich an. Der Schuss hatte ins Schwarze getroffen.

»Wenn ich Sie richtig verstanden habe, dann muss es irgendwo oben am Skaret gewesen sein. Bedeutet das nicht einen Umweg auf dem Weg zurück nach Oslo?«

»Wir wollten nicht, andere uns zusammen sehen«, sagte er nach kurzer Bedenkzeit.

»Warum nicht?«

Er zuckte mit den Schultern. Er war bleich unter seiner sonnengebräunten Haut und wirkte mit einem Mal nicht mehr so unangreifbar.

»Das ist«, begann er zaghaft, als wäge er jedes Wort genau ab, »das ist *un asunto privado*.«

»Meinen Sie eine Privatangelegenheit?«

David nickte leicht, und Verners Kiefermuskeln spannten sich an.

»Darauf können wir leider keine Rücksicht nehmen. Hatten Sie ein Verhältnis?«

»Ich verstehe nicht«, sagte David, »was das mit Vibeke und mir hat mit Oda zu tun? Wieso alle Fragen? Ich habe nichts Schlimmes gemacht. Was Vibeke und ich tun, geht nicht Sie was an.«

»Das tut es sehr wohl. Wir ermitteln in zwei Fällen, David Martí. Zwei Morde.«

»Zwei?«

»Sie wissen selbstverständlich, dass Vibeke Hansen ermordet aufgefunden wurde?«

Schnell wie einen Karateschlag schleuderte Verner die Frage heraus.

Das Wort *ermordet* warf David auf seinem Stuhl nach hinten, der Schock stand ihm in großen fetten Lettern ins Gesicht geschrieben.

»Sie wussten es nicht?«, sagte Bitte Røed argwöhnisch. »Alle Zeitungen des Landes haben darüber berichtet.«

»Ich habe Zeitungen nicht gesehen. In Barcelona lesen ich nur *El País*. *No! Imposible! Muerta*?«

»Möchten Sie uns jetzt von Ihrem Verhältnis zu Vibeke Hansen berichten?«, fragte Verner Jacobsen mit gespielt ruhiger Stimme. Innerlich bebte er vor Anspannung.

David hatte sich vorgelehnt und den Kopf in die Hände gestützt.

»Ich weiß nicht ... Was ich kann ... was ist der norwegische Wort dafür? Äh ... berichten?«

»Sie könnten damit anfangen, uns zu erzählen, was geschehen ist, als Sie Vibeke am besagten Mittwoch getroffen haben«, sagte Verner. Seine Stimme klang freundlich und mild, als redete er mit einem Kind. David hob den Kopf und starrte an ihm vorbei.

»Ich war früh, dann ich hielt an auf diesem Rastplatz. Musste den Motor anlassen. Feuchtigkeit innen an Frontscheibe. Paarmal musste ich nach draußen und Schnee von Auto fegen. Ich dachte, fliegen schon am gleichen Abend. Ich wollte … *a casa*, besuchen meine Familie und … wie heißt das … machen ein paar …«

Einen Augenblick zauderte er.

»Äh, Geschäfte«, kam es schließlich. »Ich erst habe nicht verstanden, dass es war sie. Es war nicht das Auto von Vibeke.«

»Welches Auto fuhr sie?«

»Sie fuhr nicht. Vibeke war auf Beifahrersitz. Das Auto war *rojo*. Vielleicht Honda. *Sí, seguro*. Honda. Rot.«

56

David kam in Untersuchungshaft. Seine Erklärung war nicht schlüssig. Was er getan oder weshalb er sich heimlich mit Vibeke auf einem entlegenen Rastplatz getroffen hatte, hatten sie nicht aus ihm herausbekommen. In immer holprigerem Norwegisch hatte er sich den Fragen entwunden. Nur eins war sicher: Er versuchte, etwas vor ihnen geheim zu halten. Am interessantesten war das Auto. Weshalb hatte Raimo nicht erzählt, dass er in diese Richtung gefahren war? Raimos Aussage zufolge war er direkt zu Vibeke nach Hause gefahren und hatte sie dort tot aufgefunden. Hätte er sie vorher zum Skaret fahren können?

»Glauben Sie, Vibeke und David hatten ein Verhältnis?«, fragte Bitte und kaute auf einem Milchbrötchen, das sie sich in der Kantine geholt hatte.

Verner hob fragend die Schultern.

»Scheint so. Ist Ihnen aufgefallen, dass sein Norwegisch immer schlechter wurde?«

»Beim nächsten Mal nehmen wir einen Dolmetscher.«

»Aber mal angenommen, er lügt«, sagte Verner. »Falls er ein Verhältnis mit Vibeke hatte, weshalb hat Vibeke sich von Raimo fahren lassen, um ihn zu treffen?«

»Nein, Sie sagen es«, erwiderte Bitte. »Aber wenn doch, hat Raimo wahrscheinlich einen Wutanfall bekommen. Stellen Sie sich vor, er hat erfahren, dass er Vater wird, und dann bittet sie ihn, sie zu einem Treffen mit einem anderen Mann zu fahren. Er bleibt im Auto sitzen und sieht zu, wie sie zu dem anderen ins Auto steigt. Was meinen Sie hat er wohl gedacht?«

»Vielleicht wollte er?«, sagte Verner.

Unvermittelt fühlte er sich achtzehn Jahre zurückversetzt. *Abwechselnd glotzt er den Karton mit den zerbrochenen Bierkrügen und Trine an. Spürt die lähmende Angst in seinem Körper. Fürchtet sich vor unsinnigen Gedanken, was er mit dem großen Bauch anstellen könnte. Weiß sie, mit was für einem Druckmittel sie herumläuft? Doch alles, was Trine haben möchte, ist, jemandem die Wahrheit zu sagen. Er ist so erleichtert, dass er fast in die Hose macht.*

»Vielleicht wollte er, dass ein anderer Mann die Verantwortung übernahm«, sagte Verner.

»Ja, vielleicht«, pflichtete Bitte ihm bei und musterte ihren Kollegen. Für einen Moment hatte er sehr weit weg gewirkt.

»Stimmt was nicht?«

»Nein, nein.«

»Womöglich hat Raimo sie gezwungen, David zu treffen?«, fuhr sie fort.

»Aber wie hat Raimo Bekanntschaft mit David gemacht?«

»Solveig kennt er doch. Womöglich hat sie Anne-Lene gegenüber David erwähnt, und Anne-Lene hat es ihrem Bruder erzählt«, sagte Bitte.

Sie reckte sich und gähnte. Auf ihrer Wange hatte sie einen Krümel. Verner wollte sie nicht anfassen, wollte bloß mit dem Finger darauf zeigen. Im selben Augenblick beugte sie sich vor, sodass sein Zeigefinger ihre Lippen berührte.

»Sie sollten nach Hause gehen«, sagte Verner, zog seine Hand hastig zurück und rieb sich den Lippenstift an der Hose ab. »Wir haben genug Überstunden gemacht und sollten mal eine Pause einlegen und alles sacken lassen.«

»Aber müssen wir Raimo nicht noch mal herholen?«, wandte sie ein. Warum Verner sie plötzlich berührt hatte, wusste sie nicht, aber sie verspürte keine Lust mehr aufzubrechen.

»Morgen«, sagte Verner und gähnte ebenfalls. Gähnen tat gut, als bräuchte der Körper mehr Sauerstoff, jetzt, wo er es nicht länger hinausschieben konnte, nach Hause zu fahren.

»Er kann nach der Schule kommen. Der verschwindet nicht. Jetzt machen wir Feierabend.«

Bitte erhob sich, hielt jedoch in der Tür inne. Immer noch hatte sie nicht erzählt, dass Raimo die nächste Nacht unter ihrem Dach verbringen würde.

»Gibt's noch was?«

Er war sitzen geblieben und hatte die Kugelschreiber fein säuberlich an der Tischkante aufgereiht. Bitte schüttelte den Kopf und hielt sich die Hand vor den Mund.

»Da war ein Krümel«, sagte Verner. »Sie hatten einen Krümel auf der Wange.«

57

Dicht bis an die Fenster des zweigeschossigen Hauses am Ringeriksvei kroch die Dunkelheit heran und legte sich nieder. Solveig saß auf dem Sofa und ließ sich von Erik die Füße massieren. Sie hatte den starken Verdacht, dass er dies nur tat, damit sie hier bei ihm blieb. Er hatte versucht, sie dazu zu bringen, über die letzte Nacht zu reden, als sie wie die Morgenzeitung an der Haustür abgeliefert worden war. Sie hatte nichts dazu zu sagen, wollte über etwas anderes reden.

»Ich habe darüber nachgedacht, was du über den Verkauf des Ferienhäuschens gesagt hast«, begann Solveig, ohne von der Zeitung aufzusehen, die sie nicht las. Erik hörte auf zu massieren.

»Du hast vielleicht recht. Wir sollten überlegen, was wir daraus machen können, und den ganzen Klimbim verkaufen. Ich dachte, ich fahre morgen mal hin.«

Immer noch saß sie da und verbarg ihr Gesicht hinter der Zeitung.

»Bist du noch ganz bei Trost, hast du mal rausgeguckt? Wir müssen warten, bis der Schnee weg ist, Solveig.«

»Aber ich ertrag's nicht, hier herumzulaufen. Ich muss etwas tun, mir irgendwas vornehmen, verstehst du?«

Erik schüttelte den Kopf.

»Und außerdem brauchen wir Geld. Die Beerdigung … Es wird an nichts gespart«, sagte sie hitzig.

Fast den ganzen Tag über hatte Solveig abwesend und passiv gewirkt, doch nach Anne-Lenes Besuch war eine seltsame

Unruhe über sie gekommen. Erik hatte versucht, dass sie sich ihm öffnete, aber sie hatte ihn keinen Millimeter an sich herangelassen. Er war gereizt. Trauerten sie etwa nicht beide? Der Krankenhausseelsorger hatte gesagt, dass sie Geduld miteinander haben müssten. Trauer könne sich in den verschiedensten Handlungsweisen niederschlagen und werde unterschiedlich durchlebt. Es war ein Prozess. Die Trauer kam und ging, nahm an Intensität ab, dann wieder zu.

Das erste Jahr würde sehr schwierig werden, doch nach und nach würde die Zeit sie in einen Zustand hüllen, in dem der Verlust von Oda nicht länger so stark schmerzte. Sich das vorzustellen war nicht leicht. Obwohl er nicht Odas leiblicher Vater war, war der Schmerz dicht und undurchdringlich. Doch Solveig konnte dies wohl schwer nachvollziehen. Sie beanspruchte jegliche Trauer für sich. Schmerz verspürte nur sie allein.

Weshalb bloß redete sie vom Wochenendhaus? Warum jetzt, so unverhofft? Das Häuschen lag am Drammensfjord, nur eine knappe Autostunde entfernt. Seit Jahren verfiel es, den Schrei, dass es renoviert werden musste, hörte man bis hierher. Erik war immer der Meinung gewesen, sie sollten den ganzen Plunder verkaufen. Obwohl das Ferienhäuschen abseits lag und nur über ein Plumpsklo und Kaltwasser verfügte, würden sie sicher einen guten Preis erzielen. Doch selbst als sie kaum genug Geld für Nahrungsmittel hatten, hatte Solveig sich geweigert. Natürlich war es toll, ein eigenes Wochenendhaus zu besitzen. Es freute ihn, wenn er sagen konnte, sie würden zum Ferienhäuschen fahren, wenn sich jemand nach dem Urlaubsziel erkundigte – ein gutes Alibi für fehlende Reisen in den Süden und Großstadtwochenenden.

Wegen Oda natürlich. Was sollten sie dort ohne sie? Und die Beerdigung war nicht billig, daran hatte er auch schon gedacht. Hatte die Alternativen abgewogen und war zu dem Schluss gekommen, dass es einfacher wäre, eine Bank auszurauben, als noch einen Kredit zu bekommen. Doch womöglich käme die Bank ihnen eher entgegen, wenn sie das Häuschen zum Verkauf anböten. Vielleicht brauchte Solveig etwas, für das sie sich einsetzen konnte, etwas, das sie dazu brachte, sich stärker auf das neue Kind zu konzentrieren.

Er sorgte sich, dass die Trauer dem aufkeimenden Leben, seinem Kind, schaden könnte. Erik fühlte, wie er von innen her anschwoll, als benötigte sein Herz zu viel Platz; der gesamte Brustkorb bestand nur aus Herz. Der Gedanke an seine Vaterschaft nahm ihn ein, doch zugleich schämte er sich. Vielleicht hatte Solveig recht, dass er sich mehr um das ungeborene Leben als um Oda kümmerte. Weil es sein eigen Fleisch und Blut war? Doch die Liebe zu Oda und dem neuen Kind waren zwei unterschiedliche Dinge. Verstand sie das denn nicht? Man konnte mehrere Menschen auf einmal lieben, mit derselben Kraft, nur in einer anderen Farbgebung; so als mochte man Rot und Blau. Zwei Primärfarben, gleiche Intensität, genauso schön. Dennoch konnte man den Unterschied ausmachen.

»Wir fahren zusammen zum Häuschen raus«, entschied Erik. Er erwartete, dass sie sich freute, und fuhr, ohne ihren Gesichtsausdruck zu beachten, fort: »Dann können wir aufräumen und alles für den Anstrich vorbereiten, wenn es wärmer wird.«

Erst jetzt bemerkte er, dass sein Vorschlag nicht gut ankam, und ihm fiel etwas anderes ein:

»Ach, das geht ja gar nicht, Solveig. Hast du vergessen, dass wir morgen zu meinen Eltern wollten?«

»Erik, das schaff ich nicht.«

Solveig lehnte sich vor, stützte den Kopf in die Hände und fuhr sich wie mit einem groben Kamm durch die Haare. Als sie weitersprach, sah sie nicht auf.

»Ich kann nicht. Du musst ohne mich fahren.«

»Dann gehen wir später hin«, sagte Erik. »Ich ruf sie an und verschieb's aufs Wochenende, ich hab dich lieber dabei.«

»Nein! Das tust du nicht«, rief Solveig aus.

Erik sah sie starr an, öffnete den Mund, um etwas zu sagen, als sie weitersprach:

»Ich muss das allein tun.«

Sie nahm seine Hände, drückte sie, zog eine seltsame Grimasse, die vielleicht ein Lächeln sein sollte.

»Nenn's eine Form von Trauerbewältigung.«

»Aber …«, wandte Erik ein.

Er sah Solveig allein in dem Häuschen vor sich, und eine eiskalte Hand legte sich über seine Brust. Davon hatte er schon gehört, dass unmittelbar bevor … Die Stimmung besserte sich. Zuversicht. Neue Energie. Jetzt würde alles wieder gut werden, glaubten alle. Doch eigentlich war es bloß die Entscheidung, der letztendliche Beschluss, der belebend wirkte. Er fühlte sich krank vor Furcht. Das durfte sie nicht. Dann hätte er niemanden mehr.

»Du solltest nicht allein sein, jetzt, wo …«

Jetzt, wo du schwanger bist, wollte er sagen, doch er erkannte, dass es das Letzte war, worum sie sich kümmerte. Stattdessen entgegnete er:

»… jetzt, wo es so glatt ist auf den Straßen. Es ist nicht einmal gesagt, dass bis runter zum Häuschen geräumt ist. Ist ja kaum jemand da im Winter.«

»Hab ich schon gecheckt, es wird geräumt, und außerdem bin ich nicht allein«, sagte Solveig.

»Ach so?«

»Brauchst keine Angst haben. Ich hab nicht vor, dich zu betrügen oder so was.«

Sie lachte. Ein kleines, freudloses Lachen.

»Wer kommt denn mit?«

»Raimo.«

»Raimo Egge? Der Bruder von Anne-Lene?«

Er verstand gar nichts mehr, fühlte sich verraten. Ein Jungspund?

»Hör mal zu, Erik«, sagte Solveig mit auf einmal sanfter, warmer Stimme. »Du weißt, dass Raimo auf eine Schule für Kreative geht, stimmt's?«

Erik nickte.

»Und Anne-Lene meint, er ist extrem begabt, Dinge aufzuhübschen. Sie hat mir das vorgeschlagen.«

»Was vorgeschlagen?«

Alarmglocken schrillten.

»Wenn es um das Schaffen von Illusionen geht, ist Raimo Profi, Erik. Genau das brauchen wir. Dem Innenleben des Häuschens ein kleines Lifting verleihen, damit wir einen guten Preis bekommen, ohne dass es die Welt kostet.«

Das Schrillen wurde lauter und schärfer, doch er begriff nicht, wo es herkam.

»So können wir zwei Fliegen mit einer Klappe schlagen«, sagte Solveig. »Er braucht Erfahrung und Geld. Ja, ich hab ihm angeboten, ihm was für die Arbeit zu geben.«

»Aber wir haben kein Geld.«

»Du kannst ja wieder mit dem Rauchen aufhören«, murmelte sie.

Er fuhr zusammen. Sofort bereute sie es. Sie hatte überhaupt nicht vor, Raimo Geld zu geben. Wo hätte sie es denn auch hernehmen sollen?

»Ich muss mal an was anderes denken«, redete sie weiter. »Es tut mir, glaub ich, ganz gut, etwas Praktisches zu tun, meinem Kopf eine Pause zu gönnen. Ich werd sonst noch verrückt, Erik.«

Das hab ich auch schon gemerkt, dachte Erik, sprach es aber

nicht aus. Auch hatte er keine Lust, ihr zu erzählen, dass er sich längst dazu entschlossen hatte, mit dem Rauchen aufzuhören. Nicht eine Krone besaß er, weder für Zigaretten noch für Raimos sogenannte kreative Lösungen. Flehentlich sah Solveig ihn an. Er konnte schlecht Nein sagen. Und wenn sie nun endlich bereit war, die alte Bruchbude zu verkaufen, würde es sich auf die Dauer schon auszahlen.

»Okay«, sagte er, und plötzlich kam ihm eine Idee. Wenn sie nicht mitkäme, könnte er seine Eltern um ein kurzzeitiges, zinsloses Darlehen bitten, ohne dass Solveig etwas davon erfahren musste. Außerdem rauchte sein Vater, er könnte sich bestimmt eine letzte Zehner-Packung schnorren.

»Aber ich fahre euch hin«, legte er fest. »Und hol euch wieder ab. Du fährst bei diesem Wetter nicht selbst.«

»Prima«, sagte Solveig und legte ihren Kopf in seine Armbeuge. »Und du fährst zu deinen Eltern.«

Er küsste sie auf die Stirn. Sie schloss die Augen. Ein vorsichtiges Lächeln balancierte auf ihren Lippen, das erste seit Odas Verschwinden. Es hätte ihn fröhlich stimmen sollen, doch er verspürte nur eine eisige, undurchdringliche Angst.

58

Mittwoch, 1. Februar

Mitten am Tag stand Raimo auf der Treppe bei Solveig und Erik. Er hatte in der Schule angerufen und sich krank gemeldet, seiner Mutter jedoch keinen Zettel geschrieben. Sie war in der letzten Zeit so fern, dass sie wahrscheinlich überhaupt nicht bemerkte, ob er zu Hause oder ins Innere des Kongo gereist war. Außerdem könnte Anne-Lene Bescheid geben, falls seine Mutter plötzlich verrückt genug war, nach ihm zu fragen; sie sollte sagen, dass er Julie besuchte.

Solveig hatte darauf bestanden, niemanden wissen zu lassen, dass er mit ihr zum Wochenendhäuschen fuhr. Anfangs hatte er nicht darauf reagiert, das Bedürfnis nach Diskretion älterer Frauen war ihm geläufig. Erst als er nochmals darüber nachdachte, erschien es ihm irgendwie komisch. Ihr Mann würde sie doch fahren. Das plötzliche Gefühl der Unruhe schüttelte er ab.

Er dachte an Julie, die ihm ein trauriges Smiley aufs Handy schickte, nachdem er ihr in einer SMS geschrieben hatte, er könne nun doch nicht bei ihr übernachten. Doch dann hatte sie nach dem Grund gefragt und damit gedroht, Schluss zu machen, wenn er nicht die Wahrheit sagte. Er verstand, dass sie sauer war. Der Gedanke, dass er an diesem Abend bei Julie sein und vielleicht im selben Bett mit ihr liegen könnte, machte ihn missmutig. Aber er brauchte das Geld. Solveig hatte fünf Riesen versprochen.

Nun stand er auf der Treppe und klingelte zögernd.

»Komm kurz rein«, sagte Solveig. »Bin sofort fertig. Du hast Werkzeug dabei?« Fragend betrachtete sie den Werkzeugkasten in seiner Hand.

»Sollte ich nicht?«

»Doch, doch …«

»Hier drin hab ich alles, was man braucht, damit die Leute glauben, das Haus sei in Schuss«, sagte Raimo stolz.

»Seid ihr bereit?«, sagte Erik mit gespielter Heiterkeit und rasselte mit dem Schlüsselbund.

Schweigend fuhren sie die schmale Straße den Fjord entlang. Raimo saß auf dem Rücksitz und fühlte sich überflüssig. Erik hatte ihn ein paarmal seltsam angeschaut und einige zweideutige Bemerkungen gemacht, die er nicht verstand. *Und lass dich bloß nicht zu sehr von ihr herumkommandieren.* Ha. Ha. *Du passt gut für mich auf sie auf*. Zwinker, zwinker.

Hatte er Angst, dass zwischen ihnen etwas lief? Er tat ihm fast leid. Und wenn … was hatte dieser mittelalte Knacker von fast vierzig schon zu bieten?

»Meine Freundin heißt Julie«, sagte Raimo und meinte, das würde den Alten vielleicht beruhigen. »Über einen Monat sind wir jetzt schon zusammen. Möchtet ihr ein Foto sehen? Sie ist wirklich hübsch. Lange Haare. Gehen ihr fast bis zum Hintern. Und dünn. Mannomann, so 'ne schlanke Taille. Wie eine Barbiepuppe.«

Das Auto war ein Druckkessel. Er redete und redete.

Die Straße zum Ferienhäuschen hinab war frisch geräumt, aber zum Schluss mussten sie über einen schmalen Pfad stampfen, um bis zur Tür zu gelangen. Den Parkplatz sah man vom Haus aus nicht. Solveig gefiel das. Es gab ihr das Gefühl, weit weg von den Menschen, weit weg von allem, was sich Zivilisation nannte, zu sein. Im Häuschen gab es keinen Strom, nur ein Sonnenkollektor auf der Südseite sorgte für Leselicht am Abend.

Solveig schloss auf, und sie gingen hinein. Drinnen war es genauso kalt wie draußen, doch wenigstens war es windstill. Es roch abgestanden. Wie in einer Grotte, dachte Raimo und bemerkte, dass selbst die Dunkelheit den Verfall nicht verbergen konnte.

Erik machte Feuer im Ofen. Die Dämmerung hatte bereits eingesetzt. Er wollte nicht fahren, suchte nach einer Entschuldigung. Er sah sich um. Das Häuschen war wie immer, zu warm im Sommer und zu kalt im Winter. Trotzdem hatte sich etwas verändert. Das Sofa lehnte sich erschöpft an die Wand unter die Amateurmalerei eines Sonnenuntergangs, auf dem Kiefernboden glänzten Rotweinflecken, die sich bis in alle Ewigkeit in das Holz geprägt hatten. Trotz der rot karierten Gardinen waren die toten Fliegen auf dem Fensterrahmen nicht zu übersehen. Auf der Ablage unter dem Tisch lagen ein Ludospiel und Odas Zeichenutensilien. Er hörte ihr Lachen und das Knistern einer Tüte mit Süßigkeiten. Der Duft von Rotwein und Ferien hing in den Wänden. Aber es waren keine Ferien. Es war kein Wochenende. Es roch unbestimmt nach etwas anderem.

»Gut, dass etwas mit dem Haus passiert«, sagte er eher zu sich selbst und seufzte. Es wäre eine Befreiung, all die Erinnerungen loszuwerden, die ihn aus den Ecken ungeniert anstarrten. Gespenster, mit denen sie im Sommer noch schwieriger zurechtkommen würden, wenn die Sonne durch die pollenbeschichteten Fenster hereinschien und die kahlen Felsen auf der Hangseite mit warmen Tagen lockten. Hierherzukommen, ohne Oda im rosa Sommerkleidchen, mit Pflastern auf beiden Knien und Eisresten um den Mund, das ging nicht. Es wäre eine Wohltat, die Bretterbude loszuwerden, noch bevor der Schnee schmolz.

»So, das hätten wir«, sagte er, blieb unentschlossen stehen und rieb einen Kohlefleck auf seinem Handrücken weg.

»Das Dach müsste geräumt werden, hab ich gesehen«, sagte er. »Da liegt mindestens eine Tonne drauf. Ich könnte das übernehmen. Würd euch nicht stören bei der Planung der Inneneinrichtung.«

»Bald wird es Frühling, der Schnee schmilzt von selbst.«

Solveigs Stimme klang abweisend. Es würde nichts bringen zu diskutieren, wenn sie in dieser Stimmung war. Eigentlich ist sie jetzt immer so, dachte er und bemerkte auf einmal, wie ausgelaugt er war.

»Dann fahr ich mal«, sagte er und spürte widerwillig, dass es wohltuend sein würde, allein im Auto zu sitzen, Musik zu hören und einfach nur zu fahren, ohne zu sprechen, ohne an etwas anderes als an den Besuch bei seinen Eltern denken zu müssen. Ein Gespräch mit jemandem, der sich dafür interessierte, wie es ihm ging, würde ihm guttun.

»Morgen früh bin ich zurück.« Er schaute auf die Uhr und kalkulierte die Fahrzeit. »Spätestens gegen neun.«

»Hat keine Eile, nimm dir die Zeit, die du brauchst«, erwiderte Solveig und legte ihre Arme um ihn. Sie schmiegte sich an seine Brust. Er wagte nicht, etwas zu sagen.

»Grüß deine Eltern«, flüsterte sie und küsste ihn.

Erik trat unsicher hinaus ins Schneetreiben. Er hatte versucht, sich umzudrehen, doch sie hatte ihm einen Klaps auf den Rücken gegeben; wie einem ängstlichen Kind, das nach draußen geschickt wurde, um zu spielen.

59

Solveig stellte sich ans Fenster und folgte Erik mit dem Blick den Pfad entlang, bis er hinter dem Baumgrüppchen verschwunden war, das dort wie eine zerbrechliche Wand zwischen dem Wochenendhaus und der Zivilisation stand. Erik hatte gezaudert, als ahnte er, was ihr im Kopf herumging. Sie hatte sich gezwungen, zu lächeln und ihn zu küssen, als wäre alles in Ordnung. Und es war alles in Ordnung. Alles würde sich zum Guten wenden. Sie wartete ein paar Minuten, bevor sie sich umwandte.

»Ja, nun sind wir unter uns«, sagte sie.

Sie ging in der Hütte umher und lächelte. Raimo sah, dass ihr Lächeln starr wie bei einer Schaufensterpuppe war.

»Wo möchtest du anfangen?«

Er pustete sich in die Hände und rieb seine Fäuste gegeneinander. Um sich aufzuwärmen, ging er näher an den Ofen heran.

»Mit dem Anfang«, sagte Solveig.

»Ich bin mir nicht sicher, ob ich verstehe«, sagte Raimo. »Möchtest du hier im Wohnzimmer anfangen, ich hab schon ein paar Ideen, oder vielleicht eher mit der Küche …?«

»Ich bin schwanger. Da können wir anfangen.«

Raimo hustete heftig und spürte, wie sein Gesicht blutrot anlief.

»Willst du nichts sagen?«

Solveig sah ihn voller Erwartung an. Er verdrängte die unangenehme Erinnerung, die eine Sekunde lang vor seinen Augen geflimmert hatte. Er hörte Vibekes Stimme.

Ich bin schwanger.

Und es fühlte sich an wie ein Déjà-vu-Erlebnis, als er Solveig mit haargenau denselben Worten antwortete.

»Ich weiß nicht, was man da so sagt …«

Vibeke hatte ihn ernst angeschaut, von ihm erwartet, dass er wie ein Erwachsener reagierte. Solveig war auch ernst, doch dann zuckte sie nur leicht mit den Schultern.

»Gratuliere, wäre schön.«

»Gratuliere«, sagte Raimo tonlos.

»Hast du deiner Freundin erzählt, wo du heute hinwolltest?«, fragte Solveig.

»Nein«, log Raimo.

Sein Handy klingelte. Gerade wollte er abnehmen.

»Du gehst nicht ran!«

Der gleichmäßige synthetische Klingelton nahm an Lautstärke zu.

»Nein?«

»Nein«, sagte sie.

Das Geräusch hörte unvermittelt auf. Solveig dämpfte ihre Stimme: »Raimo, jetzt unterhalten wir uns.«

60

Janni stellte die Tastensperre ihres Handys wieder ein und steckte es ärgerlich in die Tasche. Sie hatten eine Abmachung. Sie bezahlte Raimos Handyvertrag, er sollte rangehen, wenn sie anrief. Kurz überlegte sie, ob sie eine SMS schreiben sollte, entschied sich aber anders. Vielleicht war er in die Stadt gefahren, um dieses Mädchen zu treffen. Plötzlich spürte sie ein Stechen in der Schulter, als sie an den Verlust der eigenen jugendlichen Freiheit dachte. Sie vermisste die Blindheit und den Glauben an das gelobte Erwachsenenland. Weshalb hatte niemand ihr von der Leere auf der anderen Seite erzählt? Welch universelle Lüge servierte sie der kommenden Generation gerade selbst? Werd erwachsen! Wenn du alt genug bist, wird das Leben sich öffnen und dich in sein Allerheiligstes vorlassen. Ha! Wann genau sie aufgehört hatte, ihre Geburtstage enthusiastisch zu feiern, wusste sie nicht genau. Nachdem sie vierzig geworden war, hatte sie auch keinen Grund mehr gesehen weiterzuzählen. Nun galt eine andere Zeitrechnung – die Jahre, die noch blieben.

Vibeke sorgte sich nie um derlei Dinge. Vibeke war anders. Sie meinte tatsächlich, die Sterne seien immer in Reichweite. So naiv, so unendlich, wunderbar naiv. Sie glaubte, Kunst könne alles verändern. Sie glaubte an Engel und Ufos, an Geister, Healing und Meditation und war der unumstößlichen Überzeugung gewesen, sie würde wiedergeboren werden.

Janni war skeptisch. »Reinkarnation, ja, das wär mal eine nette Überraschung«, hatte sie einmal gescherzt.

»Das ist keine Überraschung, Janni«, hatte Vibeke geantwortet. »Wir wählen unser Leben und unsere Herausforderungen selber. Beim nächsten Mal such ich mir aus, als Kind einer reichen Familie wiederzukommen! Ein bemitleidenswertes reiches Mädchen. Das könnte eine passende Aufgabe sein.«

Vibeke ist da, fiel ihr auf. Ich höre ihre Stimme! Ganz deutlich. Sie hörte Vibeke lachen und das Echo der Unterhaltung, die sie geführt hatten.

»Eine königliche Familie vielleicht«, sagt Vibeke, »das hätte Stil!«

»Ich hätte nicht gedacht, dass du materialistisch veranlagt bist.«

»Muss ich doch sein. In diesem Leben. Ich bin arm. Hab ich eine Wahl? Aber ich hasse es, arm zu sein, Janni. Du ahnst ja nicht, wie glücklich du dich schätzen kannst, weil du alles hast.«

»Glücklich? Ivar verdient das große Geld. Mit dem Lehrergehalt kann man nicht gerade protzen, und du weißt, wie knauserig Ivar sein kann.«

»Bleib mal auf dem Teppich. Du hast ein großes Haus und einen Flachbildschirm größer als meine Fenster, Parkett in allen Zimmern, Einbaustrahler und Designermöbel. Du hast ein Ferienhäuschen in den Bergen, ein Boot am Fjord und kannst es dir leisten, Klamotten zu kaufen, die so viel kosten wie ein Kunstwerk. Du fährst nach Thailand und Venedig und hast keine Ahnung, was für einen Schlag es tut, wenn die Stromrechnung nach Weihnachten im Briefkasten landet. Komm nicht daher und erzähl mir, du hättest wenig Geld.«

»Ich habe nicht gesagt, wir hätten wenig Geld, doch es kostet auch eine ganze Menge, das alles aufrechtzuerhalten. Viel bleibt da nicht übrig …«

»Dann trenn dich von etwas …«

»Klar, das schlag mal Ivar vor! Der würde mich einsperren lassen. Aber irgendwie ist es ein bisschen deprimierend, alles zu haben, verstehst du?«

Vibeke schaut sie an. Wartet, dass sie weiterspricht. Doch Janni schweigt.

»Du fragst dich, worin der Sinn des Lebens besteht, nachdem man sich ein Haus, ein Boot und ein Auto angeschafft hat?«, sagt Vibeke nach einer Weile. »Du überlegst, wofür du jetzt noch arbeiten sollst? Ein noch größeres Haus? Tollere Autos? Ein besseres Boot?«

Und dann stellt sie die Frage, von der eine Narbe zurückbleiben wird, die niemals zu jucken aufhört.

»Ist es dir am wichtigsten, wie du selbst leben möchtest, Janni? Oder ist es wichtiger, wie Nachbarn, Freunde und Kollegen meinen, dass du leben solltest?«

Vibeke stochert in der Wunde. Ihrer Fassade. Wo soll sie sich verstecken, wenn die verschwindet?

»Ich würde mir wirklich wünschen«, sagt Janni, »ich hätte eine andere Form des Glücks gefunden. Ob du's glaubst oder nicht, ich bin's langsam leid, dass immer alle nur Geld haben müssen. Du hast mich dazu gebracht, das alles infrage zu stellen, Vibeke.«

»Und mir ist Geld egal?«

Vibeke wirft sich auf dem Sofa zurück und lacht, das raue, ansteckende Lachen, das Janni so liebt.

»Du hast andere Werte, Vibeke. Du glaubst an etwas Größeres, etwas Göttliches. Und du hast künstlerische Fähigkeiten. Du glaubst wirklich, mit deinen Bildern die Welt verändern zu können, nicht wahr?«

»Doch, an und für sich schon, aber du kennst mich nicht, Janni. Du kennst mich nicht.«

Das Gespräch hatte vor mehreren Monaten stattgefunden.

Vibeke hatte recht gehabt, dachte Janni, sie kannte Vibeke nicht, war ihr nie auch nur nahegekommen. Und mich selbst kenne ich auch nicht mehr. Sie ließ ihren Kopf sinken, sodass ihre Stirn die Tischplatte berührte. So lag sie da, die Arme über dem Kopf, als Anne-Lene unvermittelt die Tür öffnete.

»Mama? Stimmt was nicht?«

Sie setzte sich auf, versuchte zu lächeln.

»Nein, nein, mein Mädchen, bin bloß ein bisschen kaputt.«

»Okay. Kann ich ein paar Hunderter haben, geh heute Abend ins Kino, bin aber völlig blank.«

Janni schloss ihre Augen, atmete langsam durch die Nase ein.

»Gestern erst hast du fünfhundert bekommen.«

»Das war gestern. Komm schon, Mama, stell dich nicht so an. Wusstest du nicht, dass Stiefmütter gerade im Megasonderangebot sind …?«

Janni erstarrte, blickte ihre Tochter an, die grinste. Sie spürte, wie ihre Augen sich mit Tränen füllten.

»Entspann dich, Mama. Das war 'n Scherz.«

Schnell erhob sich Janni, um die Tränen zu verbergen, und holte ihr Portemonnaie.

»Weißt du übrigens, wo Raimo ist?«, fragte sie, als sie zurückkam. »Er geht nicht ans Handy.«

»Er ist mit So…, ich meine mit Julie unterwegs«, sagte Anne-Lene schnell.

»Mit wem, sagst du?«

»Julie«, antwortete Anne-Lene. Dem Blick ihrer Mutter wich sie aus, weil sie sonst die Lüge durchschaut hätte.

Sofort wusste Janni, dass etwas nicht stimmte.

»Hast du nicht irgendetwas anderes gesagt?«

»Ich hab versprochen, nichts zu sagen, Mama. Raimo killt mich.«

»Anne-Lene«, erwiderte Janni so gefasst wie möglich. »Ich will wissen, wo Raimo ist. Ich habe eine Ahnung, dass er in Gefahr sein könnte. Mit wem ist er unterwegs?«

»Solveig«, sagte Anne-Lene. »Er soll ihr bei irgendetwas im Wochenendhaus helfen.«

61

Solveig riss ein Streichholz ab und zündete die drei Kerzen an, die in einem silberfarbenen Leuchter, auf dem Tisch steckten.

»Glaubst du, ein Streichholz brennt zweimal?«

Sie blies die Flamme aus und drückte die Glut in seine Handfläche, bevor er antworten konnte.

»Au!«

Raimo zog seine Hand zurück.

»Sehr witzig«, sagte er und blickte sie argwöhnisch an.

»Wenn du einmal Vater wirst, Raimo …«

Raimo ballte die Fäuste und fühlte, wie die Nägel sich in seine Hand bohrten.

Vibeke!

»Du bist noch so jung, aber wenn es passiert«, sprach sie mit schleppender Stimme weiter, »wirst du den Stich dieser Glut manchmal spüren. Dann wirst du, genau wie jetzt, deine Hand zurückziehen, um im nächsten Augenblick den Schmerz wieder zu vergessen. So fühlt es sich für eine Mutter und einen Vater an, wenn der Gedanke an die Sterblichkeit deines Kindes dich heimsucht, verstehst du? Aber für mich … ich kann meine Hand nicht zurückziehen. Nie! Verstehst du!«

Raimo nickte. Schluckte. Er wollte mit der Arbeit beginnen, fertig werden und abhauen. Sie hatte gesagt, Erik würde sie morgen früh abholen, doch plötzlich hatte er keine Lust mehr, die Nacht mit dieser Schreckschraube zu verbringen. Wenn er das Geld bekäme, könnte er den Bus zurück in die Stadt nehmen oder ein Taxi. Vielleicht würde er doch noch bei Julie vorbeischauen, wenn er schnell ein paar gute Ideen lieferte. Er sah sich um. Hier konnte man einiges verändern. Es wäre schon eine ziemliche Verbesserung, wenn die verdammten Kieferwände erst einmal gestrichen wären. Und die Wand zur Küche einzureißen, würde alles luftiger machen und kostete kein Vermögen.

»Als Erstes musst du ein paar Sachen rausschmeißen«, sagte Raimo.

»Du bist nicht als Einrichtungsberater hier, Raimo.«

Obwohl ihre Stimme sanft klang, durchfuhr ihn ein Schauer. Die Kerzen auf dem Tisch flackerten, was an den schlecht isolierten Wänden liegen musste.

»Wir reden über Oda«, sagte Solveig. »Und über dich. Kennst du dich mit Fünfjährigen aus, Raimo?«

Raimo zuckte mit den Achseln.

»Erinnerst du dich, wie es war, klein und ängstlich zu sein?«

Er blickte zum Fenster. Der Schnee lag hoch auf dem Fensterbrett, doch dahinter, in der Lücke zwischen dem Haus und dem Wald, meinte er, einen kleinen Jungen zu erkennen. Er hatte schwere, etwas zu große Stiefel an. Den ganzen Winter sollten sie halten. Er rannte, doch er kam nur langsam voran. Die anderen Jungen holten auf. Ein Schneeball traf ihn im Nacken.

Raimo wischte einen kalten Schweißtropfen weg, der ihm den Rücken hinunterrann.

Ich weiß auch, wie es ist, achtzehn und ängstlich zu sein, dachte er, doch versuchte eine erwachsene, aufmerksame, irgendwie interessierte Miene aufzusetzen.

»Weißt du, was das Beste ist, das einem fünfjährigen Kind an einem ganz normalen Tag passieren kann?«

»Nein«, antwortete Raimo unumwunden.

»Der Gipfel des Glücks für ein fünfjähriges Kind sind Pfannkuchen zum Mittagessen! Hast du das vergessen, Raimo? Hast du vergessen, wie es ist, im Schnee herumzutoben und sich aufs Mittagessen zu freuen? Erinnerst du dich an das Gefühl, einen losen Zahn zu haben? Kannst du den blutigen Geschmack von Erwartung schmecken – dir eine auf den Boden eines Wasserglases herabsinkende Münze vorstellen? Hast du dich jemals am Abend hingelegt und darauf gewartet, dass deine Mutter kommt, um dir vorzusingen und dich gut zuzudecken? Hat deine Mutter dir vorgesungen? Erinnerst du dich an die Geräusche von Geborgenheit?«

»Die Wände müssen gestrichen werden.« Raimo räusperte sich. »Eierschalenweiß. Die Decke auch.«

Sie lehnte sich zu ihm über den Tisch.

»Erinnerst du dich, wie ängstlich du manchmal warst? Hattest du jemals Angst, Raimo?«

Ein Bild blitzte auf, und er sah, wie die Jungen ihn einholten. Sie hielten seinen Kopf fest und pressten ihn in den Schnee. Der Schnee kratzte im Gesicht. Er bekam keine Luft! Schnee in den Augen. Im Mund. In den Ohren. Schnee überall. Er hasste Schnee.

»Wovor hattest du Angst, Raimo? Erzähl mir, wovor du Angst hattest.«

Es hörte sich an, als wollte sie ihn trösten, ein Pflaster draufkleben, auf die Wunde pusten.

»Erzähl schon!«

Ihre Stimme war wie eine Nadel.

»Ich weiß nicht mehr«, flüsterte Raimo.

»Komm schon. Du weißt es noch. Hattest du Angst vor großen, hässlichen Männern? Oder davor, zu spät zum Mittagessen zu kommen? Hattest du Angst, ausgeschimpft zu werden? Oder vielleicht vor Hunden, Raimo?«

Er starrte Solveig an. Das helle Haar hing ihr in die Augen, dünn wie das Fell eines Welpen. Sie glich einem winzig kleinen Taschenhund, der die Zähne bleckt. Auf einmal kommt der Wolf in ihm zum Vorschein, der in seinem Innern lauert und dessen Erbgut alle Rassen in sich tragen.

»Weißt du, wovor Oda Angst hatte?«, fragte Solveig, wartete die Antwort jedoch nicht ab. »Sie hatte Angst vor Autos, die zu schnell fahren. Sie hatte Angst vor großen Jungs, die die Hauptstraße als Spielplatz ansehen. Die die Ebene vor unserem Haus als Motocrossstrecke benutzen. Sie hatte Angst vor großen, dummen Jungs, die das Auto ihrer Mama stehlen und zu schnell fahren. Raimo? Hörst du?«

Raimo hörte sie. Und mit einem Mal begriff er, weshalb er hier war.

62

In aller Eile hatte Janni Jacke und Stiefel angezogen.

»Mama«, sagte Anne-Lene. »Hallo! Weshalb soll das denn gefährlich sein, wenn Raimo Solveig hilft?«

Janni rannte durch das Haus, ohne eigentlich zu wissen, wonach sie suchte. Ihr Blick streifte den Küchenschrank und den Brotkasten, einen Basilikumtopf und die Küchenrolle, bevor ihr Blick auf das Messer auf der Ablage fiel. Sie hielt es einen Moment lang in der Hand, legte es jedoch zurück. Nein, das war wohl nicht notwendig. Zugleich nagte die Ahnung an ihr, dass sie sich verteidigen musste. Oder Raimo. Solveig hatte irgendetwas herausgefunden. Alles andere erschien unlogisch. Sie stürzte zum Wandschrank, wo Feger und Wischmopp standen und an einem Nagel in der Schranktür eine Maglite hing. Wie hart sie damit wohl zuschlagen konnte?

»Wenn Papa heute Abend nach Hause kommt«, sagte sie und steckte die Taschenlampe in die Tasche, »erzählst du ihm nichts.«

»Was sollte ich ihm denn erzählen? Dass du dir den Kopf gestoßen hast?«

»Ich nehme mein Handy mit.«

»Wohin fährst du?«

Janni war bereits aus dem Haus. Sie fegte die Fensterscheiben ab und warf sich ins Auto, ohne den kleinen Schneehaufen zu beseitigen, der hereingeweht war, als sie die Tür geöffnet hatte. So schnell sie konnte, fuhr sie durch die Stadt, am Bootsverein vorbei, wo ihr Familiensegelboot lag. Unzählige

Masten ragten von den für den Winter präparierten Booten im Hafen auf. Sie fuhr weiter den Fjord entlang, Richtung Svelvik, hielt das Lenkrad fest umklammert, während sie den eiskalten Fjord im Auge behielt. Wenn sie das Häuschen nur fand. Einmal im vergangenen Sommer hatte sie Anne-Lene dort abgeholt. Sie erinnerte sich noch an das Naturschutzgebiet mit der Vogel-Beobachtungshütte, an der sie vorbeigefahren war. Das Wochenendhaus konnte man von der Straße aus nicht sehen, doch hinter dem Campingplatz ein paar Kilometer weiter in südlicher Richtung gab es eine Straße, wenn sie sich nicht irrte. Sie würde sich schon zurechtfinden, selbst wenn die Landschaft jetzt schneebedeckt war.

63

Bitte Røed kam erst nach sechs nach Hause. Sie hatten Jannis Halstuch analysiert, doch keine Haare von Vibeke gefunden. Womöglich war es gewaschen worden. Im Großen und Ganzen war der Tag für eine kurze Pressekonferenz und die Vernehmung aller zuvor schon vernommenen Zeugen draufgegangen, ohne dass sie einer Lösung näher kamen.

Dass sie es bereits am Anfang ihrer Karriere als Ermittlerin mit einem – oder vielmehr zwei – ungelösten Fällen zu tun hatte, beunruhigte sie. Auch wenn die besten Ermittler manche Fälle nicht lösen konnten. Doch für sie war entscheidend, dass nicht schon ihr erster Fall für immer ihren Schreibtisch blockierte. Sie musste Beweise finden. Womöglich war sie nicht klug genug. Am meisten sorgte sie sich allerdings, dass Raimo nicht in der Schule gewesen war. Als sie ihn zur Vernehmung abholen wollten, erhielten sie die Nachricht, er sei krank. Sie hatten ihn auf seinem Handy angerufen, doch er hatte nicht geantwortet. Verner hatte sie immer noch nichts erzählt, aber schließlich wusste sie ja, dass Raimo heute bei Julie übernachtete. Wenn sie ihn schon nicht vernehmen konnte, stand er zumindest unter ihrer Aufsicht.

»Julie! Ich bin zu Hause!«

Keine Antwort. Das Haus war still. Bitte öffnete die Tür zu Julies Zimmer. Es war dunkel. Als sie das Licht anmachte, sah sie, dass das Bett nicht gemacht war. Der Boden war unter den vielen Kleidungsstücken und Teenagermagazinen nur schwer auszumachen. Alles schien normal.

Bitte überprüfte das Telefon. Keine Nachrichten auf dem Anrufbeantworter, und als sie ihre Tochter anrief, erhielt sie lediglich die Information, das Handy sei abgeschaltet oder befinde sich in einer Gegend ohne Empfang. Merkwürdig. Julie war am Tag zuvor so aufgekratzt gewesen, dass Raimo hier übernachten durfte. Wohlgemerkt auf dem Sofa im Wohnzimmer.

Bitte ging in die Küche und öffnete den Kühlschrank. Ein Päckchen Hackfleisch und eine Tüte mit geriebenem Käse lagen im obersten Fach. Tacogewürz und ein Glas Salsa standen auf dem Küchentisch.

Gelegentlich gab es Momente, an denen sie Robert vermisste. Dies war ein solcher Moment. Ob sie ihn wohl anrufen konnte? Heute Abend war Peder bei ihm. Sie könnte so tun, als wollte sie ihrem Sohn bloß Gute Nacht sagen und nebenbei eine sorgenvolle Bemerkung über Julie fallen lassen. Nein, Robert würde sie nur beschuldigen, dass sie die Kinder nicht im Griff hatte, und verlangen, dass Julie wieder jeden Mittwoch zu ihm käme. In der letzten Zeit wollte Julie mittwochs nicht mehr zu ihrem Vater gehen, was Robert widerwillig akzeptiert hatte.

Sie hätte Julie warnen müssen. Meine Güte, ihr Freund könnte in zwei Mordfälle verwickelt sein. Was für eine Mutter war sie eigentlich? Ihre Intuition hatte sich vom ersten Tag an quergestellt. Raimo bedeutete Ärger. Er hatte ein sexuelles Verhältnis zu der verstorbenen Künstlerin gehabt. Sie musste mit Julie über Verhütung sprechen. Und seine Schwester hatte auf das tödlich verunglückte Mädchen aufgepasst. Irgendetwas bei ihren Nachbarn lief gehörig schief.

Mit Raimo stimmte etwas nicht. Obwohl er aus einem wohlhabenden Haus kam, brach er mit sämtlichen Normen. Er hätte eine akademische Ausbildung wählen sollen, müsste bessere Manieren haben. Es verwirrte sie, als würde sie eine Rolle Toilettenpapier auf den Wohnzimmertisch oder die Zahnbürste und die Tampax-Päckchen in den Kühlschrank legen. Für sich genommen waren es ganz gewöhnliche, gute Dinge, aber nur am richtigen Platz. Raimo passte einfach nicht ins Bild, er war die Toilettenrolle im Wohnzimmer, die Zahnbürste im Kühlschrank.

Sie hätte Julie erzählen müssen, dass er verhört worden war und wie er sich aufgeführt hatte. Doch dann hätte sie ihre Verschwiegenheitspflicht brechen müssen, und schließlich hatte Raimo ihr Kind wieder zum Lächeln gebracht. Und sie hatte es für eine gute Idee gehalten, dass Raimo hier übernachtete.

Machte Julie ihr etwas vor? Tat sie bloß so, als wollten sie die Nacht hier verbringen, unter ihrer Obhut? Sie sei überfürsorglich, würde Julie sagen. Dass sie das nicht vorausgesehen hatte! Ausgerechnet sie als Ermittlerin durchschaute nicht die Lügen ihrer eigenen Tochter. Raimo und Julie waren natürlich abgehauen. Raimo fuhr Auto. Sie konnten Gott weiß wo sein. Aber Julie hatte die Zutaten für Tacos gekauft. Vielleicht hatte Raimo sie überredet! Schrecken und Zorn legten sich wie ein Deckel auf ihre Angst. Ihr wurde es eng in der Brust. Keine Zeit für einen Herzinfarkt! Sie griff zum Telefon. Es half nichts, auch wenn Julie wütend würde, sie musste Raimos Eltern anrufen.

Raimos Schwester nahm ab. Zunächst behauptete sie, keine Ahnung zu haben, doch als Bitte ihr erzählte, sie spreche mit der Polizei, hatte sie den Mund aufgemacht. Bitte mochte es nicht, sich in Privatangelegenheiten ihre Stellung zunutze zu machen, doch andererseits war ihre Tochter nun einmal zusammen mit einem Zeugen, der gleich in zwei Mordfälle verwickelt war. Das konnte man wohl kaum mehr als privat bezeichnen. Beunruhigt legte sie auf. Anne-Lene hatte erzählt, dass sowohl Raimo als auch ihre Mutter aller Wahrscheinlichkeit nach zu

Solveigs Ferienhaus am Fjord bei Svelvik gefahren waren. An und für sich nicht weiter verdächtig. Verdächtig war nur, dass niemand Julie erwähnte.

64

Verner Jacobsen und Ingrid saßen jeweils an einem Ende des Sofas. In der Ecke plapperte der Fernseher vor sich hin, ohne dass sie ihm größere Aufmerksamkeit schenkten. Verner strickte. Anfang der Woche schon hatte er Maschen auf eine Rundstricknadel aufgenommen und wollte jetzt die kraus gestrickte Borte abschließen.

Er mochte Stricken, es war wie Therapie. Zu spüren, wie sich das Garn zwischen seinen Fingern zu einem Kleidungsstück verwandelte, gab ihm ein Gefühl von Kontrolle. Er war es, der ihm Form verlieh, der Länge, Breite und das Maß an Flauschigkeit bestimmte. Und er konnte wenn nötig die Maschen wieder auftrennen und von vorne beginnen.

Ingrid starrte auf den Bildschirm, während sie kleine Nagelhautfetzen von ihrem rechten Daumen abknabberte. Sie untersuchte den Daumen, ihr Mund straffte sich.

»Ich weiß nicht, ob ich mit jemandem weiterleben kann, der mich das ganze Leben lang angelogen hat«, sagte sie.

Jetzt war's raus. Die Wörter, alles, was in ihr gebrodelt hatte, seit sie davon wusste. Mal hatte es still dagelegen, bevor es über die Sofakissen huschte und nach einem Versteck suchte, unter dem Tisch, hinter dem Sofa – wo auch immer. Unmöglich, es nun zurückzunehmen.

Verner bemerkte, dass er einen Fehler machte. Plötzlich war falsch, was richtig sein sollte, doch er strickte einfach weiter. Beide starrten auf den vielgepriesenen Bildschirm, der das Zimmer mit Geräuschen erfüllte. Auf TV2 fingen die Nachrichten an. Ein Haus, nunmehr als Haus der Künstlerin bekannt, erschien auf der Mattscheibe.

»Im Mord an der Künstlerin Vibeke Hansen hat die Polizei immer noch keine Spur. Wir geben ab an Sigurd Vedalen, der sich direkt am Tatort befindet.«

Ein junger Mann mit Fellwindschutz über dem Mikrofon blickte ernst in die Kamera.

»Ich stehe hier vor dem Haus von Vibeke Hansen. Im Laufe des Abends sind Menschen hierhergekommen, um Kerzen anzuzünden und Blumen abzulegen. Inzwischen hat sich eine große Gruppe versammelt, wie Sie hier hinter mir sehen können. Natürlich sind sie verängstigt, weil sie nicht verstehen, warum zwei Menschen innerhalb so kurzer Zeit aus ihrer Gemeinde herausgerissen wurden. Die Polizei ist zurückhaltend mit Informationen, doch auf einer heute abgehaltenen Pressekonferenz wurde mitgeteilt, dass der Bruder des Opfers und einzige noch lebende Verwandte mit einer Überdosis ins Krankenhaus eingeliefert worden ist. Es gibt Spekulationen, wonach Vibeke Hansen Kontakte zum Drogenmilieu in Barcelona unterhalten haben könnte und dass der Mord Folge einer internen Abrechnung mit starken wirtschaftlichen Interessen gewesen ist.«

»Mein Gott«, seufzte Verner, »woher haben die das bloß?«

Ingrid nahm die Fernbedienung und schaltete um.

»Kannst du einen Augenblick mal zu Hause sein?«

Ihre Stimme war eiskalt, doch über ihre Augen hatte sich ein Schleier gelegt. Verner legte sein Strickzeug weg, strich ihr über die Wange und fing eine Träne auf, die zu entwischen versuchte.

»Ich brauche dich, Ingrid.«

»Ach ja? Wozu denn?«

Er brauchte sie wirklich. Er brauchte sie, um die Welt beisammenzuhalten. Sie war der Anker. Er würde wie Treibgut davondriften, wenn sie verschwände.

»Brauchst du mich als Ersatzmutter? Vielleicht hast du noch mehr Leichen im Keller? Ich könnte ja eine komplett neue Karriere starten, wenn das nächste Buch den Bach runtergeht. Ich könnte eine Pension aufmachen. Oder eine für Hunde! Mich um all die streunenden Köter kümmern, die nach ihrem Landstreicher suchen.«

»Ingrid, ich verstehe, dass du wütend bist. Aber was soll ich sagen, du musst mir glauben, dass …«

Weiter kam er nicht. Sein Handy war auf lautlos geschaltet, brummte jedoch lärmend auf der harten Tischplatte.

»Hallo!«

Er klammerte sich an Ingrids Blick, während er der Stimme am anderen Ende zuhörte. Er wollte sie nicht loslassen, er liebte sie, das war die Wahrheit, und er brauchte sie mehr als je zuvor.

»Ingrid«, sagte er, als er das Handy weglegte. Er nahm ihre Hand und hielt sie fest, auch wenn sie schlapp und gleichgültig in seiner lag. Ein wenig Blut hatte sich am Nagelbett abgesetzt.

»Wir reden später weiter. Ich muss jetzt gehen.«

Ingrid zog ihre Hand weg und stand auf; den Rest des Abends würde sie mit der großen und wahrhaftigen Liebe ihres Lebens verbringen. Eifersucht überkam ihn. Er war der ewig Zweite. Sie ging zur Vitrine und nahm vorsichtig ein Stielglas heraus.

»Ingrid, das war Bitte Røed. Ihre Tochter ist weg, und ein Zeuge in den beiden Mordfällen, die wir untersuchen, ist ihr Freund.«

Er sprach mit ihrem Rücken. Die Schulterblätter stachen durch das eng anliegende T-Shirt hervor wie gestutzte Flügel.

»Irgendetwas stimmt da nicht, das habe ich einfach im Gefühl«, fuhr er fort. »Ich muss fahren.«

Er sah, wie die Flügel des Vogels sich voneinander wegschoben, sich auf eine überstürzte Flucht vorbereiteten.

65

Die Schneeflocken warfen sich wie entschlossene Kandidaten bei einem kollektiven Selbstmord mit einem weichen Klatschen auf die Windschutzscheibe des Busses. Die Scheibenwischer arbeiteten unermüdlich, um den Matsch zu entfernen, den sie hinterließen. Julie kannte den Weg nicht genau, weshalb sie auf dem ersten Sitz unmittelbar neben dem Busfahrer saß, der versprochen hatte, ihr zu zeigen, wo sie aussteigen musste. Raimo hatte gesagt, das Ferienhäuschen liege etwa fünf Kilometer hinter dem Campingplatz. Wahrscheinlich konnte man sehen, wo das Auto gefahren war, da die Ferienhäuschen den Winter über für gewöhnlich nicht genutzt wurden. Sie schaltete ihr Handy wieder ein, das sie ausgeschaltet hatte für den Fall, dass ihre Mutter anrufen würde. Wenn ihr Handy erst einmal klingelte, wusste sie aus Erfahrung, dass sie nicht die Willenstärke aufbrächte, es zu ignorieren. Und sie würde durchziehen, was sie sich vorgenommen hatte. Sie musste herausfinden, was Raimo eigentlich so trieb, ob er sie zum Narren hielt. Zwei unbeantwortete Anrufe erschienen im Display, beide von ihrer Mutter. Später, dachte sie, ich ruf später an, Mama. Jetzt schaffte sie es nicht, mit klarer Stimme zu sprechen. Ihre Mutter würde hören, dass etwas nicht stimmte.

Sie wählte im Menü *Eingang* aus und öffnete die letzte Mitteilung von Raimo, die sie schon hundertmal gelesen hatte und der sie mit jedem Mal weniger vertraute. *Ich habe nächste Woche eine Überraschung für dich! Liebe dich!* Überraschung. Je länger sie darüber nachdachte, desto überzeugter war sie, dass

Liebe dich! ironisch gemeint war und Überraschung bedeutete, dass er Schluss machte. Jungs konnten so unglaublich feige sein und glaubten, Mädchen würden gar nichts kapieren. Julie atmete tief ein, schluckte jede Menge Luft, während sie versuchte, sich wieder in die Stimmung der Amateurdetektivin Nancy Drew zurückzuversetzen.

Was sollte sie tun, wenn sich ihr Verdacht bestätigte? Raimo hatte gesagt, niemand dürfe wissen, dass er mit dieser Solveig in dem Wochenendhäuschen sei. Was war so Geheimnisvolles an Einrichtungstipps? Sie war wütend gewesen, und als ihr aufging, dass er die Übernachtung absagen wollte, hatte sie um ein Haar zu weinen angefangen. Ausgerechnet sie, die sich von der Schulärztin Kondome besorgt hatte. Ein Päckchen hatte sie aufgemacht und erschrocken und erwartungsfroh zugleich das weiße glatte Gummi befühlt. Endlich hatte sie sich dazu durchgerungen, ihre Mutter zu fragen, ob Raimo bei ihnen übernachten durfte. Eigentlich war es etwas seltsam, wie schnell ihre Mutter nachgegeben hatte. Julie war darauf vorbereitet gewesen und hatte – wenn sie ehrlich zu sich war – gehofft, dass sie Nein sagte.

Ihre Mutter mochte Raimo nicht. Zwar hatte sie nichts gesagt, doch war das nicht schwer zu erkennen. All die Fragen. Die mehr als wohlgemeinten Ratschläge. Es war zum Kotzen. Hätte sie's nicht einfach geradeheraus sagen können, dass Raimo nicht gut genug war? Gott weiß warum. Raimo konnte wahnsinnig gut zeichnen, würde mal groß rauskommen, davon war sie überzeugt. Er war so erwachsen, redete nicht bloß von Autos und Fußball wie die kindischen Jungs in der neunten Klasse, sondern traute sich, von Gefühlen zu sprechen. Er hatte gesagt, er würde sie lieben. Lieben! Außerdem hatte er die schönsten Augen der Welt. Oooh mein Gott! Sie schloss ihre Augen und spürte, wie ihr Zwerchfell kribbelte.

»Hier musst du wohl aussteigen, mein Mädchen. Die Straße da hinten gehst du ganz bis zum Ende, bis du zu einem Parkplatz kommst.«

Unter keinen Umständen bin ich dein Mädchen, dachte sie, lächelte dem Busfahrer aber höflich zu, als er ihr die Richtung zeigte.

Die Kälte schlug ihr entgegen. Auf der Straße waren keine Autos. Der Wind fegte über die flache offene Ebene, und sie ging rückwärts, um zu vermeiden, dass ihr der Schnee ins Gesicht peitschte. Bald schon entfernte sie sich aus dem Licht der Straßenlaternen, die Dunkelheit schloss sich hinter ihr.

Was, wenn es der falsche Weg war? Entschlossen war sie von zu Hause losgefahren, doch nun bestürmte sie der Zweifel mit jedem Windstoß. Die Kälte griff nach ihr, sie stolperte vorwärts. Beim Parkplatz hörte die Straße auf. Er war leer, aber von dort konnte sie einen Trampelpfad ausmachen. Die Finsternis wurde undurchdringlich. Sie war kurz davor umzukehren, als sie einen Lichtstreif zwischen den Bäumen entdeckte. Sie taumelte weiter. Hier lag es. Das Häuschen machte einen niedergedrückten Eindruck, eingeklemmt zwischen einer meterdicken Schneedecke auf dem Dach und einer mindestens genauso hohen Schicht auf dem Boden. Ein flackernder gelber Lichtschein warf warme Flecken auf den Schnee.

Bald darauf stand sie auf der Treppe, legte ein Ohr an die Tür. Drinnen war es still. Sie entschloss sich, durchs Fenster zu schauen. Der Schnee reichte bis zum Fensterrahmen – bis zur Hüfte würde sie einsinken. Trotzdem krabbelte sie behutsam auf allen vieren die Schneewehe entlang. Der Schnee trug sie, solange sie ihr Gewicht gleichmäßig verteilte. Den Winter über musste mehrere Male Schnee vom Dach gerutscht sein, da sich eine schräge dicke Schneeschicht gebildet hatte. Kurz darauf war sie direkt unter dem ersten Fenster. Sie stemmte sich vorsichtig auf ihre Ellbogen. Eine kleine Küche. Leer. Sie robbte weiter zum nächsten Fenster.

Sie saßen dicht nebeneinander auf dem Sofa. Wo war der Skizzenblock? Er hat gesagt, er würde Entwürfe von Inneneinrichtungen zeichnen.

Flirteten sie?

Ja, sie flirteten!

Sie sah die Frau eine Hand auf Raimos Oberschenkel legen.

»Oh, Raimo!«

66

Solveig hatte sich dicht neben Raimo auf das Sofa gesetzt. Er versuchte wegzurutschen, war auf einmal zu wohlerzogen, um seinem Unwohlsein Ausdruck zu verleihen. Sie atmete ein, legte den Kopf nach hinten und starrte die Dachbalken an. Das wohlbekannte Ziehen tief in ihrem Bauch erinnerte an Freude. Oder Trauer. Oder Erleichterung. Vielleicht auch Angst. Der Schmerz in ihrem Unterleib beinhaltete das gesamte Spektrum und machte keinen Unterschied zwischen Leben oder Blutungen. Sie lächelte Raimo an. Er brauchte keine Angst zu haben, sie musste ihn dazu bringen, das zu verstehen.

Als sie ihm einen Klaps auf sein Knie gab, bemerkte sie, wie er sich dem Impuls widersetzte davonzulaufen; er ahnte wohl, was kommen würde.

Raimo räusperte sich, sein Hals war trocken.

»Was willst du?«

»Ich glaube, das weißt du«, antwortete Solveig sanft.

Raimo schloss die Augen. Die vergangenen Tage wirbelten an ihm vorbei, das Ferienhäuschen füllte sich mit Schnee, alles wurde weiß und undurchdringlich. Durch das Schneetreiben vernahm er den Knall gegen die Leitplanke und das Dröhnen des eigenen Pulses. Er drückte seinen Fuß gegen den Boden, als ob er auf ein Gaspedal treten würde, und merkte, wie er auf der glatten Fahrbahn schlitterte. Mit einem Mal sah er Vibeke vor sich, das blaue Halstuch stramm um den Hals geschlungen, und er erinnerte sich an die Verwirrung, die er verspürt hatte. Vibeke trug nie Tücher.

»Mama«, flüsterte er.

»Es nützt nichts mehr, nach Mama zu rufen, Raimo. Glaubst du, dass Oda nach Mama gerufen hat?«

Raimo schluckte.

»Glaubst du das? Ich bin mir sicher, dass sie gerufen hat. Sie ruft immer noch. Kannst du sie auch hören? In der Nacht. Sie kommt nachts, Raimo. Schleicht sich in mich hinein und ruft. Sie möchte, dass ich komme.«

Solveig legte ihre Hand mit der Handfläche nach oben auf Raimos Oberschenkel.

»Nimm meine Hand, Raimo. Du bist noch ein Kind. Du musst tun, was ich sage.«

Raimo erstarrte, legte jedoch gehorsam seine Hand in ihre. Es lag nicht in seiner Macht, den Wünschen erwachsener Frauen zu widersprechen. Solveigs Wärme entsandte einen unangenehmen Schauer des Wohlbefindens durch seinen Körper, er fühlte, wie die Scham ihn unter seiner Jeans bedrängte.

»Kannst du mich zum Klo begleiten?«, fragte sie. »Ich hab Angst im Dunkeln.«

Er wandte sich ab und sah hinaus. Die Dunkelheit klebte an den Fenstern. Plötzlich war da ein Geräusch. Draußen. Ein schweres Stampfen.

67

Julie zog sich aus dem Lichtschein vom Fenster zurück, presste sich gegen die Hauswand und hielt die Luft an. Zuerst begriff sie nicht, was das für ein Geräusch war. Es kam von oben. Ein kräftiges Knirschen, als ginge jemand auf dem Dach. Im selben Moment hörte sie etwas anderes. Ihr Handy. Es steckte in ihrer Jackentasche. Der Klingelton war auf zunehmende Lautstärke eingestellt. Julie drehte sich um, zog es heraus und beendete das Klingeln. Auf einmal stand die Frau auf der Treppe. Julie fuhr zusammen, und ihr Telefon glitt ihr aus der Hand, schlitterte die Schneewehe hinunter und rutschte ein paar Meter von ihr entfernt in den Schnee. Das Display leuchtete immer noch und bildete einen Halbmond. Ihr stockte der Atem.

Nicht klingeln. Nicht klingeln.

Auf dem Dach rührte sich wieder etwas.

»Hallo! Ist da jemand?« Die Stimme war kalt und kantig und traf Julie wie eine geballte Faust. Doch unversehens taute sie auf und wurde warm und lieblich.

»Hallo! Ist da jemand? Erik?«

Einen Augenblick lang blieb die Frau noch stehen, dann zog sie die Tür mit einem Knall zu.

Schnee stürzte vom Dach. Die Schneemassen trafen Julie und umschlossen sie mit einer dichten Dunkelheit. Sie hatte Schnee im Mund. Ich muss hier weg, war ihr letzter Gedanke.

68

Raimo sah die Schneemassen am Fenster herabtosen, dann wurde es still. Solveig hatte draußen auf der Treppe gestanden, als der Schnee vom Dach rutschte, und in einem unbeherrschten Augenblick hatte er gehofft, sie würde von der Dachlawine erfasst. Es war ihm geglückt, Julies Nummer zu wählen, doch sie hatte ihn weggedrückt.

Jetzt war Solveig zurück.

»Die Wärme von innen hat sie wohl ausgelöst«, sagte sie. »Begleitest du mich jetzt nach draußen?«

Ihre Stimme war Zucker.

Raimo erhob sich, steckte das Handy in seine Jackentasche und wollte die Jacke anziehen.

»Du brauchst dir nichts überzuziehen. Ist gleich um die Ecke, direkt hinter dem Haus.« Sie nahm ihm die Daunenjacke ab und warf sie auf das Sofa.

»Aber die hier kannst du dir anziehen«, sagte sie und wies auf ein Paar grüner Gummistiefel. »Bestimmt müssen wir uns durch den Schnee kämpfen.«

Als sie hinauskamen, pfiff ihnen der Wind entgegen. Nun sahen sie, dass Erik vor seiner Abfahrt noch einen schmalen Pfad zum Schuppen und damit zum Plumpsklo getrampelt hatte. Doch wegen des dichten Schneefalls waren die Spuren beinahe nicht mehr zu erkennen.

»Du gehst vor«, sagte Solveig und stieß Raimo in den Rücken. Halb ging, halb lief er zu dem Häuschen und hoffte, nicht allzu lange draußen auf sie warten zu müssen. Er fror schon und wunderte sich, weshalb er seine Jacke nicht hatte anziehen dürfen. Etwas in ihrer Stimme hatte keinen Protest geduldet, und er wollte sie ungern provozieren. Er würde einfach mitspielen, tun, was sie verlangte, bis er eine Gelegenheit fand zu entwischen.

Die Tür zum Schuppen stand einen Spaltbreit offen und schlug immer wieder im Wind gegen den Türrahmen. Raimo blieb stehen, um sie vorbeizulassen.

Und mach verdammt noch mal hinne!

»Geh du mal vor und mach das Licht an«, sagte Solveig. »Da beim Holzverschlag ist auf der linken Seite ein Schalter für eine Solarlampe.«

Meine Fresse! Scheißtussi.

»Nun geh!«, drängte sie.

Raimo ging hinein und tastete sich an der linken Wand entlang. Die Wände waren aus unbehandeltem Holz, und er zog sich einen Splitter in eine Fingerspitze und fluchte leise. Hinter ihm flog die Tür zu.

»Hier ist kein Lichtschalter!«

Die Tür ging nicht wieder auf. Stattdessen hörte er auf der Außenseite das Geräusch eines Hängeschlosses, das einschnappte.

»Solveig, was zur Hölle …!«

»Du wirst erfahren, was es heißt zu frieren, Raimo!«, rief Solveig.

Er hörte Schritte. Sie ging weg!

»Vielleicht bringt dich das zum Nachdenken. Ich fahr jetzt.«

Ihre Stimme kam von weit weg.

»Solveig! Komm zurück!«

Stille. Nur noch der Wind, der durch die spröden Planken heulte.

Abrupt drehte er sich um, absolute Dunkelheit. Er hatte das

Gefühl, beobachtet zu werden, und sein Puls beschleunigte sich. Seine Knie waren dabei, ihren Dienst zu versagen, als er entdeckte, was es war.

Angestrengte Atemzüge.

69

Die Sekunden rasten, ihr Puls war gefährlich hoch, als Janni Egge endlich die Shell-Tankstelle erblickte. Wie eine leuchtende Oase lag sie da und lockte mit Sonderangeboten für Kaffee und frisch gebackene Teilchen. Sie donnerte geradewegs durch den Kreisverkehr und hielt aufs Zentrum zu. Svelvik. Vor Kurzem hatte sich der kleine Ort den Status einer Stadt ergattert, erinnerte sie sich und versuchte sich zu vergegenwärtigen, ob sie am Fähranleger rechts oder links abbiegen musste. Lächerlich. Die Stadt war so klein und die Straße – die einzige übrigens – so schmal, dass sie mehrmals fast anhalten musste, um keine Leute umzufahren, die auch noch so blöd waren, zu grüßen und zu winken, als sie die Geschwindigkeit senkte. Meine Güte, wo war sie bloß gelandet? In Kardemomme?

In kaum dreißig Sekunden hatte sie Svelvik durchquert. Statt weißer kleinbürgerlicher Häuser und leerer Geschäftsräume gab es nur vereinzelte Höfe und Apfelgärten. Danach nur noch flache Einöde. Weit konnte es nicht mehr sein.

Urplötzlich tauchte das Campingschild auf. Aus schwarzem Klebeband war ein Kreuz darüber geklebt worden, wie um Touristen die Mühe zu ersparen, dorthin zu fahren und den Platz geschlossen vorzufinden. Als käme jetzt jemand in die Versuchung zu campen. Sie fuhr weiter südwärts, an einem Industriegebiet vorbei, das mit freien Geschäftsflächen warb. Dann fand sie die Abfahrt, die zum Glück frisch geräumt war. Vorsichtig ließ sie das Auto den Hügel hinuntergleiten und parkte auf dem kleinen Platz am Ende der Straße. Hinunter zum Fjord erkannte sie einen frischen Fußweg im Schnee. Ihre Maglite leuchtete schwach und begann im selben Augenblick zu blinken. Noch ein paar Mal und dann erlosch sie, bevor Janni sich zu orientieren vermochte. Die kompakte Finsternis, die sie unversehens umgab, steigerte ihre Nervosität, doch sie konnte jetzt nicht mehr umkehren. Janni blickte sich um, als wäre die Dunkelheit ein Rätsel, das es zu lösen galt, wollte sie vorankommen. Der Pfad war eine schmale Rinne, und mit unsicheren Schritten bewegte sie sich vorwärts.

70

Die Straße passte sich dem schlängelnden Verlauf des Fjords an. Bitte Røed hatte die Adresse von Solveigs Ferienhaus erhalten, und Verner schloss das Navi an. Stumm lauschten sie der humorlosen Frauenstimme, die die Stille durchbrach, als sie sich Svelvik näherten.

»Nehmen Sie die zweite Abbiegung im Kreisverkehr, und biegen Sie rechts ab.«

»Sollen wir ein paar Runden drehen und sie ein bisschen verwirren?«, schlug Verner vor.

Bitte lächelte nicht.

»Entspannen Sie sich«, murmelte Verner Jacobsen.

»Sie haben leicht reden. Wie entspannt wären Sie, wenn's Ihr Kind wäre?«

Verner schwieg, während plötzlich ein dünner, schlaksiger Junge in seinem Blickfeld auftauchte und ihn aus eisblauen Augen ansah. Sofort fühlte er sich schuldig. Was täte er, wenn es sein Sohn wäre? Er wusste es nicht.

»Ich würde die Ruhe bewahren«, sagte Verner entschlossen und folgte der Beschilderung zum Fährhafen.

»Ja, na klar! Stets ruhig sein, ist das Ihr Motto?«

Verner überhörte den höhnischen Ton.

»Sie sind so ruhig und befinden sich dermaßen im Gleichgewicht, dass Sie mir auf die Nerven gehen«, fuhr sie fort. »Ach nein, das tun Sie übrigens gar nicht – Sie stehen drauf! Mein Gott, was muss eigentlich noch alles geschehen, damit man von Ihnen mal 'ne Reaktion kriegt?«

Demonstrativ wandte sie sich ab, doch im Grunde gefiel ihr seine ruhige Stimme, dass er nicht wütend war. Sie hatte sich wirklich töricht verhalten.

Verner Jacobsen schluckte. Die Fassade aufrechterhalten, dachte er. Auf die Straße konzentrieren. Zutritt für Gefühle verboten. Er war geschickt darin, sich abzuschotten. Doch in Wahrheit konnte er mit einem Fingerschnippen von Sommer auf Winter schalten. Bloß wusste das niemand, weil seine Fassade immer auf Herbst programmiert zu sein schien. Und er mochte es, wenn man ihm eine besonnene, leicht melancholische Ruhe beimaß.

Immerzu ruhig. Ja, ja. Er gestattete sich beinahe ein kleines Lächeln. Wenn sie bloß wüsste, wie aufgewühlt er gewesen war, als sie angerufen hatte. Aufgewühlt und fuchsteufelswild. Raimo war Julies Freund! Kein Sterbenswörtchen hatte sie gesagt. Und was für einen dämlichen Unsinn hatte sie von sich gegeben, um sich zu entschuldigen. Dass sie fürchtete, vom Fall abgezogen zu werden, dass sie ihre Tochter beschützen wollte.

Was hätte er an ihrer Stelle getan? Sein Sohn war bis jetzt nichts als ein bleiches Gespenst gewesen, das sich nur ab und an in seine Träume geschlichen und sich ebenso wie ein Traum gleich wieder in nichts aufgelöst hatte, sobald er den Kopf schüttelte. Jedoch war das nicht mit dem Gespenst zu vergleichen, das sich plötzlich materialisiert und nach achtzehn Jahren entdeckt hatte, im Besitz von Verner Jacobsens Genen zu sein. Seine Gene …? Ein kleiner Teil von ihm lief da draußen herum, ganz auf eigene Faust, vollkommen sich selbst überlassen. Der Gedanke war Furcht einflößend.

Er kam nicht drumherum, bald Kontakt zu Victor aufnehmen zu müssen. Aber er schob den Gedanken an seinen Sohn zur Seite, und ein anderer Junge nahm dessen Platz ein. Raimo, der Dekorateurlehrling. Er gab sich als jemand anders aus, da war Verner Jacobsen sich sicher. Dekorateure wurden ausgebildet, Illusionen zu erschaffen, und Raimo hatte sich die Illusion erschaffen, tough zu sein. Die harte Oberfläche war lediglich ein Firnis schlechter Manieren. Was sie wohl unter der Staffage fanden? Genau wie bei meiner Mutter, kam es ihm in den Sinn. Wegen ihr hatte er diesen blöden Namen. Sie wollte wahrscheinlich den Anschein von Vornehmheit erwecken, dachte er mit einem Grinsen. Er konnte sich noch an das Gefühl erinnern, wie er draußen vor der Modeboutique Ferner Jacobsen stand, um mit seiner Mutter wie jedes Jahr für einen Weihnachtsschaufensterbummel mit dem Zug in die Hauptstadt zu fahren. Sie fingen unten an, passierten Gunerius und das Glasmagasinet, bevor sie sich die Karl Johans gate hinaufarbeiteten, bis sie schließlich, seiner Mutter zufolge, vor der exklusivsten Illusion des Reichtums standen – für die sie persönlich verantwortlich war.

»Siehst du die Kristallprismen dort?«, hatte sie gefragt. Und ob er sie sah! Sie funkelten wie riesengroße Edelsteine.

»Diamanten!«

Seine Mutter hatte zufrieden genickt.

»Das nennt man Illusion«, erwiderte sie, »man muss eine Stimmung erzeugen, an die die Kunden glauben möchten.«

»Worüber denken Sie nach?«, fragte Bitte.

»Illusionen«, sagte Verner. »Jemand will uns an Illusionen glauben lassen.«

»Jetzt komm ich nicht ganz mit.«

»Haben Sie schon von der Müller-Lyer-Illusion gehört?«

»Der Name ist mir geläufig, aber ich weiß nicht mehr genau, in welchem Zusammenhang. Und was hat das mit unserem Fall zu tun?«

»Stellen Sie sich eine zweigeteilte Linie mit Pfeilen vor, die in unterschiedliche Richtungen zeigen. Die zwei Teile der Linie sind exakt gleich lang, aber weil zwei Pfeile an dem einen Ende aufeinander weisen und die zwei anderen am anderen Ende voneinander weg, wird dem Auge vorgetäuscht, der eine Teil wäre länger als der andere. Verstanden?«

»Ja … und?«

»Stellen Sie sich vor, dass wir von so simplen Prinzipien hinters Licht geführt werden! Wie einfach ist es da erst bei einem komplexeren Zusammenhang, sich täuschen zu lassen? Ich bin mir sicher, dass wir schon mit dem- oder denjenigen gesprochen haben, die sowohl hinter dem tödlichen Unfall mit Oda als auch dem Mord an Vibeke Hansen stecken. Ich entdecke bloß kein Muster dahinter, welche Motive es geben könnte. Aber irgendjemand hat das Schaufenster ganz offensichtlich geschmückt, eine Illusion erschaffen, an die wir glauben sollen.«

Bitte fummelte mit ihrem Handy herum, wählte Julies Nummer. Sie ließ es lange klingen. Dann gab sie auf und umklammerte das Handy. Die Frau vom Navi verlangte, dass sie bei der nächstmöglichen Gelegenheit links abbogen, und Verner Jacobsen gehorchte. Draußen auf dem Fjord konnte er ein riesiges Schiff erahnen. Der rote Rumpf überragte auf seiner langsamen Fahrt Baumwipfel und Dachfirste, während er gegen die starke Strömung ankämpfte. Unfassbar, dass der schmale Sund nicht aufriss. Einmal war er an einer Suchaktion hier draußen beteiligt gewesen – ein Mädchen war von der Kaikante vor einem Restaurant gefallen. Tagelang hatten sie erfolglos nach ihr gesucht. Der Sund von Svelvik war tiefer als breit – die Strömung stärker als ein ganzes Polizeikorps; und wenn die Strömung stark genug ist, dachte er, ist es leichter, Menschen auf Abwege zu führen.

»Was, wenn sie nicht da ist?«, fragte Verner.

»Sie ist da«, sagte Bitte bestimmt. »Sie muss dort sein.«

»Ich hätte mir gewünscht, Sie hätten mir das mit Raimo früher erzählt«, sagte Verner und blickte sie aus den Augenwinkeln an. Er mochte ihr Parfüm und lehnte sich unbewusst ein wenig hinüber. »Sie können sich auf mich verlassen, wissen Sie«, sprach er weiter und atmete tief ein. »Wir müssen einander vertrauen können.«

»Ja, ich weiß«, seufzte sie. »Ich bin einfach nur dumm und unerfahren, okay? Können wir ein andermal darüber weiterreden? Ich glaube, Raimo hat sie überredet mitzukommen. Ich kapier absolut gar nichts. Vorher hab ich mich immer auf sie verlassen können. Total irre.«

»Sind Sie noch nie verrückt und verliebt gewesen?«, fragte Verner.

»Nicht, dass ich wüsste«, sagte Bitte verdrießlich, spürte jedoch, wie seine Frage bis zu ihrem Herzen vorstieß.

71

Mit ihrer Handtasche im Schoß saß Solveig auf dem Sofa.

Sie war zur Abreise bereit.

Ihr war, als hätte sie einen Adler in der Brust, und mit großem klopfendem Herzen holte sie die flache längliche Packung hervor. Die Tabletten waren oval, zuvor hatte sie bloß eine genommen. Reichte das? Es musste reichen! Der Arzt hatte ihr gesagt, sie solle vorsichtig sein. *Nehmen Sie jedes Mal nur eine!* Im Arzneimittelverzeichnis hatte sie nachgelesen, Alkohol verstärke die Wirkung. Erik hatte noch eine Flasche Sommeraquavit herumstehen. Davon schenkte sie sich ein Wasserglas voll und schluckte die Tabletten. Dann lehnte sie sich zurück und wartete. Eine benommene Gleichgültigkeit würde eintreten, das Licht sie verlassen. Und dann würde sie Oda treffen.

Lange war es her, dass sie Freude empfunden hatte. Jetzt freute sie sich, Oda auf den Schoß zu nehmen, ihr übers Haar zu streichen und ihr zu erzählen, dass der böse Junge bestraft worden war. Der böse Junge sollte am eigenen Leib erfahren, wie sich Kälte, Hunger und Einsamkeit anfühlten. Und das Beste war, dass er am Leben blieb. Sie hatte Erik einen Brief geschrieben, der alles erklärte, in dem sie ihn bat, das Plumpsklo aufzusperren, wo er Odas Mörder finden würde.

Raimo hatte begriffen, dass er enttarnt worden war. Er sollte mit der Vorstellung weiterleben, wie Oda gestorben war. Dieses Gefühl sollte ihn für den Rest seines Lebens peinigen, ihn verfolgen, ihm im Nacken sitzen. Jedes Mal, wenn er sich umdrehte, sollte er Oda sehen, niemals sollte er Ruhe finden.

Sie lächelte und spürte, wie sich eine warme Zufriedenheit in ihrem Körper breitmachte. Sicherheitshalber schenkte sie sich noch ein Glas Aquavit ein und nahm einen großen Schluck, sodass es im Hals brannte. Sie legte den Kopf auf ein Sofakissen und schloss die Augen, blieb liegen und lauschte ihrem Herzschlag. Bald schon fühlte es sich an, als wären es nicht länger ihre Schläge, sondern als kämen sie von außen, sie wurden zu einem unpersönlichen dumpfen Klopfen, das sie nichts mehr anging.

72

Raimo starrte in die Ecke, wo er das Plumpsklo vermutete. Nun, wo seine Augen sich an die Dunkelheit gewöhnt hatten, konnte er einen Schatten erkennen, der sich bewegte. Bilder aus den Fernsehnachrichten flimmerten vor seinen Augen, Bilder von zerschmetterten Gesichtern und blutigen Körpern, Menschen mit dem Messer erstochen, weil irgendein Verrückter sich zufälligerweise am falschen Ort befunden hatte. Er griff nach einem Holzklotz. Notwehr, würde der Reporter sagen, in Notwehr getötet von einem entflohenen Insassen einer geschlossenen psychiatrischen Anstalt. Oder vielleicht war es auch ein Tier, das sich verirrt hatte. Ein Fuchs oder ein streunender Hund? Was auch immer, es hatte das Gefühl, in der Falle zu sitzen. Er hob seinen Arm, bereitete sich auf einen Schlag mit dem Holzscheit vor.

»Raimo?«

Die Stimme war leise und tränenerstickt.

»Julie!«

Raimo ließ den Holzklotz fallen, tastete sich vor und zog sie an sich. Ihr Körper versteifte sich. Hatte sie Angst vor ihm?

»Was machst du hier?«

»Ich hab euch gesehen«, sagte Julie und wand sich aus seinem Griff. »Dich und diese Frau. Zum Kotzen, Raimo!«

War sie etwa sauer?

»Aber was tust du hier?«

Raimo wünschte sich, er könnte ihr Gesicht sehen. Ihre Augen fühlten sich an wie Stacheln in seiner Brust.

»Ich hab's gewusst«, sagte Julie. »Du hast gesagt, du wolltest hierher, um bei der Einrichtung behilflich zu sein, aber sicher hast du bloß vergessen, mir zu erzählen, dass du in *ihrem* Inventar herumwühlen wolltest!«

Sie war sauer!

Raimo kam Solveigs warme Hand in den Sinn, und er spürte die Scham wegen des Lustgefühls, das ihn dort in dem Häuschen für einen Moment überkommen hatte. Sie musste sie beobachtet haben, wie sie auf dem Sofa gesessen hatten.

»Ach, Julie. Du verstehst das falsch. Sie hat uns eingesperrt. Bist du dir darüber im Klaren?«

»Eingesperrt? Weshalb?«

»Keine Ahnung.«

Raimo klapperte so laut mit den Zähnen, dass es in der Dunkelheit zu hören war.

»Warum lügst du mich an, Raimo?«

»Ich lüge dich nicht an!«

Raimo schlug sich mit den Armen auf den Rücken, er zitterte vor Kälte.

»Weshalb sitzt du eigentlich hier drinnen?«, fragte er.

»Ich hatte Angst, ihr würdet am Fenster stehen und die Straße im Auge behalten. Mein Handy ist mir runtergefallen. Dann kam die Dachlawine, ich wurde am Kopf getroffen, und das Handy ist nun unter einer Masse Schnee begraben. Ich wollte mich hier nur kurz verstecken und dann danach suchen. Ich hatte vor abzuhauen. Ich wollte dich nie wiedersehen. *Never ever!*«

»Und das Handy liegt immer noch da draußen?«

Der Schatten nickte.

Raimo fühlte, wie die Angst ihn im Nacken packte. Solveig will, dass ich erfriere. In kurzen Stößen atmete er die kalte Winterluft ein. Deshalb wollte sie nicht, dass ich mir meine Jacke anziehe, dachte er, und außerdem hat sie gesehen, wie ich mein Handy in die Tasche gesteckt habe. In einem verzweifelten Versuch warf er sich gegen die Tür. Das Schloss rührte sich nicht. Sie waren gefangen. Völlig nutzlos trommelte er mit den Fäusten dagegen.

Solveig hatte gesagt, sie wolle fahren. Was, wenn sie den Bus nach Hause nahm, Erik anrief und ihm sagte, er brauche sie nicht mehr abzuholen? Viel Zeit könnte vergehen, bevor sie gefunden würden. Ihn durchfuhr ein Schauer. Kurz sah er die Schlagzeile vor sich:

Raimo und Julie erfroren auf dem Plumpsklo aufgefunden!

»Julie«, sagte er. »Du hast recht. Ich habe dich angelogen. An dem Abend, an dem wir uns eigentlich treffen wollten, bin ich nicht zu dir gefahren. Ich war woanders …«

Was hatte er jetzt noch zu verlieren?

»Es ist eine lange Geschichte«, fuhr er fort, »doch wenn du sie hören willst, haben wir wahrscheinlich genug Zeit.«

Er nahm ihren Arm, tastete sich zu ihren Händen vor. Sie ließ ihn gewähren.

73

Janni legte ihre Hand auf die Türklinke und drückte sie lautlos herunter. Die Tür glitt auf. Durch den Türspalt spähte sie hinein und blickte auf eine Reihe Haken, auf denen Jacken und Regenkleidung übereinanderhingen. Sie tat einen Schritt in den Windfang hinein und schloss vorsichtig die Tür hinter sich, hoffte, sie würde nicht knarren. Eine rosa Regenhose und darunter auf dem Boden ein kleiner roter Plastikspaten. Odas ... Perfekt. Kürzlich geschehen, nahe Vergangenheit. Für immer weg aufgrund von ...

Janni konzentrierte sich darauf, ruhig zu atmen, und gab acht, keinen Lärm zu machen. Sie fühlte sich taub, hatte kein Gefühl in den Füßen. Sie widerstand dem Drang, sich den Schnee von den Füßen zu stampfen, der wie kleine Bergwipfel auf den Stiefelspitzen lag. Sie machte einen weiteren Schritt. Das Holz knarrte. Hatten sie sie gehört? Drinnen herrschte Stille. Ihre Hand glitt in die Tasche, umschloss das Handy. Aber wen sollte sie anrufen? Sie ließ es wieder los und packte die Taschenlampe.

74

Verner bog von der Hauptstraße ab. Ihm fiel nichts ein, was er hätte sagen können. Und so fuhren sie schweigend über schmale Stichstraßen und windgepeitschte Ebenen, bis sie den Parkplatz fanden.

»Da steht ein Auto.«

»Ein Honda. Rot«, konstatierte Bitte. »Versteh ich nicht. Wieso hat Julie nicht gesagt, dass sie mit ihnen hierher fahren wollte? Hätte doch einfach fragen können. Und weshalb hat sie so darum gebettelt, dass Raimo bei uns übernachten darf, wenn sie eigentlich hierher wollten? Kinder versteh, wer will.«

»Ist gar nicht gesagt, dass diese Tour hier geplant war«, entgegnete Verner. »Wir sollten vorsichtig sein, ich habe das Gefühl, dass irgendetwas nicht stimmt, es ist direkt vor meiner Nase, ich krieg's nur nicht zu fassen.«

»Weibliche Intuition?«

Verner wusste nicht, ob sie sich über ihn lustig machte, brachte es ohnehin nicht über sich, die Bemerkung zu kontern, und fasste sie schlicht als Kompliment auf.

Dicht hinter ihrem Kollegen folgte Bitte Røed dem Pfad. Nachdem sie die trockene Wärme der Autoheizung eingeatmet hatte, fühlte es sich an, als inhalierte sie Eiskristalle. Sie gingen den vorgestampften Weg weiter und standen bald vor dem Ferienhaus.

Von drinnen war kein Laut zu vernehmen.

»Glauben Sie, die sind hier?«, flüsterte Bitte.

»Das finden wir gleich heraus. Wir gehen rein«, sagte Verner Jacobsen, zögerte jedoch.

»Was ist?«

»Ausnahmsweise mal würde ich mir wünschen, auch wir Ermittler hätten eine Dienstwaffe.«

Bitte Røeds Gesicht war weiß und leuchtete in der Dunkelheit, und Verner konnte sehen, wie sie damit kämpfte, ihre Angst unter Kontrolle zu halten. Er wusste, was sie dachte. Er verstand es – ihre Gene könnten sich dort drinnen in dem Häuschen befinden.

75

Janni Egge hielt die Luft an. Sie wusste nicht, was sie tun sollte, außer mucksmäuschenstill im Windfang zu stehen und zu hoffen, nicht entdeckt zu werden. Sie hörte jemanden flüstern, irgendwo hinter ihr. Draußen auf der Treppe? Nein. Sie hörte nichts anderes als ihren Herzschlag. Janni machte einen Schritt vor, atmete langsam ein und aus. Ihr kam es so vor, als wäre sie unter Wasser, ihre Schritte waren bleiern und schwerfällig und zugleich so unendlich leicht. Sie bewegte sich wie von selbst hinein ins Wohnzimmer.

Die Frau, die auf dem Sofa lag, schlief.

»Solveig?«

Solveig bewegte ihren Kopf, brachte die Augen kaum auf.

»Du musst aufwachen, Solveig.«

Janni rüttelte sie, zog sie hoch in eine sitzende Position. Es roch nach Schnaps.

»Wo ist Raimo?«

Solveig zuckte mit den Schultern, schüttelte den Kopf.

»Du bist betrunken.«

Janni ließ sie los, worauf Solveig umkippte und wieder auf dem Kissen landete. Sie schien allein zu sein.

»Raimo!«

»Er ist nicht hier, Janni.«

Solveigs Stimme klang belegt, schläfrig.

»Und wem gehört die?«

Janni hob vom Boden eine schwarze Daunenjacke auf und wedelte damit vor Solveigs Gesicht herum.

»Er ist weg.«

»Wohin? Solveig, was hast du getan?«

»Ich hab nichts getan. Raimo war's.«

»Raimo hat nichts getan, Solveig.«

Janni versuchte es mit der ruhigen autoritären Lehrerstimme, die sie benutzte, wenn sie bei Konflikten auf dem Schulhof einschreiten und vermitteln musste, hörte allerdings selbst, wie schwach und hölzern sie sich anhörte.

»Ich verstehe, dass du deinen Sohn zu retten versuchst, und es …«

Solveig hob einen Zeigefinger, sprach langsam, als bereitete ihr jede Silbe große Anstrengungen.

»Wie viel hast du getrunken?«

Mit den Armen versuchte Solveig, sich abzustützen und sich wieder aufrecht hinzusetzen, doch sie gaben unter ihrem Gewicht nach. Ihren Kopf konnte sie nur schwer gerade halten, er kippte zur Seite. Sie wollte zurück in die Dunkelheit, nach dem Licht suchen, das dort irgendwo war.

»Hast du Tabletten genommen?«

Janni sah die Packung auf dem Boden liegen, nahm sie und entdeckte die leeren Blisterstreifen.

»Meine Güte, Solveig! Ich rufe Hilfe, aber du musst mir sagen, wo Raimo ist.«

Wieder zog Janni sie hoch.

»Hörst du? Wo ist Raimo?«

»Er wird bestraft.«

»Bestraft? Wofür um alles in der Welt solltest du Raimo bestrafen?!«

»Er hat dein Auto geklaut. Er hat Oda angefahren und sie am Straßenrand liegen lassen. Er hat sie sterben lassen.«

»Das stimmt nicht«, sagte Janni und schüttelte sie.

»Hätte er bloß angehalten … Sie hat vielleicht noch gelebt,

bevor das Räumfahrzeug sie getroffen hat. Er hätte sie retten können. Aber er hat nicht angehalten. Hat so viel Angst gehabt, dass du die Delle entdecken würdest.«

»Die Delle?«

»In deinem schönen Auto.«

Janni starrte Solveig an.

»Er hat keine Delle reingefahren, Solveig, sondern ich. Und jetzt musst du mir sagen, wo er ist.«

Solveigs Augen wurden von einem seltsamen Glühen erfüllt, sie konnte beinahe sehen, wie ihr Gehirn arbeitete, wie es rote Bahnen ins Weiß sprengte. Der Augenblick schien unendlich.

»Du deckst ihn doch bloß, Janni. Das verstehe ich.«

Angestrengt hob sie ihren Arm und strich mit der Hand über Jannis Wange.

»Ich verstehe. Wir tun alles, um unsere Kinder zu beschützen.«

»Aber es ist die Wahrheit!«

Jannis Schrei ging in heiseres Flüstern über.

»Sag mir, wo er ist. Ich schwöre, er war's nicht. Ich war's! Ich habe Oda angefahren!«

Solveig betrachtete Janni. Ihr helles Haar glich einem Glorienschein. Mit einem Mal sah sie geradewegs durch ihr Gesicht, durch die Wand hinter ihr hindurch und heftete ihren Blick auf die Finsternis hinter der Finsternis.

76

»Ist sie bewusstlos?«

Plötzlich stand Verner Jacobsen vor ihr, und Janni brach zusammen, als wäre sie von einer Kugel getroffen worden.

»Oh mein Gott! Wie lange haben Sie da schon gestanden?«

»Lange genug.«

Verner Jacobsen kniete sich neben Solveig, legte sie auf die Seite und suchte nach ihrem Puls. Dann zog er sein Handy hervor, wählte die 112 und wies Janni an, sich ruhig zu verhalten.

Doch das war nicht notwendig. Janni war außerstande, sich zu bewegen. Ihr Blick flackerte, und sie spürte, wie ihr sämtliches Blut aus dem Kopf wich.

Bitte hielt sie am Arm, brachte sie dazu, sich zu setzen.

»Ich glaube, Ihr Raimo ist mit meiner Julie zusammen«, sagte sie und umschloss Jannis Gesicht mit beiden Händen, zwang sie, ihr in die Augen zu schauen. »Wir werden sie finden.«

Sie versuchte einen selbstsicheren Ton anzuschlagen, tat alles, um Autorität auszustrahlen. Wenn sie vorgab, ruhig und kontrolliert zu sein, vermochte sie vielleicht klar zu denken. Sie rief sich Methoden in Erinnerung, die sie gelernt hatte, um Panik zu vermeiden. Panik bedeutete den Tod.

»Schaffen Sie es, mitzukommen und mir bei der Suche zu helfen?«, fragte sie.

Gemeinsam mit Janni durchsuchte Bitte Røed systematisch das Wochenendhäuschen. Noch einmal probierte sie, Julie telefonisch zu erreichen.

Geh ran, Julie! Geh ran!

Aber es ging keiner ran. Sie bat Janni, Raimos Nummer zu wählen, und kurz darauf hörten sie ein lärmendes Gitarrensolo, das allmählich lauter wurde. Der Ton kam vom Sofa aus Raimos Jackentasche. Die Furcht, die bislang lediglich schwache Signale an Bittes geistigen Anrufbeantworter gesendet hatte, hinterließ nun zusehends aufgebrachtere Nachrichten. *Sie sind durchgebrannt. Sie haben sich verirrt. Sie sind auf den zugefrorenen Fjord rausgelaufen. Sie sind durchs Eis gebrochen. Sie sind weg. Weg. Weg.*

»Hier sind sie nicht«, sagte sie und bemühte sich, ruhig zu klingen. »Wir gehen nach draußen.«

Einen Moment lang blieben die beiden Frauen auf der Treppe stehen. Bitte fühlte, wie die Kälte durch ihre Jacke drang, unter den Wollpullover und die Thermounterwäsche, bis sie ihre Haut fand. Mit der Taschenlampe suchte sie das Grundstück ab. Das Häuschen war dicht von Bäumen umstanden, rundherum eine ebenmäßige Schneedecke. Keine Spuren, abgesehen von dem Pfad zum Ferienhaus und dem, der um die Ecke führte. Diesem folgte sie und entdeckte den Schuppen in der Dunkelheit. Wahrscheinlich hatte ihm schon lange keiner mehr einen Besuch abgestattet, zudem war er mit einem schweren Vorhängeschloss von außen verriegelt. Sie atmete ruhiger. Wären sie Richtung Fjord gelaufen, hätten sie Spuren hinterlassen. Einfach getürmt wie zwei gewöhnliche, unvorhersehbare, verantwortungslose Teenager. Hatten den Bus in die Stadt genommen. Ich geb 'ne Fahndung raus, dachte sie. Unter dem Wohnzimmerfenster war ein Haufen zu erkennen. Was hatte Verner gesagt? … *das Gefühl, dass irgendetwas nicht stimmt, es ist direkt vor meiner Nase*. Intuition. Sie hatte ihn kränken, in seiner besonnenen Fassade herumstochern wollen, um zu sehen, was darunter war. Jetzt wurde sie auf einmal von einer merkwürdigen Ahnung beschlichen. Was war das denn?

Sie leuchtete mit der Taschenlampe die Hauswand entlang. Eine Erhebung im Schnee? Es liegt direkt vor meiner Nase!

Sie wühlte sich hinauf und kniete sich neben den Schneehaufen, grub mit bloßen Fingern und bemerkte nicht, wie sie sich die Haut an den Fingerkuppen aufschürfte.

»Janni! Kommen Sie, helfen Sie mir!«

Janni war nicht mehr da, sie war zurück ins Haus gegangen. Plötzlich jedoch stand sie neben ihr, mit einer kleinen roten Kinderschaufel in der Hand. Entschlossen grub sie, ging auf die kompakte Schneedecke los.

Nichts lag darunter.

Fehlgeleitete Intuition.

Die Zeit blieb stehen.

Janni erhob sich und ließ die Schippe in den Schnee fallen. Mit aufwärts gewandtem Gesicht stand sie da, als hielte sie Ausschau nach einem Gott, der ihnen helfen könnte. Wie Nadeln stach der Schnee ihr ins Gesicht.

»Sie müssen hier sein«, sagte sie weinend. »Solveig weiß etwas. Sie hat davon gesprochen, dass Raimo bestraft wird.«

»Alles, worüber Sie im Haus miteinander geredet haben, haben wir mitbekommen«, sagte Bitte Røed und sah sie mitleidig an. Sie fragte sich, ob es stimmte, was Janni gesagt hatte, oder ob es sich um ein falsches Geständnis handelte, weil sie ihr Kind retten wollte.

»Sie verstehen sicher, dass Sie anschließend mit aufs Präsidium kommen müssen?«

Janni nickte. Sie scharrte ein wenig im Schnee, und etwas aus silberfarbenem Metall kam zum Vorschein.

»Was ist denn das?«

Bitte hob Julies Handy auf, es war, als hätte ihr jemand einen Schlag in die Magengrube versetzt. Blitzschnell drehte sie sich um, neigte ein wenig den Kopf zur Seite und hielt das Ohr in den Wind. Sie hörte Stimmen. Sie wogten auf und nieder. Der Schuppen! Unvermittelt hatte sie das Gefühl, an einem Strand zu stehen und mit den Händen einen Schatz zu bergen, der von einem verschwundenen Schiff an Land gespült wurde.

77

Donnerstag, 2. Februar

Verner Jacobsen führte Janni Egge in den Vernehmungsraum. Die hellen Gardinen ließen allzu viel kaltes Licht durch. Sie hatte die Arme um sich geschlungen, und er sah, dass ihre Lippen zitterten.

»Frieren Sie?«

Sie schüttelte den Kopf. Eine Locke fiel ihr ins Gesicht. Sie strich sie hinters Ohr, was er schon ein paarmal bei ihr beobachtet hatte. Mitten in dem engen Zimmer blieb sie stehen, setzte sich jedoch, als Verner einen Stuhl hervorzog. Trinken wollte sie nichts und nestelte fortwährend an ihrer Kleidung, glättete nicht vorhandene Falten und vergewisserte sich, dass die Knöpfe ihrer Strickjacke geschlossen waren.

»So«, sagte Verner Jacobsen, setzte sich auf den freien Stuhl gegenüber und schaute in den Bericht, der auf seinem Schoß lag.

»Letzte Nacht haben Sie nicht so gut geschlafen«, stellte er fest und blickte vom Blatt auf.

Janni schüttelte den Kopf.

»Vielleicht wäre es gut, wenn Sie mit Ihrer Stellungnahme beginnen würden. Sie wissen, dass Sie beschuldigt werden, Oda Isabell Sørensen getötet zu haben?«

Seine Stimme war freundlich, als er auf das von der Decke hängende Mikrofon wies und ihr mitteilte, dass das Verhör von der Videokamera an der Wand aufgezeichnet wurde. Janni tat so, als ginge sie das alles nichts an. Sie wirkte erschöpft, doch auch ungeduldig, als setzte sie nach einem langen Gebirgsmarsch einen schweren Rucksack ab.

»Wenn Sie so weit sind, fangen Sie einfach an.«

»Ich weiß nicht genau, wo ich beginnen soll«, sagte sie und schaute ihn mit einem hilflosen, verletzlichen Blick an.

»Ich möchte, dass Sie an den Tag von Odas Verschwinden zurückdenken«, erwiderte Verner Jacobsen. »Wie fing es an? Können Sie sich erinnern?«

Mit keiner Miene verriet Janni, was sie dachte. Einen Augenblick zögerte sie.

»Ich hatte verschlafen«, hob sie an. Ihre Stimme war rau, sie räusperte sich, bevor sie weitersprach. »Ivar räumte Schnee. Im Laufe der Nacht hatte es fürchterlich geschneit. Ivar war gereizt. Und er nervte mich. Dumm, nicht wahr? Meine Güte, es war doch bloß Schnee. Der verschwindet. Alles verschwindet nach einer bestimmten Zeit.«

Sie warf einen Blick aus dem Fenster, wo der Himmel abermals einen eifrigen Versuch unternahm, die Welt zu begraben.

»Bei der Arbeit lief alles normal. Abgesehen davon, dass wir Besuch vom Kindergarten hatten. Die, die im Herbst in die erste Klasse kommen. Einige habe ich gekannt. Oda selbstverständlich.«

Janni Egge klopfte mit der Faust auf ihren Oberschenkel.

»Sind Sie sicher, dass ich Ihnen nichts holen soll, Kaffee oder Tee?«, fragte Verner erneut.

Kopfschüttelnd fuhr Janni fort:

»An jenem Nachmittag habe ich alles verloren. Absolut alles. Solveig hasst mich. Und Vibeke, Vibeke habe ich zuerst verloren. Und mit ihr auch Ivar, Raimo und Anne-Lene. Meinen Job werde ich jetzt auch verlieren. Sozial bin ich tot. Verstehen Sie? Ich verschwinde. Und niemand wird mich vermissen. Genau wie der Schnee im April. Jeder ist bloß froh, dass er schmilzt, in der Erde versickert. Und alles nur, weil ich und Vibeke …«

Janni schluckte. Verner Jacobsen sah, wie sich die Röte von ihrem Hals aufwärts ausbreitete. Sie sieht wie ein ganz normaler Mensch aus, dachte er. Eine Durchschnittsfrau. Eine Lehrerin, eine solide Stütze der Gesellschaft. Eine fleißige Ameise, eine von vielen, ohne Geheimnisse, jemand, auf den man sich verlassen kann. Und dann verheimlicht sie offenbar doch etwas. Verner Jacobsen war nicht überrascht. Das hatte er zuvor schon beobachtet. Und er wusste, er hätte es früher entdecken müssen. Jeder Mensch hatte etwas, das er für sich behält. Alle umgaben sich mit Beiwerk, um ihre Verletzungen zu verbergen, bauten Kulissen und schmückten die Fassade aus, die sie nach außen hin zur Schau stellten – sie erinnerten an einen Dekorateur in einem Schaufenster. Einen Augenblick dachte er darüber nach, was andere erblickten, wenn sie in sein Schaufenster sahen.

Verner richtete seinen Blick wieder auf die Frau und zwang sich, sich auf sie zu konzentrieren, zuzuhören. Nur zuhören, nicht analysieren. Das kam später.

»Ich kann nicht nur erzählen, was an dem Tag passiert ist, als Oda verschwand«, sagte Janni auf einmal und begegnete dem Blick des Ermittlers mit überraschender Klarheit und starkem Willen.

»Warum nicht?«, fragte Verner.

»Weil es viel früher angefangen hat.«

»Dann erzählen Sie die ganze Geschichte, ich habe Zeit«, log Verner und vermied es, auf die Uhr über der Tür zu sehen. Aber er hörte den Sekundenzeiger ticken. Ich kann ja abfeiern, dachte er. Ich kann mir Urlaub nehmen, wenn das hier vorbei ist und mit Ingrid wegfahren. Eine Mittelmeerkreuzfahrt oder ein Wochenende in der Großstadt? Er lächelte beim Gedanken daran und schaute Janni an. Sie hielt ihren Blick gesenkt und untersuchte ihre Fingernägel, die kurz und nicht lackiert waren. An den Händen trug sie keinen Schmuck, abgesehen von dem schmalen Ehering.

Janni Egge drehte den Ring immer wieder herum und wägte ab, ob sie ihn abnehmen sollte. Sie fragte sich, was Ivar tun würde. Würde er es ertragen, sie nach dieser Sache hier jemals wiederzusehen? Wenn er erfuhr, was alles geschehen war? Armer Ivar. Janni zog an dem Ring und wusste, nähme sie ihn ab, hinterließe er einen Abdruck. Nach so vielen Jahren war die Vertiefung wie eine tiefe Narbe. Was auch immer geschehen würde, sie würde sie nie loswerden.

»Vibeke und ich …«

Janni redete mit erzwungener Ruhe.

»Vibeke und ich haben uns vor ein paar Jahren getroffen. Ja, das habe ich wohl schon erzählt.«

»Richtig, ich erinnere mich. Sie erzählten, dass Sie bei Ihrem ersten Besuch im Kunstverein nicht wussten, dass sie die Künstlerin war«, sagte Verner und lächelte.

»Ich bin kein künstlerisch veranlagter Mensch«, erklärte Janni. »Aber ich war an einem Punkt in meinem Leben angelangt, wo ich mehr brauchte, als nur zur Arbeit zu gehen, das Mittagessen zu kochen und mich über Ivar zu ärgern, mit den Kindern zu streiten und Schmerzmittel zu schlucken. Ich brauchte mehr. Etwas anderes. Und deshalb habe ich mich spontan im Kunstverein angemeldet. Eigentlich hat es Ivar vorgeschlagen. ›Kannst du dich nicht einfach zu einem Kurs anmelden?‹, meinte er. ›Fang an zu malen oder geh in den Tourismusverein oder tu was Wohltätiges. Such dir etwas, was dich interessiert.‹ Und das habe ich getan«, sagte Janni, »ich habe Vibeke gefunden.«

Eine Weile schwieg sie. Verner wartete.

Den Blick in die Vergangenheit gerichtet saß Janni da. Wie war es so weit gekommen, dass sie hier im Polizeipräsidium verhört und des Mordes angeklagt wurde? Was hatte die Lawine ins Rollen gebracht? Sie musste zwei Jahre zurück. Zurück zu jenem Freitagabend, als sie zum ersten Mal einen Akt gezeichnet hatte. Da hatte sich der erste kleine Schneeball geformt. Bloß dass sie damals noch nicht wusste, wie schnell er rollte, wie groß er werden und wie viel Schmutz er mit sich reißen würde.

78

Verner Jacobsen hatte Janni Egge nicht durch Fragen unterbrochen, als sie von dem Abend bei Vibeke erzählte, an dem sie Entwürfe gezeichnet hatte.

»Vibeke und ich haben einen ganz eigenen Ton gefunden«, sagte Janni und biss sich einen Hautfetzen vom Nagelbett ihres Daumens. Genau wie Ingrid, wenn sie über unangenehme Dinge reden soll, dachte er. Ihm war in den Sinn gekommen, dass Janni und Vibeke mehr als bloß den richtigen Ton gefunden haben mussten. Irgendetwas verschwieg sie, und er begann ungeduldig zu werden. Doch wenn er sie zu sehr bedrängte, würde die wahre Geschichte vielleicht nie ans Licht kommen. Er wusste, wie schnell Erinnerungen im Lauf der Zeit verblassten. Nicht selten bildete man sich Ereignisse ein. Eine lenkende Frage konnte den Beschuldigten dazu verleiten, sich falsch zu erinnern. Erinnerungen waren zerbrechlich, wie Katzensilber. Die verschiedenen Schichten glitzerten so schön, zerbröselten jedoch, wenn man zu stark drückte.

Er hätte sie gern gefragt, ob Vibeke Hansen ihr jemals von ihrem eigentlichen Verhältnis zu David erzählt hatte. Ob sie wusste, dass er Odas Vater war. Und weshalb sprach sie nur über Vibeke? Allerdings überraschte es ihn nicht. Als Janni von Vibeke zu sprechen begann, hatte er sich die Vollständigkeitsregel ins Gedächtnis gerufen, wonach der Verdächtige sich am besten zusammenhängend und ohne Unterbrechungen erklären sollte. Janni hatte eine engere Beziehung zu Vibeke unterhalten, als sie zunächst eingeräumt hatte. Womöglich verfügte sie über Informationen, die sie einer Lösung des Künstlermordes näher brachten. Er betrachtete sie. Sie hatte etwas Graziles und Verletzliches, obwohl sie sehr robust aussah. Gerade schienen ihr die Worte ausgegangen zu sein.

»Möchten Sie eine Pause machen?«, fragte er. »Etwas zu trinken vielleicht?«

»Kaffee«, flüsterte sie, »nur Kaffee, danke.«

Verner verschwand auf dem Flur und holte zwei Becher und eine Thermoskanne. Als er zurückkam, nahm sie die Tasse und trank sie fast leer, bevor sie fortfuhr.

»An besagtem Zeichenabend ...«, begann sie. »Wäre da nicht dieser Abend gewesen ... Er war irgendwie der Anfang von allem. In der letzten Zeit habe ich so viel darüber nachgedacht und bin zu dem Schluss gekommen, dass alles, was geschehen ist und so fatale Folgen hatte ... sich auf diesen Freitagabend zurückführen lässt. Verstehen Sie?«

»Nein«, sagte Verner Jacobsen.

»Dieser Abend war der Anfang unserer besonderen Freundschaft, von Vibeke und mir«, sagte Janni, ohne aufzublicken.

»Wir haben uns weiter getroffen, und es hat nicht lange gedauert, bis wir unzertrennlich waren. Ich habe noch nie eine beste Freundin gehabt, nicht einmal in der Grundschule. Vibeke hat mir alles gegeben, was ich brauchte. Sie war lustig und positiv. Sie hatte spannende Interessen und nahm lebhaft Anteil an der Welt um sich herum, an meiner Familie, an meinen Kindern. Nach und nach baute sie einen sehr guten Kontakt zu Raimo auf, was nur zu natürlich war, so gerne wie die beiden zeichnen. Selber habe ich das Zeichnen schnell an den Nagel gehängt. War nicht mein Ding. Vibeke wurde irgendwie zu meinem Ding. Nie hat sie aufgehört, mich zu überraschen, sie war so idealistisch und sinnlich ...«

Janni ließ das letzte Wort in der Luft hängen. Es vibrierte.

»Wir hatten …«

Janni hielt inne, als setzte sie zum Sprung an, als überprüfte sie, ob das Wort immer noch passend war.

»… etwas Sinnliches.«

Sie richtete ihre Augen auf ihn.

»Wir hatten ein Verhältnis.«

Sie sprach es in der gleichen Tonlage aus, als sagte sie eine chemische Formel. Dann wandte sie den Blick ab und murmelte:

»Obwohl es beschämend war, brachte es eigentlich nur positive Aspekte mit sich. Damals«, fügte sie an.

»Welche Aspekte?«

Verner schenkte ihr Kaffee nach.

»Zunächst einmal hatte ich bessere Laune«, sagte Janni.

Unruhig rutschte sie hin und her. Ihr Körper schien sich gegen das Koffein zu wehren, doch zugleich brauchte sie die Alltäglichkeit, eine Kaffeetasse in der Hand zu halten, warmen Kaffee zu nippen, den Geruch des Alltags zu spüren, der nie wiederkehren würde.

»Ich kam mit Ivar, den Kindern und der Arbeit besser zurecht. Obwohl Ivar sich beschwerte, dass ich mehr Zeit mit ihr als mit ihm verbrachte, habe ich es nie als Untreue empfunden. Wir waren Freundinnen. Mindestens einmal die Woche war ich bei Vibeke. Gewöhnlich haben wir nur Tee getrunken und uns unterhalten. Ab und an hat sie mich gezeichnet, und manchmal ist mehr passiert. Und genau davor habe ich mich am meisten gefürchtet; dass von dem Teil unserer Freundschaft etwas herauskäme, dass die ganze Welt eines Tages davon erfahren könnte. Sie wissen nicht, wie sich das angefühlt hat! Die Furcht davor, entdeckt zu werden. Die ganze Zeit. Und trotzdem nicht aufhören zu können.«

»Sie haben daran gedacht, wie sich Ihr Leben dann verändern würde«, sagte Verner Jacobsen. »Daran, wie schwierig es für Ihre Nächsten wäre.«

»Ja! Ivar hätte mich verlassen. Raimo und Anne-Lene hätten mich verachtet. Und die Kinder in der Schule hätten sich sofort einen bösartigen Spitznamen ausgedacht.«

Plötzlich tauchte ein Gesicht auf. Eine andere Lehrerin. Aus einer anderen Zeit. Fräulein Pellerud Knutzen, die sie in Norwegisch auf der Realschule unterrichtet hatte. Sie dachte zurück an das traurige Lächeln, jedes Mal, wenn sie sie ärgerten, sie sah sie jetzt deutlich vor sich. Sie stand am Fenster und drehte sich langsam um, lächelte sie mit demselben tristen Lächeln an und schüttelte leicht den Kopf, bevor sie sich auflöste und eins mit dem Schneetreiben wurde. Janni hoffte, sie hatte niemals erfahren, wie sie sie insgeheim genannt hatten; Fräulein Knallsegut Prüdesen.

»Ich hätte es nicht ertragen, weiter zu unterrichten«, stöhnte Janni. »Mein Leben wäre vorbei gewesen. Paradoxerweise wäre mir aber mein Leben ohne Vibeke und unser Geheimnis ebenso leer vorgekommen, allerdings wusste ich da noch nicht, dass Vibeke mehrere Geheimnisse hatte.«

»Was für Geheimnisse?«

Verner Jacobsen bemerkte, wie ein neuer Ausdruck in ihre Augen getreten war. Derselbe, den Ingrid gegen ihn eingesetzt hatte in der Zeit, als er, im Gegensatz zu ihr, schon wusste, dass sein Sohn zurückgekehrt war.

Einmal hatte Ingrid gefragt: »Gibt es eine andere?«

»Nein«, hatte er aus voller Überzeugung geantwortet. »Selbstverständlich gibt es keine andere.«

Und obwohl jedes einzelne Wort der Wahrheit entsprach, hatte er bemerkt, wie sie begriff, dass er zwar nicht log, aber das Tatsächliche, das ängstlich ausharrte, umschiffte. Unterschätze niemals die Intuition einer Frau. Sie ist unfehlbar. Er sah Janni an. Ihr Blick hatte einen trotzigen Ausdruck angenommen. Als er sie bat, zu Oda zurückzukehren und zu erzählen, was am Tag ihres Verschwindens geschehen war, erkannte er einen Anflug von Unmut in seiner Stimme.

79

Mittwoch, 25. Januar.

Es schneit. Jannis letzte Unterrichtsstunde endet um halb zwei. In ihrer Tasche hat sie einen Stapel Mathematikhefte zum Korrigieren, und in ihrem Kopf kreisen die Gedanken um den gestrigen Elternabend. Die Eltern hatten sich empört, dass in ihrer Klasse ständig Lärm herrschte und die Schule nichts dagegen unternahm. Obwohl die meisten der Ansicht waren, es sei die Schuld des Lehrers, also ihre, hatte sich niemand getraut, es direkt auszusprechen. Der Direktor hatte baldige Resultate verlangt, dass sie sich Respekt verschaffte. Janni brachte nicht die Kraft auf zu protestieren, und sie war sich schmerzlich im Klaren darüber, dass sie Probleme mit der Disziplin hatte. Zu nachgiebig und nett sei sie, hatte der Direktor gesagt, und »nett« war in diesem Zusammenhang nicht als Kompliment gemeint.

Aufgrund des dichten Schneefalls hat sie Schwierigkeiten, das Auto zu manövrieren. Vom Parkplatz den Hügel hinauf gerät sie ins Schleudern, und es gelingt ihr gerade noch, nicht im Graben und zwischen den Kiefern vor der Schule zu landen.

Als die Haustür hinter ihr ins Schloss fällt, klingelt das Telefon. Es ist Vibeke.

»Janni? Hallo! Ich bin's. Du musst mir helfen!«

»Was gibt's?«

Janni versucht, sich die Jacke auszuziehen, während sie den Hörer ans Ohr hält.

»Mein Auto ist verreckt!«

»Auch gut, Autofahren ist gerade eh kein Vergnügen.«

»Aber ich muss weg. Weißt du nicht mehr? Ich habe eine Verabredung mit David. Ich muss zum Skaret.«

»Kannst du nicht den Bus nehmen?«

»Machst du Witze?«

»Wie soll ich dir denn helfen?«, fragt Janni mit einem Seufzen, obwohl sie weiß, was kommt. Ihr schießt durch den Kopf, dass Vibeke vielleicht blufft. Dass sie das mit dem Auto vorschiebt, damit sie nicht allein fahren muss. Allerdings schwächelt Vibekes Auto schon lange und hat bereits mehrere Nahtoderfahrungen hinter sich. Und nett, wie sie ist, sagt sie Ja. Auf dem Weg zum Auto denkt sie noch, genau das ist mein Problem. Nie kann sie Nein sagen. Weder zu ihren Schülern noch zum Rektor, noch zu Wein, noch zu Schokoladenkuchen. Oder zu Vibeke.

»Nein!«, sagt sie laut, während sie den Zündschlüssel umdreht.

Es ist nicht schwer. Ein unkompliziert zu buchstabierendes Wort: N – e – i – n. Leicht auszusprechen. – NEIN! Ich will nicht. Nein, es passt nicht. Nein, ich kann nicht. Ganz einfach, nein. Jedes Mal jedoch, wenn sie sich entschlossen hatte, dieses kleine, wütende Wort aus vier Buchstaben auszusprechen, hatte sich merkwürdigerweise ein selbstsicheres Ja davorgeschoben und den vorsichtigen Protest über den Haufen gefahren. Jetzt ist es ohnehin zu spät.

Janni Egge fährt den langen sanft ansteigenden Hügel über das Feld entlang, der zu Vibekes Haus führt. Die Straße ist beinahe nicht zu erkennen.

Vibeke steht auf der Treppe bereit und stürzt zum Auto, als Janni vor die Haustür schlittert.

»Ich liebe dich«, strahlt sie. »Was würde ich bloß ohne dich tun?«

»Andere ausnutzen?«

»Och, Janni. Findest du wirklich, dass ich dich ausnutze?«

Doch. Das meint sie. Aber sie ist nicht in der Lage, einen verdrießlichen Ton anzuschlagen. Will, dass alles hell und leicht ist, also lächelt sie entwaffnend, legt eine Hand auf ihren Oberschenkel, streichelt sie bis hinauf zum Schritt und sagt:

»Geht in Ordnung, wenn ich dich dafür weiter ausnutzen kann.«

»Hey! Beide Hände aufs Lenkrad, es ist megaglatt.«

Sie schleichen das Tal hinauf. Es ist kaum geräumt.

»Wohin fahren wir eigentlich?«, fragt Janni, während sie jede Kurve höher den bewaldeten Bergrücken hinaufbringt. Normalerweise kann man immer wieder einen Blick auf den Fjord erhaschen. Heute nicht, das Schneegestöber ist zu dicht, doch Janni weiß, dass er dort liegt, tief unten am Grunde des Tals.

»Es ist nicht mehr weit.«

Es dämmert. Allmählich wird die Landschaft farblos dunkel.

»Stopp!«, ruft Vibeke unversehens. »Da ist er.«

Gerade so gelingt es Janni, das Auto auf den nicht geräumten Parkplatz zu lenken. Die Person, die im anderen Auto sitzt, kann sie nicht erkennen, sieht sie nur als Schatten hinterm Lenkrad. Vibeke nimmt ihre große Zeichenmappe unter den Arm und steigt aus.

»Dauert nur eine Minute«, zwitschert sie und schließt die Tür.

Janni hat das unvermittelte Gefühl, in einem Film zu sein. Zwei Frauen. Ein irgendwie gefährlicher Auftrag an einer öden Landstraße. Übergabe geheimer Unterlagen. Die Spannung ist zum Zerreißen, füllt sie mit einer herrlichen Unruhe. Dasselbe Gefühl wie damals, als sie als Kind die Hauptrolle in ihrem eigenen Drama spielte. Vibeke tut mir gut, denkt sie. Ich bin wieder glücklich. Sie bringt mich dazu, dass ich mich wieder lebendig fühle. Sie schaut auf die Uhr. Immer noch genug Zeit, bis Ivar nach Hause kommt. Sie würde vor den anderen zu Hause sein, und niemand würde Fragen stellen, wo sie gewesen ist. In die Sache mit David wollte sie nicht hineingezogen werden.

Das weiße Auto springt an und biegt auf die Straße ab. Vibeke steigt wieder ein. Bald sehen sie nur noch die roten Rücklichter. Dann wird es still auf der Straße.

»Guck mal!«

Vibeke holt Bündel mit Geldscheinen aus ihrer Zeichenmappe.

»Der totale Wahnsinn! Nicht nur hängen meine Bilder in angesehenen Museen und werden bewundert, ich werde verdammt noch mal obendrein auch noch reich. Was für ein Kick! Ich bin gerade so dermaßen inspiriert!«

»Und was willst du machen?«, fragt Janni, die es nicht sein lassen kann, auf ihre roten Wangen zu starren. Sie glüht.

»Malen natürlich«, sagt Vibeke, merkt jedoch sofort, dass die Stimmung im Auto sich ändert. Die Luft ist schwer, die Scheiben sind beschlagen.

»Stell den Motor ab«, sagt sie.

»Wieso? Wollen wir nicht fahren?«

»Noch nicht, es gibt da eine Sache, die ich immer schon mal ausprobieren wollte.«

80

Verner Jacobsen lockerte seine Schultern und wartete darauf, dass Janni weitersprach. Stumm starrte sie aus dem Fenster, als hätte sie dort draußen etwas entdeckt.

»Was passierte dann?«, fragte er. »Sind Sie nicht weggefahren?«

Janni schüttelte den Kopf.

»Was haben Sie gemacht?«, fragte Verner Jacobsen, obwohl er schon eine klarere Vorstellung hatte. Die Umrisse dessen, was möglicherweise geschehen war, hatten sich langsam abgezeichnet. Von dem Augenblick an, als Janni von Vibeke Hansen zu erzählen begann, war er überzeugt gewesen, dass sie wusste, wer ihre Freundin umgebracht hatte. Aller Wahrscheinlichkeit nach hatte sie es die ganze Zeit über gewusst.

Doch nun saß sie vor ihm und hatte mit einem Mal eine Mauer des Schweigens um sich herum aufgebaut. Verner Jacobsen verstand, über gewisse Dinge konnte man nur schwerlich sprechen oder sie gar eingestehen; wie sollte er sie wieder zum Reden bringen? Er musste an Alfred Kinsey denken, der in den Vierzigerjahren Männer und Frauen zu ihren sexuellen Gewohnheiten interviewt hatte – er hatte die Leute dazu gebracht, die schändlichsten Dinge zuzugeben. Der Kinsey-Effekt, dachte er, auf der Polizeihochschule hatten sie das Thema angeschnitten. Man musste die Fragen so stellen, dass sie ganz natürlich klangen.

»Wie oft hatten Sie Sex im Auto?«, fragte er.

Dem Obduktionsbericht nach gab es Anzeichen erhöhter

Sekretproduktion, und trotz des Fehlens von Spermaspuren gingen sie davon aus, dass Vibeke unmittelbar vor ihrem Tod Sex gehabt hatte.

»Es war das einzige Mal«, brach es aus Janni heraus.

Gerade noch konnte Verner ein Lächeln unterdrücken. *So far, so good,* dachte er und wagte den nächsten Zug. Er ging damit ein Risiko ein, doch würde es den Fall möglicherweise beschleunigen. Er wurde langsam müde. Plötzlich lehnte er sich vor, fixierte ihre Augen, wusste, dass dieser harte Ausdruck mehr als einmal schon Leute, die verhört wurden, dazu gebracht hatte, den Blick abzuwenden. Er tat so, als wüsste er Bescheid.

»Sie hatten Sex im Auto«, stellte er fest. »Wie mir scheint, ist noch etwas passiert, das noch einmal zu durchleben für Sie viellleicht schmerzhaft ist. Womöglich sind Sie zornig geworden?«

Sie senkte den Blick zu Boden.

»Es ist wichtig, dass Sie es erzählen, Janni«, fuhr er fort mit einer Stimme süß wie Zuckerwatte. Wenngleich es ihm Übelkeit bereitete, redete er in derselben Tonlage weiter: »Es kann von entscheidender Bedeutung für das Strafmaß sein, wenn Sie kooperieren und Zeichen der Reue zeigen. Was hat Sie zornig gemacht? Haben Sie gestritten? Hat sie Sie erniedrigt?«

»Glauben Sie, ich habe sie getötet?«, platzte Janni heraus. Sie war feuerrot. Zum ersten Mal seit sie auf dem Stuhl im Verhörraum saß, zeigte sie Wut. »Glauben Sie, ich habe meine beste Freundin umgebracht? Glauben Sie das ernsthaft?«

»Ich glaube gar nichts«, sagte Verner und versuchte, sich das klamme Gefühl von seinen Händen zu reiben. »Deshalb frage ich Sie«, fuhr er so beherrscht wie möglich fort, »um herauszufinden, was passiert ist.«

»Es war ein Unfall«, flüsterte Janni und schloss die Augen. »Wir hörten Autos vorbeifahren, was zum Teil die Spannung erst ausmachte. Doch dann hat die Welt draußen aufgehört zu existieren.«

81

»Komm«, flüstert Vibeke und ergreift Jannis Hand. Zwischen den Rückenlehnen hindurch klettern sie auf den Rücksitz. Sie küssen sich. Vibeke legt sich auf den Rücken. Es ist eng. Bald schon läuft die Feuchtigkeit an den Fenstern herab, während der Schnee sie langsam von außen einschließt.

»Ich will dich, Janni. Nimm mich mit dem Geld. Ich will's spüren, unter der Haut. Gib's mir, Janni.«

Und Janni tut, was sie sagt. Sie hilft Vibeke, die Hose abzustreifen, bis zu den Knien, nimmt den Tausender, rollt ihn zusammen und führt ihn in sie ein, obwohl er nicht dicker ist als eine Zigarette.

»Diesen Tausender«, stöhnt Vibeke, »verwende ich in meiner nächsten Collage. Und jedes Mal, wenn du an diesem Bild in einer Galerie vorbeigehst, soll dir die Röte ins Gesicht steigen, Janni. Mit diesem Bild und diesem Tausender wirst du für immer an den Tag denken, als wir alle Grenzen gesprengt haben! Das ist wahre Performance Art.«

Janni küsst sie, hart und fordernd. Sie ist Teil von etwas Großem, etwas außerhalb ihrer selbst. Einem Kunstprojekt. Grenzen sprengen, denkt sie. Ich sprenge Grenzen.

82

Janni hielt inne, trank einen Schluck. Der Kaffee war kalt und schmeckte bitter.

»Das Schlimmste war, dass sie recht behielt«, sagte Janni leise. »Wir haben eine Grenze überschritten, von der ich nicht einmal wusste, dass sie existierte. Vibeke war experimentierfreudig in jeder Hinsicht. Immer musste sie neue Dinge erforschen.«

Janni stellte ihre Tasse ab, nahm sie erneut, hielt den Becher an den Mund, ohne zu trinken, strich mit den Lippen über das kalte Steingut.

»Und dann hat sie mich gefragt, ob ich schon von *petite mort* gehört habe.«

Verstohlen blickte sie auf, halb beschämt, halb neugierig Verners Reaktion abwartend. Der Ermittler zeigte mit keiner Miene, was er dachte, nickte nur und sagte:

»Fahren Sie fort.«

»Ich habe darüber gelesen«, sagte Janni. »Einmal habe ich mich sogar über die Bettkante geschoben, als ich und Ivar …«

Eine sanfte Röte breitete sich über ihre Wangen aus.

»Ich wollte bloß wissen, ob da etwas dran ist, wenn sämtliches Blut in den Kopf strömt, ob dadurch etwas verstärkt würde, es besser macht. Doch bei mir war es nicht so. Vibeke dagegen meinte, es sei, als stürbe man vor lauter Genuss. Sie hat mich gebeten, mein Halstuch zu benutzen, es stramm um ihren Hals zu ziehen, langsam und immer stärker, je näher sie dem Höhepunkt kam. Sie hat es genossen. Das hat sie!«

Janni schloss ihre Augen, blinzelte eine Träne weg, die sich in den langen Wimpern verfangen hatte. Sie zwang sich fortzufahren:

»Unmittelbar bevor sie kam, gab sie mir Zeichen, ich solle härter zuziehen. ›Mehr‹, keuchte sie, ›mehr!‹ Und das habe ich getan. Strammer gezogen, sie geküsst, noch strammer gezogen, der Knoten blieb ganz von selbst an seinem Platz. Es ist mir nicht einmal in den Sinn gekommen, dass etwas passieren könnte oder dass sie mit *hart* etwas anderes meinte. Vorab hatte sie mich gewarnt. Sie sei schon mal ohnmächtig geworden, sagte sie, behauptete aber, das sei nicht gefährlich.«

Janni schloss ihre Augen. Ihr Gesicht verzog sich schmerzvoll. Mit geschlossenen Augen redete sie weiter, die Stimme leise, kaum hörbar.

»Sie war in Ekstase, ihr ganzer Körper zitterte. Ich dachte, sie würde kommen, doch dann wurde alles still. Ihr Gesicht erstarrte. Ihre Augen waren auf einmal riesig. Ich habe sie gerüttelt, sie war ganz schlaff. Dann habe ich Panik gekriegt. Was, wenn jemand anhielt, die Autotür öffnete und uns dort halb nackt liegen sah? Also habe ich abgeschlossen. Das war das Erste, was ich getan habe! Ich habe geglaubt, dass sie bloß in Ohnmacht gefallen wäre, dass sie sich wieder anziehen, ich sie in eine Sitzposition bringen müsste. Ich bin nicht einmal darauf gekommen, ihren Puls zu fühlen.«

»Wann wurde Ihnen klar, dass Vibeke tot war?«, fragte Verner.

»Ich habe keine Ahnung. Ihre Hose habe ich nicht anbekommen. Ich war so durcheinander. Nicht einmal das Halstuch habe ich gelöst! Wie ist das nur möglich? Ich hätte sie retten können, oder nicht?«

Janni schlug die Hände vors Gesicht.

»Als ich schließlich bemerkte, wie bleich sie war, war ich vor

Schreck wie gelähmt. Ich habe nicht daran gedacht, dass ich versuchen sollte, sie wiederzubeleben. War so allein in dem Schneetreiben und hatte keinen blassen Schimmer, was ich tun sollte.«

»Was haben Sie denn getan? Haben Sie sie nach Hause gefahren?«, riet Verner Jacobsen.

»Was hätte ich sonst tun sollen?«

Ihre Hände fielen in den Schoß.

»Den Krankenwagen konnte ich wohl schlecht rufen? Was hätte ich sagen sollen? Wie hätte ich erklären sollen, was passiert war? Ich habe mich so geschämt. Können Sie sich das vorstellen …? Ich bin verheiratet, habe zwei fast erwachsene Kinder. Ich bin Lehrerin an einer Grundschule, und ich hatte ein sexuelles Verhältnis zu einer anderen Frau. Einer Frau, die nun tot war. Und ich habe ihren Tod verschuldet …«

Janni starrte auf ihre Hände, drehte an ihrem Ehering, brachte es nicht fertig, aufzuschauen und dem Blick des Polizeiermittlers zu begegnen, jetzt, wo alles gesagt war. Niemals mehr werde ich dem Blick eines anderen begegnen, dachte sie. Niemals mehr werde ich mich aufrichten und geradeaus schauen können.

»Ich glaube«, begann Verner Jacobsen, »dass wir erstaunt wären, wenn wir wüssten, wie viele Leute solche Geheimnisse haben. Und es ist kein Verbrechen, bisexuell zu sein.«

Janni sah auf. Der Blick, der sie traf, war seltsam verständnisvoll und traurig zugleich.

»Das bin ich nicht! Oder … Ich weiß nicht mehr, wer ich bin«, flüsterte sie. »Ich habe geglaubt, es zu wissen. Vor Vibeke. Aber jetzt … ich weiß bloß, dass ich mich dafür schäme, wer ich bin.«

»Sie leiden an einem klassischen Problem«, sagte Verner Jacobsen.

»Klassisch?«

»Ja, die Suche nach der Identität. Sind wir nicht alle auf der Suche? Wer bin ich?«

»Sie haben leicht reden«, wandte Janni ein, während sie wieder ihre Hände musterte.

»Ach ja?«, fragte Verner und versuchte, Blickkontakt herzustellen. »Sehen Sie mich an, Janni. Wer bin ich?«

Sie öffnete leicht den Mund und fixierte seine Stirn.

»Sie sind Polizist«, sagte Janni. »Sie sind ein Mann, haben sicher eine bezaubernde Frau, zwei wohlerzogene Kinder und ein aufgeräumtes Leben, keine Vermerke in der Akte, eine Stütze der Gesellschaft. Geordnete Verhältnisse, wie Bücher in einer Bibliothek.«

Verner Jacobsen setzte ein Lächeln auf.

»In etwa wie ein Lehrer, nehme ich an?«

»Manchmal denke ich, Lehrer zu sein ist kein Beruf, sondern eine Diagnose«, sagte sie trocken. Ihr Blick driftete ab, und sie saß stumm und mit verschlossenem Gesicht da.

»Was, wenn ich Ihnen erzählen würde, ich hätte meine Frau über all die Jahre hinweg angelogen?«

Verwirrt sah Janni auf. Verner Jacobsen wusste nicht, warum er das gesagt hatte, und meinte, Überraschung in den Gesichtern der anderen erkennen zu können, die in dem Raum weiter den Flur hinunter vor dem Bildschirm saßen und alles mitbekamen. Er war so ausgelaugt von all der Geheimnistuerei, und von seinem Sohn würden sie ohnehin bald erfahren. Ein zügelloser Drang, sich zu bekennen, machte sich bemerkbar. Obwohl er wusste, wie unprofessionell das war, konnte er sich nicht zurückhalten.

»Was, wenn ich Ihnen erzählen würde, dass ich seit achtzehn Jahren niemandem, nicht einmal meiner Frau, erzählt habe, dass ich einen Sohn habe. Wenn ich Ihnen erzählen würde, dass ich niemals auch nur eine Krone an Unterhalt bezahlt habe, mein Sohn mich hasst und meine Frau alkoholabhängig ist? Was würden Sie dann sagen?«

Janni brach in krampfhaftes Lachen aus. Bitter und hämisch. Dann wurde ihr der Ernst dieser Aussage klar, die sie zunächst für einen Scherz gehalten hatte.

»Und das stimmt?«

Es schien, als lutschte sie an einem Bonbon. Verner beobachtete, wie die unverblümte Wahrheit ihr Linderung verschaffte, und einen Moment lang verspürte er große Lust, sich ihr anzuvertrauen und von seinen Gefühlen für Bitte Røed zu erzählen. Natürlich sagte er nichts, und solange er den Gedanken wegschob, war es immer noch ein gut gehütetes Geheimnis. Mit kühler Zurückhaltung kannte er sich aus. Solange er nicht an den üppigen Busen seiner neuen Kollegin dachte, an die Knöpfe ihrer Bluse, die abzuspringen drohten, oder an ihre Haut, weich wie Schmelzkäse, konnte er so tun, als wäre er ein disziplinierter Ermittlungsbeamter, der alles im Griff hatte.

»Wer sind Sie, Janni Egge?«, fragte Verner Jacobsen in dem verzweifelten Versuch, den Fokus wieder auf sie zu lenken. Seinen Kollegen gegenüber konnte er sich damit herausreden, dass er gelogen hatte, um sie dazu zu bringen, sich zu öffnen, jedenfalls hinsichtlich seiner alkoholsüchtigen Frau.

»Wer ich bin?«

Sie stieß ein dünnes, freudloses Lachen aus.

»Ich bin durchsichtig. Zerschlissen wie ein Laken nach zu vielen Waschgängen. Es fühlt sich an, als könnte jeder direkt durch mich hindurchsehen. Ich möchte diejenige sein, die ich zuvor war! Obwohl ich sie damals nicht gemocht habe … obwohl ich sie jetzt noch weniger mag.«

Du kannst nicht zurück, dachte Verner. Du kannst nicht von

Neuem anfangen, das ist die größte aller Illusionen. Du kannst weitergehen, aber niemals von Neuem beginnen. Laut sagte er:

»Sie möchten Ihre Nächsten nicht verletzen, aber Sie haben etwas getan, das Sie nicht mehr rückgängig machen können. Sie sind diejenige, die Sie sind. Und Sie müssen Ihre Vergangenheit nicht über Ihre Zukunft bestimmen lassen. Sie können wieder zu einem ganzen Menschen werden, Janni.«

»Ich liebe Ivar immer noch«, sagte sie. »Und ich sehe mich selbst weder als bisexuell noch lesbisch an. Nur wenn ich Migräne habe, fühle ich mich verdreht.«

Sie lächelte, allerdings erinnerte ihr Lächeln eher an eine schiefe Linie, und sie sah aus, als würde sie gleich zu weinen anfangen.

»Ich verliebe mich nicht in Frauen. Ich habe mich bloß in eine Frau verliebt.«

»Und dann?«, fragte Verner Jacobsen. Er hatte die Kontrolle wieder erlangt. »Was ist dann passiert? Denn der Tag war ja noch nicht zu Ende, nicht wahr?«

Er verurteilt mich nicht, dachte Janni. Ich bin schuldig, und er verurteilt mich nicht. Sie ballte die Hände in ihrem Schoß und fuhr fort zu erzählen, wie der Schneeball, der in Bewegung gesetzt worden war, weiterrollte.

83

Alles ist weiß. Janni kann nicht atmen. Ich muss raus, denkt sie und will die Tür öffnen. Sie sitzt fest. Eingesperrt.

Zwischen den Vordersitzen krabbelt sie nach vorn und muss sich dabei mit ihrem Knie auf Vibekes Brust abstützen. Einen Moment umfasst sie das Lenkrad. Die Handschuhe hat sie immer noch an. Hatte ich sie die ganze Zeit an?

Sie kann sich nicht erinnern. Doch. Ich erinnere mich an alles, denkt sie. Ich erinnere mich, dass ich die Tür verschlossen habe.

Ich war es.

Sie hält sich am Lenkrad fest, betrachtet die weiße Windschutzscheibe. Sie weiß nicht, ob es an dem Schnee oder an ihrem Atem liegt. Mein Atem, denkt sie, nicht mehr unser Atem. Trotzdem ist Vibekes Atem immer noch sichtbar, ihre letzten Atemzüge hinterlassen feuchte Streifen auf den Fensterscheiben. Sie dreht den Spiegel und fängt Vibekes Blick ein. Ihre Augen sind geöffnet. Vibeke wird eins mit dem Weiß. Sie ist Schnee. Janni traut sich nicht, sich umzuwenden, sitzt bloß da, während der tote Blick ihrer Freundin in dem kleinen länglichen Spiegel fest auf sie gerichtet ist.

Was mache ich jetzt?

Und dann, ohne es zu wollen, beginnt ihr Körper zu handeln. Womöglich verfügt der Körper in Krisensituationen über einen eigenen Willen. Vielleicht tut er dann Dinge, die wir später nicht erklären können. Das Gehirn ist vorübergehend nicht in Betrieb, und eine neue weiche Masse übernimmt die Vertretung. Gibt sich als deine normale handelnde Vernunft aus, doch es ist eine fremde Macht. Eine Fremde startet den Motor. Jemand, den sie nicht kennt, steigt mit dem Handfeger aus dem Auto und fegt den Schnee von der Windschutzscheibe. Es ist nicht Janni, die sich auf den Fahrersitz setzt und den Spiegel wieder an seinen Platz dreht, sodass sie nur das Heckfenster und nicht den Körper, Vibeke, sieht, die dort liegt und physisch zugegen und dennoch nicht mehr da ist. Alles, was sie hört, ist eine fremde Stimme, die sagt: Fahr! Bring sie nach Hause, niemand weiß, dass ihr hier seid. Du kannst sie in das Schlafzimmer legen, und dann kümmert sich die Polizei schon um die Angelegenheit. Du wirst es anderen überlassen, eine vernünftige Erklärung für das Vorgefallene zu finden. Die Polizei, die ist tüchtig, die findet's schon heraus. Bloß dich finden sie nicht, Janni. Denn niemand kann beweisen, was passiert ist. Ist es überhaupt passiert? Es ist unwirklich. Es ist nicht geschehen! So ist sie nicht. Niemals hatten sie ein Verhältnis. Niemals hatte sie Sex mit einer Frau. Sie hat keinen Menschen umgebracht. Jetzt fährt sie Vibeke nach Hause.

Es wird schon gut gehen, sagt sie sich und hält das Auto zuverlässig auf der Straße. Sie fährt an ihrem Haus vorbei und sieht, dass noch niemand zu Hause ist. Sie gibt mehr Gas, weiß, dass sie Vibeke rechtzeitig in ihr eigenes Bett legen kann, um dann nach Hause zu fahren und so zu tun, als wäre sie nur kurz im Supermarkt gewesen. In der Kurve gerät sie ins Schlingern, bringt das Auto aber wieder in die Spur, als sie über die weite Ebene fährt.

Es war lange nicht geräumt worden, sie muss sich mitten auf der Fahrbahn halten.

Dann plötzlich.

Rechts am Straßenrand steht sie.

Die rosa Gestalt mit dem blauen Schlitten. Janni schwenkt nach links und spürt, wie etwas auf das Auto trifft. Bremst. Vor-

sichtig, um nicht zu schlittern. Im Seitenspiegel sieht sie, dass etwas auf der Straße liegt, doch es bewegt sich und dann …

Am anderen Ende der Straße kommt ihr jemand zu Fuß entgegen.

Zwei Gedanken im Kopf.

Keiner fühlt sich zwangsläufig verpflichtet zu handeln.

Ich muss anhalten. Ich habe ein Kind angefahren.

Ich kann nicht anhalten. Ich habe einen toten Menschen auf dem Rücksitz.

Es werden sich andere darum kümmern. Sie muss weg. Sie muss weiter. Und derjenige auf der Straße wird gleich stehen bleiben und dem Kind auf die Beine helfen. Bestimmt war nichts geschehen. Sie hat sich bewegt.

Janni fährt weiter, kauert sich instinktiv hinter das Lenkrad, als sie an der Gestalt vorbeifährt, denkt, wenn ich denjenigen nicht sehe, wird er mich auch nicht erkennen.

Anfangs ist das Geräusch noch gedämpft wie ein entferntes Donnern. Wie eine Vorwarnung. Ein gelbes Blinken. Dann fährt das Räumfahrzeug um die Kurve. Funken sprühen. Eisen kreischt auf Asphalt. Das Fahrzeug kommt ihr mit seinen orange pulsierenden Lichtern, gleichmäßig wie Herzschläge, entgegen. Als es vorbeifährt, schließt sie die Augen, und erst als das Geräusch gleichsam nur noch Erinnerung ist, öffnet sie sie. Nackt liegt die Straße vor ihr. Sie wirft einen Blick zurück. Auf dem Rücksitz liegt Vibeke mit weit aufgerissenen Augen. Die Haut wie eine straff gespannte Leinwand. Sie kann nicht stehen bleiben. Sie kann entkommen. Sie muss weiter. Dorthin, wo alles weiß und still ist. Beim Supermarkt gibt sie den Hügel hoch noch ein wenig mehr Gas. Nicht stehen und stecken bleiben. Nicht von der Straße abkommen. Nicht um Hilfe bitten. Muss zu Vibeke und dann nach Hause. Nach Hause? Hört sich so nach Normalität an. An dem Gedanken hält sie sich fest. Sie fährt nach Hause.

Die Einfahrt zu Vibeke ist beinahe vollkommen zugeschneit, aber sie schafft es, parkt vor der Haustür. Sie muss in Vibekes Zeichenmappe herumwühlen, um die Schlüssel zu finden. Sie sieht die Bündel mit den Tausendern. Wer sich über die jetzt wohl freuen wird, denkt sie noch, rührt sie aber nicht an. Zieht den Reißverschluss wieder zu. Dann hievt sie Vibeke aus dem Auto, die Hose immer noch in den Knien. Die Angst, von Wanderern, die sich verlaufen, von Kindern, die sich urplötzlich zum Skifahren entschlossen haben, beobachtet zu werden, verleiht ihr ungeahnte Kräfte, und sie schleift sie, ohne innezuhalten, die Treppe hinauf und ins Haus.

»Und dann haben Sie Vibeke aufs Bett gelegt«, sagte Verner Jacobsen.

Janni war zum Fenster gegangen und starrte auf die Seitenstraße unter ihnen.

»Ja, ich habe sie auf das Bett gelegt und versucht, ihr die Hose hochzuziehen und ihre Arme ordentlich auf die Brust zu legen. Ich fand es grässlich, sie so zu sehen, sie zur Schau zu stellen, andererseits musste es wirken, als wäre etwas geschehen. Ich weiß, was die Schwerkraft bewirkt, wenn alle Körperfunktionen versagen; sie sorgt dafür, dass sich das Blut dort sammelt, wo der Körper am schwersten ist, nicht wahr? Sie können so etwas herausfinden, oder?«

Verner Jacobsen nickte.

»Deshalb habe ich sie so hingelegt, mit dem Kopf über der Bettkante. Allmählich wurde die Zeit eng, und ich war schlicht gezwungen, sie so … entblößt … liegen zu lassen. Doch im Nachhinein habe ich gedacht, dass das vielleicht gar nicht so dumm war, dann würden Sie glauben, jemand hätte versucht, sie zu vergewaltigen, oder so. Erst später sind mir mein Halstuch und der Tausender eingefallen. Sie haben den Tausender doch gefunden?«

»Wir haben uns gefragt, was der wohl bedeuten könnte, ja«, entgegnete Verner. »Und es waren Haare von Ihnen auf dem Halstuch. Wir haben Sie deshalb zwar zuerst verdächtigt, aber wir haben Ihnen geglaubt. Es ist ja nichts Außergewöhnliches, dass Freundinnen sich Dinge leihen, und außerdem hatten Sie ja die gleichen Halstücher. Die hätte man leicht verwechseln können; aufgrund einer so schlechten Beweislage konnten wir Sie nicht weiter verdächtigen.«

»Wir hatten nicht die gleichen Halstücher«, sagte Janni. »Am Tag darauf habe ich mir bei H&M ein neues gekauft. Da erst bin ich darauf gekommen, dass ich vergessen hatte, es von ihrem Hals zu entfernen. Oder, nein! Um ganz ehrlich zu sein, ich habe es gestohlen. Ich war so paranoid, dass ich dachte, es könnte vielleicht über die Kassenbuchungen zurückverfolgt werden.«

»Nachdem Sie Vibeke auf dem Bett deponiert hatten, was haben Sie dann gemacht? Haben Sie nicht daran gedacht, dass das Kind, das Sie angefahren hatten, vielleicht Hilfe brauchte?«

»Doch, natürlich. Aber als ich an der Stelle vorbeifuhr, war niemand mehr da. Auf der Straße habe ich nicht einmal mehr Spuren entdeckt, allerdings nicht weiter verwunderlich, da in der Zwischenzeit in beide Richtungen geräumt worden war, aber es kam mir nicht in den Sinn … Obwohl es direkt unterhalb von Solveigs und Eriks Haus passiert ist, kam ich nicht drauf, dass es Oda gewesen sein könnte. Solveig ließ ihr Kind niemals aus den Augen. Oda war nie allein draußen. Und als ich dort vorbeifuhr, rührte sich nichts. Ich weiß noch, wie ich dachte: Gott sei Dank, dann ist nichts Schlimmeres passiert. Das Kind war sicher wieder aufgestanden und saß nun in einer warmen Küche und bekam vielleicht einen Kakao als Trostpflaster, damit es die unheimliche Geschichte mit dem Auto schnellstmöglich vergaß. Schlimmstenfalls wäre sie in der Notaufnahme und würde auf eine mögliche Gehirnerschütterung hin untersucht. Das ging mir durch den Kopf. Ich war, so sonderbar sich das auch anhören mag, erleichtert.«

Janni kehrte zu ihrem Stuhl zurück und setzte sich auf die Kante, als machte sie sich bereit zu gehen.

»Als ich nach Hause kam, habe ich schrecklich gefroren und bin sofort unter die Dusche. Fragen Sie mich nicht, wie lange, aber dann kam Raimo nach Hause und wollte sich unbedingt das Auto leihen.«

»Hat er es bekommen?«

»Nein! Ich hatte Angst, es könnten noch Spuren auf dem Polster sein. Wenn Menschen sterben, ich dachte an Körperflüssigkeiten, die womöglich ... Raimo wollte zu seiner Freundin Julie. Er hat sich das Auto ohne meine Erlaubnis genommen.«

Für einen Moment dachte Verner darüber nach, ob er ihr erzählen sollte, dass Raimo seiner Darstellung zufolge nicht bei Julie gewesen war, sondern bei Vibeke und sie tot aufgefunden hatte. Und sollte er ihr verraten, weshalb er Vibeke aufgesucht hatte?

»Wussten Sie, dass Vibeke schwanger war?«, fragte er.

»Schwanger?«

Sie lachte. Ein sprödes freudloses Lachen.

»Vibeke erwartete kein Kind.«

»Sie war schwanger«, bekräftigte Verner. »In der achten Woche.

»Unmöglich«, sagte Janni.

Sie war wie gelähmt. Wie viele Geheimnisse hatte Vibeke eigentlich gehabt? Vibeke, von der sie angenommen hatte, sie in- und auswendig zu kennen? Vibeke, die Frau, mit der sie alles geteilt, der gegenüber sie sich vollkommen entblößt, der sie ihr Innerstes offenbart hatte. Nicht zu fassen. Weshalb hatte Vibeke ihr nicht erzählt, dass sie ein Kind erwartete? Oder hatte sie nicht vorgehabt, es zu behalten? Und …

»Wer war der Vater?«, fragte Janni. »War es David? Es war David, oder?«

Verner, der auf die Frage vorbereitet war, sah sie fest an und log:

»Das wissen wir nicht.«

Er wollte sie verschonen. Wer es war, brauchte sie nicht zu wissen, es spielte ohnehin keine Rolle. Raimo sollte es ihr selbst erzählen.

»Wann haben Sie herausgefunden, dass das Kind, das Sie angefahren hatten, doch nicht unversehrt war?«, fragte er.

»Am Tag danach. In den Nachrichten habe ich gehört, dass Oda vermisst wurde. Ich habe ja nicht geahnt, was passiert war, verstand es nicht. Ich dachte, dass dieser Mann auf der Straße sie vielleicht mitgenommen hatte. Es gehen Gerüchte um, dass ein Pädophiler in der Gegend wohnt. Tief in meinem Innern habe ich wohl gehofft, er hätte es getan, hätte sie eingesperrt, an einem Ort, wo sie schnell gefunden werden würde.«

»Doch darüber haben Sie nie mit jemandem gesprochen.«

»Nein, wie auch? Dann hätte ich gestehen müssen, dass ich sie angefahren habe.«

»Aber weshalb sind Sie dann das Risiko eingegangen und zurück zu Vibeke gefahren? Sie wussten doch, was Sie vorfinden würden.«

Janni barg das Gesicht in den Händen.

»Ich habe Vibeke geliebt. Ich konnte den Gedanken nicht ertragen, dass sie da einfach so bloß lag. Sie hatte keinen großen Bekanntenkreis, kannte kaum Leute in der Umgebung. Vielleicht wäre sie erst nach einer Weile gefunden worden. Mir hätte es als Erster auffallen müssen. Ivar hätte bald gefragt, warum ich sie nicht besuchte. Früher oder später hätte ich sie finden müssen. Und in welchem Zustand, wären erst mehrere Wochen vergangen?«

In gefrorenem Zustand, dachte Verner Jacobsen, sagte aber nichts.

»Ich bin so gierig gewesen«, flüsterte Janni. »Ich wollte reich sein. Für mich gab es nichts Schöneres, als reich zu sein und mich mit teuren Dingen zu umgeben. Aber ich wollte mehr. Verstehen Sie? Es musste noch mehr geben. Ich wollte nicht bloß neue Werte, die alten wollte ich auch nicht aufgeben. Ich wollte alles haben! So hat es angefangen. Können wir aufhören? Haben Sie nicht schon genug, um mich wegzusperren?«

Sie hielt die Luft an, und als sie wieder ausatmete, fühlte es sich an, als entwiche die Luft aus einem lange verschlossenen Raum. Beinahe freute sie sich auf das Bevorstehende. Eine Zelle. Ein Ort, wo sie sich verstecken konnte. Sie würde für immer feststecken, dafür saß sie zu tief im Schnee. Tiefschnee, wie Raimo sagen würde.

84

Freitag, 3. Februar

Der Morgennebel hatte sich gelichtet, und von seinem Büro in der zweiten Etage aus konnte Verner Jacobsen einen Riss in der grauen Wolkendecke ausmachen. Hatte es tatsächlich aufgehört zu schneien? Er entsann sich nicht mehr, wie es war, wenn die Sonne durch die Bürofenster hereinschaute. Es war so unendlich lange her, doch jetzt kam sie hervor, zögerlich und ein wenig aus der Übung. Er ließ sich auf seinen Bürostuhl fallen, der protestierend knarrte, als er mit der Rückenlehne nach hinten schwang.

Heute würde er viele Stunden vor dem Bildschirm verbringen. Er musste einen unendlich langen Bericht schreiben, der glücklicherweise ein schweigsames Dasein im Archiv fristen würde.

Von außen fummelte jemand an der Klinke herum, und auf einmal stand Bitte Røed in der Tür. Mit dem Fuß stieß sie sie hinter sich zu.

»*Coffee, tea or me?*«, trällerte sie.

Verner Jacobsen tauchte hinter seinem Bildschirm ab und grummelte eine unklare Antwort. Bitte hielt zwei dampfende Becher und eine kleine weiße Papiertüte in den Händen, und unter ihren Arm hatte sie sich eine Tageszeitung geklemmt. Verner Jacobsen nahm die Tasse entgegen, die sie ihm reichte. Seine Finger streiften ihre, und er zuckte zusammen, sodass der warme Kakao über seinen Handrücken lief.

»Entschuldigung! Was ist los?«, sagte sie lachend. »Komm, nimm dir als Entschädigung ein Plunderteilchen.«

Verner trocknete sich die Hose ab und steckte seine Hand in die Tüte.

»Habt ihr herausgefunden, was eigentlich mit Oda passiert ist?«, mummelte Bitte mit dem Mund voller Kuchen. »Beim Bäcker haben sie Schlange gestanden, deshalb hab ich's nicht zur Besprechung geschafft. Ich brauche einfach Kohlenhydrate, verstehst du, sonst gibt mein Gehirn den Geist auf.«

Völlig unbekümmert brachte sie diese Erklärung an und duzte ihn plötzlich. Aber an solch einem Tag wie heute fiel es ihm leicht zu verzeihen.

»Glaube, ich muss dich langsam Krümelchen nennen«, sagte er und zwinkerte.

Ihr Lächeln schmolz auf der Haut, und Verner vernahm ein wohliges Brennen in seinem Herzen. Bitte wischte sich den Mund mit der Serviette ab.

Verner legte das halb aufgegessene Teilchen auf den Schreibtisch, blätterte in der Fallakte und bemerkte, wie sich Fettflecken auf den Seiten bildeten. Bitte faltete das *Dagbladet* auf. Auf der Titelseite war ein Porträt von Vibeke, und darunter stand: *Derselbe Mörder! Künstlermord und der Fall Oda aufgeklärt*. Etwas weiter unten die etwas kleinere Schlagzeile: *Norwegischer Kunstschwindel: Spanier angeklagt*.

»Die Zeitungen spekulieren darüber, was tatsächlich mit Oda geschehen ist«, sagte Bitte.

»Das tun wir auch«, erwiderte Verner. »Der Obduktionsbericht kommt zu dem Schluss, dass Oda erstickt ist, doch dass ihr Verletzungen sowohl vor als auch nach Eintritt des Todes zugeführt wurden. Allerdings wissen wir jetzt, dass Janni sie angefahren hat. Sie hat das Mädchen auf der Fahrbahn liegen gelassen, wahrscheinlich lebensgefährlich verletzt. Johan Breisnes hat gestanden, sie gesehen zu haben, ist jedoch der festen Überzeugung, dass sie gelebt hat. Er konnte ein Mädchen mit blauem Schlitten beschreiben, das ihm hinterherschaute, als er vorbeiging. Uns bleibt nur noch Geir Karlsen. Der ist in der Klinik, und egal, wie es ausgeht, er wird dort bleiben. Gestern waren speziell ausgebildete Leute bei ihm und haben ihn vernommen. Auch wenn wir es nicht mit absoluter Sicherheit sagen können, deutet vieles darauf hin, dass er sie gefunden hat, nachdem sie angefahren worden war. Möglicherweise hat er einen Versuch unternommen, sie von der Straße zu ziehen, bevor er zurück zum Hof gelaufen ist, um Hilfe zu holen. Doch wie wir wissen, konnte er sich nicht verständlich machen. Oda kann bewusstlos gewesen und mit dem Kopf unter dem Schnee liegen geblieben sein. Ich nehme an, deshalb ist sie erstickt. Und in null Komma nichts war sie mit Schnee bedeckt; ihr Anzug war hellrosa, da brauchte es nicht viel. Dann kam das Räumfahrzeug. Den Rest wissen wir. Aber Janni Egge war der Auslöser, daran gibt es keinen Zweifel.«

»Es steht mit anderen Worten also schlecht um sie«, sagte Bitte, während sie den Zeitungsartikel überflog. »In der Zeitung wird sie auch angeprangert, wird als perverses Insekt dargestellt.«

»Menschen und Insekten haben eine Sache gemeinsam«, seufzte Verner. »Man kann sie mit Zeitungen totschlagen.«

»Die arme Frau. Sie riskiert bis zu einundzwanzig Jahre wegen der Sache mit Vibeke. Glaubst du, dass das ein Unfall war?«

»Ich überlasse es dem Gericht, darüber zu befinden«, sagte Verner. »Die müssen jetzt die Zeugenaussagen mit den technischen Beweisen, den Fotos und Berichten vergleichen.«

»Aber wenn du einen Tipp abgeben solltest.«

»Ich tippe nie«, sagte Verner.

»Nicht mal Lotto oder Glücksspirale?«

»Nope.«

»Wie langweilig dein Leben sein muss«, entgegnete Bitte seufzend. »Du ahnst ja nicht, was du verpasst.«

»Möglich«, sagte Verner, »aber ich glaube eben nicht an solche Glückstreffer.«

»Woran glaubst du denn?«

»Ich glaube an nichts. Ich sammle Fakten und ziehe Schlussfolgerungen.«

»Kalt und berechnend.« Bitte lächelte. »Ach nee, guck mal auf der letzten Seite in der *Lierposten*! Das ist was für dich, Verner.«

Laut las sie vor: *»Wintergedicht« von Johan Breisnes*.

Verner lehnte sich über den Tisch. Sie drehte sich mit der Zeitung herum, damit er hineinsehen konnte.

»Aha, darüber also hat er die ganze Zeit in seiner Höhle gebrütet«, sagte Verner. »Gedichte.«

Er kam ihr so nahe, dass er den schwachen Duft ihres Parfüms wahrnehmen konnte. Vanille und etwas anderes … Fruchtiges. Er lehnte sich so weit wie möglich zurück.

»Ja, ja, du kannst damit bestimmt was anfangen. Solche schwulstigen Sachen sind nichts für mich. Dann lieber einen trockenen Bericht«, sagte Bitte und lachte, sodass ihr Bauch unter dem Pullover bebte.

»Aber Janni Egge hätte auch ein Motiv für einen geplanten Mord gehabt«, fuhr sie ernst fort. »Stell dir vor, wenn Vibeke ihr im Auto verraten hätte, dass sie ein Verhältnis zu ihrem Sohn hat und sie obendrein ein Kind von ihm erwartet. Hätte sich Janni da nicht gedemütigt gefühlt und wäre so wütend geworden, dass sie sie womöglich umgebracht hätte?«

»Ich glaube nicht, dass sie davon wusste.«

»Aber wenn doch? Oder vielleicht hatte sie Angst bekommen, dass Vibeke von ihrer Verbindung zu David erzählt und ausgeplaudert hatte, dass sie das Modell war? Sie hätte alles getan, um zu vermeiden, dass die Wahrheit ans Licht kommt. Außerdem«, sie atmete tief ein, »wo ist das Geld? Die Spurensicherung am Tatort hat in der Zeichenmappe von Vibeke kein Geld gefunden. Doch Janni hat ausgesagt, dass Vibeke Tausenderbündel aus ihrer Zeichenmappe genommen hat. Das Geld ist aber nirgendwo gefunden worden. Glaubst du, Janni hat es genommen?«

»Geld braucht sie wohl nicht gerade. Wie ich das sehe, fehlt es ihrer Familie an nichts.«

»Sie hatte teure Gewohnheiten«, sagte Bitte. »Sehr teure«, fügte sie mit einem neidischen Seufzer hinzu.

»Wenn Janni das Geld genommen hätte, weshalb sollte sie es uns gegenüber überhaupt erwähnen? Genauso gut hätte sie sagen können, dass sie kein Geld von David erhalten hat. Vielleicht sollten wir Einar fragen«, schlug Verner vor.

»Sie hat Geld von David bekommen, denk an den Tausender.«

»Du hast recht«, sagte Verner. »Armer David, es tut mir fast leid um ihn. Der Abteilung für Wirtschaftskriminalität hat er ein bisschen was zu erklären. Wir stehen da vor einem Fall, der die Kunstwelt weit über die Grenzen Norwegens hinaus erschüttern wird.«

»Ich wette, dass Einar das Geld genommen hat«, sagte Bitte, nahm sich noch ein Plunderteilchen und reichte die Tüte Verner, der höflich ablehnte.

»Können wir nicht einfach beim Krankenhaus anrufen und ihn fragen?«

Verner nahm den Hörer ab und wählte die Nummer des Krankenhauses. Mehrere Male wurde er verbunden und schließlich darum gebeten aufzulegen. Man wollte ihn vom Krankenhaus aus anrufen, um sicherzugehen, dass er auch wirklich der war, für den er sich ausgab. Als er sie endlich überzeugt hatte, dass er kein neugieriger Journalist war, erhielt er im Gegenzug alle notwendigen Informationen. Bitte Røed blickte ihn fragend an, als er das Gespräch mit einer gequälten Falte auf der Stirn beendete. An ihrem Kinn hingen Krümel, doch Verner widerstand dem Drang, sich vorzubeugen und sie wegzuwischen.

»Einar kann nicht reden«, sagte Verner Jacobsen.

»Aha, und wann dann?«

»Gar nicht mehr. Er ist heute Nacht gestorben.«

Bitte hörte auf zu kauen und stöhnte.

»Aber«, fuhr Verner fort, »der Arzt, mit dem ich telefoniert habe, hat mir erzählt, dass Einar mit einem Pfleger gesprochen hat, unmittelbar bevor er verstarb. Er redete von seiner Schwester, darüber, wie er sie gefunden hat. Als er begriff, dass sie tot war, hat er verzweifelt versucht, sie wiederzubeleben.«

»Aber sie muss zu dem Zeitpunkt doch schon kalt gewesen sein«, wandte Bitte ein. »Und steif.«

»Womöglich war er nicht in der Lage, überhaupt irgendetwas zu beurteilen. Als ihm klar wurde, dass sie tot war, hat er Angst bekommen, dass sie ihm die Schuld in die Schuhe schieben, und ist abgehauen, hat sich das ganze Wochenende zugedröhnt und sich eine Überdosis gespritzt.«

»Erklärt das die gebrochene Rippe?«

»Mag sein. Das kann aber ebenso gut passiert sein, als Janni im Auto über sie hinweggeklettert ist. Wir wissen, dass ihr jemand die Rippe gebrochen hat, nachdem der Tod eingetreten war, aber an und für sich ist das auch nicht mehr wichtig. Aber vielleicht ist er mit dem Geld abgehauen, und dann hat ihn mit großer Wahrscheinlichkeit inzwischen ein anderer aus der Szene beerbt.«

»Dann ist es für immer futsch«, sagte Bitte.

»Ist ja bloß Geld«, erwiderte Verner leise.

»Aber glaubst du, dass sie's mit Absicht getan hat?« Bitte Røed gab nicht auf.

»Es kann genauso gut ein Unfall gewesen sein«, antwortete Verner diplomatisch. »Was Janni passiert ist, könnte jedem passieren. Persönlich glaube ich nicht, dass ein Plan dahintersteckte. Ich glaube an das Gute im Menschen.«

»Dann glaubst du also doch an etwas«, stichelte sie.

»Ja, vielleicht. Ich glaube, dass es immer möglich ist, einen Mord aufzuklären, aber dass es manchmal unmöglich ist, die wahre Ursache zu finden.«

Epilog

Bredtveit, den 25. Januar
An Hauptkommissar Verner Jacobsen

Hallo, ich bin's, Janni Egge. Erinnern Sie sich an mich? Dafür müssen Sie ein Jahr zurückgehen. Ganz gleich, ob Sie sich noch an mich erinnern oder nicht, möchte ich Ihnen gerne ein paar Worte schreiben. Denn heute ist es genau ein Jahr her, dass ich fatale Entscheidungen getroffen habe, die so große Konsequenzen nach sich gezogen haben.

So gerne würde ich die Zeit zurückdrehen und alles anders machen. Doch wer weiß, vielleicht ist es einfach vorherbestimmt, dass manche Menschen auf den Abgrund zusteuern?

Meine Tage sind im Großen und Ganzen verworren, die Nächte ohne Schlaf. Ich habe viel Zeit zum Nachdenken. Und ich denke nach. Wüssten wir, was gut ist, wenn niemand etwas Schlechtes täte? Haben Sie als Ermittler darüber schon einmal nachgedacht? Womöglich sind manche Menschen auserwählt, kriminell zu sein, um anderen zu zeigen, was richtig ist? Wie auch immer die Antwort lautet, ich war an der Reihe. Vielleicht wurde das Los auch schon bei meiner Geburt gezogen. Vielleicht habe ich mein Schicksal auch selbst gewählt. Vibeke Hansen hat mir diesen Gedankengang nahegebracht; ein Teil ihres Erbes an mich.

Sie fragen sich sicher, weshalb ich Ihnen schreibe. Lange schon habe ich mir überlegt, dass ich Ihnen danken sollte. Dafür, dass Sie mich während des Verhörs nicht verurteilt haben oder mich Verachtung spüren ließen. Ganz im Gegenteil. Sie haben mir gezeigt, dass wir uns alle eigentlich mit derselben Sache beschäftigen – mit der Identität.

Wer bin ich?

Bei mir hat die Suche katastrophal geendet. Der Preis war zu hoch. Im Trachten nach einem guten Leben habe ich das Leben der Menschen zerstört, die ich liebe.

Vielen Dank auch für die Socken, die Sie mir geschickt haben, nachdem ich hierhergekommen bin – sie wärmen mir nicht nur die Füße, sondern auch mein Inneres!

Ivar, mein Mann, ist gerade zu Besuch gewesen. Die Einsamkeit verstärkt sich noch, wenn jemand wieder geht, aber heute fühle ich mich ermutigt. Die Verachtung, die er zuvor nicht verhehlen konnte, war verschwunden. Etwas Neues ist entstanden, ich weiß nicht, was, aber ich möchte es als positiv bewerten. Denn wenn er nicht vergeben will … Wenn er nicht da draußen auf der anderen Seite warten will, weiß ich nicht, was aus mir werden soll. Ohne ihn bin ich ein Niemand. Ohne meine Familie habe ich keine Haken, nichts, woran ich meinen Tag hängen könnte, wenn die Nacht kommt. Ich bin anderen Menschen und deren Fähigkeit zu vergeben ausgeliefert.

Danke für Ihre Unterstützung und Ihr Verständnis.

Mit freundlichen Grüßen

Janni Egge

1

Verner Jacobsen faltete den Brief zusammen und lehnte sich auf seinem Stuhl zurück. Die Lehne quietschte. Jetzt werde ich verdammt noch mal einen neuen beantragen, beschloss er. Er faltete das Blatt wieder auseinander und las den Brief erneut. Manchmal erhielten Ermittler Briefe von Straftätern, die sie verhört hatten. Gewöhnlich einfache Briefe mit einem kurzen Gruß, bisweilen auch mit Beschimpfungen.

Selbstverständlich erinnerte er sich an Janni Egge. Die sympathische Lehrerin, die von Scham erfüllt auf dem Stuhl gesessen und geschildert hatte, wie durch die Lust, alles zu besitzen, ihr ganzes Leben aus den Fugen geraten war.

Ohne groß darüber nachzudenken, hatte er ihr die Socken geschickt, angefertigt während einiger Mußestunden im Büro. Er hätte sie gern Bitte Røed gegeben. Dabei hätte er sie Ingrid schenken sollen.

Er verstand den Drang, das Leben an einem Haken festzumachen. Er hatte seins an dem Haken befestigt, auf dem Ingrid stand. Ingrid ist jedenfalls mit der Fähigkeit zur Vergebung ausgestattet, dachte er, auch wenn während dieses Prozesses einige Dreiliterkartons Rotwein draufgegangen waren.

»In den Büchern, die ich gelesen habe, ist es oft der Kommissar, der die Alkoholprobleme hat«, hatte Ingrid einmal gesagt, als sie fast am Boden des Glases angekommen war, »doch hier siehst du eine Alkoholikerin mit Kommissarproblemen vor dir.«

Ingrid hatte einen bitteren schwarzen Humor. Er konnte ihr keinen Vorwurf machen, den Schmerz mit blank polierten

Stielgläsern mit dunkelrotem Inhalt zu betäuben. Das Wichtigste war, dass sie immer noch da war. Betrunken oder nicht. Er verspürte Dankbarkeit, dass sie ihm sein Schweigen verziehen hatte, aber auch Scham, weil er immer noch das Gefühl hatte, sie zu betrügen, wenn er ins Krankenhaus zu seinem Sohn fuhr. Ihm ging es nicht gut. Es war kein passender Rückenmarkspender gefunden worden. Wie es ausgehen würde, stand fest, die Zeit lief ab.

Verner löschte das Licht im Büro und nahm den Lift hinunter ins Erdgeschoss, nickte dem Mann am Empfang zu und ging hinaus in die Winterkälte. Der Schnee, der ihn im Gesicht traf, war nicht so angriffslustig wie vorigen Winter. In diesem Jahr war er leicht, hatte sich unterwürfig eingeschmeichelt und legte sich gehorsam nieder. Das erinnerte ihn an den Traum von letzter Nacht.

Er geht über den von Neuschnee bedeckten Friedhof. Er ist allein, doch dann hört er ein Flüstern unmittelbar hinter sich. Er dreht sich nicht um, spürt aber eine innere Wärme und wie seine Knie beim Klang von Bitte Røeds Stimme weich werden.

»Ich bin hier«, sagt sie, und er wendet sich um und tut, was er sich im wirklichen Leben nie gestatten wird. Er küsst die von Lippenstift roten Lippen. Er will sich ihr nähern, doch sie löst sich auf und verflüchtigt sich ohne eine einzige Spur im Schnee. Während er zwischen den Grabsteinen hindurchgeht, tauchen vor ihm plötzlich kleine Fußspuren auf. Kinderstiefel. Größe neunundzwanzig. Die Toten hinterlassen keine Spuren, denkt er. Es schneit heftiger. Die Flocken werden zu Kristallen, die wie weiße Menschen mit ausgebreiteten Armen und Beinen aussehen – sie erinnern an den vitruvianischen Menschen von Leonardo da Vinci. Auf einmal entdeckt er, dass die Flocken nicht verschiedene Menschen sind, sondern es ist sein Sohn. Victor rieselt auf ihn herab, schmilzt jedoch auf der Haut.

Gewiss hinterlassen die Toten Spuren, dachte Verner Jacobsen, während er fröstelnd über die Brücke ging, aber er glaubte nicht, dass Träume eine Bedeutung hatten. Sie stellten bloß die auf links gedrehte Seite eines selbst gestrickten Pullovers dar. Dennoch hatte dieser Traum sich festgesetzt und brachte ihn dazu, zu denken, dass er ihm etwas sagen wollte. Wir sind alle Schneekristalle, wir fallen und fallen. Der Tod gräbt tiefe Scharten und klaffende Löcher; man kann Wälle und Sperren um sich herum aufbauen, aber das Loch an sich bleibt immer offen. Unbewusst griff er sich an die Brust und zog die Jacke enger um sich. Es gibt nichts Furchterregenderes als die Gedanken, die in uns rotieren, dachte er und schob den Traum beiseite.

Er dachte bereits an seinen Sohn als an einen Toten. Wie ein Verbrechen fühlte sich das an. Als hätte er es mit einem unbekannten Täter zu tun, der für alle Zeiten auf freiem Fuß bliebe, egal, wie sehr er sich auch bemühte, ihn zu entlarven. Für einen Ermittler ergibt der Tod erst einen Sinn, wenn der Schuldige zur Verantwortung gezogen wird. Eine Krankheit aber kann niemals vor Gericht erscheinen.

Er hängte seine Jacke in den Schrank und schleuderte seine Schuhe in dem Versuch, das Schuhregal zu treffen, von sich. Er zielte daneben, und sie landeten in einem Haufen vor der Tür. Er ließ sie liegen. Im Haus war es still und dunkel. Dieselbe Stille, die er nur zu gut kannte. Sein Körper war automatisch in Alarmbereitschaft.

»Ingrid!«, rief er leise.

Vielleicht schlief sie, und er hoffte, dass es deshalb so beunruhigend still war. Aus dem ersten Stock hörte er ein schlurfendes Geräusch, als ob sie auf allen vieren kröche. War sie gestolpert?

Sie hat wieder zu trinken angefangen, dachte er und ging die Treppe hoch, nahm zwei Stufen auf einmal.

»Ingrid!«

Er stieß die Schlafzimmertür auf und wäre beinahe über etwas Weiches gestolpert, das auf dem Boden lag.

»Vorsicht!«

Ingrid hockte auf den Knien, und vor ihr tollte ein kleines, pelziges Wesen.

Verner war sprachlos.

»Ist er nicht süß?«

Ihr Gesicht war ganz rot vor Aufregung.

»Ich dachte …«

»Was hast du gedacht? Dass ich besoffen auf dem Boden liege und belle?«

Ingrid griff nach dem haarigen Knäuel und begrub ihr Gesicht in seinem Fell. Sie versuchte zu lächeln.

»Was um alles in der Welt ist das?«

»Und du schimpfst dich Ermittler! Ich würde das zweifelsfrei einen Welpen nennen.«

»Aber wir werden uns doch nicht …«

»Verner Jacobsen«, unterbrach sie ihn. »Du hast einen Sohn. Aber wir sind schon wieder dabei, ihn zu verlieren. Ich werde nie Kinder bekommen. Wir brauchen jemanden, um den wir uns kümmern können.«

Der Welpe war aus Ingrids Armen gehüpft und tapste nun auf ihn zu. Wir, dachte Verner, sie sagt wir. Viele Diskussionen hatte es letztes Jahr größtenteils um *ich* und *mich* gegeben. Auf einmal tauchte Bitte Røeds Gesicht auf. Uns!, flüsterte sie. Er hörte sie so deutlich, als stünde sie direkt hinter ihm.

»Geh weg!«, stöhnte er.

Der Hund hielt inne und schaute ihn unsicher an.

»Verner!«, sagte Ingrid im Namen des Hundes verletzt.

»Entschuldige, ich hab an etwas anderes gedacht.«

Mit Karl war es einfacher gewesen. Der begleitete ihn nie

nach Hause und flüsterte ihm nach einem aufreibenden Arbeitstag tröstliche Worte zu – wenn sie einen aufgedunsenen Körper im Fjord gefunden hatten, an dem sich die Fische schon gütlich getan hatten, oder einen Selbstmörder, der sich seinen Schädel mit einer Schrotflinte weggeblasen hatte. Karl klopfte ihm dann lediglich auf die Schulter und sagte: »Ruf an, wenn du jemanden zum Reden brauchst.«

Bitte folgte ihm immer, und er wusste nicht, wann das angefangen hatte. Es war schrittweise geschehen wie eine schleichende Virusinfektion.

Sie glich einem fernen Reiseziel, das mit spannenden Erlebnissen und Spaß rund um die Uhr lockte. Ingrid war eine behagliche Hütte in einer ihm vertrauten Landschaft, zu der zurückzukehren guttat. Den Gedanken an Bitte abschüttelnd, erinnerte er sich an die Wahl, die er getroffen hatte. Hier habe ich geparkt, dachte er, an der Hütte. Es ist ein schöner Ort. Er ist groß genug. Für zwei Parkplätze habe ich in meinem kleinen Herzen keine Verwendung. Ich habe mich für Ingrid entschieden, was bedeutet, dass ich mich gegen alle anderen entscheiden muss. So einfach. So schwierig.

»Wie sollen wir das Tier denn nennen?«, sagte er schnell. Vor seinem inneren Auge sah er endlose Pinkelrunden im Regen und Matsch vor sich, ein Hund wurde läufig und haarte.

»Du darfst entscheiden.«

»Ist es ein Weibchen?«

»Reicht dir denn eins nicht?«

Verner ging in die Hocke, und sofort kam der Welpe an, legte die Pfoten auf seinen Schoß und glotzte ihn zutraulich und mit wedelndem Schwanz an. In den dunklen Hundeaugen konnte er seinen eigenen Schatten erkennen. Widerstandskraft ist etwas Zerbrechliches, dachte er und konnte das in seinen Mundwinkeln zuckende Lächeln nicht zurückhalten.

»Nennen Kommissare ihre Hunde nicht gewöhnlich nach bekannten Detektiven?«, fragte Ingrid. »Wir könnten ihn Sherlock oder Wallander nennen.«

Ihre Miene hellte sich plötzlich auf.

»Oder was ist mit Riverton, das hört sich doch gut an.«

»Du liest zu viele Krimis«, sagte Verner und überlegte.

»Was ist mit Lorca?«

Der Welpe spitzte die Ohren und kläffte. Dann pinkelte er auf den Boden. Ingrid hob ihn hoch und trug ihn hinaus. In der Tür drehte sie sich noch einmal um, öffnete den Mund, als wollte sie etwas sagen, schloss dann jedoch die Tür hinter sich. Er hörte sie die Treppe hinunterlaufen und die Haustür öffnen.

Sobald sie weg war, tauchte Bitte Røed wieder auf. Sie ragte vor seinem inneren Auge auf und wirkte mit all ihrem Gewicht … leicht. Helles Lachen, Lebensfreude, es fiel einem nicht schwer, sie zu mögen. Sie hätte er auch gern gehabt, als Gegenstück zu dem, was er schon besaß. Sie blinzelte ihm zu, und er spürte, wie sich eine schmerzliche Freude in seiner Brust ausbreitete. Verner Jacobsen spannte den Kiefer an, kniff die Augen zusammen und verbannte Bitte weit weg an einen Ort, wo sie ihn nicht störte, so wie er es mit seinem Sohn gemacht hatte. Dann lief er hinter Ingrid her die Treppe hinunter.

2

Bitte Røed saß am Couchtisch im Wohnzimmer mit den Papieren vor sich und zögerte einen Augenblick. Dann unterzeichnete sie sie. So, nun war es endgültig. Die Scheidung war Fakt. Ich krieg das hin, dachte sie. Meistens kriege ich es hin. Nur nicht heute.

Früher hatte sie sich ab und an dabei ertappt, dass sie überlegte, wie sie wohl reagieren würde, wenn sie erführe, dass Robert untreu war. Wäre sie zusammengebrochen und hätte geweint? Hätte ihn angefleht zu bleiben? Oder wäre sie gleichgültig gewesen und hätte gedacht, dass es sogar ganz gut passte? Dann hätte sie nämlich selbst ausbrechen können, ohne die Sympathien der anderen zu verspielen. Vor genau zwei Jahren hatte sie es herausgefunden.

Vor siebenhundertunddreißig Tagen hatte sie in Roberts Tasche die Rechnung vom Restaurant gefunden, die verriet, dass sein bis dahin wohl gehütetes Geheimnis lediglich einen Hühnchensalat gegessen und den Nachtisch hatte ausfallen lassen. Das Geheimnis, das sie schon eine geraume Weile als fremden Duft in seinen Hemden erahnt hatte und das sich als acht Jahre jünger und fünfzehn Kilo leichter als sie erwies.

Oberflächlich ruhig hatte sie ihn damit konfrontierte, doch ihr Herz hämmerte wie Trommelschläge. Mitten im Wohnzimmer hatten sie sich gegenübergestanden. Als er es leugnete, lachte sie. Er flehte um Vergebung. Sie kam zu dem Schluss, dass sie eine Auszeit brauchten. Er hatte geweint. Sie war schließlich gegangen. Auch wenn Bitte sich niemals eingestand, dass sie Angst gehabt hatte, war sie zutiefst erschüttert gewesen; als stünde sie mitten im Wohnzimmer und die Wände würden einstürzen. Jetzt war es an der Zeit, sie wieder aufzurichten.

Sie schielte auf die anderen Unterlagen auf dem Tisch. Der Prospekt vom Makler. Ihr graute ein wenig vor der Reaktion der Kinder. Peder hatte sich schon gut eingelebt in der Nachbarschaft, doch der Vertrag für die Mietwohnung lief bald aus. Höchste Zeit, sich etwas Eigenes anzuschaffen. Etwas Dauerhaftes. Und auf wen sollte sie größere Rücksicht nehmen? Auf Peder, der Freunde hatte, oder auf Julie, die niemanden hatte?

Ihr Blick schweifte über das gerahmte Porträt ihrer Tochter, das über dem Sofa hing. Raimo hatte es gezeichnet. Zweifelsohne, er hatte Talent. Ein wenig von Julies Scheu hatte er eingefangen, gleichzeitig lag darin eine Stärke, die deutlich machte, wie eigensinnig und selbstständig sie sein konnte, wenn sie sich erst für etwas entschieden hatte. Zum Beispiel als sie sich entschloss, mit ihrem Freund Schluss zu machen. Immer noch war Bitte beschämt über die Erleichterung, die sie empfunden hatte. Raimos Vater hatte das Haus unmittelbar nach Jannis Verhaftung verkauft und war mit Raimo und Anne-Lene nach Oslo gezogen. Sie konnte sie verstehen. In kleinen ländlichen Gemeinden hatte die Vergangenheit die unerfreuliche Tendenz, wieder aufzutauchen. Und diese Geschichte würde sie für alle Zeiten verfolgen und ihnen keine Ruhe lassen.

Sollte sie es wagen, mit ihrer Familie an einen solch kleinen Ort zu ziehen? Die Fotos in dem glänzenden Prospekt zeigten ein frisch mit sandfarbenen Fliesen renoviertes Bad. Es sah einladend aus. Und es hatte eine Badewanne mit Löwenfüßen! Auf jeden Fall wollte sie zur Besichtigung gehen. Die Lage war toll. Sie würde nicht jeden Tag ab Konnerud im Stau stehen. Von Tranby aus würde sie bloß eine Viertelstunde zur Arbeit brauchen, und die Kinder könnten den Schnellbus nach Oslo nehmen, wenn sie zu Robert wollten. Sie steckte die Scheidungspapiere in den schon frankierten Umschlag und verschloss ihn mit demselben unzufriedenen Gefühl, das einen bei einem Liebesroman ohne Happy End überkommt.

3

Damals, vor einem Jahr, hatte Solveig geglaubt, der Tag der Beerdigung wäre der schlimmste Tag in ihrem Leben. Wenn sie den nur durchstehen würde, würde sie alles überstehen. Jetzt wusste sie, dass dem nicht so war.

Auf der Beerdigung war sie von einem Meer von Menschen umgeben gewesen, die sie auf einer Welle der Anteilnahme trugen. Nun wusste sie, das Schwerste war die Stille danach. All die leeren Tage, Tage im Vakuum, und die blitzartigen Erinnerungen, wie Hiebe. Zum Beispiel als sie Odas Mappe mit den Zeichnungen und das Lehmherz aus dem Kindergarten erhielt, auf dem *Mama* stand. Oder als die Polizei ihr Odas Sachen aushändigte. Den rosa Schneeanzug, die Mütze, die Handschuhe. Und den Zahn, der in einer kleinen Plastiktüte gelegen hatte. Die Polizei hatte ihn im linken Fäustling gefunden. Derselbe Zahn, der seine Spur im Leberwurstbrot hinterlassen hatte. Sie hatte die Brotscheibe erst weggeworfen, als sie zu schimmeln angefangen hatte.

Es war eine Form des Wahnsinns, wie wenn sie sich stundenlang die Videofilme von Oda ansah, die sie ihr beinahe zurückbrachten. In vereinzelten absurden Momenten hatte sie geglaubt, dass Oda eines Tages aus dem Bildschirm treten würde, wenn sie nur lange genug zu den Bildern sprach. Sie meinte, sie in allem erahnen zu können. Im Geruch von Pfannkuchen. In der Zugluft vom Küchenfenster. In einem Lichtstreifen unter der Tür. Die Trauer hatte sich überall als feine Staubschicht niedergelassen. Sie sah sie, fühlte sie, atmete sie. Ihre Andenken hegte sie wie einen Schatz. Ein Bonbon in der Tasche eines Kindes.

Ihre Gedanken wanderten ständig zurück. Als ginge sie auf der Rolltreppe in die entgegengesetzte Richtung. Hielte sie an, wenn auch nur für eine Sekunde, würde sie davongetragen. Auf den Grund. Dahin, wo das Leben, das sie als gegeben betrachtet hatte, aufgehört hatte. Schlaglichtartig tauchte Raimos verängstigtes Gesicht aus ihrer Erinnerungsdatenbank auf. Sie war besessen gewesen vom Gedanken der Rache. Und sie hatte sich geirrt.

Ihre Gedanken wechselten die Richtung. Janni nahm Raimos Platz ein. Das helle engelsgleiche Haar, das standfeste Gesicht mit dem gewinnenden Lächeln, die milden Augen. Die zuverlässige Lehrerin, der alle vertrauten. Dank ihr war der 25. Januar allgegenwärtig. Einige Tage währten in Wirklichkeit ein ganzes Leben.

Ein Weinen verscheuchte die Erinnerung an Janni. Solveig wusste nicht, wie lange sie schon am Küchentisch gesessen hatte. Die Stunden trieben vorbei, stellten keine Forderungen. Nur das Weinen war fordernd. Solveig erhob sich und ging ins Schlafzimmer, blieb einen Augenblick stehen und betrachtete den schlafenden Erik. Er drehte sich um, als der Lichtstrahl von der Tür sein Gesicht traf.

Das Weinen war in eine rosafarbene Decke gehüllt. Sie nahm das Baby aus dem Gitterbett und sank auf die Bettkante. Als sie es an sich drückte, spürte sie sein kleines, schnell pochendes Herz. Cora war so winzig, konnte die Lücke nicht füllen, die Oda hinterlassen hatte. Sie legte sie an die Brust. Das Weinen verstummte. Solveig schaute hinab auf das saugende Kind. Die Trauer hatte keinen Hahn, den man zudrehen konnte, sie rann einfach aus ihr heraus.

Solveig legte das Baby ins Bett, ging zurück in die Küche

und starrte wieder in die Dunkelheit hinaus. Es schneite, die Flocken hoben sich wie Daunen von dem Dunkel ab. Sie fielen wie eine weiche Wolldecke auf die Erde und glichen nicht dem Schnee vom letzten Jahr, tief und schwer, der töten und Menschen unter sich begraben konnte. Dieser hier war leicht und beinahe schön, hatte etwas Tröstliches an sich. Der Tag wurde weggewischt, und die Erinnerungen konnten sich nicht länger festsetzen.

In einiger Entfernung erahnte sie zwischen den nackten Bäumen das Hausdach der Familie Egge. Jetzt wohnten dort andere Leute, wer, wusste sie nicht, doch im Gegensatz zu den Egges heizten sie mit Holz. Aus dem Schornstein stieg Rauch auf. Solveig fror. Sie könnte ebenfalls Feuer im Kamin machen, wusste jedoch, dass die Kälte nicht nachlassen würde.

Urplötzlich schien ihr, als könnte sie draußen etwas undeutlich erkennen. Bei der Garage bewegte sich etwas Rosafarbenes, flitzte hinüber auf die andere Straßenseite. Und sie hörte ein Auto mit zu hoher Geschwindigkeit. Um nicht zu schreien, hielt sie die Hand vor den Mund. Dann hörte sie ein anderes, wirkliches Geräusch. Zunächst das ferne Dröhnen, und dann unmittelbar darauf sah sie die blinkenden Lichter. Herzschlag. Puls. Lebendig. Orange Flecken im Schnee. Sie kniff ihre Augen zu und spürte, wie der trauervolle Knoten sich zuzog, während das Räumfahrzeug vorüberdonnerte. Lange noch blieb sie danach mit geschlossenen Augen in der Stille sitzen.

Anmerkung der Autorin

Ich mache darauf aufmerksam, dass alle Figuren und Ereignisse dieses Romans frei erfunden sind. Jedwede mögliche Übereinstimmung ist rein zufällig. Diejenigen, die nach bestimmten Straßen oder Häusern Ausschau halten, muss ich enttäuschen – dies ist ein Roman und keine Straßenkarte. Derjenige, der sich mit den lokalen Gegebenheiten auskennt, wird sich also wohl nicht zurechtfinden. Manche Häuser und Wochenendhäuschen habe ich mir ausgedacht, wirkliche Straßen sowohl verkürzt als auch verlängert; und das Polizeirevier habe ich mit einem Federstrich getilgt.

Jens Østergaard

Bis ans Ende ihrer Tage

Thriller

Und sie lebten glücklich und zufrieden …

Blutüberströmt bricht eine junge Frau mitten in Kopenhagen zusammen. Seltsamerweise ist sie völlig unverletzt. Kommissar Thomas Nyland steht vor einem Rätsel, denn die Frau schweigt beharrlich über die Geschehnisse. Kurze Zeit später wird die Leiche eines Mannes entdeckt – von einem eisernen Speer durchbohrt. Ist es sein Blut, mit dem die Frau bedeckt war? Nyland versucht Licht ins Dunkel zu bringen, doch seine Ermittlungen führen ihn in die kranke Welt eines wahnsinnigen Mörders …

»Ein Debüt weit über das Gewöhnliche hinaus. Atemlos, spannend, überraschend anders.« *Horsens Folkeblad*

Band 1 der Serie
288 Seiten, kartoniert mit Klappe
€ 9,99 [D]
ISBN 978-3-8025-9267-6

Brigitte Pons

Celeste bedeutet Himmelblau

Frank Liebknecht ermittelt

Kriminalroman

Wer seine Zunge hütet, bewahrt sein Leben

Vielbrunn im Odenwald. Auf einem Feld wird die Leiche eines Bauern gefunden. Die Behörden gehen von einem tragischen Unfall aus. Doch der junge Polizist vor Ort, Frank Liebknecht, glaubt nicht an einfache Erklärungen. Er recherchiert auf eigene Faust und stößt schnell auf Ungereimtheiten in der Vergangenheit des Toten. Immer tiefer verstrickt er sich in den Fall und gerät in einen Mahlstrom aus Verrat, Mord und fanatischer Verblendung …

Wer Wind sät, wird Sturm ernten ... Frank Liebknechts erster Fall!

Band 1 der Serie
352 Seiten, kartoniert mit Klappe
€ 9,99 [D]
ISBN 978-3-8025-9388-8

---

www.egmont-lyx.de

LYX
EGMONT

Oliver Kern

Die Kälte in dir

Thriller

Rasant, mörderisch und gnadenlos spannend

Der Schädel gespalten, der Bauch aufgeschlitzt … Jäh wird Stuttgart von einem abscheulichen Verbrechen aus seiner hochsommerlichen Trägheit gerissen, als eine grausam verstümmelte Leiche gefunden wird. Kommissarin Kristina Reitmeier ist ratlos. Egal in welche Richtung sie auch ermittelt, alle Spuren scheinen im Sande zu verlaufen. Erst als weitere Leichen auftauchen, lässt sich ein Muster erkennen: Ein Serienmörder ist am Werk, und er hat es auf Übergewichtige abgesehen …

Gerissen, draufgängerisch und kaltschnäuzig – dieses Duo ist unschlagbar!

448 Seiten, kartoniert mit Klappe
€ 9,99 [D]
ISBN 978-3-8025-9289-8

Nervenkitzel made in Germany!

www.egmont-lyx.de

LYX
EGMONT

Karen Keskinen

Ein schmutziges Spiel

Jaymie Zarlin

Thriller

Je tiefer man gräbt, desto schmutzigere Geheimnisse findet man!

Nach dem Tod ihres Bruders hat Jaymie Zarlin ihr Leben völlig umgekrempelt. Sie betreibt nun eine kleine Privatdetektei in Santa Barbara und sucht nach vermissten Menschen, Tieren und Gegenständen. Als ihr ehemaliger Freund, der Deputy Sheriff Mike Dawson, sie bittet, einen angeblich geklärten Mord an einem Teenager noch einmal unter die Lupe zu nehmen, führen sie die Spuren in die feine Gesellschaft der kalifornischen Stadt. Jaymie ahnt nicht, in welches Wespennest sie sticht. Schon bald ist ihr eigenes Leben in großer Gefahr ...

»Keskinen liefert einen Thriller, bei dem sich die Seiten wie von selbst umblättern.«
Hector Tobar

Band 1 der Serie
416 Seiten, kartoniert mit Klappe
€ 9,99 [D]
ISBN 978-3-8025-9214-0